변경

5

변경

이문열 대하소설

邊境

RHK
알에이치코리아

2부 시드는 대지(大地)

5

차례

부르는 소리

사랑이 깊으면 얼마나 깊어,

여섯 자 이 내 몸이 헤어나지 못하나,

비 오는 날은 공치는 날,

달 밝은 밤에는 임 보러 간다,

엥헤이 엥헤이 엥헤이 엥헤이……

주방 쪽에서 미스터 리의 라디오가 그 무렵 들어 자주 들리는 민요조의 유행가를 낮게 흥얼거리고 있었다.

밖은 아침부터 궂은비였다. 원래가 사람이 북적거릴 까닭이 없는 변두리인 데다 날까지 궂어서인지 다방 안은 한적하기 그지없었다. 점심나절부터 어항 곁 자리를 차지하고 앉아 뭉그적거리다가 방금 온 석간을 맞바꿔 가며 읽고 있는 동네의 중년 실업자 둘과 삼십 분 전쯤 들어온 뒤 턱없이 심각한 얼굴로 한구석에 앉아 담배만 빨아 대고 있는 청년 하나가 손님 모두였다.

"도대체 어쩌겠다는 거야? 코나 눈같이 줄창 얼굴에 달라붙어 있는 까만 선글라스 안쪽처럼 그늠의 속을 통 알 수가 있어야지……."

공무원을 하다가 5·16 뒤 쫓겨났다던가 하는 쪽이 마침내 읽을 건 다 읽었다는 듯 신문을 소리 나게 탁자에 내려놓으며 말했다. 별로 목소리를 높인 것 같지 않은데도 다방 안이 조용해서인지 대여섯 발짝 넘게 떨어져 있는 카운터에까지 말소리가 들려왔다. 카운터에 기대 창틀을 타고 내리는 빗물을 멍하니 바라보고 있던 영희가 자신도 모르게 그쪽으로 눈길을 보냈다.

"뭘?"

나이에 비해 이른 성싶은 돋보기를 코에 걸친 채 신문을 보고 있던 상대가 그 전직 공무원의 불만에 찬 얼굴을 느슨한 안경알 위쪽의 맨눈으로 멀거니 살피며 물었다.

"박정희 말이야. 몇 번이나 떠먹듯이 군(軍)으로 돌아가겠다고 다짐해 놓고 또 딴소리야? 뭐 군정(軍政)을 4년간 연장하겠다고? 그걸 국민투표에 부치겠다고?"

전직 공무원이 탁자 위에 놓인 신문의 머리기사를 가리키며 목소리를 좀 더 높였다. 신문을 천천히 내려놓은 상대가 별 감동 없이 받았다.

"정치란 게 그렇고 그런 거지 뭐. 한 번 잡은 권력 쉽게 내놓을 수 있겠어? 어제 젊은 장교들이 떼거리를 지어 최고회의(最高會議) 건물 앞에서 데모를 했단 소리를 듣고부터 내 벌써 알아봤지."

"그렇지만 이게 무슨 수작이야? 저번에 지가 내건 조건을 민간 정치가들이 모두 수락해 주지 않았느냐 말이야? 그 사람들 모아 놓고 울먹이며 군사혁명의 실패를 제 입으로 바로 불지 않았느냐고? 제법 김종필이까지 해외로 내쫓고……. 그런데 겨우 스무 날도 안 돼 이래도 되는 거야? 동원된 줄 뻔히 아는 까짓 신출내기 장교 몇십 명을 핑계로 3천만 앞에서 한 그 엄숙한 선서를 하루아침에 손바닥 뒤집듯 해도 되는 거냐고?"

"그 사람대로 사정이 생겼겠지. 나는 되레 전에 한 그 민정(民政) 이양 약속이 너무 그림 같아 미덥지 않더라."

거기까지 듣고 있던 영희는 가벼운 한숨과 함께 몸을 일으켰다. 또 정치가 슬금슬금 거리로 흘러나오고 있구나. 한동안 반공·재건(再建)·증산 따위 군사정부가 쏟아 낸 구호만이 요란하던 거리로 — 잘 정리된 것은 아니었으나 영희의 느낌은 대강 그랬다. 거기다가 출입구 쪽에 어른거리는 사람 그림자가 우산을 접거나 빗물을 터느라 머뭇거리는 손님 같아 더는 그 둘의 대화에 마음을 쓸 여유가 없었다.

"어서 오세요."

문이 열리는가 싶자 카운터 김 양이 아름다운 목소리를 뽐내는 듯 입구 쪽을 향해 소리쳤다. 참으로 맹랑한 계집아이였다. 영희도 다방 레지로 나서기 전에 카운터에 서너 달 앉아 있어 본 적이 있지만 드나드는 손님에게 영 입이 떨어지지 않아 마담에게 핀잔깨나 들었었다.

"얘, 너 그렇게 꾸욱 다물고 있으면 입에 냄새 안 나니? 냄새 안 나?"

그런데 김 양은 이제 갓 고등학교를 졸업하고 다방에 처음 나왔다면서도 벌써 레지로 두 달이나 일한 영희보다 더 익숙하게 손님을 대했다. 인사성뿐만이 아니었다. 그녀는 또 짓궂은 손님들의 외설스러운 농담까지도 상글거림을 잃지 않고 받아넘길 줄 알았다.

영희가 잠깐 김 양에게 주의를 쏟는 사이 새로 들어온 손님은 구석진 자리의 청년 쪽으로 다가가고 있었다. 후줄근한 미군용 바바리코트에 기름 먹인 종이가 찢어져 나무로 된 살이 비어져 나온 우산을 들고 있었으나 먼저 와 있는 청년보다 훨씬 더 학생 티가 났다.

보리차 컵을 들고 따라간 영희는 그들에게 차 주문을 받으려다가 그만두었다. 주문을 받는다기보다는 주문을 강요하는 것에 가까운 그 일이 영 몸에 익지 않아 멀리서 눈총을 주는 마담만 없으면 손님 쪽에서 말 그대로 주문해 주기를 기다리는 그녀였다. 더구나 그날은 상대가 같은 또래의 학생들이라 더욱 마음 내키지 않았다.

그들이 커피를 주문한 것은 한동안 머리를 맞대고 무언가를 수

군거린 뒤였다. 그러나 커피를 날라 주는 동안 들은 두어 마디 말로도 영희는 그들이 무얼 의논하고 있는지를 알아차릴 수 있었다.

"그냥 봐 넘길 수 없어……."

"……연락해."

아이들이 또 거리로 뛰쳐나갈 궁리를 하는구나 — 영희는 조금 전 어항 곁의 어른들이 떠드는 걸 들을 때와 별반 다르지 않은 감동으로 그렇게 중얼거렸다. 둘 다 대학 상급반쯤으로 보여 자신과 비슷한 나이 같은데도 이상하게 그들이 어려 보였다.

갑자기 전화벨이 울리고, 전화를 받는 김 양의 간드러진 목소리가 다시 영희의 주의를 끌었다. 상대가 뜻밖으로 덤덤하게 받는지 한껏 밝게 지었던 미소를 어색하게 풀며 김 양이 영희 쪽으로 소리를 쳤다.

"손 언니, 전화."

영희가 아무렇게나 댄 손경숙이란 이름을 진짜로 알고 하는 소리였다.

"누군데?"

영희는 그렇게 묻다가 문득 짐작 가는 데가 있어 대답을 기다리지 않고 카운터 쪽으로 다가갔다.

"남자예요, 목소리가 부드럽고 차암 좋은데요."

김 양의 그런 설명이 아니라도 창현(昌鉉)임에 틀림없었다. 자신이 그 다방에 나가는 걸 알고 전화를 걸 만한 남자는 오직 그밖에 없었다.

"나야, 무슨 일이야?"

수화기를 받아 영희가 목소리를 낮춰 물었다. 빤히 올려다보며 귀를 기울이는 김 양의 눈길이 느껴지자 왠지 짜증이 났다.

"근처에 와 있어. 잠깐 다녀가지 않을래?"

창현이 언제나와 같이 축축한 목소리로 말했다. 그게 다시 까닭 모르게 짜증을 더해 영희는 본의 아니게 쌀쌀맞은 목소리를 냈다.

"근무 중인 거 알잖아? 저녁에 얘기해."

그러자 창현이 징징 울며 보채듯 받았다.

"일이 있어. 잠깐만 왔다 가. 거기서 멀지 않은 곳이야. 사거리 약국 옆 케키(케이크)점……."

"알았어."

영희는 별로 유쾌하지 않은 기분으로 그렇게 말하고 전화를 끊었다. 몇 달의 경험으로 미루어 창현이 그렇게 불러내는 것은 돈 때문인 듯했다. 가진 돈이 2백 원은 되었으나 그걸로는 모자랄 것 같아 아니꼬워도 김 양에게 손을 안 내밀 수 없었다.

"난 몰라요. 마담 아줌마한테는 언니가 말하세요."

김 양은 그렇게 꼬리를 빼면서도 별로 망설임 없이 5백 원을 카운터 금고에서 꺼내 주었다. 가불로는 좀 많은 금액이기는 하지만 그 정도는 처리할 힘이 있다는 듯한 태도였다.

영희는 마침 배달에서 돌아온 한 양에게 다방을 맡기고 빗속을 종종걸음 쳐 사거리 양과자점으로 갔다.

창현은 한구석 탁자에 색소폰 케이스를 얹어 놓고 맥없이 앉아 있었다. 창백한 얼굴에 까맣게 기른 콧수염이 대비가 되어 집 안에서 대할 때보다 한층 더 그를 병자처럼 보이게 했다.

그런 그의 언제나 물기 어린 듯 보이는 눈길과 마주치자 영희의 짜증은 이내 스러지고 대신 거의 습관적인 연민이 솟아올랐다.

'내가 보살피고 돌보아 주어야 할 가엾은 남자……'

영희는 모성애와도 같은 앞뒤 없는 보호 본능까지 느끼며 창현 곁에 앉았다. 보는 사람이 없다면 쓸어안고 쓰다듬어 주고 싶을 만큼 창현은 지치고 힘없어 보였다.

"점심은 먹었어?"

어느새 목소리까지 자상한 어머니같이 되어 영희가 묻자 창현이 고갯짓을 곁들여 대답했다.

"그래, 차려 놓은 것 조금……"

"찌개 데워서?"

"아니, 연탄불도 꺼지고 밥맛도 없고……"

"뭐야? 불이 또 꺼졌어? 내가 아침에 갈아 넣고 왔는데."

"몸이 오슬오슬해 불 문을 열어 두었다가 깜박 잊었어. 방이 너무 뜨거워 보니까 연탄이 다 타고 불이 벌써 꺼져 있는데……"

"그래 다시 피워 놓고 왔어?"

"밖에 비바람이 몰아치는데 어디서 어떻게 피워?"

"그럼 주인집 아줌마한테라도 부탁하고 와야지……"

밤늦게 써늘한 방으로 돌아갈 일이 속상해 자신도 모르게 창현을 나무라던 영희가 거기서 얼른 말투를 바꾸었다. 말 못 할 우울과 피로로 금세 처져 내릴 듯한 창현의 표정이 다시 좀 전의 연민을 되살려 준 까닭이었다.

"알았어. 그건 내가 돌아가 피우지. 근데 무슨 일이야?"

"이게 말썽이야. 오늘 처음 나가는 업손데……."

창현이 길고 흰 손가락으로 색소폰 케이스를 가리키며 말했다.

"어제 케이스째 떨어뜨린 적이 있는데 소리가 이상해. 어쨌든 악기점에 들러 봐야겠어."

"그럼 돈이 필요하겠네. 얼마면 되겠어?"

"우선 한 천 원은 가지고 가 봐야 할 것 같은데……."

창현은 지나가는 말처럼 그렇게 대꾸했다. 그 천 원이 두 사람의 반달 생활비에 가깝다는 게 영희를 일순 암담하게 했다. 그가 벌어온다지만 그 돈은 언제나 그 자신을 치장하기에도 모자랐다. 아직 제대로 자리 잡지 못한 뜨내기 악사일수록 차림이 깔끔해야 된다는 그의 주장에 따라 업소가 바뀔 때마다 새로 맞추는 양복이나 구두에다 새 물만 가시면 입기를 꺼리는 와이셔츠와 고급 넥타이핀, 커프스 버튼 같은 걸로 대표되는 자질구레한 사치 때문이었다.

지난달도 창현은 한 스무 날 가까이 밤일을 나갔지만 영희가 가불해 준 돈조차 다 돌려주지 못했다. 그 바람에 그 달은 아직 영희의 월급날이 열흘 넘게 남았는데도 월급은 오늘의 5백 원을 더

하면 벌써 반 이상을 앞당겨 쓰고 있는 중이었다.

하지만 영희는 차마 마음속의 암담함을 창현에게 드러낼 수 없었다. 오히려 알 수 없는 안쓰러움까지 느끼며 돈을 적게 가불해 온 것을 변명하듯 말했다.

"어쩌나? 돈 문제인 것 같아 가불을 좀 해 오기는 했어도 5백 원밖에 안 되는데…… 그저께 3백 원 가져간 것 좀 안 남았어?"

"없어. 카사블랑카 지배인하고 저녁 먹었다고 그랬잖아."

창현은 그렇게 말해 놓고 비로소 자기가 요구한 게 그리 적지 않은 돈이라는 걸 알아차렸다는 듯 덧붙였다.

"걱정 마. 이 돈 곧 갚아 줄게. 카사블랑카, 꽤 괜찮은 업소야. 손님도 태반은 돈 많은 양코배기들이고. 거기 뿌리만 내리면 너도 그까짓 다방 안 나가도 될 거야."

별로 미덥지는 않으나 말만이라도 영희에게는 감격스럽기 그지없었다. 그가 자신과의 미래를 설계하고 있음을 확인한 감격 때문이었다. 그 바람에 영희는 다시 한 번 다방으로 달려가 한 양과 김 양의 개인 돈을 빌려서까지 천 원을 채워 주었다. 그러나 뜻을 이룬 어린애처럼 밝은 표정으로 양과자점을 나서는 그의 조각한 듯 잘생긴 얼굴과 균형 잡힌 몸매를 훔쳐보면서 불현듯 느끼게 된 이질감만은 어쩔 수 없었다.

'저 남자가 과연 내 사람일까? 정말로 저 사람과 앞으로 한평생을 같이 살게 될까…….'

창현과 헤어져 다방으로 돌아오니 퇴근 때가 가까워서인지 손님이 좀 늘어 있었다. 그새 돌아와 있던 마담이 영희를 보고 대뜸 짜증부터 냈다.

"애, 너는 어딜 그리 쏘다녀? 다방은 비워 놓고……. 내가 없으면 너희들이라도 좀 지키고 앉았어야 할 거 아냐?"

그러고는 영희의 등을 떼밀듯 커피잔을 들려 와자하게 떠들고 있는 가까운 시장의 장사꾼들 자리로 몰아넣었다.

"손님들에게 좀 붙임성 있게 대해. 너도 차 좀 얻어먹고……. 레지들이란 게 꼭 꿰다 놓은 보릿자루 같은 것들이니 매상이 오를 게 뭐야?"

마담이 여러 사람 듣는 데서 그렇게 몰아대는 데 영희는 은근히 화가 치밀었지만 한 짓이 있어 억지로 참았다. 그러나 손버릇 나쁘고 입이 험한 장사꾼들 사이에 끼어 앉아 마음에도 없는 애교까지 떨 기분은 아니어서 차만 내려놓고 카운터 쪽으로 돌아와 버렸다.

마담이 그런 영희를 가볍게 흘기며 소리 나게 혀를 찼다. 그게 맞대 놓고 몰아세울 때보다 훨씬 심하게 속을 건드렸으나 영희는 다시 한 번 이를 사리물고 참았다.

'달이 차면 딴 다방을 알아봐야겠다. 두 달이면 옮겨 볼 때도 됐지……'

영희는 속으로 그렇게 중얼거리며 짐짓 볼일이라도 있는 것처럼 주방 곁 화장실로 갔다. 거기서 별 뜻 없이 거울을 들여다보기도 하고 수돗물을 소리 나게 틀어 손도 씻고 하다 보니 속이 조금씩 가라앉았다.

그런데 영희가 화장실을 나와 다시 카운터 쪽으로 가려 할 때였다. 영희는 문득 무슨 불길한 빛 같은 게 쏘아져 오는 느낌에 걸음을 멈추고 가만히 카운터 쪽을 살폈다. 방금 다방 안으로 들어온 듯싶은 군인 한 사람이 마담과 김 양을 상대로 무언가를 묻고 있었다. 어딘가 낯익다 싶어 자세히 그 옆모습을 훔쳐보니 아, 그것은 바로 오빠 명훈이었다. 지난 3년 동안 어디 있는지 빤히 알면서도, 그리고 그렇게 보고 싶어 했으면서도 끝내 찾아볼 용기가 안 나 면회 한 번 가 보지 못한…….

'오빠!'

영희는 하마터면 그렇게 소리 높여 명훈을 부를 뻔했다. 아니 마음속은 벌써 목청이 터지게 소리치고 있었다. 그러나 몸은 본능적으로 움츠러들며 화장실 안쪽으로 한 발이나 물러났다. 큰 괴로움이나 죄의식 없이 한 단계씩 치러 온 자신의 전락(轉落)이 갑자기 끔찍하게 느껴지며 3년 만에 혈육을 만난 반가움이나 감격을 한순간에 지워 버린 까닭이었다.

거기다가 몸이 입게 될지 모르는 위해도 오랫동안 느껴 보지 못한 종류의 두려움으로 영희를 떨게 했다. 오빠의 느닷없는 격정이나 어떤 특정한 쪽으로의 터무니없는 결벽을 잘 알고 있는 그녀에게는 명훈이 그같이 나타난 게 심상찮음을 넘어 어떤 위기감으로까지 느껴졌다. 지난 3년의 행적에다 창현과의 동거 생활까지 샅샅이 조사한 뒤 권총 같은 것이라도 숨기고 함께 죽자고 온 것 같은 예감에 두 다리가 후들거릴 지경이었다.

거기서 막다른 골목에 몰린 것처럼 다급해진 영희는 새삼 낯설어 보이는 화장실 안을 휘둘러보았다. 출입문 말고 벽면이 터져 있는 곳은 두 군데였다. 하나는 주방과 통하는 베니어판 쪽문이고, 다른 하나는 뒷골목으로 난 키 높이의 옆으로 길쭉한 창문이었다.

주방 쪽으로 가 봤자 카운터 앞을 지나지 않고는 밖으로 나갈 길이 없음을 아는 영희는 창문 쪽을 탈출구로 삼기로 했다. 나무 창틀은 뻑뻑했지만 못질까지 되어 있지는 않았다. 영희는 바지를 입고 있는 걸 다행으로 여기며 소변기를 발판 삼아 창틀로 올라갔다. 거기 더께 앉았던 먼지가 손바닥과 옷에 묻어났지만 그런데 마음쓸 겨를이 없었다.

어렵게 골목길 위로 뛰어내린 영희는 다방 뒤편을 돌아 시장 쪽으로 빠졌다. 저녁때가 다 되어서인지 아직 빗발이 질금거리는데도 시장 안은 제법 북적대고 있었다.

'어디로 갈까…….'

갑자기 막막해진 영희는 질퍽이는 장바닥을 조심성 없이 걸으며 속으로 중얼거렸다. 처음에는 거기서 멀지 않은 셋방을 떠올렸으나 어쩌면 오빠가 이미 그곳을 알고 있을지도 모른다는 생각이 들어 고개를 저었다. 근처의 식당이나 제과점도 자신을 기다리던 오빠가 저녁이나 때우려고 찾아들지 몰랐고 다른 다방에 숨어도 반드시 안전할 것 같지는 않았다.

그때 영희에게 퍼뜩 떠오른 곳이 시장 입구 쪽의 미장원이었다. 자신이 있는 다방과 좀 가깝다는 것이 불안했지만 거기는 오빠가 오지 않을 듯 싶었다.

"아유, 깜짝이야. 웬일이세요?"

힘껏 문을 열어젖힌 영희가 뛰듯이 미장원으로 들어가자 대기용 나무 의자에 앉아 만화책을 뒤적이고 있던 아직 어려 뵈는 미용사가 놀란 눈으로 물었다. 전에 두어 번 와 본 적이 있어 낯익은 아가씨였다.

"으응, 고데 좀 할까 싶어서."

비로소 좀 여유를 찾은 영희가 미용 의자에 털썩 올라앉으며 별일 없다는 듯 말했다. 날이 궂어서인지 저녁때라서인지 손님은 영희 말고는 아무도 없었다.

"오늘은 다방 문 안 열었어요? 어디 갔다 오시기에 이 먼지, 아유, 머리도 감아야겠어요. 비 맞으셨죠? 이대로는 냄새나서 안 돼요."

미용사가 그렇게 수다를 섞어 떠들었다. 자신이 다방 레지라는 걸 그 미용사가 벌써 알고 있다는 데 심사가 틀어진 영희가 상대방이 멋쩍을 만큼 차게 말했다.

"아침에 감은 머리야. 비 맞은 거나 말리고 시키는 대로 고데나 해 줘요."

미용사도 그제야 영희의 뒤틀린 기분을 알아챈 듯 얼굴에서 웃음기를 거두고 제 할 일로 돌아갔다. 영희가 더욱 굳은 표정과 침

묵으로 그녀의 입을 막아 잠시 후 미장원 안은 고데 가위가 찰칵거리는 소리와 미용사의 슬리퍼 끄는 소리가 간간이 들릴 뿐, 사람 없는 점포처럼 조용해졌다. 그 고요함에 조금씩 평온을 되찾은 영희는 자신도 모르게 씁쓸한 회상 속으로 빠져 들어갔다.

재작년 영희가 경리로 일하던 대흥기계를 나오게 된 데는 크게 두 가지 이유가 있었다. 그 하나는 시간이 흐를수록 거침없이 드러나는 홍 사장의 욕심이었다. 비록 그것이 스스로를 위한 불결한 욕심이 아니라 아들 정섭을 위한 것이라 할지라도 이제 갓 스물로 접어든 영희에게 짐스럽기는 마찬가지였다.

속내를 잘 아는 영희로서는 그 가게가 보기보다는 실속 있고 거래 단위가 큰 업체임을 인정하지 않을 수 없었다. 또 앞으로의 전망도 좋았고 홍 사장이 품고 있는 야심도 만만치 않았다. 그러나 당장은 청계천가의 꾀죄죄한 고물상일 뿐이었다. 그런 가게의 맏며느리로서 그때까지만 해도 허황스럽게만 보이는 그들 부자(父子)의 야망을 뒷바라지하며 일생을 보낼 결심을 하기에는 갓 스물인 영희의 나이가 너무 어렸다.

거기다가 아직 아무런 증상을 보이지 않지만, 흉측한 상처와도 같은 박 원장과의 과거가 선뜻 그들의 호의를 받아들이지 못하게 했다. 아버지로부터 무슨 소리를 들었는지 어떤 때는 가슴 뭉클할 정도로 다가오는 정섭의 수줍고도 순진한 애정이나 벌써 시아버지나 된 듯 자상스러운 눈길로 보살펴 주는 홍 사장의 피붙이 같은 정을 느낄 때마다 그 상처는 무슨 날카로운 쇠꼬챙이처럼 영희의 가슴속을 후벼 댔다.

'이 사람들은 너무도 나를 몰라. 지난 몇 달 오직 학교와 이 가게를 위해서만 힘을 쏟아 온 나를 한껏 잘 보아 준 까닭일 테지만, 이건 잘못되었어. 이들이 정말로 내가 어떤 계집아이라는 걸 알면 펄쩍 뛰며 돌아설걸. 이들이 순진한 만큼이나……'

어쩌면 그 같은 혼잣말은 그때까지만 해도 영희의 심성이 뒷날처럼 그렇게 심하게 일그러지지는 않았음을 나타내는 것이기도 했다. 그리하여 그들 부자의 호의를 받아들이는 게 단순히 내면적인 도덕성의 문제가 아니라 적극적인 죄악이란 느낌이 들면서 그곳의 생활은 점점 견디기 어려운 것이 되어 갔다.

그 밖에 그네들 남매에게 공통된 독특한 의식 형태도 영희가 대흥기계를 떠나게 된 또 다른 이유가 되었다. 영희·명훈에게뿐만 아니라 인철과 옥경에게까지 공통된 의식 중의 하나는 일종의 영락의식(零落意識)이었다. 그 때문에 그들의 신분 상승 욕구는 언제나 과장과 미화로 실제보다 훨씬 엄청나진 과거를 지향하는 회복 의지로 나타났는데, 종종 그 회복 의지는 상승 욕구보다 치열한 양상을 띠었다.

지금도 여전히 그런 데가 있지만 특히 1960년대는 사람들의 신분 상승 욕구가 교육열로 한창 불을 뿜던 시기였다. 아직은 경제력 그 자체를 신분 상승의 바탕으로 인정할 만큼 산업화되지 못한 사회 의식의 한 반영으로, 그 불꽃의 절정은 대학에서 타올랐다. 학문의 본질과는 거의 무관한, 의식이 물화(物化)되어 가는 중간 과정으로서의 특이한 '마니아[熱]'였다고도 할 수 있다.

회복 의지란 외양을 띠고는 있어도 실제로는 상승 욕구에 지나지 않는 점에서 명훈과 마찬가지로 영희도 그런 진학열(進學熱)에서 예외일 수 없었다. 언제부터인가 그녀 또한 대학 진학을 신분 상승 또는 과거 회복의 마지막 단계로 단정하고 있었으며, 때로는 그 이상의 의미를 부여하기까지 했다. 박 원장으로부터 크게 상처 입은 과거를 치료할 영약(靈藥) 또는 자신의 모든 인간적인 약점과 실수에 대한 면죄부로서의 의미였다. 어쩌면 집을 떠날 때 인철에게 말한 성공이란 것도 실은 대학 졸업이란 말을 추상화한 것에 지나지 않는지도 모를 일이었다.

따라서 입시철이 되자 영희는 전에 없는 열성과 집중으로 그 진학 준비에 힘을 쏟았다. 하지만 그녀의 능력과 희망 사이의 거리는 너무 멀었다. 그녀가 평소 우러렀던 명문의 여자대학은 말할 것도 없고, 2차로 지원한 사립대학에서까지 영희는 보기 좋게 낙방하고 말았다. 오빠 명훈과 마찬가지로 그녀에게도 남은 길은 돈 보따리를 싸 들고 정원 미달인 삼류 대학을 찾는 길뿐이었다.

그 며칠 전까지도 거짓말같이 잊고 있었던 돈 문제가 영희를 괴롭히기 시작한 것은 그때부터였다. 시험에만 합격하면 등록금은 어디서 절로 나올 것 같았으나 이제 돈만이 진학을 결정하는 요소가 되자 갑자기 모든 게 막연해졌다.

대학 진학에 관한 한 홍 사장 부자는 냉담하기 그지없었다. 정

섭은 기회 있을 때마다 영희의 턱없는 꿈을 비웃었고, 홍 사장은 노골적으로 못마땅한 기색을 지어 보이기까지 했다. 어떤 때는 단순한 못마땅함 이상의 싸늘한 적의를 느낄 때마저 있었다. 그런 그들에게 등록금을 도움 받는 것은 상상조차 안 되는 일이었다.

거기서 영희의 두 번째 전략은 그녀 스스로에 의해 결행되었다. 대학 입시 앞뒤로 관계가 좀 서먹해지기는 했어도 영희는 여전히 대흥기계의 수금 관계 일을 맡아하고 있었는데, 그게 탈이었다. 그해 3월 말의 어느 날 제법 큰 거래처에서 5만 원을 수금해 오던 영희는 그 돈이 바로 최근에 보아 둔 제법 그럴듯한 사립 여대의 보결(補缺) 입학등록금 액수라는 데 갑작스러운 유혹을 느꼈다.

언제든 성공해서 갚으면 되지 않는가…….

그런데다 어렵게 유혹과 싸우며 돌아간 가게에 그 돈을 바로 받아 챙길 홍 사장이 없는 걸 보자 영희는 마침내 더 버텨 내지 못했다. 정섭이 또 무슨 기겐가에 열중해 가게 모퉁이에 앉아 있었으나 영희가 그 돈을 훔쳐 떠나는 데는 아무런 장애가 되지 않았다. 오히려 가슴 철렁한 일은 제법 쪽지까지 써서 장부 사이에 끼워 두고 나오던 그녀가 종로로 건너가는 다리에서 홍 사장과 마주치게 되었을 때 있었다.

하지만 그때는 이미 결행에 들어간 때라 영희는 그녀 특유의 뱃심으로 눈 한 번 깜박하지 않고 홍 사장을 따돌려 버렸다.

그 길로 모니카네 집으로 달려가 숨은 영희는 거기서 한 보름 행복한 꿈에 취해 보냈다. 공부에 있어서는 영희보다 나을 것 없는 처지인 모니카가 때마침 그녀 어머니가 경영하는 요정의 단골 손님을 통해 제법 명문 소리를 듣는 여자대학에 보결 입학을 시도하고 있다는 말을 듣고 자신도 거기 편승하기로 했다. 더군다나 거기는 보결 입학이라고 해서 돈을 별로 더 많이 내라는 것도 아니어서 영희에게는 그 행운이 꿈만 같았다.

그러나 행운은 진정한 것이 못 되었고, 대학은 영희와 인연이 없었다. 돈을 건네 주고 보름, 입학식 날이 되어도 그 학교로부터는 아무런 연락이 오지 않았다. 그제야 이상하게 여긴 모니카의 어머니가 학교로 달려가 보았으나 이미 늦은 뒤였다.

"약은 고양이 밤눈 어둡다고 내가 그 꼴이 났구나. 분명히 그 대학 교무 과장 주임교수 하며 내 앞에서 한 상 잘 받고 갔는데, 정작 찾아가 보니 전혀 낯선 사람들이지 않겠니? 내 참, 기가 막혀서…… 어쨌든 모니카 이 기집애, 너 대학은 끝났는 줄 알아. 밤낮 공부는 않고 발발거리며 싸다니더니 결국 뒷구멍 파다가 이런 꼴을 당한 거야. 정식으로 합격해 들어간 대학이라면 내가 왜 그 사기꾼들에게 등록금 보따리를 안겼겠니? 정말 분해서…… 이젠 대학 같은 거 꿈도 꾸지 말고 몇 해 처박혀 있다가 시집이나 가."

모니카의 어머니는 모니카를 상대로 그렇게 푸념 섞어 나무랐으나 영희는 그게 꼭 자신에게 내려진 비정한 선고처럼 들렸다. 그리고 비로소 운명이 예비하고 있는 자신의 앞날에 대한 불길한 예감으로 섬뜩해져 몸을 떨었다.

그 뒤 1년 남짓 영희에게는 하루하루가 악전고투와도 같은 나날이었다. 급사 겸 경리로 여섯 달 근무했지만 겨우 석 달 치 월급밖에 못 주고 망해 버린 어떤 무역 회사, 일본에서 도입한 기술이라며 떠들썩하게 시작했으나 미처 영희가 그 기술을 다 배우기도 전에 문을 닫은 신발 공장, 생계비도 안 되는 봉급과 화학약품의 독한 냄새 때문에 두 달도 안 돼 그만둬 버린 나염 공장, 식모 겸 점원으로 몇 달 지내다 그만둔 약방……. 그렇게 거칠고 고단한 삶을 채워 가는 동안에 소녀 시절의 꿈은 모두 흩어지고 성공은 생존과 동의어로 내려앉았다.

하지만 그래도 그 시절의 삶은 건강하고 정직했다. 아직도 남아 있는 소공녀(小公女) 의식 또는 영락(零落)의식이 한 울타리가 되어 떠돌이 젊은 여자를 노리는 도시 밑바닥의 여러 유혹으로부터 그녀를 보호해 주었다. 그 기간 동안 급할 때는 상당한 도움을 줄 수도 있는 모니카네 집을 굳이 멀리한 것도 그런 의식에서 우러난 경계였다.

그러다가 마침내 그 생활의 고단함과 외로움에 지친 영희가 집으로 돌아갈 생각을 한 것은 바로 전해 여름이었다. 그런 생활 속에서도 아직 자신이 무언가 고귀한 걸 추구하고 있는 듯한 착각에 빠져 있던 영희는 어느 날 느닷없는 충격으로 그 착각에서 깨어났다. 그녀를 오갈 데 없는 고아로 단정한 약사 선생님이 아이가 둘씩이나 딸린 홀아비를 중매하겠다고 나선 게 그 발단이었다.

제법 집칸이나 지키고 사는 홀아비와의 결혼에 은근히 마음이 흔들려 선을 보고 돌아오면서 영희는 문득 자신에게 그렇게 괴로운 나날을 참아 가며 추구해야 할 그 무엇이 이미 남아 있지 않음을 깨달았다.

그때 영희가 들은 게 할머니가 부르는 소리였다. 어렸을 적 무언가 어머니가 화낼 일을 저질러 놓고 매가 무서워 어둡도록 골목길을 서성이고 있으면 어김없이 찾아 나와 부르던 그 따뜻한 목소리. 그리고 갑자기 앞뒤 없는 설움이 북받쳐 훌쩍이고 다가가면 서걱이는 치마폭으로 온몸을 감싸 주며 할머니가 얼렀다.

"아이고, 누가 우리 3대 만에 얻은 귀한 사파(私派) 종녀를 울렸노? 가자, 이 할미하고 가면 아무도 널 못 건든다. 에엣, 못된 것……."

그래서 못 이기는 체 따라 들어가면 어머니는 하얗게 눈을 흘기면서도 끝내 그녀에게 매는 대지 못했다. 그 할머니는 이미 10년 전에 돌아가셨다는 걸 뻔히 알면서도, 영희는 그녀가 밀양 집 밖 골목께에서 기다리고 서 있는 듯한 환상까지 보았다. 아니, 이번에는 어머니가 머리칼을 자르는 게 아니라 머리 가죽을 벗긴다 해도 기꺼이 머리를 내밀 수 있을 것 같았다. 그렇게라도 다시 가족의 한 사람이 되어 그들과 함께 지내고 싶었다…….

그러나 용기를 내어 돌아간 밀양에서 영희가 들을 수 있었던 것은 쓸쓸하고도 종잡을 수 없는 그들의 후문뿐이었다.

"느그 어무이는 니 달라 빼고도 한 대여섯 달은 좋게 느그 고향에 있다 돌아왔제, 암매. 그라고 아아들은 고아원에 옇디(넣더니) 식모살이를 나섰다 아이가. 여다 있을 때만 해도 우리 집은 가끔씩 들따(들여다)보디 재작년 말인가 부산으로 간다 카미 가더라. 아아들은 그대로 고아원에 남아 있었는 갑더만 가아(그 애)들도 요새는 잘 안 보인다 카데. 병우 말로는 옥경이가 전학 갔뿌따는 기라. 인철이는 중학교에 댕겨 병우가 잘 모르지만은 그 아도 요새는 잘 안 비데(보이데). 암매 둘 다 너그 어무이가 델꼬 갔는 갑더라……."

옛날 집에 갔다가 식구들이 간 곳을 못 찾고 할 수 없이 영남여객 댁에 들렀을 때 아주머니가 별 감동 없는 목소리로 일러 준 말이었다. 어머니가 도시를 옮길 때의 습성을 잘 알고 있는 영희는 그 말을 듣자 암담해졌다.

도시를 옮길 때 어머니는 전에 살던 도시의 누구에게도 자기들이 사는 곳을 바로 일러 주는 법이 없었다. 그리고 새 도시에 가서는 될 수 있는 한 눈에 띄지 않게 사람들 속에 숨어 버리는 게 그녀의 이주 방식이었다. 영희는 경찰도 다시 그들의 소재를 파악하는 데 1년은 넘게 걸릴 만큼 깊이 숨어 버린 어머니를 찾는 것보다는 차라리 어머니가 자신을 찾아오기를 기다리는 게 더 손쉽고 빠를 것 같아 맥없이 서울로 돌아왔다.

영희의 또 한 단계 전략은 그렇게 돌아온 서울에서 이루어졌다. 이제는 정말로 혼자가 되었다 — 갑작스레 그런 기분에 빠진 영희는 저항감은커녕 오히려 어떤 귀향 의식 같은 것까지 느끼며 거의 1년 만에 모니카네 집을 찾아갔다.

모니카는 그사이 많이 변해 있었다. 쌍꺼풀 수술을 하고 인조 속눈썹을 달고 내의 같은 맘보바지를 입은 모습도 그랬지만, 다방과 술집과 음악실과 이따금씩은 카바레로까지 이어지는 그녀의 행동반경은 갈 데까지 다 간 논다니의 그것이었다. 물론 변하지 않은 것도 있었다.

속없이 영희를 반기는 것이나 습관처럼 명훈을 추억하며 눈물을 질금거리는 것 따위였다.

"너네 오빠, 어쩜 그리도 무정하니? 사람 가슴에 못을 막 박고……. 작년에 군에 면회 갔을 때 어쨌는지 아니? 면회를 갔는데 글쎄, 면회실까지 나왔다가 날 알아보자 그대로 돌아서서 가 버리지 않겠니? 하도 슬퍼 펑펑 울고 있자니까 생전 첨 보는 하사관 하나가 술을 다 사 주며 위로해 주더라……."

그런 원망과 함께였는데, 그러다가 미처 그 눈물이 마르기도 전에 그 무렵 사귀고 있는 놈팡이 얘기로 킬킬대는 것 또한 그녀의 변하지 않은 부분 중 하나였다.

변한 점에 있어서는 모니카의 어머니도 마찬가지였다. 무슨 일이 있었는지 못 본 지 겨우 1년 만인데 그녀는 나이보다 훨씬 늙고 원기 없어 보였다. 색시를 여남은 명씩이나 데리고 하던 요정도 그만둔 듯했고, 막연히 느껴지던 분방한 분위기도 지워지고 없었다. 나중에야 그게 자유당 시절 고급 공무원이었던 모니카의 의붓아버지가 몰락함에 따른 변화란 걸 알았지만, 영희는 그 때문에 한동안 모니카네 집이 서먹하게 느껴지기까지 했다.

하지만 모니카의 어머니에게도 변하지 않은 부분은 있었다. 그 하나는 영희에 대한 무턱 댄 관대함이었다. 딸애의 단짝이라서 그런지, 여러 해 시대의 타락한 딸들을 밑천 삼아 영업을 해 오는 동안에 몸에 밴 습성 때문인지, 그녀에게는 세상의 어머니들이 영희 같은 떠돌이 여자애에게 흔히 갖게 되는 악의나 편견이 전혀 없었다. 언제나 웃음보다 더 편한 무덤덤함으로 영희를 맞아 주었고, 때로 넌지시 훈계를 끼워 넣기는 해도 그게 영희에게 부담을 줄 정도는 아니었다.

그다음 그녀에게서 변하지 않은 부분은 화류계 쪽과의 관계였다. 요정은 걷어치웠지만 대신 그녀 자신이 월급 마담으로 어딘가를 나가는 눈치였고, 그 방면의 사람들과 왕래도 여전히 잦았다. 그리고 그 덕분에 영희는 거의 두 달이나 그동안의 저임(低賃)과 피로에 지친 몸을 그 집에서 마음고생 없이 쉴 수 있었으며, 마침내는 일자리까지도 그전과는 성질을 달리하는 다방으로 바꾸게 되었다.

그런데 영희 자신마저 알 수 없는 것은 새로운 일자리로 다방을 결정하던 때의 심리 상태였다.

1960년대 초만 해도 다방은 뒷날과 달리 매음(賣淫)과는 거의 무관한 업종이었으나 그렇다고 여느 스물한 살짜리 여자가 아무런 주저 없이 선택할 일자리 또한 아니었다. 때로 로맨스의 형태를 갖추거나 또는 아주 예외적이기는 해도 손님과 다방 종업원 사이의 매음에 유사한 거래는 그때도 이루어지고 있었기 때문이다. 그런데도 영희는 아무런 예비 행동이나 거부감 없이 다방을 새 일터로 받아들였다. 비록 시작은 경리였지만 그게 끝내는 레지(레이디)에 이르는 길이 될지도 모른다는 충분한 예측이 있으면서도.

그러나 이해하려고만 들면 반드시 이해하지 못할 것도 없는 것이 그러한 영희의 선택이다. 그때는 아직 산업화다운 산업화가 진행되지 못하였고, 사회의 경제적 수준은 먹여만 준다는 것도 큰 시혜(施惠)로 여겨지던 시절이었다. 따라서 기업 윤리도 노동자의 권리도 양쪽 모두의 의식 표면에 떠오르지 못한 그러한 시절의 미숙련 여성 노동자인 영희가 겪었을 저임과 피로는 오늘날의 상상으로는 다 그려 내지 못할 부분이 있을 것이다.

거기다가 또한 영희의 그 같은 선택을 거든 것은 고통과 피로에 지기 쉬운 몸이었다. 두 달 가까이 쉰 뒤 다시 일을 해야 할 필요에 몰렸을 때 영희는 먼저 그때껏 해 온 종류의 노동을 떠올렸다. 그럴 때 그녀의 몸은 저임과 피로의 기억에 몸서리치며 거부를 나타냈다. 그리고 거기에 이제는 온전히 홀로 되었다는 느낌과 모니카의 어머니 주위에서 보게 되는 나쁜 본보기가 가세하자 영희는 별 주저 없이 다방으로 나갈 수 있었다.

어쩌면 영희는 그때 이미 자본주의 시장 원리의 한 중요한 항목을 무의식적으로 수용하기 시작했는지도 모른다. 곧 일신 전속적(一身專屬的)인 어떤 가치의 상품화가 가격 시장에서의 비교 우위로 가는 지름길이라는 것, 특히 정조나 명예 같은 것이 힘든 노동보다 훨씬 비싼 값에 팔린다는 것을.

어쨌든 영희는 모니카의 어머니에게 부탁해 다방의 경리로 출발했고, 그로부터 여섯 달, 출발 때의 미필적(未必的)고의는 드디어 현실로 나타나 이제 그녀는 한 신출내기 레지로 나앉게 되었다.

영희가 다방으로 전화를 건 것은 비 오는 저녁나절의 때 아닌 고데가 끝나고도 한참 뒤였다. 아무래도 불안해 그냥 집으로 돌아갈까 하다가 그래도 직장이라고 그럴 수가 없어 영희는 우선 전화로 사정을 알아보았다.

"어디야? 빨리 와. 오빠는 벌써 갔어. 정말이야. 외출 나온 길이라 귀대해야 된댔어. 쪽지 하나 남기고 그냥 갔으니까 안심하고 와도 돼."

전화를 받은 마담이 짜증을 감추고 그렇게 알려 주었다. 날이 궂다고는 해도 다방으로서는 바쁠 시간이었다.

영희는 잠깐 마담이 오빠와 짜고 자신을 꾀어 들이려는 게 아닌가 의심했다. 그러나 이내 생각을 바꾸고 다방으로 돌아갔다. 자신이 온 걸 빤히 알면서도 화장실 유리 창문을 타 넘어가면서까지 피한 누이동생을 눌러앉아 기다릴 만큼 눈치 없는 오빠 명훈은 아니었다.

영희에게

3년 만에 만난 오빠를 그렇게 피해야 되는 네 심경 알 만은 하다마는 그래도 섭섭하구나. 긴말은 않겠다.

나는 5월이면 제대고, 제대하면 돌내골로 돌아갈 작정이다.

어머니도 이미 지난겨울부터 옥경이와 함께 돌내골에 돌아가 계시고 철이도 곧 부를 작정인가 보더라. 내가 내려가면 너 빼놓고 우리 식구가 다 고향에 모이는 셈이 된다.

이제 와서 하필 그곳이냐고 말하겠지만 돌내골에는 네가 알시 못하는 좋은 일이 있다. 큰 산소 옆 산비탈에 한 3만 평 개간할 만한 땅이 있는데, 허가가 쉬울 뿐만 아니라 나라에서 개간 보조금까지 나온다고 하더라.

생각해 봐라. 아무리 개간지라지만 밭이 3만 평이다. 옛날 살림과는 못 견준다 해도 이제 우리 식구 사는 걱정은 안 해도 될 듯싶다. 어떠냐? 이쯤에서 집으로 돌아가 헝클어진 네 삶을 한번 정리해 보지 않겠니? 객지에서의 천덕꾸러기 생활을 청산하고 다시 내 귀여운 여동생으로 돌아오지 않겠니? 내 생각에 이게 네게는 마지막 기회일 듯싶다. 부디 깊이 생각해서 현명한 결정을 내리도록 해라. 할 말은 태산같지만 귀대 시간이 바빠 이만 쓴다.

1963년 3월 16일

아직도 널 사랑하는 오빠가

추신: 네가 언제 이 다방에 돌아와 내 편지를 보게 될지는 모르겠다만, 돌아갈 생각이 들거든 되도록 빨리 돌아가도록 해라. 제대해 돌아갈 때 돌내골에서 너를 다시 만나게 되기를 간절히 빈다.

오빠 명훈이 남긴 것은 쪽지라기보단 제법 긴 편지에 가까웠다.

읽기를 마친 영희는 콧마루가 시큰하며 눈물이 솟았다. 오빠는 휘갈겨 써 놓았지만 거기에는 영희가 체념 속에 포기한 모든 그리운 것이 다 들어 있었다. 가족, 가정, 혈육의 정, 희망, 미래. 한동안 자신과는 무관한 것으로만 여겨 왔던 그 모든 것…….

'돌아간다. 그래, 돌아가자.'

영희는 뿌옇게 흐려 오는 눈앞을 헤젓듯 손등으로 눈물을 훔치면서 속으로 그렇게 소리쳤다. 감정에 약하면서도 결단에는 주저 없는 그녀의 성격대로 반응한 것이었지만, 적어도 그 순간만은 진심이었다.

그러나 그날 밤 일을 마치고 자취방으로 돌아가자마자 영희의 결정은 다시 흔들리기 시작했다. 연탄이 꺼져 써늘한 방 안으로 들어가 불을 켜는 순간 눈에 들어온 방 안의 광경이 저녁 내내 까맣게 잊고 있던 창현을 상기시킨 까닭이었다. 방 안에 펴진, 사람이 방금 빠져나간 듯한 이부자리, 그 한구석 상보가 반쯤은 흘러내린 밥상, 트렁크로도 쓸 수 있는 알루미늄 옷상자, 벽에 걸린 창현의 양복들. 그중에서도 특히 눈을 끄는 것은 최근에 맞춘 휠끼(필크) 정장 위에 덮인 횃댓보였다. 흰 옥양목 바탕천에 아치 모양의 스위트 홈(Sweet Home)이라는 영문자와 다시 그 아래 원앙 한 쌍이 조잡하게 수놓인 그 옷 덮개를 보면서 영희는 비로소 자신이 혼자가 아니라는 것을 섬뜩하게 깨달았다. 오빠의 편지가 준 감동으로 잠시 잊고 있었지만 그녀는 벌써 몇 달 전 창현과 사실상의 신혼 생활을 해 오고 있었다. 신혼부부 방에나 거는 그 횃댓

보까지 걸어 두고…….

영희가 창현을 만난 것은 모니카네 집을 나와 처음 얻은 약수동 산꼭대기의 셋집에서였다. 다방 경리로 취직은 해도 보증금이 없는 영희는 어쩔 수 없이 비싼 월셋방을 얻게 되었다. 영희 같은 사람들을 노려 지은 듯, 닭장처럼 작은 방만 다닥다닥 붙여 놓은 한 일(一)자 블록 집이었는데, 창현은 바로 그 집 영희의 옆방에 몇 달 먼저 세 들어 살고 있었다.

처음 창현을 보았을 때 영희는 솔직히 다른 어떤 감정보다 기이하다는 느낌을 더 많이 받았다. 유행 따라 멋을 내 지은 남색 정장에 붉은 넥타이를 맨 그가 색소폰 케이스를 들고 닭장 같은 그 집에서 나오는 게 너무도 어울리지 않은 까닭이었다. 거기다가 귀공자처럼 흰 피부와 검고 숱 많은 고수머리, 그리고 영희가 좋아하는 섬세하면서도 음영 짙은 얼굴은 언뜻 스쳐본 영희에게 헛것을 본 것이나 아닌가 하는 느낌까지 주었다.

그러나 창현은 틀림없이 현실로 살아가는 사람이었고 또 그 집의 거주인이었다. 그것도 지방 소도시 고등학교 악대부에서 익힌 색소폰 하나만 달랑 들고 서울로 올라와 그 공동 거주지에서 가장 자주 곤궁에 떨어지는 거주인이었다. 아직은 뒷날처럼 그의 잘생긴 얼굴을 비싸게 사 주는 여자들에게 기생할 줄도 몰랐고, 다니는 밤업소에서도 그리 아낌받는 처지가 못 돼 자주 일자리를 잃게 되는 까닭이었다.

아주 나이가 들 때까지 영희가 버리지 못했던 소녀 적 습성 가운데 하나로 잘생긴 이성에게 약한 일종의 미색 취향(美色趣向)이 있다. 가만히 따져 보면 지난날 영희가 박 원장에게 그렇게 쉽게 허물어진 까닭도 그런 미색 취향과 무관하지 않을 것이다.

불 같은 분노와 원한이 어느 정도 가라앉은 뒤의 일이지만, 조금이라도 그리움 비슷하게 박 원장을 추억하게 될 때면 가장 먼저 떠오르는 것은 그의 흰 이마와 짙은 눈썹이며 깎은 듯이 오똑하던 콧날 따위였다.

그런데 그런 영희의 미색 취향이 처음 적극적으로 나타난 게 바로 창현과의 관계였다. 지난 한 해의 외롭고 고단한 나날 가운데도 바로 그 고단함과 외로움을 앞세우고 다가드는 또래의 임금노동자들이나 조급한 승진 욕구를 약점으로 노리는 회사의 간부 또는 사용자의 유혹은 더러 있었다. 그러나 박 원장에게 받은 상처 탓인지 스스로도 신통할 만큼 냉담하게 그들을 외면해 왔는데, 창현을 만나면서 갑자기 그런 절제력이 허물어져 버리고 말았다.

임금은 낮아도 건전한 일자리를 마다하고 다방으로 나설 때의 흐트러진 심리 상태나 스물한 살로 접어들면서 한창 피어나는 몸도 영희가 앞뒤 없이 창현에게로 다가가게 한 원인일 수 있었다. 그러나 그보다 더한 것은 아무래도 영희의 소공녀 의식에 꼭 맞아떨어지는 그의 귀족적인 용모라는 편이 옳을 듯하다.

우연을 가장해 가벼운 수인사를 나눈 뒤부터 영희는 대담하게 창현에게 다가갔다. 붙어 있을 때보다는 꺼져 있을 때가 더 많은 창현의 연탄불을 제 것처럼 보아 주고 자주 거르는 끼니를 보살펴 주는 것을 시작으로 그들의 관계는 급속히 진전되었다. 그러다가 어느 날 창현이 지독한 감기에 걸린 것을 계기로 드디어 둘은 한방을 쓰다시피 하는 관계로까지 발전했다. 어찌 보면 그 일 역시 또 한 단계의 전락일 수도 있지만, 영희에게는 조금도 그런 느낌이 없었다.

창현과 함께 살게 되자 그에 대한 새롭고도 끈끈한 애집(愛執)의 동기들은 오히려 추가되었다. 영희 자신은 뚜렷이 느끼지 못했지만 그 첫째는 타고난 듯한 창현의 성적인 매력과 그것을 표현하는 기교였다. 겨우 한 살 많은 스물둘인데도, 그리고 그 방면의 경험이 특히 많은 것 같지도 않은데도, 창현은 어떻게 하면 여자의 몸을 즐겁게 해 줄 수 있는지를 잘 알고 있었다.

그때까지만 해도 추상적인 부분이 남아 있던 영희의 성은 창현을 만나 완전히 구체화되었으며, 영희는 비로소 자신이 한 온전한 여자가 되었다는 느낌까지 받았다.

그다음으로 영희를 창현에게 한층 더 얽매이게 한 것은 끊임없이 영희의 모성적인 보호 본능을 일깨우는 그의 무력(無力)과 무능이었다. 저런 사람이 어떻게 혼자서 2년이나 객지 생활을 할 수 있었을까 싶을 정도로 창현의 몸과 마음은 허약하고 여렸다. 젊은이다운 이상이나 패기는커녕 살기에 필요한 최소한의 악착스러움도 없어 어떤 때는 보름씩이나 색소폰을 불어 준 밤업소에서 돈 한 푼 받지 못하고 쫓겨나기도 했다. 만약 자신이 버린다면 그는 며칠 안 돼 굶어 죽거나 얼어 죽을 것이라는 게 그 무렵 영희가 창현을 두고 하게 된 단정이었고, 그 때문에 영희는 더욱 창현에게 집착하게 되는 감정의 과장과 상승(相乘)에 빠져들게 되었다.

어떻게 보면 경리로 출발한 영희가 창현을 만난 지 겨우 석 달 만에 레지로 나서게 된 것도 창현과 무관하지 않았다. 혼자라면 경리의 월급으로도 견딜 만했지만 둘의 생활에서는 더 많은 돈이 필요했다. 무엇보다, 함께 세 들어 사는 사람들이 빈정대는 눈길로 자기들을 보는 그 닭장 같은 월셋방이 싫었고, 가불에 가불을 거듭해도 언제나 허덕여야 하는 생활이 견딜 수 없었다. 그리하여 모니카네 어머니에게서 끌끌 혀 차는 소리를 들으면서도 다방 레지로 옮겨 앉고 말았다.

적잖은 선금을 받아 창신동 산꼭대기일망정 아담한 셋방을 얻고 나니 한동안은 세상이 온통 영희에게 미소를 보내는 듯했다. 둘이 함께 걸으면 젊은 여자들은 어김없이 부러운 곁눈질을 보내는 창현과 떳떳하게 한방을 쓰며 신혼부부 흉내를 낼 수 있게 된 게 그랬고, 나아진 수입으로 전보다 훨씬 윤기 있게 꾸려 갈 수 있는 살이가 그랬다. 창현이 이런저런 핑계로 일을 나가지 않고 아예 더부살이로 나와도 밤업소와 벌이도 안되는 색소폰 연주에 그를 뺏기는 시간이 없어진다는 것만으로 오히려 기뻐했다.

하지만 그리 오래는 가지 못할 행복이었다. 먼저 그런 생활을 즐기기만 할 수 없게 한 것은 두 달도 안 돼 다시 영희를 괴롭히기 시작한 수입과 지출의 불균형이었다. 레지의 월급이 많다고는 해도 그것이 당시의 여공이나 식모보다는 낫다는 뜻이지, 두 사람이

흥청거릴 정도는 전혀 아니었다.

함께 살면서 더욱 뚜렷해지는 창현의 여러 결함도 영희가 그를
마냥 사랑과 이해로만 보게 놓아 두지는 않았다. 하루 종일 찻잔
을 나르느라 발이 퉁퉁 부어 돌아온 사람에게 재떨이까지 비우게
하는 그 지독한 게으름에다, 그러면서도 얼굴 가꾸기에는 여자인
영희보다 한술 더 떠, 먹기도 어려운 달걀을 얼굴에 뒤집어쓰고
있다시피 하는 것이며 그 염치없는 사치 — 정장만 하더라도 값비
싼 넥타이핀에 커프스 버튼까지 갖춰야만 입을 수 있는 걸로 아
는 창현이었다. 그런데도 무엇이건 뜻대로 안 될 때 그가 짓는 특
유의 미간 가득한 주름과 듣기 안쓰러운 한숨은 영희의 여린 부
분을 건드려 모성적인 보호 본능으로 그의 그 같은 결함을 깜박
잊게 만들기 일쑤였다. 어렵더라도 그가 원하는 대로 들어주어 머
리 꼭대기부터 발끝까지 반짝반짝하게 다듬어진 그와 팔짱을 끼
고 거리를 걸을 때 또래의 젊은 여자들이 자신에게 보내는 부러움
과 시기의 눈길에서 오는 묘한 만족감이 없었더라면 영희는 진작
에 창현과 싸움을 벌여도 몇 번은 대판 벌였을 것이다.

거기다가 어쩔 수 없이 자신도 일을 나가게 된 뒤부터는 눈에
띄는 창현의 신경질…….

'돌아간다고? 집으로, 가족들에게로, 고향으로 돌아간다고? 내
가, 창현 씨를 두고, 좀 힘들어지기는 했지만, 아직은 쉽게 내던져
버릴 수 없는 이 생활을 버리고……?'

38

창현을 떠올린 영희는 다방에서와는 달리 그런 괴로운 물음에
빠졌다. 자신도 모르게 한숨이 나오며, 천천히 거부의 감정이 일
기 시작했다. 그만둔다고 생각하자 창현도, 그와의 생활도 원래
보다 몇 배나 더 소중하고 아름다운 것으로 과장되기 시작했다.

　'그래, 돌아갈 수는 없어. 미덥지는 못하지만 나는 이미 한 남
자를 선택하고 그와 살고 있어. 족두리는 안 썼어도 결혼은 한 거
야. 어머니가 말했지. 여자는 시집을 가면 죽어서도 그 집 귀신이
되어야 한다고. 이제 내게 가족은 창현 씨고, 내 집은 그가 있는
곳이며, 고향도 그의 고향이 곧 내 고향이야. 군이 돌아가야 한다
면 그건 돌내골이 아니고, 수원 어느 동넨가 있다는 그 싸전이야.'

　이윽고 영희는 무거운 도리질까지 치며 그렇게 중얼거렸다. 창
현에 대한 집착이 다방에서의 그 감동에 찬 결심을 일시에 녹여
버린 듯했다. 한 번 결정한 것은 좀체 뒤집는 법이 없는 그녀의 고
집 센 성격으로 보아서는 제법 예외적인 번복이었다.

　마음이 그렇게 정해지자 영희는 쓸데없는 감상을 털어 내듯 소
리 내어 세수를 하고 이부자리에 들었다. 창현은 일을 나갔으니
새벽이 되어야 돌아올 것이었다. 그런 날이면 아침 출근 전에 벌
이게 되는 다급한 정사(情事)가 감미로운 기대로 잠깐 영희의 몸
을 달아오르게 하다가 이내 혼곤한 잠으로 이끌어 갔다. 영희가
다시 할머니의 부름 소리를 들은 것은 그렇게 하여 어슴푸레 잠
에 빠져들었을 때였다.

　"영희야."

할머니가 꼭 방 윗목에 서서 부르는 것 같은 소리에 영희는 윗몸까지 벌떡 일으키며 사방을 돌아보았다. 그게 환청에 지나지 않았음을 알아차린 뒤에도 이상하고 가슴 깊이 여운을 남기는 목소리였다. 그 바람에 영희는 전에 없었던 새로운 계획까지 세워 자신의 결심을 한 번 더 다지고서야 잠이 들 수 있었다.

'맞아. 언제까지고 이런 식으로 지낼 순 없어. 새벽에 창현 씨가 돌아오면 수원 집으로 한번 찾아가자고 졸라 봐야지. 시부모 될 분들께 인사를 드려 놓는 거야. 가능하면 조촐하게라도 식을 올려 달라고 그래야겠어. 그래도 끝내 안 되면 창현 씨를 졸라 혼인 신고라도 해 둬야지.'

그런데 새벽에 돌아온 창현의 반응은 뜻밖이다 싶을 만큼 냉담하고 단호했다.

"안 돼, 아버지 어머니를 만나 어쩌겠다는 거야? 결혼 말도 꺼내기 전에 머리채를 잡혀 끌려 나고 말걸."

그리고 혼인신고 얘기를 꺼냈을 때는 전에 없이 발칵 성까지 냈다.

"그게 도대체 무슨 소리야? 나는 우리 나이로도 이제 겨우 스물둘이라고. 결혼하고 계집자식을 거느릴 힘이 없을 뿐만 아니라 생각도 전혀 없어. 나와 이렇게 사는 게 그리 마음에 걸린다면 집 어치우면 되잖아? 집어치워 버리자고!"

그런 그의 두 눈에는 작고 힘없는 짐승이라도 막다른 구석에 몰리게 될 때는 쏘아내기 마련인 차갑고 앙칼진 빛 같은 게 번득였다.

영희가 다시 한 번 할머니의 부르는 소리를 들은 것은 그 의논이 결국 심한 말다툼으로 끝나 버린 그 아침의 출근길이었다. 쓰라린 배신의 예감에 불안하고 울적해져 아침 한술 못 뜨고 질척한 언덕길을 내려가고 있는데 할머니가 어제보다 훨씬 구체적인 목소리로 불렀다.

"영희야, 돌아가자. 나쁜 애들하고 그만 놀고……. 저런 울었구나. 옷도 다 버리고, 에미는 걱정 마라. 이 할미가 있잖니? 아무리 소가지 못된 것이라도 이 할미가 있는 한 널 함부로 때리거나 꾸짖지는 못해……."

집으로

떠나는 사람의 설렘과 들뜸 탓이었을까, 전날 밤 늦게 잠이 들었건만 인철이 눈을 뜬 것은 새벽 네 시 반이 조금 지났을 때였다. 귓전에 통금 해제 사이렌 소리가 남아 있는 게 어쩌면 그 소리에 깨어났는지도 모를 일이었다.

방 안에 불이 밝혀져 있는 게 이상스러워 주위를 둘러보니 실장(室長)인 성춘이 형이 담요를 뒤집어쓰고 공부를 하고 있는 게 눈에 들어왔다. 입학시험에 1등을 해서 장학금을 타거나 육군사관학교같이 먹고 입는 걸 대주는 대학교가 아니면 진학이 불가능하기 때문에 그런 대학에 합격하기 위해 3학년 들어서는 거의 밤샘을 하다시피 공부에 빠져 있는 그였다.

"벌써 일어났어? 그렇게 일찍 떠나야 돼?"

인철이 몸을 일으키는 소리를 들었는지 성춘이 형이 보던 책을 덮으며 물었다. 평소와는 달리 따스한 정이 밴 목소리였다. 떠난다는 것, 이제 더는 함께 있지 않게 된다는 것이 그처럼 차갑고 매서운 성격에도 어떤 영향을 미친 듯했다. 평소에는 그가 눈살만 조금 찌푸려도 가슴이 얼어붙는 듯한 두려움을 느끼던 인철이었다.

"기차는 여섯 시지만 한 군데 들를 데가 있어 봐서요……."

성춘이 형에게 나무라는 기색이 전혀 없다는 걸 잘 알면서도 인철은 절로 변명조가 되어 말끝을 흐렸다. 그가 읽던 책을 가만히 덮고 인철 쪽을 보았다. 그 또한 무엇을 살피거나 노려보는 것과는 전혀 무관했지만, 인철은 공연히 허둥대며 담요를 개고 옷을 걸쳤다.

"들은 얘기다만 정말로 네가 잘하는 짓인지 모르겠다. 고향에는 중학교도 없다며? 이제 한 해만 더 견뎌 내면 졸업인데……."

성춘이 형이 다시 혼잣말처럼 중얼거렸다. 하루 스물네 시간을 팽팽한 긴장으로 오직 자신만을 바라보며 지내는 듯한 그에게서 그런 말을 듣자 인철은 갑작스레 가슴 찌릿한 감동을 느꼈다. 형이라고는 불러도 언제나 가혹한 체벌자(體罰者) 또는 작은 폭군으로만 느껴 온 그라 자신에게 보내 준 그 사소한 관심이 더욱 감동적이었는지도 몰랐다.

"가까운 데 어디 중학교가 있을 겁니다. 안 되면 영양이나 안동같이 가까운 읍(邑)으로 나가 졸업을 하는 수도 있고요."

인철이 그렇게 대답하며 전날 밤 챙겨 둔 책가방을 집어 드는

데 조금 전까지도 코를 골던 정현(正鉉)이 녀석이 천장에 달린 백열등 때문에 부신 눈을 비비며 일어났다.

"으으, 철이 너 벌써 가는 거야?"

잠 많기로 이름난 녀석이 이 정도의 수런거림에 눈을 뜬 걸로 보아 녀석도 인철과의 이별을 위해 엊저녁 다짐과 긴장 속에 잠이 들었던 것 같았다. 학년은 같아도 나이는 한 살 많은 고아로 철이와는 비교적 잘 지내는 사이였다.

"그냥 자. 학교 가서 졸다 혼나지 말고."

인철이 그 말과 함께 몸을 일으켰다.

"원장 아버님께 인사 드리기 전에 수원이 형부터 보고 와."

성춘이 형이 다시 책을 펴며 지나가는 소리로 말했다. 얼핏 보기에는 그 말로 인사까지 때워 버리려 하는 태도였다.

"어어, 철아…… 같이 가."

정현이가 허둥지둥 옷을 꿰며 아직도 잠에서 덜 깬 목소리로 철을 잡았다.

"그냥 자라니까…… 어쨌든 수원이 형부터 보고 올게."

인철은 그렇게 말하며 방을 나왔다. '바들로매실(室)', 그 방에서 지낼 때는 무심히 읽고 지나쳤던 팻말이 갑자기 무슨 심각한 뜻이라도 담긴 말처럼 유난스레 인철의 눈길을 끌었다. 손바닥만 한 베니어판에 검은 칠을 하고 그 위에 흰 페인트로 글씨를 쓴 팻말로 나무 문틀 안팎에 하나씩 박혀 있었다. 이제 이 문을 드나드는 것도 마지막이구나 — 인철은 문득 집으로 돌아간다는 설렘과 들뜸으로 까맣게 잊고 있었던 이별의 비감(悲感)에 사로잡혀 나오려던 방 안을 다시 한 번 돌아보았다. 성춘이 형과 정현이 말고도 그 방 안에 누워 있던 다른 네 명의 아이들이 그제야 인철의 눈에 들어왔다. 중학교 1학년 아이 하나와 국민학교 5학년, 3학년, 2학년 셋인데, 모두 군용 담요를 둘둘 말고 한잠에 빠져 있었다.

함께 지낼 때는 협조 관계보다 경쟁 관계에 더 잘 빠지고, 호감보다는 적의로 보게 되는 일이 잦았던 그 아이들, 그러나 이제 그들에게서 영영 떠나간다고 생각하자 해방감보다는 이탈감이나 고립감이 먼저 일었다. 떠나는 날 새벽이 되어서야 비로소 그들과 형제였다는 것이 실감으로 닿아 온 셈이었다.

불현듯한 정으로 넋 잃은 듯 방 안을 둘러보던 인철은 성춘이 형과 정현의 의아롭게 여기는 눈길을 받고서야 복도로 나왔다. 30촉짜리 백열등 두어 개가 희미하게 빛나는 복도 양쪽에는 예수의 열두 제자 이름이 아까와 같은 팻말에 얹힌 채 가지런히 늘어서 있었다.

'베드로실', '요한실', '마태실', '누가실'……. 인철은 거기서 새어 나오는 곤하게 코 고는 소리를 들으며 복도 끝에 있는 층계로 갔다. 그 시각 틀림없이 예배실에 있을 수원이 형을 만나 보기 위해서였다.

수원이 형은 그 고아원의 특이한 식구였다. 그는 고아도 아니었고 그렇다고 그곳 직원도 아니었다. 그는 원래 내일동 시장 거리에서도 목 좋은 곳에 자리 잡은 커다란 상회(商會)의 아들로 그 재주 때문에 일찍부터 읍내에 잘 알려진 사람이었다. 국민학교를 졸업하고 당시 이 나라 제일이라는 경기중학교에 합격해 서울로 올라간 그는 다시 우수한 성적으로 같은 이름의 고등학교에 진학해 여러 사람의 기대와 선망을 샀다.

그런데 대학 진학을 앞두고 그는 뜻밖의 선택을 했다. 당연히 서울대로 진학해 법관이나 의사가 될 줄로 알았는데 갑자기 신학대학교를 지원하고 나섰기 때문이었다. 그의 아버지는 원래 교회와 신앙에 그렇게 적대적인 사람은 아니었으나 아들의 그 같은 선택에는 낙담하지 않을 수 없었다. 달래도 끝내 아들이 생각을 바꾸지 않자 기대는 실망과 분노로 변해 의절(義絕)을 선언하고 말았다.

수원이 형이 그 고아원과 인연을 맺게 된 것은 바로 그 말썽 많은 신학대학교 진학 때부터였다. 그가 부모에게 버림받자 소문을 들은 읍내 교회가 그의 뒤를 보살펴 주게 되었는데, 여러 장로 중에 가장 재력 있는 장로인 고아원 원장이 사실상 그를 떠맡았다. 인철이 그 고아원에 맡겨지기 서너 해 전의 일이었다.

그 뒤 그는 방학이 되면 자기 집 대신 그 고아원에 돌아와 직원도 아니고 원생(院生)도 아닌 어정쩡한 신분으로 머물다 갔다. 그러다가 대학교 3학년 때 폐결핵을 얻어 고아원으로 돌아오게 되었는데 그 어떤 이유에선지 병이 거의 나은 것같이 보이는데도 그때까지 신학교로 돌아가지 않고 그대로 머물러 있었다.

그때 인철이 들은 얘기와 나중에 알게 된 것들을 종합해 보면 그는 아마도 실천신학(實踐神學) 쪽으로 기울어져 있었던 것 같고, 특히 일본의 가가와 도요히코[賀川豊彦]에게 깊이 빠져 있었던 듯하다. 인철에게는 그가 그때만 해도 여기저기 소집단으로 남아 있던 나환자촌이나 흔히 '걸버시 마(거지 마을)'라 부르던 빈민촌에 며칠씩 함께 어울려 지내는 걸 인상 깊게 바라본 기억이 있다. 듣기로 그가 폐결핵에 걸린 것은 신학생 시절의 지나친 독서와 고행(苦行)에 가까운 조의조식(粗衣粗食) 때문이라고 했다. 뒷날 그런 수원이 형은 인철의 출세작에서 한 강렬한 개성으로 모습을 드러낸다.

그러나 그날 수원이 형이 인철의 가장 중요한 작별의 대상이 된 것은 그런 추상적인 감동 때문만은 아니었다. 그보다는 인철이 그 고아원에 머무르는 동안 베풀어 준 따뜻한 보살핌의 눈길이 누구보다도 그와의 이별을 의미 있게 만들었다.

인철이 바깥에 있을 때부터 그에게 특이한 감정을 품었던 것처럼 수원이 형도 고아 아닌 고아가 되어 수용된 인철에게 별난 보호 의식을 품었음에 분명했다. 그때의 고아원은 전후(戰後)의 살벌한 사회 분위기가 반영된 혹독한 내부의 위계(位階)나 규율들을 가지고 있었는데, 인철에게는 그것에의 적응이 쉽지 않았다. 형제라고 부르기는 해도 형이기보다는 일쑤 작은 폭군 혹은 착취자로 군림하던 손위 아이들, 턱없이 엄한 규칙들과 과다한 작업량, 그러면서도 언제나 허기를 못 벗게 하는 급식과 얼어 죽는 걸 겨우 면할 정도의 난방이 원생들에게 보장되는 전부였다. 그리하여 인철이 이제는 더 못 견디겠다 싶을 때면 어김없이 그가 나타나 그 가장 힘든 고비를 넘기게 해 주었다.

인철이 또래보다 더 많은 책을 읽게 된 것도 실은 수원이 형의 배려 덕분이었다. 그가 여기저기 편지를 내고 몇 날 며칠 읍내를 돌아 얻어 온 책들로 작은 도서관을 마련하고 인철에게 그 관리를 맡김으로써 인철은 시도 때도 없이 불려 나가야 하는 잡일에서 벗어날 수 있었을 뿐만 아니라 눈치 보지 않고 책을 읽을 기회까지 잡을 수 있었다. 그 방법은 알 수 없지만 인철이 원생들끼리의 무자비한 위계질서에서 다소 예외적인 위치에 서 있을 수 있었던 것도 틀림없이 그가 나이 든 형들을 설득해 준 덕분이었다.

"뒷날 우레처럼 떨쳐 울릴 사람은 먼저 구름으로 오래 떠돌지 않으면 안 된다. 네 전기(傳記)의 무대가 바뀌는 걸 너무 겁내지 마라."

인철이 막상 학교를 그만두려니 겁나 집으로 돌아갈까 말까를 두고 망설이며 물었을 때도 그는 그렇게 격려해 주었는데, 그 말은 뒷날 성년이 되어서도 인철이 즐겨 자신을 격려하며 홀로 중얼거리는 말이 되었다.

수원이 형은 짐작대로 썰렁한 예배실 바닥에 엎드려 기도를 드리고 있었다. 인철은 짐짓 발소리를 크게 해 그에게로 다가갔다. 그러나 그는 기도에 열중해 있어 못 들었는지 인철이 다시 가벼운 헛기침을 두어 번 했을 때에야 고개를 들고 돌아보았다.

"철이냐? 이제 가려고?"

그가 약간 쉰 듯한 목소리로 물었다. 그 어떤 종교적인 감동에 젖어 있었던지 그런 그의 두 볼에는 눈물 자국이 번들거렸다.

"네에, 그동안 여러 가지로 고마웠습니다."

인철은 저도 모르게 떨리는 목소리로 대답했다.

"고맙기는…… 어쨌든 잘 가라. 어디를 가든 하나님을 잊지 말고."

"네에……."

"물론 나도 네가 진심으로 하나님을 믿고 있지 않다는 건 안다. 그렇지만 또한 네가 간절히 믿고 싶어 하는 것도 알고 있다. 특히 그 마음을 잃지 마라."

"알겠습니다."

"신을 믿고 싶어 한다는 것은 신이 있기를 바란다는 뜻이고, 신이 있기를 바란다는 것은 세계와 인생에 어떤 목적과 질서가 있어 주기를 바란다는 뜻이다. 그리고 세계와 인생에 어떤 목적과 질서가 있어 주기를 바란다는 것은 너 또한 거기에 맞춰 선량하고 겸손하게 살기를 바란다는 뜻이기도 하다."

"잘 기억하겠습니다."

"부디 쉽게 하나님을 단념하지 마라. 이 말만 기억해 주면 그동안 너에게 쏟았던 내 작은 정성은 충분히 보람을 거둔 셈이 된다. 그럼 그만 가 봐라. 나는 좀 더 드려야 할 기도가 있어서……."

그는 아직도 기도 중의 열정에서 깨나지 않았는지 그렇게 내쏟

듯 말해 놓고는 다시 마룻바닥에 엎드렸다. 무슨 심각한 의식 같은 것까지 상상하며 찾아간 인철에게는 너무도 싱거운 이별이었다. 비록 그가 한 말들은 이제 갓 중학교 3학년에 올라간 철에게는 좀 무거운 의미에 찬 것이었으나, 그와의 오랜 언어 훈련으로 철에게는 알아듣지 못할 만큼 어렵지는 않았다. 그보다는 좀 더 의미심장한 작별의 말과 감동적인 몸짓을 기대한 철로서는 은근히 섭섭하기까지 한 그의 태도였다.

"안녕히 계세요. 그럼……."

인철은 이내 기도에 빠져든 수원이 형의 등줄기에 나지막하게 작별 인사를 던지고 예배실을 나왔다. 복도에 내려오니 성춘이 형과 정현이 외에 경렬이가 더 나와 있었다. 경렬이는 베드로실을 함께 쓰는 국민학교 같은 반(班) 아이로, 그 고아원 안에서는 인철과 가장 가까운 사이였다. 그러나 수원이 형 때문에 감정이 시들해진 탓인지 그가 그렇게 깨어나 준 게 특별히 고맙지도, 어쩌면 두 번 다시 못 만나게 될지도 모를 그와의 이별이 전날 밤의 상상에서처럼 슬프지도 않았다.

그들의 목소리 죽인 배웅을 받으며 원장 사택으로 가니 원장은 읍내 교회에 새벽 기도 인도를 가고 없었다. 원장은 뒷날 고아의 수급(需給)이 전 같지 못하고 외국의 구호물자와 원조마저 현저히 줄어들자 고아원을 유치원으로 개조해 팔아넘기고 미국으로 이주해 버린 직업적인 사회사업가였다. 그런 만큼 고아들과 살가운 접촉은 없었으나 두어 해 아버지라 불러 온 까닭인지 인철은 그에게 작별 인사를 드리지 못하고 떠나는 게 적이 섭섭했다. 작은아버지라고 불리는 총무 선생이 불편한 다리를 이끌며 나와 원장을 대신했다.

"형님은 네가 어디를 가든지 하나님을 두려워할 줄 아는 사람이 되라고 말씀하셨다."

수원이 형과는 달리, 교회에 나가기를 싫어하던 인철을 나쁘게만 이해하고 있는 원장다운 작별 인사였다. 총무는 거기에다 자신의 충고를 덧붙였다.

"나도 네게 해 주고 싶은 말이 있다. 사람은 어디를 가든 모여 살게 마련이다. 그럴 때 겉돌지 말고 제 할 일을 남에게 미루지 마라. 네가 조금만 더 여기 있는다면 그 점만은 확실하게 고쳐 주었을 텐데……."

그동안 그렇게도 인철을 괴롭혀 온 그의 악의가 가장 온건하게 표현된 말이었다. 그러나 그게 마지막 이별이라 생각하니 그를 향해 음험하게 타오르던 원한의 불꽃마저도 자취 없이 스러지는 것 같았다. 인철은 아무런 반발 없이 꾸벅 머리까지 숙이며 그의 말을 받았다.

"고맙습니다. 명심하겠습니다."

그제야 총무 선생도 잊고 있었던 일을 생각해 낸 듯 뒤늦은 사과의 뜻을 밝혔다.

"그동안…… 어쩌면 내가 좀 심했는지도 모르겠다. 2백 명 가까운 아이들을…… 바깥세상의 죄악으로부터 지키려 하다 보니 신경이 날카로워져서…… 너도 왠지 겉돌면서 뭔가 음침하게 살피는 듯한 데가 있었고…… 어쨌든 이제 헤어지는 마당이니 모두 잊자. 그럼 잘 가거라."

언제나 단단한 회초리를 들고 매서운 눈초리로 구석구석을 살피며 새벽부터 한밤까지 고아원을 돌던 그 비뚤어진 독신자. 전쟁 중에 다친 오른쪽 무릎 때문에 특이하게 떨그럭거리던 그의 나무 게다짝 끄는 소리만 들려도 고아들은 오금이 얼어붙었다. 그의 짐작할 수 없는 희로(喜怒), 아이들의 사소한 잘못과는 현저하게 균형이 깨진 그 가혹한 체벌. 인철도 그의 회초리에 한 번 종아리가 찢어진 적이 있었다.

그러나 지난날의 가해가 더는 증오스럽지 않은 것처럼 갑작스러운 호의도 특별히 감동스럽지 않았다. 인철은 마땅히 치러야 할 절차를 치르는 기분으로 그와 작별하고 2년 전 옥경과 함께 걸어 들어갔던 고아원 정문을 이번에는 홀로 걸어 나왔다.

밖은 안개가 자욱한 5월 초순의 새벽이었다. 인철은 인적 없는 들판 사이로 난 길을 서둘러 걸었다. 이어 나타난, 이제 막 깨나기 시작한 마을의 골목길을 지나 강둑 위에 오른 뒤에야 인철은 비로소 자신이 왜 그렇게 서두르는지를 어렴풋이 깨달았다. 거기에 오르기만 하면 습관처럼 건너보던 강 저쪽 명혜네 집은 강심(江心)에서 피어오르는 자욱한 안개 때문에 보이지는 않았지만, 그 애틋한 추억의 장소에서 치러야 할 이별의 의식이 은연중에 그를 몰아댄 것임에 틀림없었다. 2년 반이나 몸담았고 뒷날까지도 그의 정신에 몇 가지 깊은 자국을 남긴 그 고아원을 그토록 홀홀하게 떠날 수 있었던 것도 어쩌면 그 의식을 서두르기 위해서였는지 모른다.

안개와, 그 때문에 더욱 늦게 걷히는 듯한 새벽 어스름으로 아무것도 보이지 않건만, 인철은 한동안 둑길 위에 멈춰 서서 강 건너를 바라보았다. 선명한 기억은 짙은 안개와 새벽 어스름을 젖히고 실제보다 더욱 뚜렷하게 명혜네 집을 인철의 눈앞에 보여 주었다. 회색 담 위로 연기 꼬리처럼 휘감겨 올라간, 끝만 솟아 있는 향나무에 어울리지 않게 큰 히말라야시더와 몇 그루 감나무의 윗부분이 보이고, 그 뒤로 그저 거무스레하게만 느껴지던 마름모꼴 생철로 이은 지붕이 저녁 햇살에 곧잘 빨갛게 빛나던 2층 창틀과 함께 아련히 떠올랐다.

사실 그 집과의 작별은 그 며칠 인철의 상상 속에서 몇 번이고 되풀이 연출된 것이었다. 그 집 자체보다는 명혜 때문이었다.

고향으로 돌아가기로 결정이 난 순간 인철이 가장 먼저 떠올린 것은 명혜였다. 고아원에서 지내는 동안 인철은 그 애가 밀양에 돌아와 있는 방학 때만 되면 혹시라도 그 애와 마주치게 될까 봐 거리에 나가는 것조차 피했다. 자신의 초라하고 처량한 몰골을 보이는 게 두려워서였다. 딱 한 번 고아원 농장에서 다른 아이들과 당근을 뽑다가 근처 포도원에서 오빠와 함께 나오는 그 애와 마주칠 뻔한 적이 있는데, 그때는 먼저 본 인철이 뽑아 놓은 당근 더미 뒤로 숨어 버렸다…… 어쩌면 두 번이나 시도된 가출도 명혜에 대한 인철의 감정이 가장 큰 원인이었을 것이다. 명혜의 도시에 참담하게 전락한 자신을 그냥 두어 두고 싶지 않다는 생각이 쓰라린 실패에도 불구하고 서듭 인철에게 가출을 시도하게 하였다.

따라서 인철의 그 같은 의식적인 경원은 그전부터도 조금씩 추상화돼 가던 명혜를 더욱 급속히 추상화시켜, 그 무렵은 이미 그 애에게 피와 살이 있는가조차 애매해져 있었다. 거기다가 고아들과 함께 먹고 자고 하면서도 그들 집단의 문화에는 적응하지 못해 끝내 외톨로 겉돌다가 고아원을 떠나야 했던 인철이, 그곳의 괴로운 생활을 잊기 위해 닥치는 대로 읽었던 책과 그렇게 자주 빠져들었던 망상도 명혜를 추상화하는 데 한몫을 톡톡히 했을 것이다.

하지만 막상 그곳을 떠나게 되자 이제야말로 영영 그 애와는 못 만나게 될 것 같은 예감으로 인철은 갑작스레 괴로워졌다. 그리고 그 괴로움은 곧 흔치 않은 용기로까지 변해 마침내 인철에게 그대로 떠나지는 않겠다는 다짐까지 하게 했다.

마음만 먹었다면 더 빠를 수도 있었던 출발의 날짜를 굳이 일요일인 그날로 미룬 것도 실은 그 다짐에 힘입은 바 컸다. 어쩌면 부산으로 유학 가 있는 그 애가 집으로 돌아와 있어 무언가 인상 깊은 이별의 의식을 치를 수 있을 것 같아서였다. 하지만 장한 것은 혼자만의 용기와 다짐이었을 뿐 현실로는 아무런 소용이 없었다. 상상 속에서는 그렇게 수월했던 전날 밤의 그 애네 집 방문은 진땀 나는 망설임 끝에 포기되고, 이별의 의식은 그 아침으로 미뤄지고 말았다.

'정말로 명혜는 집으로 돌아와 있을까. 있다 해도 전처럼 단둘이서만 만나 볼 수 있을까. 무언가 아름답고 고귀한 것을 움키게 되면 반드시 돌아오리라는 약속과 언제까지고 잊지 않고 기다려 주리라는 다짐을 주고받을 수가 있을까……'

인철은 간밤 이미 남의 집을 찾기에는 늦어 버린 시간이란 걸 깨달은 뒤에도 괴롭게 거듭했던 혼자만의 중얼거림을 다시 되뇌었다. 그래도 그 아침의 기대로 스스로를 위로하며 잠들었으나 막상 그 아침이 되어 생각하니 일은 한층 어렵게 되어 있었다. 당일로 돌내골에 도착하기 위해서는 아침 여섯 시 기차를 타야 하고, 여섯 시 기차를 타기 위해서는 늦어도 다섯 시 반 출발의 역전행 버스를 타야 했다. 그렇다면 명혜네 집을 찾는 것은 다섯 시 반 전이 되는데, 그때는 아직 집 안의 누구도 깨어 있을 것 같지 않았다.

그런데, 불가능할 때 더욱 치열해지는 것도 인간의 열정이 가진한 특성일까, 분명히 간밤보다 더욱 가망 없어졌음을 깨달았으면서도 인철은 한층 집요하게 명혜와의 이별에 매달렸다.

그것 없이는 밀양을 떠날 수 없는 무슨 신성한 의식 같은 느낌이 들며, 전의(戰意)와도 흡사한 결행의 각오가 다져지는 것이었다. 그리하여 다시 걸음을 떼어 놓을 무렵에는 죽음을 앞둔 불치병 환자가 흔히 시도하게 된다는 '신(神)과의 거래'나 다름없는 중얼거림까지 덧붙이고 있었다.

'주여, 만약 여러 사람이 말하는 것처럼 당신이 정말로 계신다면 이제야말로 제게 증명해 보이실 때입니다. 그 애를 깨우소서. 그리고 이게 우리들의 끝이 아니라 새로운 시작임을 다짐할 수 있게 해 주소서. 당신의 섭리는 그리하여 제게 뚜렷해질 것입니다……'

뒷날의 언어로 정리하면 대략 그렇게 될 내용이었다. 이제 보면 과장스러울 수도 있지만 사랑, 특히 만으로 열넷을 아직 다 채우지 못한 소년의 첫사랑은 그 순수만으로도 죽음의 무게에 견줄 수 있을 것이다. '사랑은 죽음보다 강하다.'란 히브리인들의 구절도 그 조숙했던 성(性) 문화의 순수성을 경구로 바꾼 것은 아닐는지.

그 거래의 효험은 이내 나타났다. 갑자기 짙은 안개 저쪽 둑길에서 누군가가 다가오는 발소리가 들렸다. 그곳이 바로 3년 전 어느 눈 오던 밤의 기적 같은 만남이 이루어진 곳이라는 걸 퍼뜩 떠올린 인철은 부르르 몸까지 떨며 걸음을 멈추었다. 오는 것은 틀림없이 명혜일 것이라는 단정에 이어 두 사람을 굳게 묶고 있는 섭리의 끈을 확인한 감격이 갑작스레 그의 두 다리를 마비시킨 것 같았다.

이윽고 발소리가 그 주인의 형체를 알아볼 만한 거리로 다가왔다. 안개를 헤치듯 희뜩희뜩 다가온 것은 새벽잠에서 섭리에 이끌려 나온 명혜가 아니라 아침 산책을 나온 동네 늙은이였다. 철은 눈물이 핑 돌 만큼 서운했지만 신과의 거래가 준 효험만은 변함이 없었다. 그 서운함이 오히려 그 얼마 전까지만 해도 막연하기 그지없었던 희망 — 명혜를 한 번 보았으면 하는 — 을 흔들림 없는 확신으로 바꾸어 놓은 까닭이었다.

'나의 베키오 다리…….'

뱃다리거리에 이른 인철이 다시 그렇게 중얼거린 것도 그런 확신에서였다. 음울한 세월과의 싸움에서 가장 유효했던 무기인 마구잡이 독서는 벌써 인철에게 단테와 베아트리체와 베키오 다리를 알게 해 주었다. 철은 이제 자신이 올라선 다리도 명혜가 홀연히 나타남으로써 그들의 베키오가 될 줄 굳게 믿었다.

하지만 이번에도 아니었다. 긴 다리를 다 지나도록 두어 번의 환청뿐, 인철이 마주친 사람은 아무도 없었다. 그 바람에 다리를 다 건너설 무렵에는 자욱한 안개보다 눈에 괸 물기 때문에 발길이 비척거릴 지경이었다.

그래도 인철은 흔들림 없는 확신으로 명혜네 집 쪽으로 발을 옮겼다. 그사이에도 몇 번의 환청은 있었으나 결국 명혜는 나타나지 않은 채 그 애네 집이 먼저 다가왔다. 고아원에서 지내는 동안 그 곁을 지나는 것조차 꺼려 퍽 오랜만이었으나 안개 속에 희뜩희뜩 보이는 겉모습은 별로 변한 게 없었다.

인철은 샛골목으로 들어가 문을 두드리기에 앞서 먼저 정원부터 둘러보았다. 키보다 훨씬 높은 담이 둘러쳐져 있었으나 그 위로 비죽이 솟은 정원수 끝만으로도 담 안의 풍경이 보이는 듯 머릿속에 떠올라 왔다. 손바닥만 한 연못을 둘씩이나 끼고 있던 작은 동산. 그 애네 아버지가 몹시 아끼던 뒤틀린 등걸의 향나무, 감꽃을 따기도 하고 그네를 묶기도 했던 큰 단감나무 두 그루, 그리고 거기서 군데군데 벌건 흙이 보이던 여남은 평의 잔디밭을 건너면 여름철 그토록 시원한 그늘을 주던 키 높은 히말라야시더가 위풍 좋게 서 있고, 그 곁 창고 — 그곳에 쌓인 잡동사니를 뒤지다 보면 무언가 하나는 쓸 만한 어린 날의 놀잇감이 나왔다…….

그런 것들에 이어 그곳에서의 갖가지 추억이 여름날의 궂은비처럼 인철의 가슴을 후줄근히 적셔 왔다. 인철은 자신이 왜 거기 왔는지도 잠시 잊고 정원 쪽의 철 대문에 붙어 서서 이제는 까마득한 옛날같이만 느껴지는 그 행복했던 시절의 추억에 잠겼다. 바깥에서는 단순해서 지루하거나 거칠어서 마음이 안 내켰지만 그 작은 천국에서는 거짓말같이 즐겁고 신나던 그 온갖 놀이들, 언제나 명혜에게 지기만 하는 인철에게 항의하던 병우의 심술 난 목소리, 그리고 영롱한 구슬들을 자갈밭에 흩뿌리는 듯한 명혜의 웃음소리……. 그동안 인철이 그토록 철저하게 자신의 영락한 모습을 명혜에게 보이지 않은 것은 어쩌면 그럼으로써 자신이 언제까지고 행복했던 시절의 어린 왕자로 기억되기를 바라서였는지도 모를 일이었다.

그렇게 얼마나 서 있었을까. 발소리도 못 들었는데 갑자기 철 대문의 빗장을 뽑는 귀에 거슬리는 쇳소리가 인철을 후줄근한 감상에서 끌어냈다. 화들짝 놀란 인철은 대문에서 한 발이나 물러섰다. 이제야말로 명혜로구나. 깜박 잊고 있던 확신이 되살아나며 인철은 그런 단정으로 가슴까지 두근거렸다. 그러나 이번에도 아니었다. 철 대문을 열어젖힌 것은 실망스럽게도 그 애네 아버지였다.

"어, 니 철이 아이가? 우야, 니가 여다 웬일고? 새북(새벽)같이……."

명혜 아버지가 젊을 때는 졸보기 안경을 끼고 지내다가 나이 들어 벗게 된 사람 특유의 우묵한 눈길에 놀라움을 담아 물었다.

철은 잠시 당황했으나 겨우 정신을 가다듬어 대답했다.

"이제 여기를 떠나게 되어…… 인사를 드리러 왔습니다."

"떠나다이, 어디서 어디로……?"

그가 알 수 없다는 표정으로 다시 물었다.

"고향으로 돌아갑니다. 어머니한테요. 고아원을 떠나……."

"엉이? 그럼 니가 안죽(아직) 그 고아원에 있었더란 말가? 작년에 너그 어무이하고 옥경이하고 같이 떠난 기 아이고?"

"네에, 학교 때문에……. 고향엔 중학교가 없어서……."

그러자 갑자기 그의 얼굴이 굳어지며 잠시 말이 없었다. 성이 났다기보단 무언가를 후회하고 있는 눈치였다.

"니가 안죽 그 고아원에 있었더란 말이제? 1년이 넘도록 호븐차(혼자)……."

이윽고 아저씨가 그렇게 더듬거리더니 다시 숨김 없는 사죄의 어조로 이었다.

"내가 무심했데이. 암것도 아인 일 가지고 어린 게 1년이나 호븐차 고생하고 있는데 한번 딜따(들여다)보지도 안 했으이……. 동영이가 이 일을 알문 얼매나 섭섭하겠노? 자, 들어가자."

"저는 여섯 시 기차를 타야 합니다. 오늘 중으로 돌내골에 돌아가려면……."

마음 같아서는 앞장서서 집 안으로 달려가 보고 싶었지만 느닷없는 쑥스러움으로 인철은 그렇게 사양했다. 흘끗 손목시계를 본 명혜 아버지가 인철의 옷자락을 끌 듯 말했다.

"그라믄 요 앞에서 다섯 시 반 버스를 타믄 안 되나? 보자, 인자 다섯 시 십 분이니께는……. 시간은 있다. 너한테 아무것도 해 준 거는 없다마는 병우 어마이는 보고 가야 안 되겠나? 마침 부산 아아들도 와 있고, 안죽 깼는지는 몰따마는……."

부산 아아들, 하는 소리가 벼락 치듯 귓전을 울리며 망설이던 인철을 대문 안으로 끌어들였다.

'명혜가 돌아와 있다……'

"그래, 너그 고향은 우예 된 기고? 그기 무신 얘기고? 거다서 뭔 수가 났다 카드나?"

앞서 가던 명혜 아버지가 그제야 생각났다는 듯 물었다. 아직 귓전이 웅웅거리는 대로 인철은 지금이야말로 자신의 영락이 끝났음을 뚜렷이 밝혀야 할 때라는 걸 깨달았다. 명혜에게 직접 말할 기회가 없으면 그를 통해 간접으로라도 알려야 할.

"어머님이 그동안 고향에서 우리 땅을 많이 찾았다고 합니다. 밭만 해도 한 3만 평 된다던데요."

"뭐시라? 너한테 아직 그마이 큰 땅이 남았드란 말가? 니 밭 3만 평, 그기 얼마나 큰 긴지 아나?"

"3백 마지기라데요. 위토(位土)라서 남아 있던 거라던가……."

인철은 그 땅이 이제부터 개간해야 될 야산이란 걸 뻔히 알면서도 그렇게 능청을 떨었다. 명혜 아버지는 아무래도 믿기지 않는다는 듯 고개까지 갸웃거리며 말했다.

"암매(아마) 니가 뭘 잘못 안 기겠제. 글치만 우예튼 반갑다. 뭐든강(뭐든지) 못 됐다 카는 거보다야 잘돼 간다는 기 낫제. 그라고 보이 너그 큰생이(형) 제대도 다 돼 가제 암매."

"네, 다음 달이에요. 그리고 누나도 돌아온댔어요. 돌내골 옛날 집도 찾게 된다던가……."

인철은 그가 잘 믿어 주지 않는 데 다급해져 그런 자신 없는 추측까지 덧붙였다. 따로 만나 얘기하지 못하게 되더라도 명혜는 반드시 알아야 한다. 그동안의 나는 다만 미운 오리 새끼였고, 이제 곧 백조가 되어 날게 되리라는걸. 아니, 나는 저주받은 왕자였으나 이제 그 저주가 풀려 나의 영지로 돌아간다는걸.

그러나 명혜 아버지는 기껏해야 되찾은 밭이 조금 있다는 정도로밖에는 더 알아 주지 않는 눈치였다. 이렇다 할 대꾸 없이 정원 층계를 내려가더니 방 쪽에 대고 덤덤하게 소리쳤다.

"봐라, 자나? 일랐으믄 여 쫌 나온나. 철이가 왔다."

"무신 일인교?"

명혜 어머니가 아직 잠에서 덜 깬 얼굴로 방문을 열고 내다보다가 인철을 알아보고 놀란 얼굴로 물었다.

"엉야? 이기 누고? 철이 아이가? 첫새북에 어디서 오는 길이고?"

"어디서는 어디라? 안죽꺼정 고아원에 있었다 안 카나? 인자 저그(제) 집으로 간다꼬 인사하로 왔다."

명혜 아버지가 왠지 비난 섞인 어조로 그렇게 인철을 대신하여 대답했다. 그제야 그녀도 놀라움과 미안함이 뒤섞인 애매한 미소로 옷깃을 여미며 방을 나왔다.

"우야꼬? 니가 여직껏 거다 있었다꼬? 글타 카믄 어째 글케 안 비옜노(보였노)? 나는 니가 벌씨로 어디 갔뿐 줄 안 알았나?"

그런 그녀의 변명 섞인 말을 명혜 아버지가 다시 퉁을 놓듯 받았다.

"그러이(그러니), 내가 함 알아보라 안 카더나? 그런데 뭐시라? 벌씨로 모두 싸 말아 갔뿐 기라꼬?"

"아이고, 야도 인자 보이 참 모사운(무서운) 아데이. 암만 우리가 해 준 기 없다 캐도 그길이(그토록) 여기 있으면서 우예 코빼기도 함 안 비옜(보였)노?"

명혜 어머니가 남편의 은근한 비난을 그렇게 인철에게로 슬쩍 떠넘겼다.

제 처량한 꼴을 보이고 싶지 않아서요. 특히 명혜에게. 인철은 하마터면 그런 대답을 입 밖에 낼 뻔했다. 하지만 또 다른 종류의 조숙은 그런 대답이 어른들을 기분 좋게 해 주지 못한다는 걸 잘 알고 있어 쓸데없는 정직을 가로막았다.

"공연히 걱정을 끼쳐 드릴까 봐서요."

잠깐 동안의 궁리 끝에 그렇게 대답하자 명혜 어머니가 얼른 그 말을 받았다.

"걱정은 무신……. 우쨌든 니가 우예(어찌) 됐는지는 알아야 할 거 아이가? 니 호븐차 거다 남아 있는 줄 진작 알았으믄 우리가 무신 수를 내도 내 보제. 니를 집에 데불꼬 있는 동 우쩨든 동……."

명혜 어머니는 자신이 정 없는 여자여서 인철이 고아원에 남아 있는 걸 알면서도 모른 척한 게 아님을 그렇게 강조해 놓고 다시 확인하듯 물었다.

"혹, 니 먹은 맘이 있어 일부러 코끗테기(코빼기)도 안 빈(보인) 거는 아이가? 우리가 이마이 살미(살면서) 느그 식구들이 산지사방 흩어져 떠댕기는 거 몬 본 척했다꼬……."

"아녜요. 그건 정말 아닙니다."

그런 인철의 대답은 진심이었다. 어머니는 자기들을 그곳으로 불러 놓고 2년도 안 돼 못 본 체한 영남여객 댁을 은근히 원망하는 눈치도 있었지만, 인철은 한 번도 자기들의 불행에 그 집의 책임이 있다고는 생각해 본 적이 없었다. 아주 뒷날까지도 인철은 그들 내외를 언제나 감사와 그리움으로 떠올렸는데, 그것은 명혜와는 거의 무관한 진정에서 우러난 느낌이었다.

인철이 진심으로 말하고 있음을 이내 알아차린 명혜 어머니가 갑자기 자신에 차 이번에는 남편 쪽을 힐끔힐끔 보아 가며 말했다.

"글체, 나도 니가 글케 속이 까꾸질랑한(꼬부라진) 아는 아인(아닌) 줄 알았다. 가난 구제는 나라도 몬 한다꼬, 우리따나는 한다꼬 했는 기라. 그건 글코…… 그래 우예 이래 갑작스럽게 떠나게 됐노? 그라고 집으로 간다이 어디로 말이고?"

그다음부터는 그런 작별에 흔히 있는 순서였다. 명혜 어머니의 여자다운 캐묻기에 인철의 좀 부풀린 대답이 있고, 다시 그녀가 행운을 빌어 주고, 인철이 마지막 감사와 인사말을 하고⋯⋯. 그러나 그렇게도 마음 죄며 기다리는 명혜네 남매와의 작별은 끝내 포함되지 않았다.

"그럼 잘 가거래이. 공부 잘하고 훌륭한 사람 돼야 한데이⋯⋯."

이윽고 명혜 어머니가 무슨 잔인한 선고처럼 그렇게 말했다. 마지막까지 기대를 걸었던 명혜 아버지도 '부산 아아들' 일은 까맣게 잊었는지 음울한 작별 인사 한마디만 보탤 뿐이었다.

"어디를 가든 동 니 꼭 성공해야 한데이. 너그 아부지를 보나따나⋯⋯."

그렇게 되면 그냥 떠나는 수밖에 없었다. 그러자 갑자기 콧마루가 시큰하며 눈앞이 뿌옇게 흐려졌다. 그 얼마 전까지의 흔들림 없던 확신이 여지없이 무너져 내린 까닭이었다. 결국은 그 애를 만나지 못하고 떠나게 되는구나. 어쩌면 이것이 그 애와 이 세상에서의 마지막 이별이 될지도 모르겠구나⋯⋯.

"그럼, 안녕히들 계세요."

인철은 무엇에 쫓기는 사람처럼 서둘러 그 한마디를 그들 내외에게 던진 뒤 꾸벅 절을 하고 허둥지둥 돌아섰다. 솟는 눈물 때문에 정원으로 올라가는 돌층계가 제대로 안 보일 지경이었다.

용케 넘어지지 않고 정원을 지났지만 철문을 나와 그 집을 벗어나자 그때껏 소리 없이 솟던 눈물은 걷잡을 수 없는 울음이 되어 터져 나왔다. 인철은 그 집 담벽에 기대서서 한동안을 제법 흐

느끼며 울었다. 자칫 지나치게 느껴질지도 모를 그 울음의 의미는 뒷날 그의 어떤 자전적인 글에 짤막하게 풀이되어 있다.

　말할 것도 없이, 그때의 내 울음은 첫사랑과의 허망하기 그지없는 그 이별이 준 슬픔 때문이었을 것이다. 하지만 그것이 그토록 격렬한 울음의 형태를 띠게 된 데는 그전 몇 년의 쓰라린 자기 절제에 대한 반작용이 더 큰 원인이 되었을 성싶다. 순수했기에 더욱 애틋했던 그 숱한 그리움과 기다림의 시간에도 불구하고 그 애가 돌아오는 방학이 되면 나는 그야말로 초인적인 인내로 그 애와 만나는 걸 피했다. 그렇다고 우리 집과 그 애네 집의 인연이 아주 끊어진 건 아니어서, 핑계를 대면 얼마든지 그 집을 드나들 수 있고 그 애와도 만날 수 있었지만, 정말이지 나는 그 애에게만은 멸시당하고 천대받는 고아원 아이로서의 내 모습을 보이고 싶지 않았다. 대신 언젠가 내 처참한 영락이 끝났을 때 그 애가 마지막으로 본 나보다 훨씬 빛나고 멋진 모습으로 그 애 앞에 나타나 그 쓰라린 인내와 자기 절제의 세월에 한꺼번에 앙갚음하려 했던 것인데 그 찬란한 날은 기약 없이 미뤄지고, 그렇게 다시 나타나리란 다짐조차 주지 못한 채 그 애에게서 멀리 떠나게 되고 말았다.

　거기다가 그 순간 나를 사로잡은 불길한 예감도 그때의 내 감정을 과장하는 데 한몫을 거들었다. 내가 품고 있는 사랑은 어쩌면 이 땅 위에서는 끝내 이루어지지 않게 운명 지어져 있는지도 모른다는 갑작스러운 예감이 내 슬픔의 분출을 더욱 걷잡을 수 없게 한 것임에 틀림없었다…….

인철이 이느 정도 진정을 되찾은 것은 그로부터 한참 뒤였다.

"야아, 니 와 그라노? 무신 일로 새북부터 그리 슬피 우노?"

인철이 정신없이 울고 있는데 누군가 와서 등을 쓸며 물었다. 그제야 황급히 눈물을 닦고 보니 마침 그 앞의 둑길을 지나다가 멈춰 선 듯한 어떤 나이 든 아주머니였다.

"아녜요, 아무것도……. 그냥 가세요."

당황이 까닭 모를 분노가 되어 인철의 말투를 방금 흐느끼던 아이답지 않게 차분하고 야멸차게 만들었다. 그런 인철의 눈길에서 무엇을 보았는지 그 아주머니가 어딘가 찔끔한 표정으로 한마디 어물거리고 지나갔다.

"글타믄 몰따마는…… 우짰든 집으로 가그라. 길가서 다 큰 학생이……."

하지만 그 아주머니의 참견은 어떤 진정제보다도 효과적이었다. 그녀가 그새 많이 걷힌 안개 속으로 멀어져 가는 걸 보며 인철은 비로소 자신의 때아닌 늑장이며 놓쳐서는 안 될 다섯 시 반 역 전행 버스 따위를 떠올렸다.

하지만 아무래도 그대로 떠날 수는 없었다. 뜻깊은 이별의 의식이 없다면 무언가 그 애와 이어진 기념품이라도 갖고 싶었다. 인철은 문득 조국의 흙 한 줌을 일생 지니고 다녔다는 쇼팽을 떠올리며 자신도 그 정원의 흙 한 줌을 떠 갈까 생각했다. 그 애의 숨

결과 발길이 닿았을 그 흙을.

그러나 남의 흉내를 낸다는 것과 담을 그릇이 마땅찮다는 것 때문에 머뭇거리는데 문득 인철의 눈에 들어온 게 열려 있는 철문에서 멀지 않은 연못이었다. 몇 년 전인가 그 연못을 만들 때 인철은 명혜와 병우를 데리고 하루 종일 남천강 자갈밭을 헤매며 깨끗하고 예쁜 조약돌을 주워 나른 적이 있었다.

인철은 대단한 물건이라도 훔치는 사람처럼 가슴을 두근거리며 연못으로 다가가 손에 잡히는 대로 조약돌 하나를 건졌다. 반은 하얀 차돌이고 반은 검은 화강암으로 된 탁구공만 한 조약돌이었다. 인철은 그게 바로 명혜가 주워 온 것이기를 빌며 물기도 닦지 않고 주머니에 넣었다. 그를 그렇게 몰아대던 허전함과 서운함이 반쯤은 가시는 듯했다.

철문께로 나온 인철은 거기에 놓여 있던 책가방을 집어 들고 마지막으로 한 번 더 그 집을 둘러보았다. 그런데 인철의 눈길이 2층 창틀에 이르렀을 때였다. 아직은 흐릿하게 끼어 있는 안개를 헤치듯 열린 창문 안쪽으로부터 눈부시게 쏟아져 나오는 게 있었다. 4년 전 이른 봄의 그것처럼 분홍빛은 아니었지만, 나중에 무지개로 기억되기는 마찬가지인 어떤 빛다발이었다. 틀림없이 명혜였다. 하나님은 철이 건 흥정에 다는 아니지만 일부를 들어주신 셈이었……

하지만 아주 뒷날까지도 추억하기에 화나는 일은 그다음에 있었다. 명혜가 진작부터 자신을 내다보고 있었음을 안 순간 인철을 사로잡은 감정은 엉뚱하게도 몸 둘 곳을 모르는 수치감이었다. 그동안 자기가 한 짓이 모두 유치하고 어리석기 그지없는 행동으로만 띠오르며, 그걸 고스란히 명혜에게 보인 게 한스러울 만큼 부끄러웠다.

원래 인철의 다양한 상상 속의 대비에는 그런 종류의 작별에 대한 것도 있었다. 쓸쓸히 웃으며 손을 흔든다. 언제까지고, 보이지 않을 때까지. 그러나 엉망으로 구겨진 인철의 감정에 그게 떠오를 리 없었다. 부끄러움으로 굳어 있던 것도 잠시, 인철은 가방을 옆구리에 끼기 바쁘게 자신이 어디로 가는지도 모르면서 냅다 뛰었다…….

그런데…… 그로부터 몇 년 지나지 않아 인철은 밀양에서의 그 마지막 기억에 잠깐 의혹을 품게 된 적이 있다. 명혜가 2층 창틀가에 또 다른 색깔의 빛다발로 서 있었다는 부분인데, 나중에 추가된 기억 중에 그 부분을 의심케 하는 데가 있었기 때문이다. 곧 뱃다리거리에 이르기 전 마지막으로 명혜네 2층 창문을 볼 수 있는 지점에서 인철이 한 번 더 돌아보았을 때 그 창틀에서 본 게 그랬다. 그때까지도 그 빛다발은 창가에 남아 있었지만, 왠지 처음 인철이 밀양에 도착하던 날 아침 그 창가에서 본 분홍 무지개와는 전혀 다른 느낌을 주었다. 엷은 녹색으로 넓게 창틀 전체를 가리고 있는 듯한 것이 그날처럼 명혜가 입고 있던 옷 색깔에서 확산된 빛다발이 아니라, 이미 고정되어 그 창틀을 가리고 있는 같은 색깔의 커튼이거나, 이슬을 피해 창틀 안쪽에다 널어 놓은 홑이

불 같은 것이 아닐까 싶었다.

하지만 그의 가슴을 가득 채우고 있던 터질 듯한 그 무언가가 강하게 그 의심을 가로막고 거세게 등을 떠밀듯 해, 인철은 곧 확인 없이 뱃다리거리로 올라서고, 다시 역전 쪽으로 걸음을 재촉했다. 쓸데없는 의심 때문에 조금만 더 지체하면 기차는 출발하고 자신은 영영 고향 집과 그리운 가족들에게로 돌아갈 수 없게 될 것처럼. 그리고 뒷날 청년이 되어 오랜 열병과도 같았던 첫사랑에서 서서히 벗어나기 시작한 뒤에도, 인철은 그날의 의혹으로는 두 번 다시 돌아가지 못했다. 그때 정말로 명혜가 그 창가에 있었던지 아닌지를 확인할 수 있는 기회가 왔을 때조차도. 그리하여 밀양에서의 마지막 추억은 안개 낀 그 아침 명혜네 2층 창틀에서 그녀의 말없는 배웅을 받으며 떠난 것으로 확정되었다. 그러한 추억의 왜곡은 밀양에서의 사랑이 화사하면서도 애달픈 빛의 이미지로 처음과 끝이 가지런히 열리고 닫히기를 바란 인철의 유치한 염원에 바탕한 것이었을까, 아니면 우리가 쉽게 단정하기 어려운 어떤 복잡한 감정의 기제에서 비롯된 완고한 기억의 고집 탓이었을까.

인철이 축축한 이별의 감상에서 벗어나 자신이 돌아갈 집과 새롭게 시작될 생활에 생각이 미친 것은 기차가 대구역에 이른 뒤였다. 중앙선으로 갈아타기 위해 영천으로 가는 기차를 기다리면서 인철은 그동안 돌아간다는 사실에만 들떠 세심하게 읽지 않은 어머니의 편지를 꺼냈다.

철이 보아라

총무 선생님이 알린 네 소식 듣고 어미는 정말 놀랐다. 네가 가면 어딜 간다고 그렇게 경망하게 나섰느냐? 못났지만 늙어 가는 이 어미가 있고, 또 장성한 형이 범처럼 버티고 서 있는데 어린 네가 홀로 어디를 가서 어쩌하겠다는 것이냐? 나는 그래도 너를 믿어 밀양에 남겨 두고 왔는데 어찌 이리도 사람을 실망시키느냐?

어쨌든 네가 그토록 있기 싫은 고아원이니, 그만두고 집으로 돌아오너라. 학교가 걱정이다만 이제 곧 네 형이 제대해 오면 무슨 구처가 날 듯도 싶다. 여기는 모든 게 잘돼 간다. 정부 시책이라 그런지 개간 허가도 쉽게 나왔고 보조비도 적잖이 나올 것 같으니 네 형만 오면 바로 일을 시작할 수 있다. 또 지난겨울에 저희끼리 싸우다가 튀어나온 논마지기[우리 위토(位土) 짜트레기(자투리)인데 10년이나 제 땅처럼 부쳐 먹었다는 구나.]도 찾아 판 게 있어 양식도 그럭저럭 돌아간다. 사람 사는 게 먹는 걸로만 된다면 너를 불러도 벌써 불렀을 게다.

네가 돌아오는 게 잘된 일이고 못된 일이고는 하나님께 맡기기로 하고, 너는 이 편지 받는 즉시로 오도록 해라. 못된 아이들 꾐에 빠져 오입갔다가(가출했다가) 신세 망한 얘기 듣지도 못했느냐? 큰일난다. 그러니 행여라도 엉뚱한 마음 먹지 말고 어서 돌아오너라. 차비로 쓸 돈 약간 보낸다. 박 장로님께 고맙단 말 전해 주고, 영남여객 댁 작별 인사 잊지 마라. 사람은 떠난 뒤끝이 마뜩해야 한다.

주후 1963년 4월 어미 씀

결국 인철이 예정보다 빨리 집으로 돌아가게 된 것은 그 얼마 전에 있었던 두 번째 가출 기도 때문이었다. 같은 원생 하나와 쇠전거리 주막집 외아들인 동급생 하나, 그리고 인철 셋이서 계획한 가출이 실패해 역전에서 붙들려 돌아오자 총무가 어머니에게 편지를 내고 거기 놀란 어머니가 인철을 고향으로 급히 불러들였다.

인철은 약간 부끄러운 마음으로 그 가출 사건을 떠올리다가 이내 편지의 다른 부분, 곧 돌내골에서의 생활 쪽으로 생각을 돌렸다. 3만 평의 땅이 얼마나 되는 것인지 모르지만 명혜 아버지의 말로 짐작해서는 아주 넓은 땅인 듯했다. 그런데 이제 개간 허가가 났다니 머지 않아 그만한 땅이 생길 게 틀림없었다. 그렇다면 우리도 곧 부자가 된다. 토지의 생산성에 대해서 별로 아는 바 없는 철은 그런 희망으로 가슴이 부풀었다.

어머니가 말끝마다 들먹이는 학교도 그리 큰 문제는 아니었다. 그 문제는 이미 가출을 결심할 때 나름대로는 충분히 생각한 게 있었다. 낯선 서울로 가서 고학도 할 작정이었는데, 머지 않아 부자가 되면 걱정할 게 뭐냐. 기껏해야 한 해 늦으면 되고, 안 되면 독학으로 검정고시를 치지 뭐 — 그렇게 마음을 먹자 어느새 굶주림과 추위와 억압으로만 추상화돼 가는 고아원 생활에서 벗어나게 된 게 기쁘기만 했다.

거기다가 뭐니 뭐니 해도 인철은 아직 만 나이로는 열넷도 차지 않은 소년이었고, 늦긴 해도 계절은 봄이었다. 돌아가는 곳은 다름 아닌 집이었으며, 거기에는 또 오래 헤어져 지낸 어머니와 형과 누이가 기다리고 있었다. 그 바람에 영천으로 가는 기차에 오를 무렵부터 인철은 온전히 희망으로만 차 있는 미래로 떠나가는 작은 여행자로 차츰 변해 가고 있었다. 가끔씩은 명혜 생각으로 가슴 저려하기도 했지만.

몸이 멀어지면 마음도 멀어진다던가. 기차가 고향 집에 가까이 다가갈수록 인철의 마음도 거기 있는 그리운 가족들과 새롭게 펼쳐질 날들 쪽으로 기울어졌다. 그리하여 마침내 안동역에 내렸을 때는 음울한 이별의 감상에서 깨끗이 벗어나 있었다. 그 새벽 밀양 거리를 뒤덮고 있던 안개는 그대로 기억에 낀 세월의 이끼가 되어 그곳에서의 일들을 아득한 과거처럼 떠오르게 했고, 영남여객 댁 2층 창틀에서 마지막 본 명혜의 그림자 같은 것도 이미 이 세상에 없는 사람의 그것처럼 아스라할 뿐이었다. 대신 출발의 길 위에서라면 으레 느끼게 되는 설렘과 들뜸이 그의 정서를 이끌기 시작했다.

통일역은 3년 전 옥경이와 왔을 때와 크게 달라진 게 없었다. 돌내골로 가는 막차도 그때처럼 네 시 반 출발이었다. 인철은 자신이 늦지 않게 도착한 데 안도하며 기차간에서 부실하게 때운 점심을 먹기 위해 식당으로 갔다. 인철이 영희를 만난 것은 그래서 들어간 식당 안이었다. 열려 있는 식당 문으로 들어서는데 어떤 젊은 여자가 문 쪽으로 등을 돌리고 앉아 있는 게 보였다. 그런 소읍에서 흔치 않은 도회적인 옷차림에도 불구하고 이상하게 맥없어 보이는 게 눈길을 끌어 흘깃 그녀의 옆얼굴을 훔쳐보던 철은 자신도 모르게 아, 하고 가벼운 탄성을 내질렀다. 바로 누나였다. 3년 전보다는 많이 어른스러워지고 분위기도 훨씬 차분해진 듯하지만 틀림없이 영희 누나였다.

"누나, 누나."

인철이 그렇게 소리치며 다가가자 비로소 오랍동생을 알아본 영희도 벌떡 몸을 일으켰다.

"철아, 철아……."

영희도 감격하기는 철과 마찬가지였다. 다만 인철의 감격은 영영 못 만날 줄 알았다가 다시 만나게 된 데 대한 기쁨 쪽으로 기울어진 감정이었으나, 그녀의 것은 그런 형태로 인철과 다시 만날 수밖에 없게 된 데서 비롯된 회한이나 슬픔 쪽으로 더 많이 기울어진 것이었다. 인철을 껴안은 그녀는 3년 전 그 기약 없는 이별의 마당에서조차 보이지 않은 눈물을 줄줄이 쏟았다. 먼저 와 있던 손님들이 이상한 듯 바라보는 게 소년다운 수치감을 건드렸으나, 그보다 더한 벅찬 감동에 인철도 스스럼없이 몸을 맡겼다.

"그래, 누나도 집으로 돌아가는 거야?"

이윽고 먼저 냉정을 되찾은 인철이 영희의 품을 벗어나며 물었다.

"응, 오빠가 찾아와서 하도 권하길래……."

"누나, 잘 생각했어. 이제는 정말 헤어지지 말고 함께 살아, 우리. 그런데 형은 언제 온댔어?"

인철이 어른스레 말했다. 그러나 대답하는 영희의 어조는 왠지 좀 전보다 한층 더 맥없고 쓸쓸하게 들렸다.

"나음 달, 하지만 징말로 모든 게 오빠 말대롤지……."

"잘될 거야. 모든 게 잘될 거 같아."

인철은 누나에게라기보다 스스로를 격려하듯 그렇게 대답했다. 그녀의 3년이 어떤 것이었는지에 대해서까지는 아직 배려가 가지 않았다.

흙 노래

기차가 안동역에 이를 무렵에야 간밤의 과음으로 뒤틀리던 명훈의 속은 조금씩 가라앉기 시작했다. 그런 속을 달래기 위해 해장술을 안 걸친 것은 역시 잘한 일 같았다. 장한 결심으로 돌아가는 고향 길에 처음부터 술 냄새를 풍겨서는 안 되었다. 신시장의 '할매 칼국시집'에서 속을 풀면 돌내골에 이를 때쯤은 술기운과 함께 미련 어린 상념도 깨끗이 씻길 것이었다.

안동역은 3년 전과는 다른 분위기가 풍겼다. 건물도 광장도 그대로인데 무엇 때문일까 싶어 주위를 둘러보던 명훈은 이내 그 까닭을 알아차렸다. 무엇보다도 명훈의 눈에 낯선 자극을 주는 것은 역사(驛舍)와 광장을 가득 메우고 있는 듯한 구호판과 플래카드였다. 전에는 '멸공 통일', '북진 통일' 같은 크지 않은 구호판이

두엇 걸려 있었을 뿐인 역사 전면에는 '반공(反共)'과 '재건(再建)'
이란 대문짝만 구호판 외에도 '증산(增産)만이 살 길이다. 증산하
여 애국하자!', '의심나면 다시 보고 수상하면 신고하자!'란 커다란
현수막이 벽면의 태반을 뒤덮고 있었다.

그러고 보니 역 구내뿐만 아니라 광장도 꽤나 달라져 있었다.
역 구내는 여객의 왕래나 승하차를 위한 최소한의 공간을 빼고는
모두 밭으로 일구어 무언가 씨앗을 뿌려 놓고 있었고, 광장도 양
모퉁이를 큼직하게 잘라 내 무얼 심었는지 제법 싹이 파릇파릇 돋
아 있었다. 농사로서는 어떨지 모르지만 혁명정부의 식량 증산 의
지만은 제대로 강조되어 있는 듯했다.

그 전해 유휴지 활용이란 명목으로 연병장 모퉁이와 내무반 주
변에까지 콩과 메밀을 뿌려 본 적이 있어, 안동역의 그 같은 변화
도 실효가 의심스러운 군대식 발상임을 명훈은 한눈에 알아보았
다. 그러나 그새 자신의 입장이 달라져서인지 이제는 반감보다는
알지 못할 든든함이 느껴졌다. 그가 돌아가려는 흙에 대한 정부의
호감과 지원 의지를 거기서 본 듯한 때문이었다.

안동 거리도 역전 주변과 같은 변화를 겪고 있었다. 관공서뿐
만 아니라 조금이라도 번듯한 건물에는 붉고 검은 글씨의 '반공'
과 '재건'에 관련된 구호들이 입간판이나 현수막으로 늘어져 있고
공터는 예외 없이 일구어져 가뭄과 박토에 잘 견디는 무언가가 뿌
려져 있었다.

하지만 할매칼국시집만은 3년 전, 아니 그보다 훨씬 전인 명훈

이 그곳에 살 때와 마찬가지로 아무런 변화가 없었다. 왼손 엄지 한 마디가 날아간 할머니도 세월과는 무관한 사람인 듯 그대로였고, 반죽에 콩가루를 많이 넣은 발이 고운 칼국수나 곁들여 내는 좁쌀 섞인 밥 덩이도 예전 맛과 조금도 달라진 게 없었다.

"할머니, 국수맛은 옛날이나 변함 없네요. 그런데 오광 씨나 잇뽕 형, 요즘도 여기 더러 와요?"

어쩌면 자신을 기억해 줄지도 모른다 싶어 은근히 기다렸으나 끝내 알아보지 못하는 데 가벼운 실망을 느끼며 명훈이 그 할머니에게 물었다. 이미 점심 식사 시간으로는 늦어 손님이라고는 명훈밖에 없어서인지 돌아앉아 국수를 밀고 있던 할머니가 힐끔 명훈을 돌아보며 덤덤하게 대답했다.

"옛날 같은 기세사 없지마는 오광이는 안죽도 더러 오제. 잇뽕이라…… 아 그 몽땅하고 소가지 못된 놈아 말이제? 고노마는 한 이태 안 비디 요 얼마 전에 함 왔다 갔지 싶다. 들으이 국토개발단인가 재건단인가에 뿌뜰래 갔다 카기도 하고 어디 멀리로 튀 뿌랬다(달아났다가) 돌아왔다 카기도 하고……."

그러다가 비로소 명훈이 낯익다 싶던지 알은체를 했다.

"그래고 보이 많이 본 얼굴이쎄. 여러 해 안 비던데 군대 갔던가 베? 어여튼 동 잘했다 고마."

명훈이 입은 제대복을 보고 하는 소리였다. 그나마도 자신을 알아봐 주는 게 반가워 명훈이 그리 긴하지도 않은 물음으로 호감을 드러냈다.

"잘했다니요, 뭘?"

"말도 마라. 5·16 나고는 어옛는 동 아나? 이 골목 저 골목에서 깡패 비식(비슷)한 거는 야지미리(모조리) 씰어(쓸어) 갔다. 니 아매 통일역 있는 데서 놀았제?"

"놀긴요? 벌써 6년 전에 서울로 갔는데……."

"아하, 그렇나? 우예튼 인제는 오광이도 옛날 오광이가 아이따. 뭣 때무인 동 한 1년 징역 갔다 와 요새는 조용히 살제. 어덴가 다방 하나 채리 가지고……."

그 얘기를 듣자 명훈은 문득 아련한 그리움 같은 것으로 그들의 전성기를 떠올렸다. 그리고 잇뽕 형이 없어졌다 싶어서인지, 옛날에는 감히 얼굴을 맞대기조차 힘들었던 오광이라도 한번 만나 보고 싶어졌다.

"그 다방 혹시 어디 있는지 아세요?"

"몰라, 삼거리 쪽이라 카던데……."

"다방 이름은요?"

명훈은 거기까지 묻다가 갑자기 입을 다물었다. 이제 모든 걸 다 씻고 흙으로, '상록수'의 꿈으로 돌아가는 마당에 어두운 과거를 되씹어 무엇하랴 — 그런 생각이 그의 감상에 찬물을 끼얹은 까닭이었다.

통일역으로 가 보니 돌내골이 종점인 막차는 그전처럼 네 시 반 출발이었다. 생각 같아서는 아무거나 그 부근을 지나는 버스를 타고 가서 일이십 리 걷더라도 빨리 집으로 돌아가고 싶었지만 부대에서 들고 온 더플백 때문에 그럴 수가 없었다. 새 생활에 필요하지 싶어 이것저것 훔쳐(거둬) 넣은 미제 공구와 닭 털 침낭, 행정반에서 빼돌린 백지 따위로 완전군장 무게보다 훨씬 더한 더플백이었다. 제대 전날 밤 사단 밖 술집으로 옮길 때 정문 위병을 서던 후배 녀석이 난처함을 숨기지 않던…… 그 때문에 한 시간 반을 기다리더라도 돌내골에 바로 가 닿는 버스를 기다리기로 한 명훈은 시간도 때우고 세상 소식도 알 겸해서 신문 한 장을 샀다.

'대통령 10월 8일, 국회의원 11월 22일 — 선거 기일 내정(內定).'

1면 머리기사에 그런 제목이 보였다. 박정희 의장(革命委員會議長)이 군복을 벗고 대통령에 출마한다는 얘기는 전에도 있었으나, 군에 있을 때는 남의 일처럼만 들리더니 제대복을 입고 보니 느낌이 전혀 달랐다. 다시 대통령 선거와 정치가 실감 나는 신분으로 되돌아온 셈이었다. 명훈은 그 기사를 꼼꼼히 읽어 가기 전에 우선 눈에 들어오는 큰 활자의 제목부터 읽었다.

'재야 세력에 저열한 음해 공작 — 범국민당(汎國民黨) 운동 계기.'

'정부서 부패 조성 — 현직 고관(高官) 관여 공공연히 돈 뿌려.'

'야측 비난은 어불성설(語不成說) — 간접적으로 도운 것뿐 — 이후락(李厚洛) 공보실장.'

'민우당(民友黨) 발기 선언 — 이범석·이윤영 씨 고문, 안호상 씨는 위원장에.'

'2백 12명을 선정 — 범국민당 추가 발기인 발표.'

대강 그런 기사들이 눈에 띄었다. 다 알 것 같으면서도 잘 모르 겠는 뉴스들이었다. 제대복을 입은 지는 그날로 사흘째였지만, 아 직 정신은 민간인으로 온전히 복귀하지 못한 탓인 듯했다.

이제 신문 정도는 읽을 수 있을 만큼 는 한문 실력을 스스로 대견스러워하며 명훈은 머리기사부터 차례로 본문을 읽어 나가 기 시작했다.

"정부 고위 소식통은 내각이 마련한 민정 이양 스케줄은 10월 8일에 대통령 선거, 11월 22일에 국회의원 선거를 실시하는 것으 로 되어 있다고 12일 전했다. 김현철 내각수반(內閣首班)도 대체로 이를 시인했으나 그것은 최고회의와 내각이 검토 중에 있어 아직 도 날짜가 확정되지는 않았다고 말했다."

명훈은 꽤나 진지하게 읽어 나갔지만 왠지 그 내용이 머리에 잘 들어오지 않았다. 특별히 이해하기 어려운 데가 있어서가 아니 라 거기서 말하는 게 바로 우리의 현실, 우리의 정치라고는 실감 이 나지 않은 까닭이었다.

명훈은 처음엔 그게 아직도 온전한 민간인으로 돌아가지 못한 자신의 의식 때문인 줄만 알았다. 그러나 공부하듯 억지로 읽어 나가다 보니 차츰 그게 무엇 때문인지 깨달아졌다. 정치면을 장 식하고 있는 인물들이 한결같이 3년 전 자신이 입대할 때에는 전 혀 몰랐거나, 알았더라도 정치와는 거의 무관하게 기억하고 있던 사람인 까닭이었다.

김현철 내각수반도 그렇지만 이후락 공보실장, 이형근 낙위(諾威: 노르웨이) 대사, 김재춘 중앙정보부장 등이 그랬고, 김동환 공화당 사무총장, 김용식 외무장관이 그랬다. 그들이 대강 그날의 1면 기사에 떠오른 인물들이었는데, 따지고 보면 병영 안에서 들은 방송이나 소문만으로도 꽤나 귀에 익은 이름들이건만 제대하고 읽는 신문으로는 영 실감이 나지 않았다.

그래도 억지로 정치면을 다 훑은 명훈은 그동안의 지루함을 보상받으려는 듯 읽기 쉽고 재미난 사회면으로 건너갔다. 제일 보충역으로 편입된 병역 미필자에게 사회 진출의 길이 마련됐다는 톱 기사에 이어 한동안 시끄러웠던 증권 파동 관련 기사가 둘이나 있었다. 치안국의 총경 하나가 공금으로 증권 놀음을 하다가 수백만 원을 날리고 구속됐다는 것과 증권 파동의 주범으로 지목된 유원식이란 사람이 공소 사실을 일부 부인했다는 내용의 기사였다. 병역 미필자도 아니고, 증권에 대해서도 아는 바가 별로 없는 명훈에게 실감 안 나기는 정치면의 기사들이나 다름없었다.

그러다가 명훈에게 비로소 실감 있게 와 닿은 게 최인규 전(前) 내무장관의 미망인이 브라질로 이민을 간다는 기사였다. 6월 말이나 7월 말 떠나게 되어 있는 백 세대 이민단으로 수속 중이라는 내용을 읽으면서 명훈은 야릇한 허망감을 느꼈다. 한때는 나는 새도 떨어뜨릴 수 있을 만큼 권세를 누렸으나 3년 전 4월 그때는 발포(發砲) 책임자로서 모든 악의 화신처럼 규탄받던 사람. 그는 그 사이 사형당하고 그 미망인과 유자녀는 낯선 땅으로 이민을 떠난다는 게 명훈의 감상을 자극한 까닭이었다.

"이게 누구로? 명훈이 아이가?"

누군가 어깨를 짚으며 큰 소리로 떠드는 바람에 명훈은 방금 군인이 긴 강도단 기사로 보내던 눈길을 들어 그를 보았다. 항렬로는 할아버지뻘 되는 상호란 일가 한 사람이 불그스레 술이 오른 얼굴로 명훈을 내려보고 있었다. 촌수로는 열두 촌이 넘어도 명훈네에게는 가장 가까운 집안이 되는 일가였다.

"아, 찬내[冷川] 할배, 안녕하셨어요?"

명훈이 벌떡 몸을 일으키며 반갑게 인사했다. 이제부터 고향에서 함께 땅을 파며 살게 될 사람이라 그런지 전보다 몇 배나 더 가깝게 느껴졌다.

"인제 제대했구나. 니가 돌아온다는 소리는 들었다. 금호 아지매 인제는 모두 잊어뿌랬다(잊어버릴 수 있게 됐다). 혼자서 애쓰디(더니)……."

"왜요? 돌내골에 무슨 일 있어요? 듣기로는 모든 게 잘돼 가는 줄 알았는데……."

"물론 너어 개간 허가사 나겠제. 글치만 모든 게 곧 쉽지는 않을 꺼따. 한 이태 산 대백이(등성이)마다 얼마나 뱃기(벗겨) 놨는지…… 그러이 아무리 나라라 캐도 그 많은 보조금 어예 다 척척 헤알려 내놓을 수 있겠노? 금호 아지매가 안달복달 쫓아댕기(다녀서) 되기는 될 모양이더라마는. 요새는 전하고 달라 신청 내도 허가가 많이 까다로바졌다 카드라……."

찬내 할배가 그렇게 말하다가 갑자기 명훈의 팔을 끌었다.

"우리 여다서 이럴 게 아이라 어디 가 술 한잔하미 얘기하자. 니도 인제 제대를 했으이 아아가 아이지러(아니지). 차 시간도 안직은 한 시간 너미(넘게) 남았고……."

되도록 술기운 있는 얼굴로는 돌내골로 들어가고 싶지 않던 명훈이었으나 그가 그렇게 잡아끄니 굳이 마다할 수 없었다.

찬내 할배는 명훈보다 예닐곱 살 위로 농고(農高)까지 졸업해 돌내골에 남은 집안 사람에서는 인텔리에 속했다. 거기다가 윗대인 속실[內谷] 어른도 동배의 어른분네와는 달리 농사일을 손수 할 수 있던 분이라 토지개혁의 피해가 다른 집안보다는 적었기에 물려받은 살림도 알찬 편이었다. 입대 전 명훈이 돌내골에 갔을 때만 해도 제법 마을 유지 소리를 듣던 과묵한 사람이었는데, 그새 무슨 일이 있었던지 게게 풀리고 말이 많아진 게 반드시 낮술 탓만은 아닌 듯했다.

"그래, 참 용타. 니가 어예 다 돌내골로 돌아올 생각을 했더노? 나는 니가 서울서 대학까지 댕긴다 카길래 거다서 바로 성공할 줄 알았디."

대폿집에 자리를 잡고 앉기 바쁘게 찬내 할배가 그렇게 물었다. 여러 번 곱씹어 생각한 끝에 내린 결정이라 어딘가 자신의 귀향을 못마땅히 여기는 듯한 그의 말투에 특히 마음이 흔들릴 것은 없었으나, 자신을 기다리는 게 달콤한 '상록수'의 꿈만은 아니라는 걸 깨우쳐 주는 것 같아 갑작스러운 불안이 일었다. 그 때문에 명훈이 잠깐 대답을 망설이는 사이에 찬내 할배가 다시 지긋한 목소리로 물었다.

"왜 기다서는 어예(이렇게) 헤 볼 수 없나? 모도(모두가) 길만 있으믄 서울로 못 올라가 애가 타는데 니는 우예 젊은 기 다부(도로) 이다(여기) 내리올 생각이 들더노?"

"서울 가 봤자 월급쟁이 노릇이 고작일 텐데 월급쟁이 해 봐야 무슨 끝이 있겠어요? 그러잖아도 이모부가 일자리를 마련해 주겠다 했지만 집어치웠습니다."

그가 자신을 한심하게 보는 것 같아 우선 기부터 좀 눌러놓을 양으로 명훈이 그렇게 대답했다. 그러나 그는 네가 뭐라 해도 다 안다는 표정으로 말을 받을 뿐이었다.

"너어 이모부가? 그 사람 뭐하는데?"

"육군 대령으로 작년에 예편했어요. 지금 국민재건운동본부서 일하는데 그곳 서열로 두세 째를 다툴 겁니다."

명훈이 거품까지 섞어 그렇게 이모부를 소개했으나 그는 별로 믿어 주는 눈치가 아니었다.

"그 사람 이름이 뭔데?"

"백경빈이라고요. 김종필, 김형욱이 같은 사람들하고 육사 동길걸요. 혁명 주체 세력이고……."

"그런 이름은 첨 들어보는데…… 그래고 그마이 신(센) 사람이 우예 재건운동본부 같은 구석빼기로 쫓기 갔을꼬?"

"가만있으면 별을 달아 준다는데도 생각이 있어 군복을 벗은 사람입니다. 박정희 의장도 곧 군복 벗을 거란 말이 있잖습니까? 그리고 국민운동본부도 그리 구석진 곳은 아닙니다. 남산에 있는 본부 건물에 제가 가 봤는데요. 어마어마했어요. 결코 쫓겨간 게 아닙니다. 이모님 말로는 조달청장 물망에까지 올랐더라던가……."

명훈이 그렇게 마음먹고 과장하자 그도 비로소 믿는 눈치를 보였다. 그러나 명훈의 귀향 결정을 대하는 태도만은 쉽게 바꾸려 들지 않았다.

"글타 카믄 니 참 잘못했다. 어쨌든 거다서 비비작거리야제. 더구나 너어 이모부가 취직까지 씨게 줄라 캤다며? 그만한 사람이 말해 주믄 그게 어디 여사(예사) 자리겠나?"

그가 이번에는 화제를 바꿔 그렇게 말했다. 명훈이 드디어 이상한 오기 같은 걸 느끼며 약간 목소리를 높였다.

"찬내 할배네 전답이 얼마나 되는지 모르지만 밭 3만 평이라면 적은 땅이 아닙니다. 시시한 월급쟁이로는 평생 그런 땅 못 장만할걸요."

"크웃, 밭 3만 평이라꼬? 그기 어딨는데?"

무엇 때문인지 갑자기 자신에 찬 그가 일부러 지어낸 느긋한 목소리로 물어왔다.

"모르십니까? 아까 노리골 큰산소 밑에 있는 우리 산 개간 허가났다고 하지 않으셨어요?"

"아까 말한 대로 개간허가사 어예든 동 나겠제. 글치만 3만

평은 아일 꺼로. 내 보기에 개간할 수 있는 땅이 7정(町)이나 될
라……. 거기다가 개간 그거 곧 쉬운 줄 아나? 보조비 보조비 캐 쌌
지마는 3년째 그대로 평당 3원이라. 첨에는 어예 그거 가지고 빈
줄라(적당히 줄여 맞춰) 될 거라. 글치마는 생땅(황무지) 파 뒤배(파
뒤집어) 났다고 바로 문전옥답 되는 거 아이다. 밭 같은 밭 될라카
믄 개간해 놓고도 얼매나 더 퍼부어야 될 동……. 글타코 너한테
그 모자랬는 걸 다 채워줄 만한 돈이 있는 것 같지도 않고, 니가
가서 벗어부치고 땅을 뒤질(뒤집을) 힘이 있는 것도 아이고……."

찬내 할배는 심술궂다 싶을 만큼 명훈이 별로 계산 안 한 개
간의 어려움들을 늘어놓았다. 꼭 악의가 있는 것 같지는 않았지
만 명훈의 기분을 잡쳐 놓기에는 넉넉했다. 명훈이 애써 짜증을
감추고 말했다.

"그거야 뭐 돈이 모자라면 자투리땅을 팔아도 되고…… 저도
이왕 돌아온 이상 한 사람의 농부로 열심히 일할 작정입니다. 젊
고 힘있는데 야산 개간지 일구는 거 뭐 그리 어렵겠습니까? 그쯤
은 각오하고 왔습니다."

"짜투래기땅이라꼬? 금호 아지매가 두 번 세 번 샅샅이 훑듯
했는데 또 팔 게 남았을라? 그래고 있다 캐도 이 불 같은 보릿고
개에 누가 산단 말고? 야가 객지에 나가 있디 촌 형편에 영 새카
맣구나. 농사일 그거 아무나 막 할 수 있는 줄 아나? 미군 부대 보
일라 맨 하는 거하고는 생판 다르다이. 대학 댕기는 거하고도…….
오뉴월 땡볕에 산전(山田) 한 평만 파 뒤배 봐라. 목궁게(목구멍에)

대통(대나무 통: 피리) 소리 날 게따."

그리고 마침 날라져 온 대포 사발을 달게 비우더니 김치 조각
도 안 집고 다시 이었다.

"니 딴에는 옹골차게 맘먹고 시작할라 카는데 내가 이카이(이
런 소리를 하니) 섭섭할 께다마는 원래 옳은 소리가 듣기 싫은 법이
라, 그래도 이왕 말을 냈으니 마자 하자. 다 니를 위해 하는 소리
라. 니가 누고? 우리 큰집 주손(胄孫), 사파(私派)로 치면 종손이따.
12대(代)믄, 6대만 돼도 종손, 7대만 돼도 종손 캐 쌌는 쌍놈들한
테 대믄(견주면) 종손이라도 대종손이제. 그런 너 집 지하(支下) 돼
가지고 어예 큰집 잘되는 거 배 아파하겠노? 니가 하도 일을 만만
하게 보는 거 같아 미리 겪은 내가 니한테 해 주는 얘기이께는 쪼
매도 섭섭게 생각지는 마라. 거기다가 개간을 다했다 캐도 진짜배
기 어려운 거는 그때부터라."

"아니, 개간을 해 밭이 됐는데 왜요? 여기 마지기로 치면 할배
말대로 해도 2백 마지기나 되는 밭인데요?"

찬내 할배의 말에 깃들인 진정에 약간 감동된 데다 그가 가리
킨 어려움이 듣느니 또 새로운 것이라 명훈이 이번에는 별 반감
없이 물었다.

"밭도 밭 나름이제. 야산 파 뒤배 논 거 밭이라 부를라 카믄 10
년은 등뼈가 꾸부러지도록 일해야 된다. 곡식 농사란 거 안 돼도
넣은 씨값(씨앗)의 쉰 배는 나와야 하는데 한 개 여(넣어) 두 개 나
오기 바쁜 기 개간지라. 담배 농사가 기중 낫지만 담배가 바로 골

병초(농사꾼 골병 들게 하는 풀)라는 거 세상이 다 아는 일이고……. 아이, 개간지가 바로 거름 밭이라 캐도 마찬가지따. 농사 그거 아무나 막 지으이 니도 벗고 달가(덤벼)들믄 곧 될 거 같제? 열심히만 하믄 등 따시고 배부릴 거 같고……. 글치만 택도 없는 소리 마라. 농사, 그래 쉬운 거랬으믄 우리 돌내골이 왜 그 모양이 됐겠노? 토지개혁, 토지개혁 팽계 대 쌌지만, 그래도 집집이 문전옥답으로 몇십 마지기는 다 안 남갔더나(남겨뒀지 않았나)? 그기 왜 10년도 안 돼 모두 다 남의 손에 넘어갔는지 아나? 아아들 학비, 학비 카지마는 학교 안 씨겐(시킨) 집은 또 왜 그래 쪼무래(쪼그라)들었노? 전부 그눔의 일 못하는 거 때문이라. 장죽 물고 뒷짐 지고 구경만 하던 농사, 세월이 바뀐다고 저절로 지에(지어)지나? 팔다리 걷어부치고 들에 나가섰다꼬 저절로 논이 갈랬고(갈리고) 기심(김)이 매에(매어)지나? 생각하믄 오늘 시방까지 그눔의 땅만 믿고 대가리 처박고 촌구석에서 썩은 우리 매이(따위)만 숙맥이제…….”

거기까지 듣고 나자 명훈은 비로소 찬내 할배가 자신의 일이 꼬여 속이 뒤틀려 있음을 알았다. 전 같잖은 낮술이나 수다만으로 진작에 알아봤어야 했는데 명훈이 너무 제 생각에만 젖어 못 알아본 것이었다.

“잘 알겠습니다. 그런데 찬내 할배, 오늘 무슨 잘 안 되는 일이라도 있었습니까?”

명훈이 가벼운 미소까지 지으며 그렇게 조심스레 묻자, 그도 제 김에 격해 애매한 명훈을 몰아댄 게 겸연쩍어진 듯했다. 어설픈

웃음을 흘리더니, 명훈이 밀어 준 대폿잔을 사양도 없이 받아 비웠다. 역시 안주도 집지 않고, 입가만 한복 소매로 쓰윽 닦은 그가 금세 자조적(自嘲的)이 된 목소리로 말했다.

"개간이라 카믄 벌써 한 꼬사리(골탕) 먹은 게 내따(나다). 군대 갔다 와 대여섯 해 배우도 못한 농사짓는다꼬 엎드리 있다가 땅만 반으로 줄이 놓고 보이 나도 간이 달데(달아오르데). 재작년 때마침 혁명정부서 산전 개간 보조해 준다 카길래 나도 신청 안 했드나? 거 왜 절골 잔솔밭 16정 말이따. 보조가 있기는 했지만 태부족이라 여기저기 돈 끌어대 한 4만 평 뱃겨(벗겨) 놓고 나이(나니) 첨에는 새 부자 났다꼬 난리더라. 그 기분에 부품해서(부풀어서) 첫해 겨울 몇 달 술잔도 좋게 마시고 댕겼제. 꿈도 오만(여러) 가지랬다. 내가 그래도 명색 농고 출신 아이가? 빨간 지붕한 싸이로(목초 저장고) 여기저기 세우고 하얀 나무 울타리 둘러 목장 맹그는 꿈이며, 거기다 사과나무 심어 국광·홍옥이 주렁주렁 달렜는(열리는) 꿈이며, 바다 같은 뽕밭 꿈이며…… 그 꿈 쫓아댕긴다고 헛돈도 좀 썼제. 혁명정부가 중농적(重農的)으로 나갈 께라 카이 그 보조 얻어 어예 해 볼라꼬 군(郡)이다 도(道)다 쫓아댕긴 게제(것이지), 후우…… 그런데 3년도 안 된 지금 우예 됐는지 아나?"

"대단한 일 하셨군요. 그래, 어떻게 됐습니까?"

"그 개간지, 하마 반은 산으로 다부(다시) 돌아갔지 싶다. 니 알 다시피 그 산골에 언(어느) 놈이 뭘 믿고 드가(들어가) 농사질라 카겠노? 안 돼도 1년 양식을 대 조야(대어 줘야) 하는데, 4만 평 농사

지을라 카믄 한 집에 만 평씩 매긴다 캐도 넉 집은 드가야 한다. 그런데 내가 무신 수로 넉 집 양식 대 가며 몰아 열(넣을) 수 있겠노? 겨우 보리쌀 서너 가마이(가마니)씩 조(줘) 가지고 두 집 보내 놓으이 뻔하다. 기중 땅 좋고 벤벤한(반반한) 데만 골래 한 5천 평씩 차고 앉고 그 나머지는 말캉 황이라. 내 한 3천 평 꼬치모(고추 모종) 라꼬 뭣 같은 거 꼽아(꽂아) 논 거하고……."

"그래도 대단한 일이죠. 곧 들어갈 사람들이 더 생길 겁니다. 아직은 모자라는 게 땅 아닙니까?"

그의 말이 하도 뒤틀려 있어 명훈이 위로하듯 말했다. 그가 겪고 있는 어려움이 바로 자신도 머잖아 겪게 될 어려움이란 걸 얼른 받아들이기 어려울 만큼 그의 표정은 암담했다.

"답답은 소리 마라. 내 오늘 읍에 왜 나왔는지 아나? 새들 논 서 마지기 빚에 넘가(넘겨)줄라꼬 대서(代書)하러 나온 게라. 개간 때부터 이때꺼정 일은 일대로 못 하고 돈만 씨고 댕겼으이 그 빚이 몰래(몰려) 생떼 같은 논 서 마지기 물 건너간 게라. 아배(아버지)한테 물리받은 논 열다섯 마지기 인제 열 마지기도 안 된다. 우리 아배 배곯고 담배 참아 가미 물리준 걸……."

찬내 할배는 보는 사람만 없다면 금세 눈물이라도 훔칠 것처럼 목소리를 떨었다. 그러나 다시 마신 두 사발의 막걸리 덕분인지 이내 원기를 되찾아 허세 섞인 웃음을 풀풀 날렸다.

"내가 낮술에 취하는가 베, 백지로(괜히) 한창 기고만장해 돌아오는 니보고……. 아이다. 내 말은 그저 지내 들거라. 너어 개간지는 우리하고 다르다. 길가에 붙어 있고 마을에서 멀잖고, 또 2만 평이이께는 사람 대기도 홀가분코……. 함 잘해 봐라. 내매로(나처럼) 사업하드끼 하지 말고, 불뚝농군(농투성이)이 돼서 파는 게라. 골테기(골짜기)로 들어가 보믄 작년 한 해에 벌써로 꼬치(고추)를 몇천 근씩 딴 개간지도 많다 카드라."

그러나 명훈은 그때야 비로소 밝지 않은 자신의 앞날이 예감되며 마음이 어두워졌다. 명훈이 새삼스레 전날 밤에 만난 이모부를 떠올린 것은 아마도 찬내 할배가 일깨워 준 어두운 예감 때문이었을 것이다. 찬내 할배가 버스에 앉기 바쁘게 졸기 시작하는 바람에 그의 넋두리로부터 놓여난 명훈은 후회 비슷한 심경으로 전날 밤 이모부와 나눈 얘기를 되씹어 보았다.

이모부가 최고회의 위원이 되었다는 소문을 명훈이 들은 것은 작년 초 겨울의 임시 휴가 때였다. 거사(擧事)에 일찍부터 꽤 깊이 관여한 걸로 짐작되던 이모부는 어찌 된 셈인지 혁명이 성공하고도 한 반년이나 그 계급 그 직책에 있는 것 같더니 새해 들어 대령으로 진급하면서 그리로 옮겨 앉았다. 그러다가 얼마 뒤 외출 때 들러보니 이모부는 이미 예편을 하고 난 뒤였다.

"가만있으면 별도 달게 될 텐데, 거름 지고 장에 따라가기지, 자기가 바깥세상 일을 뭘 안다고……. 너희 이모부 군복 벗은 거 아무래도 잘못된 거 같지 않아?"

이모는 입으로는 태산같이 걱정을 해도 표정은 별로 그렇지가 않았다. 옛날의 방 세 칸짜리 한 일 자 집에서 성북동 풍치 좋은 언덕의 스무 칸은 됨직한 디귿 자 한옥으로 바뀐 것부터가 그런 걱정과는 어울리지 않았다. 그 뒤 이모부는 명훈이 보기에는 공무원인지 아닌지조차 잘 구별이 안 되는 이런저런 단체의 꽤 높은 자리를 돌다가 명훈이 제대할 무렵에는 (국토)재건운동본부의 드러나지 않는 실세로 있었다.

하지만 명훈이 돌내골로 내려오기 전에 이모님 댁에 들른 것은 그런 이모부의 위세에 무슨 기대가 있어서는 아니었다. 그때 이미 명훈은 '상록수'의 꿈에 깊이 젖어 있어 다른 어떤 길에도 곁눈을 팔지 않고 있었다. 오히려 그런 명훈을 굳이 붙들어 이모부를 만나게 한 것은 이모 쪽이었다.

"애, 개간 그거는 뭔지 잘 모르지만 시골 생활 뻔한 거다. 결국은 농사 아니고 뭐겠니? 그래도 명색 대학물까지 먹은 네가 잘될 거 같아? 그러지 말고 네 이모부 한번 만나 봐라. 네 보기에는 대단찮겠지만 그 양반 요즘 힘깨나 쓴다. 네가 여기 남을 생각이 있다면 그리 흉하잖은 취직 자리 정도는 만들어 낼 수 있을 거야. 언니를 생각해서 그래. 몸에 익지도 않은 농사짓는다고 또 고생할 거 생각하니…… 전에는 우리 살림도 두서가 없어 남 돌아볼 틈이 없었지만 이만큼이라도 되고 보니 안 되겠어. 언니는 그래도 나한텐 이 세상에서 가장 가까운 사람이야."

그러나 명훈이 그날 그 집에 묵은 것은 취직하고는 전혀 무관했다. 이미 돌내골로 출발하기에는 마땅치 않은 시간이 되었을 뿐만 아니라 그 옛날 피난 시절 얼렁뚱땅하던 그 백 대위가 그동안 어떻게 변했는지 궁금했을 뿐이었다. 이모부는 자정이 다 되어 술이 얼큰해 돌아왔다. 출퇴근만 시켜 주는지는 몰라도 운전사 딸린 자가용에서 내려 집 안으로 들어오는 걸음걸이부터가 호기롭기 그지없었다.

"여보, 당신만 기분 내고 다니지 말고 애 일자리 하나 마련해 봐요. 거 왜, 요새 끗발 날리는 친구들 많잖수."

이모가 밥상머리에 앉으며 전에 없는 애교까지 섞어 말했다.

"너, 벌써 제대했어? 그럼 한번 알아봐야지."

이모부는 그렇게 거드름 섞어 받았으나 무언가 탐탁잖아 하는 기색이 언뜻 그의 좁은 미간을 스쳐 가는 것 같았다. 밥상을 받을 때와는 달리 몇 술 안 뜨고 커피부터 재촉하는 태도에서도 그런 느낌이 들었다.

"그런데 아직 대학을 졸업하지 않았지? 쩨끼들, 이번 대통령 선거 공약에는 연좌제 폐지도 내걸자는 수작들이 있는 모양이지만, 큰 동서 일도 꽤나 걸리적거리고……."

이모부가 그렇게 아버지 얘기까지 꺼내는 걸 보고 비로소 명훈은 속을 털어놓았다. 명훈이 고향으로 돌아갈 계획이란 말을 하자 이모부의 얼굴이 금세 밝아졌다.

"그래, 그거 장한 생각을 했군. 정부도 앞으로는 농촌을 중심으로 개발 정책을 펴 나갈 작정 같으니까, 아주 희망 있는 길을 잡은 셈이야."

그걸 이모가 호되게 몰아세웠다.

"여보, 당신 그걸 말이라고 해요? 얘더러 촌구석에 처박혀 농사
나 짓고 살라는 얘기예요? 대학까지 다닌 애를. 차라리 취직시켜
줄 힘이 없다면 그렇다고 말하세요. 아니면 월북한 동서와 엮일까
봐 겁난다고 터놓고 말하거나."

"온 그 사람 성미하고는…… 누가 해 주기 싫댔나?"

속을 너무 쉽게 들킨 데 당황했는지 이모부가 너털웃음으로 그
렇게 눙친 뒤 다시 명훈을 돌아보았다.

"하기야 네 이모 말도 일리가 있다. 아무리 희망 있는 일이라도
몸에 맞지 않으면 곤란하지. 정말 시골 내려 가서 개간 사업 해 볼
자신 있어?"

"자신 있습니다."

명훈이 흔들림 없이 말하자 이모부는 한층 더 당황하는 표정
이었다. 명훈이 자신의 속마음을 알고 틀어져 짐짓 뻗대는 걸로
여긴 것 같았다.

"그게 기분대로 되는 건 아니지. 더구나 너는 대학도 마쳐야 하
잖아?"

"대학 같은 건 벌써 포기했습니다. 제 주제에 대학은 무슨…….
가서 제 힘으로 한번 살아 보겠습니다."

명훈은 별로 먹은 마음 없이 대답했으나 이모부는 그럴수록 따
라오며 잡듯이 말했다.

"그러지 말고 이렇게 해 보자. 정부 부서 알맞은 곳에 촉탁 같

은 걸로 말해 줄 테니까 거기서 대학이나 마치는 게 어때? 학교 마치면 정식으로 자리 잡기로 하고. 굳이 대학 생각이 없다면 월급이 좀 나은 회사 같은 데 말해 줄 수도 있어. 이제 한일 국교가 정상화되면 대한민국에서 기업하는 놈치고 우리 눈치 안 보고는 안 될 걸……."

마치 자신이 아직도 최고회의의 실력 있는 위원이거나 내각의 각료라도 되는 것처럼 말했다. 솔직히 그때 명훈은 새삼스러운 유혹을 느꼈다. 서울에 남아서도 장래가 보장된다면 남아 보고 싶다는 충동이 일었다. 그러나 그보다 더한 힘으로 그를 끄는 것은 이미 이런저런 갈등을 겪고 내려진 결정, '상록수'의 꿈이었다. 아니, 그 이상 넓고 기름진 대지(大地)의 꿈이었다. 어쩌면 단 한 번의 자기 투척(自己投擲)으로 영락할 대로 영락한 일가(一家)의 옛 영광을 일시에 되찾게 될지도 모르는 그 꿈 때문에 명훈은 서울의 유혹을 떨쳐 버리듯 단호하게 말했다.

"역시 저는 고향으로 돌아가겠습니다. 이제…… 그 얘기는 그만하시죠. 저는 그저 인사차 들렀을 뿐입니다."

그날따라 차 안에선 돌내골 사람이 별로 안 보였다. 지난번 귀향 때만 해도 여남은 명은 낯익은 얼굴이 보였는데, 그날은 겨우 서넛에 그것도 인사를 나눌 만한 친분은 안 되는 타성(他姓)들이 전부였다. 술기운에 졸던 찬내 할배가 가볍게 코까지 고는 걸 보고 명훈은 그때껏 접어 주머니에 꽂아 두었던 신문을 꺼내 다시

폈다. 버스는 어느새 안동읍을 벗어나 낙동강 지류인 반변천을 끼고 난 길을 달리고 있었다.

미국 학계(學界)를 시찰하고 돌아온 학자의 귀국담, 한창 인기 절정인 영화배우 엄앵란이 출연한 「성난 코스모스」의 짤막한 영화평과 여배우 도금봉이 「부부」란 영화에서 발가벗었다는 가십성 기사, 그리고 유럽으로 순회공연을 떠나는 고전무용단의 소개 같은 것이었다. 혁명이란 이름이 붙은 변화를 두 번씩이나 겪어도 신문의 기사들이 별로 낯설지 않은 게 까닭 모르게 반가웠다.

하지만 국제정치와 경제면에 이르니 다시 낯선 소식이 많았다. 민권 법안을 놓고 다투는 미(美) 의회와 케네디 대통령이 새 민권 법안을 제출한다는 소식을 읽어 놓은 국제면의 머리기사는 어디서 들어 본 적이 있는 것도 같지만 에버스란 흑인 인권 지도자가 암살된 것이나 인종차별 분규에 관한 기사는 영 낯설었다. 경제 문제도 그랬다.

'보리 흉작(凶作)', '식량 부족, 미(美) 잉여 농산물 도입 교섭' 따위는 귀에 익은 소리였고 '일본에서 대만미(臺灣米) 5만 톤 도입', '수출 보너스로 원당 외환(原糖外換) 추가', '외환 프리미엄 돌연 껑충' 따위는 처음 듣는 소리였다. 5·16 전보다 소비자물가지수가 25.8%나 상승했다는 소식 같은 것도 신문에서 그리 자주 본 듯한 기억이 없었다. 전국고교 야구 선수권 대회 결승전을 머리기사로 삼은 체육면을 마지막으로 읽은 명훈이 짐짓 아껴 두었던 특집면을 펴든 것은 버스가 임동에 이르렀을 때였다. 장이 서는 면(面) 소재지

이면서 다른 군으로 길이 갈라지는 작은 교통 중심지이기도 한 곳이라 버스는 한 십 분쯤 쉬어 가는 게 통례였다.

마구 마셔 댄 막걸리 때문에 요의(尿意)라도 느낀 것인지 그때껏 코를 풀풀거리며 자던 찬내 할배가 부스스 일어나 차에서 내려갔다. 명훈을 영 낯선 사람처럼 힐끔 보고는 그냥 일어서는 게 아직 술이 덜 깬 것 같았다.

다시 대포라도 한잔 더 걸치는지 그렇게 차에서 내린 찬내 할배가 한동안 돌아오지 않는 바람에 명훈은 아무런 방해를 받지 않고 특집면의 읽을거리에만 정신을 팔 수 있었다. 아무래도 읽기 좋은 것은 비화(秘話) 종류였다. 그 무렵은 민비(閔妃) 최후의 진상에 대한 어떤 일본인(小早川香雄)의 수기(手記)가 연재되고 있어 명훈은 그것부터 읽었다. 제목보다는 지루한 기사였다.

그다음 읽을거리는 월트 디즈니의 근황에 관한 것이었다. 얼마 안 있어 그의 만화『미키 마우스』를 연재하기로 돼 있어서인지, 신문은 그의 인기를 과장하면서 인류에게 희망의 입김을 불어넣는 위대한 예술가로까지 그를 추켜세웠다.

찬내 할배가 다시 자리로 돌아온 것은 차장이 짜증 난 목소리로 "돌내골 출발"을 네댓 번이나 크게 외친 뒤였다. 짐작대로 그는 술을 몇 잔 더 걸쳤는지 게게 풀린 눈으로 돌아왔지만 차에서 내려갈 때보다는 훨씬 원기 차 보였다. 그러나 명훈에게는 그 원기 차 보이는 게 더욱 불안하고 씁쓸하게 느껴지며 애써 좋게만 보려 했던 자신의 앞날을 새삼스러운 불안으로 바라보게 만들었다. 아니, 그 이상으로 몇 년 뒤 자신도 그와 같은 모습이 되어 다시 쫓기듯 고향을 떠나게 될지도 모른다는 생각이 들자 갑자기 온몸에서 힘이 쭉 빠지는 듯했다.

안동에서와 달리 찬내 할배는 다시 오른 술기운을 이번에는 낙관적인 전망으로만 풀려 들었다.

자신의 개간지 위쪽으로 꽤 수량(水量)이 많은 계곡이 있어 거기의 못을 막으면 한 2만 평은 좋게 논이 되리라는 것에서 양잠이 수익이 높으므로 나머지 개간지는 뽕밭을 만들리라는 것 따위였다. 그리고 명훈의 개간지는 위치가 좋으니, 명훈은 자신보다 젊고 배운 게 많으니, 하며 이번에는 낙관적인 전망만 늘어놓다가 돌연 지방에서 신망을 얻으면 국회의원 같은 다른 꿈을 꾸어 볼 수도 있다든가 하는 식으로 허풍 섞어 떠들기도 했다.

만약 명훈이 먼저 그 말부터 들었다면 틀림없이 적지 않은 격려를 받았을 것이다. 그러나 그때는 이미 늦은 뒤였다. 그가 낙관적인 전망을 보여 주면 보여 줄수록 명훈은 그 뒤에서 실패의 예감에 안간힘을 다해 저항하는 그를 볼 뿐이었다.

명훈의 대꾸가 시덥잖자 찬내 할배는 재[嶺] 하나를 넘기도 전에 졸음에서라기보다는 술기운에 진 낮잠 속으로 곯아떨어졌다. 명훈은 조금 반듯한 바위만 있으면 어김없이 희고 붉은 페인트로 '반공'과 '재건'을 칠갑해 놓은 산길 양편을 흔들리는 차창을 통해 멍하니 보고 있다가 다시 신문을 펼쳤다. 꼭 무료함을 달래기 위해서라기보단 울적한 상념에 빠지는 게 싫어서였다.

이제 그 신문에서 명훈의 눈길이 안 간 곳은 특집면의 박스 기사 하나뿐이었다. '꼬리 무는 쟁의(爭議)의 집점(集點)'이란 제목이며 '노동자 임금 백서(白書)'란 부제(副題)가 공연히 어렵고 힘든 살이의 어두운 일면만을 헤집어 보이고 있는 것 같아 짐짓 뛰어넘은 부분이었다.

……지난 2월 미왕(味王)산업의 근로자가 파업했고, 4월에 금성사가 파업했다. 5월에 강원도의 8군 산하 청부업 회사, 6월 들어 풍한방직의 쟁의 제기를 필두로 광산 노조·전력 노조·해상 노조·금속 노조·화학 노조·운수 노조·금융 노조원 들이 기업체별로 쟁의 발생을 보고했고, 동양미싱·동아금속·고려석면·삼화제분·전북자동차·근신산업 등 사(私)기업체가 쟁의를 일으키고 있다. 모두가 지금 임금으로는 살 수 없으니 최저 생활을 보장해 달라는 게 그 주 목적이다…….

거기까지는 어떻게 정신을 모아 읽었으나 그다음부터 잔글씨는 영 눈에 들어오지 않고, 굵은 활자로 된 중간 제목들만 희뜩희뜩 뜻으로 머릿속에 와 닿았다.

'하루벌이 평균 보리쌀 두 되.'

'못 살겠다 부득이한 폭발.'

'열 시간 석탄 캐야 겨우 백 원 남짓.'

'슬픈 여공 3만 — 하루 67원꼴.'

'월평균 6천 원 사업체는 엉망.'

'하루벌이 30원 그 이름은 여차장.'

'부두(하역)도 백 원꼴 — 그나마 철따라 달라.'

하지만 그렇게 읽어 가는 동안에 오히려 마음은 조금씩 안정되기 시작했다. 이모부 같은 배경이 있어 부당하게 압력을 넣어 주지 않는 한 도시에 남은 명훈이 가서 일해야 할 곳은 바로 그런 노동 현장이었다.

광산·부두·공장, 그 어느 곳도 농사보다 덜 고되어 보이지는 않는데도 임금이 그 정도라면, 그래도 꿈이 있는 흙 쪽을 택한 게 잘한 일 같았다.

그래, 정직하게 살며 꿈을 가꾸자. 가능하면 내 시(詩)도……. 상두 녀석이 갑자기 안으로 뛰어든 것은 명훈이 제법 그렇게 자신의 축 처진 감정을 추스르고 있을 때였다.

"아이고, 이거 명훈이 형님 아이껴?"

누군가 갑자기 정수리 위에서 퍼붓듯 소리쳐 대는 바람에 명훈이 흠칫하며 고개를 들어 보니 게 바가지같이 여드름이 충충 난 얼굴에 안 어울리는 선글라스를 코에 걸친 녀석이 엎어질 듯 내려다보고 있었다.

낯익다 싶기는 해도 누군지는 얼른 생각이 안 나 말없이 살피는데 그쪽에서 먼저 안경을 벗으며 다시 소리를 질러 댔다.

"지(저)라요. 상두씨더. 형님 온다 카는 소리 듣고 하, 얼마나 기다렸는지……."

그제야 명훈도 그를 알아보았다. 항렬로는 아저씨뻘이지만 나이가 네댓 살 어려 오히려 명훈을 형님이라 부르는 집안 아이였다.

"아니, 네가 여길 어떻게……."

명훈은 그렇게 묻다 말고 새삼스레 주위를 둘러보았다. 버스는 어느새 진안(鎭安)에 도착해 있었다. 돌내골과 마찬가지로 면 소재지에 지나지 않지만 안동·청송·영양·영덕, 네 군으로 가는 길이 모이고 갈라지는 곳이라 어지간한 읍보다도 더 큰 장이 서는 거리였다.

"그양 심심해서 여다 아아들 좀 만날라꼬요."

상두는 공연히 가슴을 젖히며 잰 체하는 목소리로 대답했다. 그러고 보니 녀석의 차림도 전과는 많이 달라져 있었다.

이미 한물간 맘보바지에 얼룽덜룽한 점퍼가 영락없이 서울역의 똘마니 같은 모습이었다. 3년 전 귀향했을 때는 비록 고등학교에서 퇴학을 당해 말썽꾼이긴 해도 차림만은 수더분한 시골 젊은이였던 게 퍼뜩 떠올랐다.

이 철없는 녀석이 그새 갈 데까지 가 버렸구나……. 명훈은 약간 어이없는 눈길로 그를 보다가 문득 자책 비슷한 걸 느꼈다. 어쩐지 자신이 그에게 나쁜 본보기가 된 것 같았기 때문이었다.

명훈이 그렇게 느끼게 된 데는 까닭이 있었다. 입대 전 고향에 들러 한 보름 놀고 간 때였다. 하루는 또래 서넛과 개울에서 천렵을 하고 있는데 상두 녀석이 헐레벌떡 뛰어왔다. 영양읍에서 노는 주먹 대여섯이 장터에 왔는데 술에 취해 아무에게나 주먹질을 한다는 소식과 함께였다. 그 말을 듣자 한 며칠 자취를 감추었던 명훈의 호전성과 가학 심리가 한꺼번에 되살아났다. 마침 지도관(地道館=옛날 태권도의 한 갈래) 심사에서 당수 초단을 따서 몸은 한껏 공격욕에 빠져 있고, 직장과 경애를 잃은 뒤라 마음도 대상 모를 파괴의 열정으로 들끓고 있을 때였다. 하지만 오랜만의 귀향이 준 그윽한 감동과 정서가 그것들을 누르고 있었는데 그 재수 없는 시골 주먹들이 명훈에게 뜻밖의 기회를 만들어 주었다. 거기다가 함께 자란 고향 친구들에게 자신의 주먹 솜씨를 한번 보여 주고 싶다는, 스물하나 그 나이만 해도 별로 죄 될 게 없는 과시욕까지 고개를 들어 명훈은 들고 있던 반두를 내던지고 장터로 갔다.

명훈이 장터에 갔을 때는 이른바 '영양 깡패'라는 다섯 녀석 모두가 술이 꼭지까지 돌아 있었다. 골짝 농군들을 눈에 띄는 대로 잡아 선매(세워 놓고 하는 주먹질)를 때리고 그 지경이 되도록 술을 뺏어 먹어도 말리는 순경 하나 제대로 없는 게 아직도 자유당 말기 같은 돌내골 장터의 치안상태였다.

명훈은 뒤따라온 또래들에게 그들이 빠져나갈 길목만 막게 하고 혼자서 그 다섯에게 다가갔다. 술에 취하지 않았다 해도 그때의 명훈에게는 그리 겁나는 상대가 아니었다. 기껏 했자 역기나 들고 샌드백이나 두들겨 익힌 촌구석의 마구잡이 주먹들인 데다, 당시만 해도 칼 같은 흉기는커녕 돌조차 집어 드는 법이 없는 시골 싸움판의 천진성이 명훈을 자신 있게 한 까닭이었다.

과연 결과는 명훈이 자신한 대로 되었다. 둘을 빼면 몸조차 가눌 수 없을 정도로 취한 그들 다섯은 명훈의 온갖 화려한 싸움 기술만 고향 사람들에게 선뵈게 하고 장터 바닥에 허옇게 널브러져 버렸다. 그런데 그때 가장 신나하며 떠들고 다니던 게 바로 그 상두 녀석이었다.

그뿐만이 아니었다. 녀석은 고향 사람들 중 유일한 예외로 동대문 골목 시절의 명훈을 본 적이 있었다. 그 이듬해 이른 봄바람이 나서 서울로 올라온 녀석은 어떻게 알았는지 명훈이 자리 잡고 있는 뒷골목으로 찾아와 깡철이를 초주검 시켜 내쫓은 직후의 위세 좋은 명훈을 한나절 따라다닌 적이 있었다.

명훈의 강요에 못 이겨 그날 밤으로 안동행 기차를 타긴 했지만 명훈을 바라보는 상두의 눈길이 어찌 그리 황홀해 뵈던지…….

"야, 일마들아 너 쫌 일나라 보자."

명훈이 잠시 딴생각을 하고 있는 사이에 옆자리로 간 상두가 거기 앉은 두 젊은이에게 까닭 없이 눈을 부라리며 소리쳤다. 한눈에 산골짜기의 순진한 농사꾼임을 알아볼 수 있는 그들은 이렇다 할 대꾸조차 못 하고 일어났다. 상두가 그들의 빈 좌석을 가리키며 좀 전과는 딴사람같이 달라진 목소리로 명훈에게 권했다.

"형님, 절루 가시더. 드릴 말씀도 있고……."

"남의 자리를 그렇게 뺏으면 되나? 얘기야 돌내골 가서 하면 되는 거고."

명훈이 자신도 모르게 나무라는 투가 되어 말했다. 녀석의 얼굴에 일순 이게 아닌데, 하는 것같이 당황한 빛이 스치더니 이내 넉살스레 받았다.

"아, 절마(저놈아)들요? 괜찮니더. 먼저 알아보고 자리를 내놔야 할 놈아들이."

그러더니 그 둘에게 얼러 대듯 물었다.

"일마들아, 너 뭔 유감 있나? 내하고 형님하고 여다 앉아 얘기 쫌 하믄 안 되겠나? 내한테는 하늘 같은 형님이따."

"아이, 아이다. 우리가 뭐라 카드나? 좋은 대로 하라믄."

둘은 펄쩍 뛰듯 그렇게 말해 놓고 비실비실 버스 뒤편 쪽으로 물러났다. 상두 녀석의 그 어쭙잖은 위세가 문득 명훈에게 희미한 향수 같은 걸 일으키다가 이내 재빠른 계산으로 변했다. '어쩌면 앞으로 이곳 생활에서 이런 녀석을 활용하는 것도 도움이 될 때가 있을지 모르겠다⋯⋯.'

원래 상두 녀석이 나타나기 직전에 언뜻 명훈의 상념에 떠오른 것은 그 무렵 부쩍 자주 의식을 적셔오는 시였다. 행운에 가까울 만큼 편한 보직으로 지난 3년의 병영 생활에도 불구하고 그의 시는 꽤 많은 진전을 보았다.

그리고 귀향을 결정할 때 앞날의 설계도 한 모퉁이에는 어느 날 자신이 한 뛰어난 전원시인(田園詩人)으로 혜성같이 문단에 등장하는 것도 들어 있었다.

그 시집 제목은 '흙 노래' — 그러나 기차로 내려오는 동안 내내 그를 괴롭힌 숙취에다 갑작스러운 찬내 할배의 출현 따위로 그때 껏 잊고 있었는데 상두 녀석이 차에 오를 무렵 하여 다시 떠올리게 된 제목이었다. 만약 녀석이 그렇게 나타나지 않았더라면 돌내골까지의 나머지 길은 그 '흙 노래'의 첫 편을 엮는 데 바쳐졌을지도 모를 일이었다. 그런데 천둥벌거숭이처럼 뛰어든 녀석 때문에 거기 바쳐질 시간은 엉뚱하게도 그 근처 읍면의 시덥잖은 주먹 세계 판도를 듣는 데 다 쓰이고 말았다.

"하이고, 형님 참 잘 왔니더. 인제 돌내골 아아들도 기 좀 피고 살 게라. 그간 어예 됐는지 아니껴? 군사혁명 나고 한 2년 조용하디(더니), 어느새 실실 꺼저리(허섭스레기) 주먹들이 생기(겨) 사람 괄세(괄시)를 하는데 마음은 뻔해도 주먹이 없으이, 차암 우리 돌내골 아아들 복장 터지는 꼴 많이 봤니더. 영양읍에는요, 장땡이란 눔이 있는데, 이기 제법 노는 게라요. 대처에서 한가락 하다 온 눔 같디더. 여기 진안에도 한 눔 왔니더. 여기 토백이는 맞는데 어디서 더러븐 걸 배아 온 게라요. 주먹은 별기 아인데 — 칼이고 도끼고 마구 휘두르이…… 뭐가 무서버 피하는 게 아이라 더러버 피하는 거라 안 카디껴? 조금 전에도 내캉 대포 한잔했니더마는……. 그래고, 긴바위[長岩] 쪽에도 한 눔 왔는데, 글마 지는 점잖이 있어도 그 밑에서 배운 놈아들이 얼매나 못됐게 나대 쌌는지…… 뭐 대구서 야하라(합기도) 사범(師範)질 하다 왔다 카든강, 다 풍(허풍) 떠는 거겠지마는……."

향토(鄕土)

"자, 이제 장작 재는 일은 네가 혼자 맡아라. 나는 면사무소에 좀 올라가 봐야겠다."

힘찬 도끼질로 마지막 적송(赤松) 토막을 시원스레 쪼개 붙인 명훈이 장작 더미에 도끼 자루를 기대 놓으며 말했다. 눈치 볼 것 없이 쪼개기 좋은 생솔만 골라 베어 온 까닭에 익숙하지 않은 도 끼질에도 장작들은 땔감으로 쓰기에 아까울 만큼 미끈하게 쪼개져 있었다.

"그러죠, 걱정 말고 다녀오세요."

인철은 그렇게 대답하며 흘끗 안방 쪽을 살폈다. 빨리 말려 때기 위해서는 장작을 우물 정(井) 자로 쌓아야 하는데, 쌓을 게 소 등에 실어도 세 바리는 넘는 양이라 도움이 필요한 까닭이었다. 옥경은 학교에 가고 어머니는 새벽같이 문중 아주머니들과 산나물을 뜯으러 가 도와줄 사람은 안방의 누나밖에 없었다.

하지만 인철은 한 번 말을 붙여 보지도 않고 누나 영희의 도움을 단념했다. 도끼질이 멎자 이내 마당까지 새어 나오는 라디오 소리 때문이었다. 보나마나 영희는 노랫가락보다 잡음이 더 많은 그 라디오에 취해 흥얼거리며 드러누워 있을 것이었다. 그런 누나를 건드렸다가 어떤 심술을 부리고 나올지 몰라 철은 시간이 걸리더라도 혼자 해내기로 마음먹었다.

한창 나무에 물이 오르는 철이라 형 명훈이 잘게 쪼갠다고 쪼갰는데도 장작들은 보기보다 묵직했다. 인철은 그 장작들을 한 아름씩 안아 바람맞이 마당가로 나르고 우물 정 자로 얼기설기 쌓기 시작했다. 밝은 햇살 때문인지 장작의 목질부가 눈부실 만큼 희게 느껴졌다.

"반만 그렇게 쌓고 나머지는 그냥 재 둬."

인철이 키만 한 높이로 장작 한 더미를 다 쌓았을 무렵 땀을 닦고 나들이옷으로 갈아입은 형이 건넌방에서 나오며 말했다. 그러다가 이내 누나에게 생각이 미쳤는지 못마땅한 눈길로 안방 쪽을 보며 소리쳤다.

"영희 안에 있어? 뭐 해?"

"무슨 일이야, 오빠?"

형의 목소리가 여느 때보다 커서인지 누나가 금세 방문을 열고 내다보며 물었다. 철의 짐작대로 라디오 가락에 빠져 누워 있기라도 했던지 머리칼이며 옷매무시가 한결같이 부스스했다.

"부엌일 끝났거든 철이 좀 거들어 줘라. 저 혼자서는 언제 끝날지 몰라."

형이 평소의 부드러운 목소리로 돌아가 달래듯 말했다. 누나가 돌아온 뒤로 형은 되도록 모든 걸 누나가 하고 싶은 대로 하게 내버려 두었고, 꼭 시켜야 할 일이 있으면 구슬리거나 달래는 방식을 썼다. 어머니도 겉으로는 형과 비슷했지만, 그것은 언제 터질지 모르는 시한폭탄 같은 인내를 바탕한 불안한 양보일 뿐이었다.

"아이, 오빠도 참. 난 또 뭐라고. 나더러 이 땡볕에 나가 일하란 말이야? 단박 새까맣게 그을고 말 텐데. 손에 거멓게 묻을 송진은 또 어떡하고? 설거지만 해도 꼭 식모 손같이 거칠어져 속상해 죽겠단 말이야."

형이 부드럽게 나오자 누나는 금세 불평조가 되어 받았다. 마치 내가 이렇게 집에 와 있어 주는 것만도 크게 인심 쓴 거야, 하는 투의. 일순 얼굴에 어두운 그늘이 스쳤으나 형은 이내 너털웃음으로 그걸 지웠다.

"기집애도. 넌 건강미란 것도 몰라? 병자같이 하얀 것보다는 알맞게 그을은 얼굴이 나는 훨씬 예뻐 보이더라. 잔소리 말고 철이 좀 거들어 줘. 나는 오늘 면에 가 봐야 돼. 군에서 측량해 간 거 어찌 됐는지 알아봐야 한다고."

형은 그래 놓고 굳이 강요하지는 않겠다는 듯 사립문을 나갔다.

"알았어. 갔다 와."

누나가 무엇 때문에 생각이 바뀌었는지 선선한 대답으로 형을 보냈다.

돌내골로 돌아올 때는 철이도 형도 이미 개간 허가가 나 있는 걸로 알고 있었다. 그러나 돌아와서 보니 정식으로 개간 허가가 떨어져 있었던 것은 아니었다. 어머니가 면 직원들에게서 들은 가능성을 허가로 여겨 그리 전한 것일 뿐이었다.

산을 파 뒤집으려면 군청의 정식 허가가 필요했고, 그 허가는 꽤나 까다로운 서류와 여러 가지 절차를 거쳐야 했다. 형은 제대하고 돌아오기 바쁘게 여기저기 돌아다니며 서류를 갖추고 절차를 밟았다. 면의 무슨 주사, 군청의 무슨 계장 하는 사람도 여럿 다녀갔고, 개중에 더러는 술잔까지 얻어 마시고 가는 눈치였다.

형은 그런 여러 절차 중에서 측량을 가장 중요하게 여겼다. 측량이 있던 날 어머니는 동네의 씨암탉을 구해 점심상을 차리고, 형은 일부러 장터까지 나가 귀한 맥주를 다섯 병이나 사 왔다. 군에서 나온 계장과 측량 기사를 대접하기 위함이었다. 짐작이기는 하지만 군 직원에게는 따로이 돈 봉투까지 찔러 넣는 것 같았다.

그날 늦게 측량 기사들과 군 직원을 배웅하고 거나해져 돌아온 형은 전에 없이 자신에 차서 말했다.

"결국 개간 가능 산지로 9정보를 따냈지. 소금 먹은 놈이 물 켠다고, 경사가 20돈지 30돈지 어떤 놈이 와서 분도기(分度器)로 재 본대? 이제 다 끝났어."

그런데 측량이 끝나고도 보름이 넘도록 허가 통지서가 나오지 않고 있었다. 애써 내색하지는 않았지만 형은 적잖이 초조해하는 것 같았다. 방금도 대단찮은 일처럼 말하기는 했어도 집에서 지그시 기다리지 못하고 면사무소까지 가서 알아보려는 게 그 때문인 듯해 인철도 덩달아 초조해졌다.

'혹시 개간 허가가 영영 나오지 않는 게 아닐까. 결국 우리 식구들은 다시 뿔뿔이 흩어져 도시로 내던져지게 되지는 않을까…….'

인철은 서둘러 사립문을 나서는 형의 뒷모습을 보며 문득 그런 불안에 빠졌다. 하지만 무엇 때문인지 속이 풀어진 영희가 인철의 생각을 장작 쌓는 일 쪽으로 돌려놓았다. 그사이 장작 더미에서 장작 한 아름을 안고 와 철이 재어 둔 장작 곁에 우르르 쏟으면서 쾌활하게 말했다.

"나도 이거 쌓을 수 있어. 6·25 나고 여기 왔을 때 기억이 있다고. 오빠가 까치 둥우리만 하게 깨 놓은 장작을 할머니하고 이렇게 쌓았지. 벌써 그게 10년도 넘었네……."

둘이서 쌓아 그런지 장작 모두를 우물 정 자로 얼기설기 쌓았지만 일은 생각 밖으로 빨리 끝났다. 두 시간도 안 돼 양지바르고 바람맞이인 마당 반쪽에 온통 흰 장작 더미가 쌓이고 집 안 전체에 은은한 송진 냄새가 풍겼다.

일을 시작할 때와는 달리 누나는 또 무엇 때문인가로 심사가 틀어져 신경질을 내고 있었다. 소리 내어 불평하고 있는 것은 비누로도 잘 지워지지 않는 두 손의 송진 얼룩이었으나, 속이 상한 것은 다른 데 원인이 있어 보였다. 철의 짐작으로는 그 얼마 전 인철네가 살고 있는 재궁막(齋宮幕) 쪽을 한 번 거들떠보지도 않고 언덕길을 내려간 우체부의 자전거 때문인 듯했다. 전 같으면 그 우체부를 불러 세우고 자신에게 온 편지가 있나 없나 물었을 텐데 장작을 쌓는 데 정신이 팔려 그를 놓쳐 버린 게 그녀를 화나게 만들었음에 틀림없었다.

"나 요 앞 개울에 나가 손 씻고 올게."

인철은 그런 누나와 부딪치는 게 싫어 그렇게 한마디 던지고는 사립문을 나갔다. 나이보다는 훨씬 세상일에 밝은 인철은 누나가 기다리는 게 남자의 편지라는 걸 알고 있었을 뿐만 아니라, 그런 일에는 자신같이 대여섯이나 손아래인 남동생이 아무런 도움이 못 된다는 것까지 알고 있었다.

개울로 간 인철이 손바닥이 아릴 만큼 조약돌로 비벼 송진 얼룩을 깨끗이 씻어 내고 돌아왔을 때는 누나의 속도 좀 풀어진 듯했다. 그러나 마루 기둥에 기대 무슨 노랜가를 흥얼거리다가 인철을 맞는 목소리는 여전히 퉁명스러웠다.

"왜 이렇게 늦었어? 점심 안 먹을 거야?"

그리고 뒤이어 내온 점심상도 아직 다는 풀리지 않은 속을 그대로 드러내 보이고 있었다. 아침에 먹다 남은 식은 밥 덩이가 몇 개 얹힌 밥 양푼을 그대로 상에 얹고 김치도 보시기째, 된장도 냄비째 상 위에 올려놓았다. 어머니가 보면 그냥 지나치지 않을 마구잡이 상차림이었다.

밥은 겨우 쌀이 섞였다는 것을 알 수 있을 정도의 보리밥이었고, 김치는 버리기 직전의 군내 나는 김장 김치에 된장은 식어 사람의 식욕을 돋우는 데라고는 전혀 없었다. 상을 내온 그녀 자신도 몇 술 뜨다 말 정도였다. 그러나 고아원의 거친 음식에 단련된 인철은 달게 자기 몫을 비웠다.

"두들 가려고? 또 책 빌려 오려고?"

점심을 먹은 인철이 헝겊 보자기에 책들을 주섬주섬 싸는 걸 보고 누나가 물었다. 지난주 언덕 위 일가들 집을 돌아다니며 빌려 온 책들이었다.

아직 개간이 시작되지 않아 인철에게는 할 일이 그리 많지 않았다. 오전처럼 형을 거들어 땔나무를 장만하는 일을 빼면 하루한 번 개울가 우물로 가서 식구들이 먹을 물을 물지게로 져 나르는 게 인철이 해야 할 일의 전부였다. 들은 대로 돌내골에는 중학교가 없어 날마다 등교할 데가 없었고, 개간 일도 아직은 행정 절차를 밟는 중이라 당장은 거들 일이 없었다.

그 나머지 시간에 어머니와 형은 인철이 공부를 해 주기를 바랐다. 하지만 열다섯의 소년에게 학업이 이어지리라는 뚜렷한 희망도 없고 아무런 강제도 없이 혼자서 학교 공부를 이어 가라는 것은 아무래도 무리였다. 더구나 인철은 바로 그 공부 때문에 2년이나 지긋지긋한 고아원 생활을 하다가 이제 막 벗어난 다음이었다. 학교에 다닐 때는 성적도 우수했고, 또 앎에 대한 욕심도 적은 편은 아니었으나 당장 독학으로 교과서에 매달리라고 몰아대기에는 아직 일렀다.

돌내골로 돌아온 처음 한동안 인철은 알 수 없는 피로감에 차일이 없을 때는 몸도 마음도 한없이 풀어 놓고 잠자듯 쉬었다. 그러다가 형이 제대해 돌아온 뒤에는 그 화려한 꿈에 영향을 받아 그 또한 황홀한 공상에 빠져들었다. 드넓은 초원과 목장, 풍차와 성같이 솟은 대저택 — 그리하여 어떤 때는 백마에 높이 오른 영주가 되어 명혜를 찾아가는 꿈을 꾸기도 했다. 책과 배움은 그리 소용에 닿지 않을 듯한 환상적인 미래였다.

그렇지만 끊임없이 공상으로만 채워 나가기에 그의 의식은 너무 부대끼고 닳아 있었다. 형의 억지로 끼워 맞춘 신념과 과장된 전망에도 불구하고 조금씩 그들을 기다리고 있는 앞날의 진상이 가늠되면서 그는 어떤 면에서는 형보다 먼저 현실에 눈뜨기 시작하였다.

결국 자신과 가족들이 기대할 수 있는 것은 어떤 눈부신 성취라기보다는 생존을 위한 최소한의 조건을 확보하는 것에 지나지 않으며, 설령 형이 그려 보이는 청사진이 그대로 실현된다 해도 자신의 삶은 여전히 자신의 문제로 남아 있으리라는 것이 먼저 인철에게 자각되었다. 그리고 이어 그런 자각은 자신 앞에 놓인 삶을 실체보다 더 아득하게 만들었으며, 마침내는 견디기 힘든 무게로 열다섯의 의식을 짓눌러 왔다.

그때 형이 그리고 있던 삶의 양식은 본질적으로 근육과 땀에 바탕

한 것이었다. 그에게도 아직 버리지 못하고 있는 시가 있었지만, 그것이 그의 삶을 송두리째 지배하고 있지는 못했다. 내 열다섯의 눈에 그의 시는 기껏해야 노동이 일궈 놓은 삶의 정신적인 보완물 내지 장식에 지나지 않는 것으로 비쳤다.

나는 진작부터 형이 선택한 삶의 양식을 끝내 따르지는 못하리라는 예감이 들었다. 그때는 아직 노동의 진정한 의미도 이해하지 못했고, 육체는 오랜 결핍에 시달린 뒤끝이라 정신적인 것에 대한 갈망도 그리 절실하지 않을 때였지만, 어쨌든 돌내골에서의 날들은 어디까지나 한시적(限時的)이며 나 스스로를 위해서는 다른 양식의 삶이 준비되고 있는 듯이 느껴졌다. 손보다는 머리, 몸보다는 정신에 의지한 어떤 삶.

어찌 보면 그런 나의 예감은 그 시대의 가치관에 저항 없이 함몰된 탓으로 돌릴 수도 있을 것이다. 그때도 이미 일하는 기쁨이니 노동의 신성함이니 하는 따위의 말들이 사회의 의식 표면을 건성으로 떠다니고 있기는 했어도 자라는 내가 더 자주 확인할 수 있던 것은 노동을 천시하는 경향이었다.

일부는 피로 전해 오고 일부는 어머니의 끊임없는 상기에 의해 주입된 어설픈 선비 정신도 노동에는 그리 호의적이지 못했다. 농본 사회(農本社會)에 기초하고 있어 주경야독(晝耕夜讀)이란 선비의 이념태(理念態)가 있기는 해도 그것은 노동의 가치를 높이 쳐서라기보다는 다수의 농민 계층을 위로하고 격려하기 위한 전 시대의 고안이라는 편이 옳았다.

내가 그때껏 알게 모르게 길러 온 성향과 정신적인 기호도 전통적 의미의 노동에 바탕한 삶을 나의 것으로 선택하는 데는 유리하지 못했다. 나는 어느새 물질적인 결핍과 육체가 겪는 곤궁을, 그리고 현실의 쓰라림과 외로움을 마구잡이 책 읽기와 공상으로 잊는 시기를 지나 소설이나 시 같은 말의 비실제적인 효용에 맛 들인 단계까지 이르러 있었다.

따라서 그 귀향 초기의 들뜸과 알 수 없는 피로감에서 놓여나자마자 나는 왠지 이미 결정된 듯 느껴지는 그 삶의 양식을 다시 지향하기 시작했다. 그때는 막연하나마 감미로운 기대와 함께였으나 그것이 구체화된 오늘날에 와서 보면 지겹고 혐오스럽기까지 한 삶의 양식, 생각하고 또 생각하고, 말하거나 쓰고, 사랑이나 미움에 휩쓸리고, 열정도 없이 가치 판단에 관여하고, 그러다가 끊임없이 시비에 휘말리는…… 아아, 이제는 회한마저 느껴지는 이 선택…….

물론 그때도 효율적이고 요령 있게 앞날을 준비하는 방법이 달리 없지는 않았을 것이다. 재빨리 학과 공부로 돌아가고, 체계와 일관성에 더 중요성을 두어 내 정신을 길러 갔더라면 다 같이 정신에 의지하고 살더라도 이 터무니없이 과장되어 있기만 한 삶과는 다른 길로 접어들 수도 있었으리라.

하지만 나중에도 그랬듯 그때도 나는 그 뻔한 방법을 두고 터무니없이 도는 길로 천연스레 접어들었다. 제도가 정해 둔 교육 과정은 제쳐 놓고, 아무런 방향도 없고 목적도 가지지 않은 읽기 위한 읽기로 빠져들어 간 게 그랬다.

하기야 어떻게 보면 그때로서는 그것이 피할 길 없는 타협일 수도 있었다. 정신적인 삶이란 결국 책에 의지할 수밖에 없다는 자각과 그러니 제도가 정한 교육 과정을 거치기 위해 겪어야 했던 혹독한 체험 간의. 책은 읽되, 그리고 결국은 거치지 않을 수 없다 하더라도, 당분간은 제도 교육의 교과 과정에서 자유롭고 싶다는.

뒷날 인철은 어디선가 그때의 자신을 그렇게 스스로 분석한 적이 있다. 아주 오랜 세월이 지난 뒤의 일이지만 비교적 온당한 자기분석으로 보인다.

그 당시 인철의 중요한 서고(書庫)는 언덕 위 문중 마을의 사랑방이었다. 유서 깊은 동족 부락의 특징 가운데 하나는 살이에 비해 지나치게 높은 교육열인데, 그것은 인철의 문중도 예외가 아니었다. 언덕 위의 고가를 지키는 집에는 대개 한두 명의 대학생이 있었고, 그 밖의 일가들에게도 고졸의 애매한 학력으로 도회로도 진입하지 못하고 흙으로도 돌아오지 못한 고급 건달들이 있었다. 따라서 그때까지만 해도 30여 호는 넘게 남아 있던 문중 일가의 사랑방을 돌면 읽을거리는 얼마든지 빌려 올 수 있었다.《청춘》·《아리랑》 같은 대중잡지에서 『백년한(百年恨)』·『청춘을 불사르고』 같은 당시의 인기 있던 수필류,『만가(輓歌)』·『인간의 조건』 같은 일본 소설에 문고판 세계 명작들이 주종을 이루었지만, 때로는 근엄한 장정본의 『죄와 벌』이며 사르트르와 카뮈의 신판 번역들도 있었다.

"애, 『만가』 그건 줄거리는 재밌어도 너무 지루하더라. 『외로운 사람들』이란 그 쬐끄만 책도 그렇고, 무슨 스키 무슨 코프 하는 기다란 이름들 나오는 책도 못 읽겠어. 도대체 이름들이 헷갈려 줄거리가 나가야지. 애, 있잖아? 달 지난 거라도 좋으니《청춘》이나《로맨스》어디서 구할 수 없어? 양동 댁, 그 집에 한번 가 봐. 거기 여자애들이 많으니 어쩜 그런 책이 있을 거야."

이윽고 지난번에 일가들에게 빌려 온 책을 모두 챙겨 집을 나서는 인철에게 영희가 그런 주문을 했다. 인철은 어찌 됐든 누나가 장작 쌓기를 거들어 준 게 고마워 선선히 대답했다.

"알았어. 거기 아니라도 그런 책 더러 봤어. 오히려 양동 댁에는 없는 것 같던데. 거 뭐야,《여원(女苑)》같은 잡지뿐이었어. 그런 것도 빌려다 줘?"

"그건 좀 딱딱하던데…… 하지만 좋아. 그것도 가져와."

영희가 다시 마룻바닥에 벌렁 드러누우며 그렇게 받았다.

아직 5월 초순인데도 한낮이라 그런지 햇볕이 제법 따가웠다. 인철은 예닐곱 권의 책이 싸인 보퉁이를 어깨에 걸치고 마을 사람들이 신작로라 부르는 큰길을 따라 문중 마을 쪽으로 향했다.

문중 마을은 철이네가 임시로 살고 있는 재궁막에서 10리에 조금 못 미치는 면 소재지 뒤의 언덕에 자리 잡고 있었다. 어원이 정확히 무언지는 모르지만 돌내골 사람들이 대개 두들이라 부르는 곳이었다. 짐작에는 언덕바지란 뜻의 고어(古語)거나 사투리인 듯했다.

두들로 오르는 길은 두 가지였다. 하나는 장터를 지나 면사무소 뒷길로 해서 계곡 안쪽으로 드는 좀 넓은 길이고, 다른 하나는 냇가를 따라 올라가다가 바로 언덕을 끼고 오르는 샛길이었다.

인철은 장터 거리를 지나는 게 싫어 냇가를 따라 올라갔다.

그때까지는 철이 아직 명확하게 구분할 줄 모르고 있었지만 두들은 대략 세 부분으로 나누어져 있었다. 고향이라고 말할 때는 돌내골 전체를 떠올리기보다는 두들만을 떠올릴 때가 많은 인철에게는 차라리 고향이 세 부분으로 나누어져 있다고 하는 편이 옳았다.

그 세 부분 중에서 가장 중요한 것은 말할 것도 없이 언덕 위 고가(古家)들을 중심으로 이루어진 곳이었다. 큰종가와 작은종가, 그리고 바로 그 지하들에게는 사파 종가(私派宗家)로 높임을 받기도 하는 큰집들이 풍수의 이치에 따라 자리 잡고, 그 사이사이에 한때 형세가 좋았던 집안들이 들어섰는데, 작게는 서른 칸 남짓에서 크게는 여든 칸까지의 입 구(口) 자 골기와 집들은 비록 세월의 침식을 당했어도 한때 은성했던 일문의 영화를 드러내 보이기에는 넉넉했다. 인철뿐만 아니라 같은 조상의 피를 나눈 모든 일가에게 고향의 핵심이 될 만한 곳이었다.

그다음 부분은 언덕 발치 작은 계곡 쪽으로 나직나직 엎드려 있는 초가집들이었다. 대개 한 일 자로 지어진 홑집이고 손바닥 같은 채마밭을 끼고 있는데, 그 집들에는 하나같이 타성바지들만 살았다. 얼핏 보아서는 고향과 무관한 듯도 하지만 따져 보면 그 또한 첫째 부분에 못지않게 중요한 고향의 일부를 이루었다. 어느 집 무종(물을 져나르는 노비), 어느 집 드난살이, 어느 집 마름 같은 그 집의 옛 주인들이야말로 언덕 위 문중의 옛 영화를 그들의 고단했던 일생으로 증언하고 있는 까닭이었다.

마지막, 그 두 부분을 연결하듯 흩어져 있는 특징 없는 기역 자 혹은 디귿 자의 기와집들과 초가집들이었다. 일가이기는 하지만 지난 영광과는 좀 먼 지하(支下)들이 대부분 그 집의 주인이었는데, 그 때문인지 몰락의 음울함도 비장미도 없었다.

그런데 그날 철이 접어든 길은 바로 언덕 위의 고가들에 이르는 오솔길이었다. 그 오솔길은 내[川] 쪽 언덕에 우거진 아름드리 적송과 참나무붙이의 고목들 사이에 나 있었다. 마을이 가까운 탓에 너무 심하게 낙엽을 긁어 가 버려서인지 풍화된 화강암 언덕은 잿빛으로 황폐해 있었고, 나무들도 줄기의 높이나 등걸의 굵기에 비해 수세가 그리 좋지 못했다. 아직 5월 초순이라 참나무붙이의 잎새가 제대로 피어나지 못해서 그런지도 모를 일이었다.

아무 생각 없이 오솔길을 오르던 인철은 언덕을 거의 다 올라서야 자신이 공연히 서두른다는 느낌과 함께 잠깐 숨을 돌리고 싶어졌다. 따가운 햇살 아래 10리 가까이나 걸어온 데다 그리 높지는 않지만 가파른 언덕길을 한참이나 뛰듯이 올라와 이마에도 땀이 솟고 있었다.

인철은 한 군데 소나무 그늘을 골라 부스러져 내리는 청석 위에 앉았다. 그래도 잎이 다투어 피어나는 계절이라 그런지 고목들의 수세가 좋지 않다고는 해도 가만히 앉아서 살피니 그런대로 시원스러운 느낌이 들었다. 무정한 갈퀴질로부터 간신히 뿌리를 지키고 있는 언덕바지의 잡초들이며 바위의 이끼들도 여기저기서 파릇이 새싹을 피워 대고 있었다.

그런데 그렇게 앉아 있기 한 오 분이나 되었을까. 별 뜻 없이 사방을 둘러보고 있는 인철의 눈길이 문득 한곳에 머물렀다. 개울가를 따라 난 길에서 올려보면 정면이 되지만, 앉아 있는 철에게는 비스듬하게 보이는 언덕 위의 청석 한 모퉁이였다. 큰 두레상 넓이 정도의 편편한 바위 면에 글씨가 새겨져 있었다. 글씨 주변에 새파란 이끼가 돋아 있어 처음에는 이끼 그늘인가 싶었으나 자세히 보니 무언가 꽤나 깊이 새겨진 글씨였다.

세심대(洗心臺). 인철이 돌연한 호기심으로 나뭇가지를 휘어잡으며 가까이 다가가 보니 그 청석 면에는 사람 머리보다 더 큰 글씨로 그 석 자가 씌어 있었다. 파인 획에도 이끼가 덮인 걸로 보아 꽤나 오래전에 새겨진 글씨였다.

'마음을 씻는다…….'

그럭저럭 뜻을 끼워 맞출 수 있게 된 인철은 홀로 그렇게 중얼거리다 문득 야릇한 충격을 느꼈다. 아마도 그것은 인철의 언어 경험에는 아직 익숙하지 않은 동사와 명사의 이상한 배열 탓이었을 것이다. 구체적인 동작인 '씻는다.'와 추상명사인 '마음'의 연결 — 뒷날에는 그 자신도 일상적인 대화와 다름없는 그 같은 언어의 배

열을 활용하게 되었지만 그때는 거의 신기할 만큼 충격적이었다.

그 새로운 언어 경험은 인철로 하여금 이번에는 의식적인 탐색의 눈길을 사방으로 보내게 했다. 주의를 기울여 찾아보니 그런 글씨는 한 군데 더 있었다. 세심대라고 쓰인 곳으로부터 동쪽으로 한참을 더 간 곳의 청석 면에 다시 무언가가 새겨져 있는 게 보였다. 하마터면 언덕 아래로 굴러떨어질 뻔하며 가 보니 거기에는 좀 전의 크기와 비슷한 글자로 낙기대(樂飢臺) 석 자가 쓰여 있었다.

'기(飢)' 자 때문에 조금 미덥지는 못했지만 이번에도 그럭저럭 뜻은 알 수 있었다. 철이 알고 있는 글자는 기(饑) 자뿐이었으나 조금 전의 언어 경험이 기(飢) 자도 틀림없이 배고픔을 나타낼 거라는 확신에 가까운 추측을 낳게 한 까닭이었다. '즐긴다'와 '배고픔'은 일상의 언어 경험에서는 '씻는다'는 구체적인 행위와 마음이라는 추상명사만큼이나 무관했다. 하지만 그렇기 때문에 기(飢) 자는 기(饑)와 뜻이 같거나 비슷할 것 같았다.

'배고픔을 즐긴다.'

인철은 거의 확신에 차서 그렇게 뜻을 새겨 보았다. 그러나 그 뜻이 주는 감동은 전만 못했다. 그 구절이 뜻하는 바는 이미 전과 같은 언어 자체의 문제를 넘어 인철이 아직은 잘 이해할 수 없는 어떤 정신적인 세계에 닿아 있기 때문이었다. 인철이 함부로 읽은 책들 중에는 틀림없이 안분지족(安分知足)이나 안빈낙도(安貧樂道)에 해당되는 구절이 있었으나 인철의 의식에 흔적을 남길 만큼 이해되고 있지는 못했다.

하지만 그러한 정신세계를 이해하지는 못했다 해도 '즐긴다[樂]'
와 '배고픔[飢]'이란 일견 무관해 뵈는 두 말의 억지스러운 결합이
이번에도 인철에게 한 충격으로 기능한 것만은 분명했다. 그전과
는 달리 인철이 그날따라 서당 안을 한참이나 서성인 게 바로 그
증거였다.

문중 사람들이 흔히 강당(講堂)이라고 부르는 그 건물은 누가
보아도 언덕의 중심이라고 여겨질 만한 전망 좋은 곳에 자리 잡
고 있었다. 정자도 아니고 그렇다고 살림집도 아닌, 넓은 대청과
그 대청 좌우에 큰 방 둘만 딸린 단순한 구조의 덩그렇게 높기만
한 집, 문중의 누구도 주인일 수 없으면서 문중 모두가 주인인 집,
그래서 언덕 위의 어떤 고가보다 더 낡고 헐어 있는 집. 돌내골로
돌아온 뒤 인철은 여러 번 그 건물 앞을 지나다녔으나 대개는 그
런 막연한 느낌으로만 지나치곤 했다. 문화재로서 흥미를 끌기에
는 그때껏 보아 온 것들에 비해 규모도 작고 양식의 특징도 없었
으며, 그렇다고 개인적인 관심을 가질 만큼 특별한 인연이나 추억
이 있는 것도 아니었다.

그런데 그날은 달랐다. 우연히 보게 된 암벽의 두 곳 지명(地名)
이 전에 없는 흥미로 철의 발길을 강당 마당으로 끌어들였다. 지
나치면서 얼핏 본 것들이지만, 그 처마와 벽에도 여러 개의 현판
과 편액이 걸려 있다는 게 새삼 기억난 까닭이었다.

허물어진 돌계단을 올라가 뒤틀려 벌어진 대문을 열고 들어가
보니 강당은 언제나처럼 비어 있었다. 마당 군데군데 마른 줄기 밑

에서 피어나는 잡초만이 오래 손본 사람이 없었음을 잘 말해 주고 있을 뿐이었다.

그러나 인철은 그런 것들에 별 감흥 없이 먼저 현판부터 쳐다보았다. 석천서당(石川書堂). 그게 강당이라 불리는 그 건물의 정식 명칭인 듯했다. 인철이 가지고 있는 서당의 개념과는 영 맞아떨어지지 않는 명칭이었다. 석천이란 고유명사도 너무 평범해 은근히 실망스러울 정도였다. 돌내골이란 마을 이름을 한문으로 바꿔 둔 것에 불과해 세심대나 낙기대에서 받은 감동을 비웃는 것 같았다.

신발을 신은 채 먼지 앉은 마루 위로 올라간 인철은 이어 자신 없는 대로 사방 벽면에 잇대듯 걸려 있는 현판들을 훑어 나갔다. 유감스럽게도 이번에는 인철의 보잘것없는 한문 지식이 새로운 감동의 기회를 막아 버렸다. 인철이 알아볼 수 있는 것은 해서로 된 창건기(創建記)와 중수기(重修記) 정도였는데, 그것도 제목과 강희(康熙) 광서(光緒) 같은 중국의 연호(年號) 정도였다.

인철은 약간 맥이 빠지는 기분으로 강당 마루에서 걸어 나왔다. 그리 뚜렷한 것은 아니었지만, 그 강당은 어딘가 '마음'을 '씻고' '배고픔'을 '즐기는' 어떤 알 듯 말 듯한 세계로의 단서가 있을 것 같은 곳이었으나 당시의 그로서는 아무것도 얻을 수가 없었다. 다만 때 묻고 여기저기 떨어져 나간 회벽의 낙서에서 속절없는 세월의 자취만을 까닭 모를 비감으로 읽었을 뿐이다. '대지(大地)를 밟고 힘 있게 일어서라!'는 웅변조의 훈계에서 '케세라 세라(될대로 되라)'라는 양곡(洋曲) 가사까지의.

대문께를 나설 때 잠시나마 다시 한 번 인철의 눈길을 끈 게 있기는 했다. 대문간 채 양쪽 헛간에 쌓여 있는 목판(木版) 더미였다. 비바람에 뒤틀려 비죽이 열려 있는 헛간 문 사이로 두껍게 먼지를 덮어쓴 채 천장까지 재어져 있는 목판 더미는 막연하나마 인철이 탐색을 시작한 어떤 새로운 세계와 연관을 맺고 있는 게 분명해 보였다. 그러나 그중 몇 개를 조심스레 빼내 살펴 봐도 좌우가 뒤바뀐 한문 자획의 혼란스러움뿐, 그의 기대를 채워 주는 것은 아무것도 없었다.

아주 오랜 세월이 지난 뒤에 인철은 이따금씩 그날을 회상하며 자신의 기억을 의심쩍어하곤 했다. 그 뒤 10년도 안 돼 지방문화재로 지정되어 관리자까지 붙게 된 그 강당이 그때는 어찌 그리 황폐하게 버려져 있었으며, 명색 문중이 있으면서 파조(派祖)인 석계공(石溪公) 이하 네 분 불천위의 문집 목판은 또 어찌 그리 허술하게 보관되었던 것인지. 하지만 1960년대 초반, 문중 모두가 하루하루의 살이에 힘겹던 그때는 틀림없이 그랬다.

무슨 강한 암시처럼 인철을 이끌었던 낯선 세계로의 호기심은 강당 문을 나서며 이내 힘을 잃어 갔다. 강당 발치의 언덕 중턱에 있는 도계 댁의 용마루가 문득 동장 일을 보고 있는 아저씨뻘 일가를 떠올리게 하고, 이어 읽을거리 많은 그 아저씨의 사랑방이 자기가 왜 두들로 올라왔는가를 깨우쳐 준 까닭이었다.

"철이 왔나?"

갑자기 바빠진 인철이 뛰듯이 비탈길을 내려가 도계 댁 사립문을 밀자 마침 산나물 말린 걸 거둬 들이고 있던 도계 할머니가 무덤덤한 얼굴로 물었다. 자상스럽지는 않아도 마음으로는 문중의 누구보다 인철이네를 생각하는 할머니였다. 촌수도 열두 촌으로 두들마을에서는 가장 가까운 집안 가운데 하나라는 걸 인철은 들어 알고 있었다.

"밤골 아재 계세요?"

집 안이 조용한 걸로 보아 없는 줄 알면서도 인철이 짐짓 그렇게 물었다.

"아이, 상구(내내) 있다가 방금 면에 볼일 있다 카미 나갔다. 왜 찾노? 아이(아니), 니 어예 왔노?"

"신문 좀 보고, 책 좀 빌려 가려고요."

"또? 저번에도 여다서 몇 권 안 가지고 갔다나? 며칠 안 된 거 같은데……."

"그건 다 읽고 가져왔어요. 여깄어요."

인철이 보자기에서 책 한 권을 꺼내 보이며 허락을 구하는 법도 없이 사랑방 문을 열었다.

"뭐든지 흐틀지(흐트리지) 말고 조심하거래이. 면 서류 같은 거도 있고 하이……."

도계 할머니가 인철의 등 뒤에 대고 그리 요긴한 것 같지도 않은 당부를 했다.

"네."

인철은 건성으로 대답하고 방 안으로 들어갔다.

밤골 아재는 조금 전까지 한문 습자(習字)를 하다 갔는지 방 안에는 먹 내음이 가득했다. 그러고 보니 방 한 구석에는 아직 먹물이 마르지 않은 붓과 벼루며 붓글씨 연습을 한 신문지 뭉치가 여기 저기 흩어져 있었다.

밤골 아재의 서가는 두 칸 장방 윗목에 있었는데, 비록 대패질 안 한 송판으로 짠 것이기는 해도 한 벽을 꽉 메우는 크기였다. 시골에는 흔치 않은 크기의 서가였지만 이미 서너 번이나 뒤져 본 인철은 그 내용이 대단한 게 없음을 잘 알고 있었다. 동장을 하다 보니 받게 되는 이런저런 정부 간행물들, 매달 빠짐없이 모으는《새농민》과 농기구 회사나 종자 회사가 간행한 여러 가지 팸플릿, 중고등학교 시절의 헌 교과서며 어쩌다 한 권씩 사 본 대중잡지들 같은 것에다 원예 작물 참고서 따위가 서가의 태반을 차지하고 있어, 인철이 찾는 읽을거리는 몇 권 되지 않았다.

인철이 두들마을로 올라올 때마다 그 사랑방을 찾는 이유는 오히려 다른 데 있었다. 그것은 무엇보다도 꼼꼼한 밤골 아재가 그리로 배달된 것이면 어김없이 모아 두는 두 개의 신문철이었다. 하나는 동장을 하고 있으면 으레 오게 되어 있는 정부 기관지《서울신문》이었고, 다른 하나는 가까운 안동지국에 구독신청을 해 특별히 우편으로 부쳐 오는《동아일보》였다.

또래의 아이들보다 세상 돌아가는 데 남달리 관심이 많은 것은 아니었으나, 인철은 두들로 올라가기만 하면 무슨 정해진 공식처럼 그곳을 들러 맨 먼저 밀린 신문부터 읽었다. 살던 도회와 또래들로부터 멀리 떨어져 나와 홀로 시골에 처박혀 살게 되었다는 데서 온 고립감이 열여섯 소년에게는 좀 엉뚱한 그런 열심으로 나타난 것인지도 몰랐다.

인철이 기억하는 한 신문으로 보는 세상은 언제나 위기의 연속이었다. 한문이 비교적 적게 섞인 신문의 사회면을 더듬더듬 읽기 시작한 국민학교 상급반 때부터만 헤아려 봐도, 6학년 때 4·19가 있었고, 그 이듬해 5·16이, 이어 끊임없이 반혁명 음모의 적발이 있었다. 특히 반혁명 음모는 그 대부분이 혁명 주체 세력 간의 주도권 다툼에서 빚어진 조작극이란 걸 인철은 뒤에 알게 되었지만, 그때는 매번 끔찍하게만 들렸다.

인철이 한꺼번에 모아 읽고 있는 그 일주일의 신문도 그런 점에서는 크게 다르지 않았다. 국내 정치는 민정 이양을 앞두고 있을 대통령 선거로 달아오르고 있었다. 박정희 의장이 출마를 선언했고 '5월 동지회'란 게 구성되는가 하면 한편에서는 공약대로 민정 이양을 촉구하는 대규모 옥외 집회가 열리고 박 의장 출마를 반대하는 성명이 나왔다. 경제도 조용한 것 같지는 않았다. 쌀값은 가마당 3천 원을 웃돌고 잡곡이며 두부, 콩나물값까지도 덩달아 치솟았다. 사회는 유괴와 자살과 살인으로 시끄러웠으며, 연예 '쇼' 업계는 모두 문 닫기 직전이었다.

세계도 여기저기서 시끄러웠다. 카스트로는 자기를 반대하는 고위 성직자를 암살하려 했고, 인도네시아는 독립했으나 수카르노는 적자투성이 섬을 떠맡았을 뿐이며, 미국 의회는 행정부의 달 정복 계획에 제동을 걸고 나섰고, 중공 화물선 약진호(躍進號)는 제주 부근에서 침몰하였다. 배후에 숨은 의미보다는 사실의 기억 쪽에 치중해 읽어 나가는 철에게는 그 모든 일이 하나같이 크고 놀라운 사건으로만 비쳤다. 신문의 센세이셔널리즘에 둔감해지기 위해서는 인철도 대부분의 동시대 사람들처럼 중년에 이르기를 기다려야 했다.

인철은 그렇게 두 종류의 신문을 꼼꼼히 훑은 뒤에야 밤골 아재의 서가를 뒤지기 시작했다. 이미 몇 번이나 뒤져 읽을 만한 것은 뽑아낸 뒤라 선뜻 손이 가는 책이 별로 없었다. 거의 동방(洞房) 격으로 쓰여 장서라기보다는 동네 여기저기를 굴러다니는 잡동사니 책들을 다 끌어모은 것에 가까워서 더욱 그랬는지도 모를 일이었다. 인철은 한참을 뒤적이다가 『낙조(落照)의 노래』란 역사소설 한 권과 대여섯 달 지난 《사상계》를 골랐다. 《사상계》는 자신이 읽기 위해서라기보다는 그 책에 대한 도회지 지식인들의 높은 평가를 기억해서였다. 인철이 그때껏 알고 있는 사람들 중에서 최고의 지식인은 고아원의 수원이 형인데, 그는 성경 이외에는 그 어떤 책도 외면하면서 《사상계》만은 이따금씩 구해 읽었다.

도계 댁을 나온 인철은 언덕 위 문중에 속하는 영감 댁을 들렀다. 집안은 달리하고 있었지만 크게는 한 문중인 데다, 대학물을 먹은 조항(祖行)이 둘이나 있어 인철이로서는 빼놓을 수 없는 집이었다. 그러나 그날은 책 빌리기가 전만 같지 못했다. 인철의 출입이 두 번 세 번 거듭되자 귀찮아졌는지 그 집 할아버지가 난데없이 이런저런 잔소리를 늘어놓았기 때문이었다. 결국 인철은 책장에 잘 간수된 장정본에는 손도 대지 못하고 허드레 책꽂이에서 닥치는 대로 문고판 두 권만 뽑아 나올 수밖에 없었다. 셰익스피어의 희곡『한여름 밤의 꿈』과 체호프 단편집『골짜기』였다.

영감 댁을 나와 돌담길 한 모퉁이를 돌아서면 인철이네 옛집이 있었다. 형 명훈이 그 장손이 되는 사파조(私派祖) 삼릉(三陵) 할아버지가 지으신 뒤 그 아래로 10대가 이어 살았다는 고가였다. 통상 서실(書室)이라고 부르던 아홉 칸 여산정사(廬山精舍)와 서른 칸 남짓의 뜰집으로 이루어져 있었다.

아련한 유년의 추억이 떠도는 집. 인철이 그 집을 떠난 것은 만 다섯 살을 채우기도 전이지만 인철은 그 집 안 구석구석에 대해 이상하리만치 다양한 기억을 가지고 있었다. 마루 난간 앞의 오래 묵은 향나무 때문에 항시 어둡고 습기 차게 느껴지던 서실, 물이 고여 있을 때보다는 말라 있을 때가 더 많던 연못과 그 한끝에 무리 져 그늘을 드리우고 있던 해당화 덤불, 고가와 비슷하게 나이를 먹은 마당 북쪽 끄트머리의 두 그루 향나무 ― 그런 것들은 퇴락한 미음 자(字) 뜰집 본채와 함께 잃어버린 낙원의 한 원형을 이루었다.

돌내골로 돌아와서야 그게 그리 웅장하지도 화려하지도 못한 옛 거처였을 뿐이라는 걸 알게 되었지만, 뿌리 없이 떠돌던 유년 시절 인철의 인격 형성은 실제 이상으로 과장된 그 집의 기억에 의지한 바 많았다. 아무리 비천하고 고단한 처지에 떨어져도 자신은 잠시 거기에 와 머물고 있을 뿐이며, 이윽고 돌아가게 될 성채가 멀리 고향에 따로 있다는 믿음은 특히 그 기억 때문이었다고 할 수도 있었다. 따라서 돌내골로 돌아온 뒤 인철은 오래 품어 온 환상이 무참히 깨어지는 게 싫어서라도 되도록 옛집 앞을 지나는 걸 피했다. 게다가 형편이 좋은 새 주인의 보수로 축대에 양회가 발라지고 깎아 낸 기둥에 니스가 번쩍이는 서실 마루는 서먹함을 넘어 옛날과의 동일성까지도 의심스럽게 했다.

그날도 마찬가지였다. 영감 댁을 나선 인철은 옛집 쪽을 거들떠보지도 않고 언덕 위쪽으로 향했다. 언덕 위쪽으로는 그 골방을 뒤지기만 하면 읽을 만한 책이 나올 수 있는 집이 네댓은 더 있었다. 무턱대고 옛집에서 멀어진 인철은 이 집 저 집으로 갈라지는 세 갈래 돌담길에 이르러서야 걸음을 멈추고 한동안을 망설이다가 양동 댁 쪽으로 발길을 옮겼다.

인철이 망설인 것은 그 집에는 남자 어른이 없고 여자들만 있어서였다. 인철에게 증조 항렬이 되는 양동 어른은 이미 여러 해 전에 돌아가시고 할아버지뻘인 그 외아들은 공무원으로 멀리 나가 있어 집 안에는 양동 할머니와 아래로 줄줄이 셋이나 되는 딸만 남아 있었다. 몇 해 전에 여고를 졸업하고 마땅한 혼처를 기다리는 명완 아지매와 그해 여고를 졸업한 경완 아지매, 그리고 가까운 진안중학교에 통학을 하고 있는 인철 또래의 형완이 그 집 딸들이었다.

비록 한 문중이라고는 하지만 또래의 여자애와 스물, 스물셋의 젊은 처녀들이 모여 있는 집은 열다섯의 소년에게는 공연히 가고 싶으면서도 또한 공연히 거북스러운 집이기도 했다. 그러나 인철에게는 다행히 《여원》을 빌린다는 구실이 있었다. 더구나 명완 아지매와 누나는 여러 해 떨어져 있는 바람에 남달리 친할 틈은 없었어도 국민학교를 한 반에서 다닌 적이 있는 같은 또래였다. 고맙게도 양동 댁 모녀는 철이 어색해하거나 쭈뼛거리지 않아도 될 만큼 반겨 주었다.

"하이고, 이게 누구로? 철이 아이라(아니냐)? 어서 온나."

씨앗으로 쓸 것인 듯 강낭콩을 고르다가 앞치마를 털고 일어나는 양동 할매나 대청마루에서 들고 있던 수틀을 내려놓으며 살포시 웃어 주는 명완 아지매가 모두 자신을 기다리고 있던 사람들같이만 느껴졌다.

"니 전번에도 두들 올라왔다 카더라마는 우리 집은 지나가데. 그래, 오늘은 웬일이고?"

무언가 부엌일을 거들다 나온 듯한 경완 아지매가 놀리듯 그렇게 물어 오지 않았더라면 준비해 간 핑계조차 댈 필요가 없었을 뻔했다.

"누나가…… 책을 좀 빌려 오라고 해서요."

인철은 형완이 집 안에 없는 걸 오히려 다행으로 여기며 그렇게 우물거렸다. 이번에는 명완 아지매가 인철의 방문을 더욱 자연스럽게 만들어 주었다.

"일가끼리 일이 있다꼬 오고 없으믄 안 오나? 그리고 영희 그 기집아는 뭐한다노? 어예 한번 코빼기도 안 비치고 집 안에만 처박혀 있는지 모리겠다. 너어 집에 뭐 디기 좋은 일 있나?"

"아뇨, 그냥……."

"좀 놀러 오라 캐라. 책도 지가 와서 빌려 가고."

"그러죠."

그때 경완 아지매가 한층 더 장난기 머금은 소리로 끼어들었다.

"어예튼 들어온나. 책이랬자 몇 권 되도 않는다마는 그거도 방에 있고…… 또 니 얘기도 좀 듣자. 너 서울 대구 어디어디 안 가 본 데가 없다미. 촌놈이 니맨치로 직접 가서는 못 본다 캐도 귀동냥이사(이야) 안 될라."

그러면서 흘끗 양동 할매를 훔쳐보는 게 딴 뜻도 있는 듯했다. 경완 아지매가 객지 바람을 쏘이고 싶어 하는 걸 할머니가 막기 때문일 거란 짐작이 들었다.

그렇지만 들어가 앉고 보니 역시 거북한 게 젊은 여자들의 방이었다. 일가 아주머니, 네댓 살 많은 누나뻘, 그런저런 구실에도 불구하고 끝내 이성의 거북함을 떨치지 못한 것 또한 열다섯의 소년에게는 지나친 조숙이었을까. 쉴 새 없이 얘기를 시키는 그녀들 자매와 저녁을 먹고 가라는 양동 할매의 만류에도 불구하고 오래잖아 인철은 그녀들의 빈약한 책꽂이에서 책 두 권을 뽑아 일어났다. 시멘트 포대 종이로 표지를 싸고 읽어 새것처럼 보이는 그 전달치 《여원》과 『김약국의 딸들』이란 신간 소설이었다.

양동 댁을 나왔을 때는 제법 해가 뉘엿했지만, 인철은 언덕을 내려가지 않고 다시 한 집을 더 들렀다. 책보다는 사람 때문에 빠뜨릴 수 없는 집이 도산 댁이었다.

도산 댁은 아슬아슬하게 언덕 위로 편입되어 있는 마흔 칸 남짓의 고가였는데, 그 퇴락함은 언덕 위의 고가들 중에서도 유별났다. 행랑채는 기울어 중문을 드나들기 위태로울 지경이었고, 미음 자 몸채도 한눈에 알아볼 만큼 기울어져 있었다. 군데군데 회벽이 떨어져 벌건 흙벽이 드러나 있고, 지붕에는 잡초가 무성한 게 도무지 사람이 살고 있는 집 같지 않았다.

하지만 그 집에도 사람은 살고 있었다. 택호를 남긴 도산 어른 내외는 해방 전에 모두 돌아가시고, 그 아랫대도 6·25에 휩쓸려 죽거나 월북해 오랫동안 비어 있던 집이었으나, 그 두어 해 전부터 홀로 남겨져 고모 손에서 자란 손주가 한 작가 지망생이 되어 폐허가 된 옛집으로 돌아와 있었다.

그때만 해도 자신의 앞날에 대해서 구체적인 계획은 아무것도 갖지 못한 인철이었지만 작가 지망생 혹은 문학청년이란 말은 비상한 호기심을 일으켰다. 따라서 우연한 기회에 그 작가 지망생 얘기를 들은 인철은 책을 빌리러 두들로 올라오면서 곧잘 그 집부터 먼저 들렀다.

인철에게는 열댓 촌 아저씨뻘이 되는 그 작가 지망생은 가난과 신병 때문에 괴팍스럽고 신경질적이 되어 있었지만 인철의 출입을 굳이 마다하지는 않았다. 모르긴 하지만, 유폐된 것 같은 나날을 보내고 있던 그는 무엇보다도 우선 외로웠을 것이다. 게다가 인철의, 나이에 비해서는 만만찮은 그 방면의 독서량도 어느 정도는 집주인의 관심을 끌었음에 틀림이 없다. 작가 지망생이란 거창한 이름은 붙었어도 끝내 작가가 되지 못하고 스물몇의 나이로 죽은 고등학교 중퇴의 독학자이고 보면, 당시의 인철을 그저 아이 취급할 만큼 대단한 지성(知性)은 못 되었을 것이다.

"기섭 형님 계세요?"

엄연히 숙항인데도 형님이라고 부르며 인철이 중문을 들어서자 카악, 하고 가래 뱉는 소리가 대답을 대신했다. 부엌이면서 침실이고 침실이면서 작업실이기도 한 안채 큰방 쪽이었다.

인철이 이미 어둑해 오는 방문을 열자 문중의 작가 지망생은 그때껏 쓴 것인 듯 한 뭉치의 원고지를 두 손으로 느슨히 잡고 방바닥에 두드려 모서리를 맞추고 있는 중이었다. 인철의 말소리를 듣고 서둘러 쓰기를 마친 것 같았다.

"왔나?"

그가 별 감정 없는 목소리로 알은체를 했다. 인철은 책 보따리에서 지난번에 빌린 두툼한 『전쟁과 평화』 축약판을 꺼내 그가 책상으로 쓰는 두레상 곁의 함부로 쌓아 둔 책 더미 위에다 가만히 놓았다.

"책 잘 봤습니다."

"그래, 참말로 다 봤단 말이제?"

그가 선뜻 못 믿겠다는 듯 그렇게 물었다. 무엇 때문인지 모르지만 인철을 쳐다보는 눈길에 반짝, 하고 타오르는 적의 같은 게 언뜻 느껴졌다.

"네."

"그래믄 함 얘기해 봐라. 아이, 줄거리사 대강 알 수도 있제. 그래지 말고, 맞다. 인물 하나를 골래 얘기해 봐라. 나타샤, 그 여자 어떻드노?"

"글쎄요, 내게는 지저분한 여자 같던데요. 안드레이 공작하고 약혼해 놓고 딴 남자하고 놀아나고, 그러다 공작이 돌아오자 울고불고 용서를 비는 것 같더니 결국은 다시 또 딴 남자하고 결혼하고……."

인철이 느낀 대로 숨김없이 말했다. 그러자 그 가망 없는 작가 지망생은 인철의 독해력에서 무슨 대단한 파탄이라도 찾아낸 듯 열다섯 소년의 결벽을 비웃었다.

"지저분하다 — 전편을 통틀어 가장 청순한 나타샤가 지저분하다고……?"

하지만 인철은 굳이 제 고집을 세워 그의 기분을 상하게 하고 싶지 않았다.

"하기야 제가 잘못 읽은지도 모르죠. 어른들 연애하고 결혼하는 얘기라…… 실은 저도 책 뒤 해설에서 나타샤를 청순하다고 표현한 걸 읽기는 했어요."

그렇게 물러서 놓고, 진작부터 노리던 책 한 권을 집었다. 『이방인』과 『좁은 문』을 합본한 것이었다.

"오늘 이거 가져가도 좋아요?"

지난번에 가져가고 싶었으나 그가 읽고 있는 중이라 말을 못 꺼냈지만 왠지 이번에는 꼭 가져가고 싶었다. 그가 한층 뚜렷하게 비웃음을 드러내며 고개를 저었다.

"안 돼, 이거는 아아(아이)들이 읽을 책이 아니라꼬."

"뒤에 있는『좁은 문』은 벌써 읽었는걸요."

"뭐라꼬? 언제?"

"국민학교 5학년 때요. 그리고『이방인』도 이야기는 알아요."

인철이 그렇게 대답하자 그는 갑자기 중대한 모욕이라도 받은 사람처럼 발칵 화를 냈다.

"그거는 또 무신 소리고?"

"햇볕이 너무 반짝여서 사람을 총으로 쏘아 죽였다는 그 유명한 얘기. 노벨문학상도 받고…… 실은 그 이방인을 쓴 까뮤(카뮈)의 3주기인가에 나온 어떤 문예지 특집에서 보고 작년에 벌써 그 소설을 읽어 보려고 했는데 책을 빌려 놨다 그만 잃어버려서……."

"햐, 욜마(요놈아) 요거, 참말로 못됐데이. 머리에 소똥도 안 벗어진 게……."

"네?"

"니 일마(인마), 인제는 이꾸저꾸 그래 마구다지(마구잡이)로 책 읽지 마라. 잘못하믄 참말로 큰일 낸데이. 그래 읽으믄 일마, 그건 책이 아니라 독이따, 독."

인철은 그가 왜 그렇게 화를 내는지 그날은 물론 뒷날까지도 잘 짐작이 가지 않았다. 남독(濫讀)을 나무랐다고 보기에는 그의 말에 조금도 애정이 서려 있지 않았고, 지나친 조숙을 경계한 것이라 보기에도 너무 감정적이었다. 어쨌든 인철은 끝내 그에게서는 책을 빌리지 못했다.

하지만 그날의 일 중에서 가장 인상적이고 오래 기억에 남는 것은 아무래도 두들을 내려와 집으로 돌아갈 때 우연히 마주치게 된 광경이었다. 작가 지망생과의 뜻 아니한 시비로 원하는 책을 빌리지 못하고 늦어져 어둑한 언덕길을 내려오던 인철은 한 군데 이상한 노랫소리 같은 것이 들리는 곳에서 걸음을 멈추었다. 살펴보니 언덕 중턱의 문중 마을에 속하는 집인지 그 발치 골짜기 쪽의 타성바지 집들 가운데 하나인지 얼른 분간이 안 가는 작은 초가에서 나는 소리였다.

인철은 무엇에 이끌리듯 그 초가집 쪽으로 가 보았다. 아직 물것들이 나오지 않은 철이라 그런지 초가의 사랑방은 문이 반쯤 열린 채였는데, 벌써 남폿불을 밝혀 놓아 힘들이지 않고 안을 살필 수 있었다.

"……애애부모(哀哀父母)여 생아구로(生我劬勞)샸다. 욕보지덕(欲報之德)인댄 호천망극(昊天罔極)이로다."

인철이 방문 가까이 다가갔을 즈음 노랫소리같이 들리던 그 가락은 그렇게 끝을 맺었다. 이어 무슨 웅얼거림 같은 소리가 나더니 다시 같은 목소리가 이번에는 인철이도 알아들을 수 있게 읊어 나갔다.

"슬프고 슬프도다, 어버이시여. 나를 낳아 기르시느라 애쓰고 힘드셨네. 그 은혜 갚으려 해도 넓은 하늘 같아 끝이 없구나."

짐작건대 앞에 왼 구절의 풀이인 듯했다.

인철은 비로소 그게 강(講)을 외는 소리란 걸 알아차리고 한층 호기심에 차서 가만히 방 안을 들여다보았다.

방금 시원스레 외기를 마친 것은 스무 살쯤 되는 한복 차림의 총각이었다. 생김이 낯선 것으로 보아 문중 사람은 아닌 듯했다. 그 곁에는 그보다 몇 살씩 어려 보이는 소년 둘이 나란히 앉아 있었다. 책은 덮어 둔 채 무릎을 꿇고 있는 게 차례를 기다리는 것 같았다. 역시 둘 다 일가는 아니었다.

그들 맞은편으로는 한 늙은이가 인철을 등지고 앉아 있는 게 보였다. 사극(史劇)에서 보듯 정자관(程子冠)도 쓰지 않았고 긴 담뱃대도 없었으나 한눈에 서당 훈장임을 알아볼 수 있었다. 다 찌그러져 가는 초가 삼간 사랑방에 학동이라고는 셋뿐이었지만 어쨌거나 그곳은 서당이었다.

인철에게는 아직도 고향 한 모퉁이에 그런 곳이 남아 있다는 게 낮에 세심대나 낙기대를 보았을 때보다 오히려 더 충격적이었다. 이미 역사의 어둠 속으로 사라져 버린 줄만 알았던 오래된 교육 제도가 이렇게 살아 있다. 그 옛터인 석천서당은 저렇게 낡고 허물어진 채 버려져 있고, 그 제도의 가장 큰 수혜자였던 언덕 위 문중의 아이들은 신식 학문을 배우기 위해 모두 도회로 흩어지고 없는데, 여기 이 언덕 발치의 찌그러진 초가삼간 구석에서 오직 그 제도의 억압과 착취의 대상에 지나지 않았던 언덕 아래 타성바지 아이들에 의해…….

　비록 소년다운 치기와 감상 때문에 과장된 것이기는 했지만 나는 거기서 우리 일문의 몰락이 어디서 온 것인가를 안 것 같은 기분이었다. 문화이건 제도이건 지켜야 할 자들이 지켜 주지 않으면 무너져 내릴 수밖에 없다. 어떠한 문명도 내부로부터의 붕괴가 없는 한 완전한 절멸은 일어나지 않는다. 우리의 몰락은 외부의 압력보다는 내부적인 붕괴에 더 큰 원인이 있었다. 그때 나는 성급하게도 그 비슷한 결론까지 내렸다. 그러자 세심대의 세계, 낙기대의 세계, 그리고 석천서당과 언덕 위 고가들의 세계가 갑작스레 찬연한 의미의 빛을 띠고 내 상상력을 자극해 왔다. 이미 사라져 버렸기에, 애착과 미련을 지닌 증인이 아무도 남아 있지 않기에, 더 자유로워진 상상이었다.

　하지만 냉정히 따져 보면, 그 자유로움이란 기실 처음부터 편향성이 예정된 것이었다. 나중 그 세계의 탐색에 나서면서 내가 부딪쳐야 했던 가장 흔해 빠진 논리는 그 세계에 대한 부정과 비하(卑下)의 논리였고, 그 바람에 내 상상의 자유로움이란 바로 그러한 논리들로부터의 자유로움과 종종 동일시되어 의고적 또는 상고(尙古)적인 방향으로 자리 잡아 갔다. 그리하여 그 세계에 대한 부정과 비하의 논리는 전통 사회의 지배층과 피지배층의 이간을 노리는 일본이나 서구 식민주의의 부추김에 놀아난 사유의 파행, 또는 능욕을 당해 놓고도 화간(和姦)이었다고 주장하는 어떤 종류의 비뚤어진 자존심으로 의심되었으며, 탐색이란 것도 객관적인 비교 분석이라기보다는 사라진 아름다움, 잃어버린 가치의 주관적인 추구 쪽으로 기울어지고 말았다.

어떤 이는 고향과 옛것들을 되돌아보는 나의 그런, 요즈음엔 흔치 않은 관점과 입지를 아버지 콤플렉스와 연결시켜 해석하려 든다. 그러나 그 콤플렉스란 게 그렇게 무소부재(無所不在)하고 위력적인 것은 못 된다. 솔직히 고백하고 또 분명하게 단언하거니와, 아버지는 적어도 그 부분에 대해서만은 무관하다. 굳이 그 부분을 해석하려면 다른 쪽에 문의해 보기를 권하겠다. 예컨대 내 기질이나 성향 또는 어떤 정신적 유전 인자 쪽에.

그날과 관련지어 인철은 뒷날 위와 같은 술회를 남겼다. 그러나 정작 그가 말한 탐색은 훨씬 뒤에야 시작된다. 그날 밤 늦은 밥상머리에서 철이 그 서당에 대해 깊은 흥미를 내비치자 어머니는 한마디로 잘라서 말했다.

"서당은 무슨 놈의 서당. 하이고, 신촌 양반, 그 글도 글이라꼬. 옛날 어른분네들 아직 글하고 기실 때는 글 축에도 못 끼디. 뒷글(어깨너머로 배운 글, 귀동냥해 배운 글)로도 안 쳐주디, 어예다 보이 혼자 남아가주고는……. 몰라, 상것들 천자문이나 깨우쳐 주고 잡곡말[斗]이나 받는강."

주로 그 서당에서 훈장 노릇을 하는 집안 변변찮은 할아버지뻘 일가를 인정 없이 깎아내리는 말이었지만, 철의 터무니없는 환상에 찬물을 끼얹는 데는 꽤나 효과적이었다. 게다가 그 뒤 여러 해이어지는 철의 분주함과 고단함도 당장 그러한 탐색으로 들어갈 만한 여유를 주지 않았다.

　하지만 다시 10년 뒤쯤 청년이 된 인철은 뒤늦게 그 탐색에 들어가 문중의 마지막 훈장이었던 그 신촌 할배로부터 소학(小學)과 논어를 배우게 된다.

기다리는 마음

설거지를 하고 있는데 바깥에서 누군가 부르는 소리가 들렸다. 영희가 물 묻은 손을 털며 부엌문을 나서니 그새 낯익은 타성바지 우체부 아저씨가 자전거 뒤에 벌써 홀쭉해진 우편낭을 싣고 재궁막 마당으로 들어서고 있었다.

"저한테 온 편지 있어요?"

두근거리는 가슴에 영희는 자신도 모르게 목소리를 높였다. 우체부가 무표정한 얼굴로 영희를 건너다보며 웅얼거렸다.

"글쎄, 누구한테 가는 건지는 몰따마는 이 집에 온 우편물이 몇 있기는 있다. 편지 한 통하고 신문하고 고지선 동 뭔 동(고지서인지 뭔지) 하고……."

그 말에 영희는 사립께까지 달려 나가 우체부가 내주는 우편물들을 받았다. 편지 한 통과 얼마 전부터 오빠가 받아 보기 시작한 날짜 지난 신문, 그리고 누런 봉투 뒷면에 영양군수의 직인이 찍힌 행정 우편물 봉투 하나였다.

영희는 고맙다는 말도 잊고 먼저 편지 봉투부터 살폈다. 창현이 보낸 것일지도 모른다는 기대에서였지만 실망스럽게도 겉봉의 글씨부터가 아니었다. 한눈에 여자의 글씨임을 알아볼 수 있을 만큼 단정하면서도 깨알 같은 글씨였다.

얼른 봉투를 뒤집어 발신인 주소를 살피던 영희는 또 한 번 실망했다. 서울 영등포구로 시작되어서는 군대에 가 있는 창현의 편지일 수가 없었기 때문이었다. 그래도 영희는 행여나 하는 기분으로 발신인의 이름까지 단숨에 읽어 나갔다. 영등포동 산 몇 번지에 사는 안경진이란 여자였다. 영희는 그제야 수신인 쪽을 살펴보았다. 오빠 명훈에게 온 편지였다.

'안경진이라, 누굴까? 한 번도 오빠에게 들어 본 적이 없는 이름인데.'

영희는 불쑥 이는 궁금증으로 그렇게 중얼거리며 어느새 큰길로 되돌아 나가 자전거 안장에 다리를 걸치는 우체부의 뒷모습을 아무런 뜻 없는 눈길로 뒤따랐다. 자전거에 오른 우체부는 잠깐 사이에 내리막길 굽이를 돌아 모습을 감췄다.

설거지를 하다 물 묻은 손도 제대로 닦지 않고 나온 바람에 잉크로 쓴 주소 글씨가 번지는 줄도 모르고 영희는 한동안 멍하니 사립께에 서 있었다. 잠시 그녀가 안경진이란 여자를 궁금히 여긴 것은 사실이었으나 그 궁금함은 그녀가 사로잡혀 있는 기다림에 비하면 그리 대단한 게 못 되었다. 절실한 기다림과 거듭된 실망이 어울려 자아낸 망연함으로 설명하는 게 차리리 그런 영희의 심리에 더 잘 들어맞는 말이었다.

'벌써 창현 씨 입대한지 두 달이 다 돼 가는구나. 남들은 훈련소에서도 편지를 잘만 보내던데. 어찌 된 셈일까, 혹시 내 주소를 잊어버린 게 아닐까.'

이윽고 영희는 그렇게 힘없이 중얼거리며 마루로 가 걸터앉았다. 하지만 아무리 생각해도 그런 일은 있을 성싶지 않았다. 돌내골 주소를 적어 준 것만도 몇 번인가. 더구나 헤어지기 전날 밤은 몇 번이고 창현이 영희네 식구들이 임시로 거처하게 될 재궁막 주소를 외고 있나 확인까지 하지 않았던가.

"야가 여다 앉아 뭐하노? 설거지는 다 했나?"

언제 두들에서 돌아왔는지 어머니가 사립을 들어서면서 하는 말에 영희가 퍼뜩 정신이 들어 고개를 돌렸다. 아직 정식으로 개간 허가가 떨어지지 않아 그냥 집에 있기 답답하다면서 아침같이 집안 마실을 나갔던 어머니였다.

마을에는 모두 농사일에 바쁜 사람들뿐이라 말상대가 되어 줄 아낙도 없었지만, 설령 있다 해도 어머니는 되도록이면 '상것들과 입 섞어 수작하는' 걸 피하려 들었다. 헤어져 보낸 그 3년, 아주 어려웠을 적에는 어머니가 남의 집 식모살이까지 했다는 걸 들어 알고 있는 영희에게는 그런 어머니의 갑작스러운 양반 행세가 억지스럽기만 했다. 하지만 그날도 어머니는 가까운 이웃을 두고 굳이 10리 길이나 되는 문중 마을로 올라갔다. 따라서 빨라도 점심나절은 돼야 돌아올 줄 알고 늑장을 부리던 영희에게는 길을 되짚어 온 듯이나 돌아온 어머니가 뜻밖일 수밖에 없었다.

"엉이, 그게 뭐로? 편지 아이라? 누구한테 온 거로?"

갑작스레 빈틈을 찔리기라도 한 사람처럼 당황한 영희가 미처 대답을 못 하고 있는 사이에 편지를 본 어머니가 다시 물어 왔다. 어머니의 말투가 그리 가시 돋친 것 같지 않은 데 안도하며 영희가 얼른 대답했다.

"오빠한테 온 거예요. 예쁜 아가씨 글썬데요."

"뭐라꼬? 기집아한테서 온 거라꼬? 가한테 뭔 기집아가 있다꼬. 어디 보자."

어머니가 목소리는 다소 엄해도 그리 기분 나쁜 일은 아니라는 표정으로 손을 내밀었다. 영희는 오빠한테 온 건데, 하면서도 쓸데없는 시비가 싫어 편지를 넘겼다. 어머니도 다 큰 자식에게 온 편지를 함부로 뜯어 볼 만큼 몰상식하지는 않았다. 흘긋 봉투를 훑어보고 난 뒤 혀를 끌끌 차기는 했지만 여전히 성내는 기색은 없이 말했다.

"글씨사 참하다마는 누구 집 기집안 동(계집아인지) 망했다. 사나한테 편지질이나 하고……."

그 같은 어머니의 반응에 영희는 언뜻 그 편지가 창현에게서 온 것이 아닌 게 차라리 다행이라는 생각이 들었다. 그랬다면 어머니는 반드시 펄펄 뛰며 뜯어 봐야겠다고 나섰을 것이고, 또 그리 되면 한바탕 큰 분란이 일어났을 것이었다.

이무레도 그날은 별스러운 데가 있었다. 뒤이어 부엌을 둘러본 어머니는 아직 설거지도 끝나지 않았음을 알았건만 여느 때같이 잔소리를 늘어놓지 않았다.

"아침 상 물린 지가 하마 언젠데 그새 뭐했노? 어서 설거지 끝내고 쫌 들어온나. 보자."

그러면서 방 안으로 들어가는 게 밖에서 무슨 좋은 일이 있었던 듯했다.

뜻밖이다 싶을 만큼 어머니가 관대해진 까닭은 곧 밝혀졌다. 영희가 그때까지도 부엌 바닥에 펼쳐져 있던 밥상만 대강 치우고 방으로 들어가자 어머니가 아주 긴한 얘기라도 한다는 듯한 표정으로 말했다.

"니 인숙이 아나? 알제, 왜 니 여다서 국민학교 댕길 때 같이 안 댕겼나? 와석 댁(瓦石宅) 둘째 딸 말이라."

"걔가 왜요?"

영희가 좀 어리둥절해하며 반문했다. 인숙이란 동창은 그동안 잊지 않아서가 아니라 돌내골로 돌아와서 들은 요란한 소문 때문에 그 이름을 알게 된 아이였다.

"가가 날 잡았단다. 음력 오월 스무닷새라등강."

"그렇게 빨리요? 어디로 시집가는데요?"

이번에는 영희도 좀 뜻밖이란 느낌으로 그렇게 반문했다. 서로

가 물밑 들여다보듯 빤한 바닥에서 그토록 자주 남의 입 끝에 오르내린 과거가 있는 여자애가 갑자기 시집을 가게 되었다니 호기심이 아니 일 수 없었다.

"아 하나 딸린 홀아비라 카든 강. 연전에 상처하고. 국민학교 선생인데 혼수고 뭐고 필요 없이 인숙이를 싸 말아 가겠다고 나선 모양이라."

"잘됐네요."

"잘됐제. 잘됐고말고. 거 참, 옛말 한마디 그른 게 없다 카디 참말이라. 짚신도 다 짝이 있다꼬⋯⋯. 우리끼리 하는 소리지만 가가 어옛노? 기집자식 있는 담배 기사하고 배가 맞아 한 이태를 같이 살다시피 안 했나? 억대구(억대우: 덩치가 크고 힘이 센 소. 여기서는 '억대우의 고집'이란 뜻으로 씀) 센 기사댁이 알라 업고 찾아가 깔쥐뜯고(할퀴며 쥐어뜯고) 그 난리 안 쳤으면 안죽도 남의 첩질 하고 있었을 아라 카이."

"⋯⋯."

"거다가 더 희한한 일도 있제. 데리고 갈라 카는 쪽도 대강 그 소문을 듣고 아는 눈치라 안 카나? 가을까지 기다리지 않고 일찍 일찍 싸 말아 가는 것도 그 때문이라는 게라. 세상에 별 싱미(성미)도 다 있제. 암만 홀아비라 카지마는. 아이, 암만 인숙이 가가 얼굴이 반반하다 카지마는⋯⋯."

어머니는 연신 감탄을 섞어 가며 영희가 묻지도 않은 남의 혼인 얘기에 열을 올렸다. 영희는 멋모르고 한참 듣다 보니 어렴풋이나마 어머니의 저의가 짐작되었다. 어머니는 단순히 남의 집 과거 있는 딸 얘기를 하고 있는 것이 아니었다. 먹은 맘이 있어 영희기 들으라는 듯 시시콜콜히 그 일을 되뇌고 있는 것 같았다. 갑자기 불쾌해진 영희가 앞서와 달리 퉁명스레 받았다.

"어머니도 참, 그럴 수도 있는 일이죠, 뭐. 어디 과거 있는 여자는 사람 아닌가요? 제 좋으면 데려가 사는 거지."

그러자 어머니의 눈길이 드러나게 실쭉해졌다. 하지만 어머니는 뭣 때문인가 억지로 속을 눌러 참는 눈치더니 문득 설득 조가 되어 말했다.

"야가 뭐라 카노? 여자라는 거는 시집가기 전에든 뒤든 정조가 목숨이라. 하마 몸을 배린(버린) 처자가 어예 온전한 처자로? 옛날 같으믄 목을 매거나 칼을 물고 엎어질 일이라."

"……."

"그러이 생각해 봤는데 니 말이따. 안죽 여다사 아는 사람이 없다마는 소문나는 거는 시간 문제라. 박 원장 일도 글코. 다방 레지질 한 것도 글코……."

'결국 그거로구나. 이 악귀 같은 여자가 그 얘기를 꺼내려고 그렇게 신이 나서 달려왔구나 —.' 문득 그런 생각이 들자 영희는 앞뒤 없이 화부터 났다. 어머니의 다음 말을 들어 보려고도 않고 소리부터 질렀다.

"겨우 그 얘길 꺼내려고 그리 신이 나 달려오셨어요? 웬일로 며칠 살 만한가 싶더니 이제 한 건 단단히 잡으셨군요. 그래요. 저는 어머니 말마따나 버린 기집애예요. 벌써 여러 남자가 내 몸을 거쳐갔다고요. 인숙이보다 더하면 더했지 나을 게 없는 년이라고요. 그래서 어쨌다는 거예요?"

"아이, 야가, 야가……."

"아무리 그래도 그러시는 게 아니라고요. 짐승도 새끼가 상처를 입으면 핥아 준대요. 그런데 명색 어머니가 돼서 이게 뭐예요? 이제 겨우 딱지가 앉을 만한 상처 그렇게 헤집어 놔야 속이 시원하시겠어요?"

"이년아, 악바리(아가리) 닥쳐라. 삼 이웃 사 이웃 다 듣는다. 그게 뭐 장한 일이라꼬. 잘하면 신작로 바닥에 나가 고래고래 욀따(외치겠구나)."

드디어 어머니도 목소리를 높이기 시작했다. 화가 나면 분별이 없기는 그즈음의 어머니도 영희에게 지지 않았다.

"그래도 이년, 나는 니 같은 것도 자식이라꼬 조용히 의논이라도 해 볼라 캤디. 에미 속을 몰라도 어예 그래 모르노. 새끼 잡아먹는 범도 있더나?"

성나 퍼부어 대는 말이기는 해도 그 끝에는 어딘가 진정이 스며 있는 듯한 느낌이었다. 그제야 영희는 얘기도 다 들어 보지 않고 퍼부어 댄 게 슬몃 후회되었으나 갑자기 고분고분해질 마음이 들 정도는 아니었다.

"의논은 무슨……."

"오이야, 이년아. 나는 니 에미가 아이고 원수따. 그래도 나는 어예튼 동 지 허물 묻고 감촤 인제부터라도 결발부부(結髮夫婦)로 일부종사하미 사는 거 볼라 캤디. 학벌 가문 따질 것 없이 심성만 착하믄 어에 혼인 말 한빈 여(넣어) 볼라 캤디."

"어디 그런 얼빠진 홀아비가 하나 더 있나 보죠?"

"저런 저 악바리 놀리는 거 봐라. 저걸 어예 자식이라꼬……."

"걱정 마세요. 나도 벌써 다 정해 논 사람이 있다고요."

"그래, 니 잘났다. 이 염량(여기서는 염량 없는 사람)아. 하기사 그 길을 돌아댕겼으이 열 서방인들 없겠나?"

그렇게 모녀의 언성이 한층 높아 가고 있을 때 명훈이 숨을 헐떡이며 뛰어들었다. 멀리서 무슨 소문을 듣고 달려온 듯했다.

"우체부가 뭐 갔다 준 거 없어?"

명훈은 모녀간의 다툼 따위는 알지도 못한다는 듯 영희에게 급하게 물었다.

"뭘?"

영희가 얼른 감정 전환이 안 돼 퉁명스럽게 되물었다. 명훈은 그 퉁명스러움도 느끼지 못한 사람처럼 묻기만을 되풀이했다.

"군에서 온 서류 말이야. 강(姜) 체부가 안 갔다 줬어?"

"뭔데? 뭐가 왔다꼬 이 수선이로?"

그사이 애써 감정을 추스른 어머니가 궁금한 듯 끼어들었다. 명훈이 기다렸다는 듯 흥분한 목소리로 대답했다.

"아마도 개간 허가 통지서가 나왔을 거예요. 군에서 온 공문이라면 틀림없이 그걸 거예요."

그 말을 듣고서야 영희는 비로소 자신이 집안일에 너무 무심했던 데 대한 부끄러움이 일었다. 측량이 끝나고도 한 달이나 개간허가 통지서가 오지 않아 어머니와 오빠 모두 애를 태우는 눈치들이었는데 이제 바로 그게 온 것 같았다.

"오빠, 이것 말이야? 난 그게 바로 허가장인지 몰랐네."

영희가 신문·편지와 함께 마루 한구석에 놓아 두었던 누런 봉투를 꺼내 겸연쩍은 얼굴로 명훈에게 내밀었다. 명훈이 빼앗듯이 받아 봉투를 찢었다.

"맞아! 이거야. 어머니, 이제 개간을 시작해도 됩니다. 내일부터 시작이라고요. 이러고 있을 때가 아니란 말입니다. 일꾼부터 모아야겠어요. 저한테 당수 배우는 애들이 있다지만 걔들만 가지고는 안 돼요. 어머니도 좀 구해 보세요. 영희 너도 마음 단단히 먹어. 내일부터 시작이야. 이제부터는 쓸데없는 데 신경 쓸 겨를이 없다고. 개간 인부들이 수십 명씩 떼 지어 몰려들어 와 봐. 그 뒤치다꺼리만으로도 눈코 뜰 새 없을 거야. 애들은 어디 갔어? 철이하고 옥경이. 걔들에게도 각오를 시켜야지. 이게 우리에게 주어진 마지막 기회야. 모두 힘을 합쳐야 돼. 식구들끼리 마음 맞춰 제대로 해내지 못하면 모든 게 끝장이라고!"

봉투 안에 든 걸 읽고 난 명훈은 마치 무엇에 홀린 사람처럼 그렇게 떠들어 댔다. 얼른 듣기에는 혼자 신이 나 하는 소리 같았지만 가만히 듣고 보니 조금 전에 있었던 모녀간의 불화를 그도 다 알고 있었던 듯했다. 특히 마지막에 덧붙인 말은 영희와 어머니 둘을 향해 다짐하는 소리나 다름없었다.

그런 명훈의 불 같은 열기는 금세 어머니에게도 옮아 붙었다. 언제 영희와 그토록 미움 가득 찬 악담을 주고받았나는 듯 환하기 그지없는 얼굴로 맞장구를 쳤다.

"글코말고. 암, 그래야지. 이기 몇 년 만에 온 호긴데. 인제 모도 떨쳐 뿌리고 일라서는 게라. 지성이면 감천이라꼬, 사람이 마음먹고 해서 안 될 께 어딨겠노? 아(아이) 어른 할 거 없이 식구대로 나서 함 해 보자믄."

그러고는 영희를 한번 흘겨보는 법도 없이 모든 걸 툭툭 털고 일어났다.

"나는 먼저 원동이네 집부터 가 볼란다. 그 집에 장골이만도 너이가 되이 둘은 우리한테 개간하로 나오라 캐야제. 개골에 귀머거리네 아들도 요새 논다 카드라. 오입[家出]이사 자주 댕겼지마는 원래는 농군중에도 상농군이랬디라. 그거 말고도 정 있게 지낸 하배(下輩)들 집은 다 돌아 봐야 될따. 저가 우리 일 가주고 품값에 현금 외상 따질라. 개간비(보조금) 나오믄 한 푼 안 띠 먹고 다 갚을 께라 카믄 끽소리 못 하고 나와 줄 께따."

"저도 상두 녀석 찾으러 가 봐야겠어요. 아무래도 촌놈들 후리는 데는 그 녀석을 못 당한다니까요."

명훈도 그러면서 어머니를 따라나섰다.

명훈이 사립을 나간 뒤에야 영희는 비로소 안경진이란 아가씨의 편지가 생각났으나 그걸 오빠에게 전하지 못한 게 크게 잘못됐다는 기분은 아니었다.

'그건 저녁에 전해 주면 되지 뭐. 감춰 뒀다가 오빠에게 한턱 울 궈 먹은 뒤에 내줘야지.'

오히려 그런 장난기까지 일었다.

오빠와 어머니의 기대에 부풀고 들뜬 기분이 영희에게도 옮은 듯했다. 영희는 조금 전의 그토록 격렬했던 어머니와의 말다툼까 지도 깨끗이 잊고 부엌으로 들어가 제법 콧노래까지 흥얼거리며 남은 설거지를 마쳤다.

그렇지만 설거지가 끝나고 무료한 시간 속에 홀로 남겨지자 영 희는 다시 자신만의 상념에 빠져들었다. 서울에서의 날들이 떠오 르고 창현의 깎은 듯한 얼굴이 머릿속 가득히 되살아났다. 특히 이제는 꿈만 같은 그와의 마지막 며칠은 생각만 해도 온몸이 짜릿 해 오는, 그리움 그 자체였다.

"영장이 나왔어. 다음 달 초순이 입영 날짜야."

입영 통지서를 가지고 오던 날 창현은 금세 울음이라도 터뜨릴 것 같은 얼굴로 그렇게 말했다. 그리고 희다 못해 푸른 기운까지 도는 이마에 애처로운 느낌이 들 만큼 깊은 주름을 지으며 나직 이 중얼거렸다.

"이제 생활이 무엇인지, 사랑한다는 게 어떤 건지를 겨우 알 만 하니까 말이야. 유가 내게 무엇이며 나는 또 유의 무엇인지를 깨 달을 만하니까……."

그때 영희는 입영 통지서가 갖는 의미보다도 창현의 괴로워하는 표정이 더 견딜 수 없었다. 그 바람에 영희는 이별의 슬픔이나 이별 뒤에 홀로 헤쳐 가야 할 외롭고 고통스러운 삶에 대해서는 생각해 볼 틈도 없이 창현을 위로하기에 바빴다. 거기다가 그날 창현의 한마디 한마디는 또 어찌 그리 미덥고 정겹던지.

"실은 말이야, 유에게는 말하지 않았지만 나 이래 뵈도 우리 결혼 승낙을 받으러 집에까지 갔었어. 언제까지고 유와 나 이러고 살수는 없잖아? 가을쯤에는 어떻게 식이라도 올리고 그게 꼭 어려우면 혼인신고라도 해 놔야지. 어쩌면 곧 우리들의 2세가 생겨날지도 모르는데 말이야……. 부모님도 대충은 동의하셨어. 그런데 이게 뭐야? 난데없이 이런 게 나왔잖아. 벌써 한 달 전에 동(洞)에서 갖다 놓은 거래. 전에 앓은 티비(TB: 폐결핵) 때문에 현역에서는 빠질 걸로 알았는데……."

그럴 때 창현이 발음하는 유는 영어의 애매한 2인칭이 아니라 우리말로 당신이란 뜻의 말 중에서도 가장 우아하고 다정한 말 같았다.

그로부터 열흘, 창현이 표현한 슬픔과 고통은 회상하기에도 가슴 뭉클할 정도였다.

"3년…… 유 없는 3년을 어떻게 보내지. 사람을 짐승같이 보는 그딴 데서…… 차라리 일찌감치 지뢰 같은 거나 밟고 콱 죽어 버렸으면……."

훌쩍이며 그렇게 말하다가 돌연 격렬하게 내뱉기도 했다.

"아냐, 안 가겠어. 못 가. 차라리 기피하고 말 거야. 평생 밤무대의 악사 노릇이나 하고 떠돌면 될 거 아냐? 박쥐처럼 밤에만 나가 돌아다니는데 어느 놈이 터치할 거야? 유만 있으면 돼. 남자의 야망이 뭐야? 출세가 뭐야? 그딴 것 없어도 돼. 기피자가 반드시 불행해진란 법도 없어. 유와 함께 지낼 수만 있다면 나는 얼마든지 행복해질 수 있다고!"

자신이 창현에게 그토록 대단한 존재였다는 게 뿌듯한 기쁨을 넘어 어떤 주체할 수 없는 감동으로 영희의 눈에서도 눈물을 끌어냈다. 그렇게도 애태웠으나 한 번도 시원스레 확인되지 않던 창현의 사랑이 한순간에 모두 확인되는 듯했다. 창현이 병역을 기피하겠다고 떠들 때마다 영희가 질겁을 하며 말리고 다독이게 된 것도 그런 확인이 준 여유였을 것이다.

"유, 어린애처럼 그렇게 떼쓰지 마. 우리의 앞날을 위해서도 차라리 잘된 거야. 어차피 대한민국 남자라면 한 번은 거쳐야 할 게 군대 아냐? 그러지 말고 갔다 와. 나 기다릴게. 그래서 3년 뒤에 다시 시작하는 거야. 떳떳하게 부부로서 말이야. 실은 나도 사람들의 수군거림이 지겹던 참이었어."

그런 영희의 말에 발끈하며 내비치던 창현의 의심도 또 다른 애정의 표현으로만 보였다.

"기다린다고? 이제 겨우 스물하나의 젊은 여자가, 서울같이 이 험한 도시에서 몸뚱이 하나 갖고? 그래 어떻게 기다릴 거야? 다방 레지 하면서? 아니면 이제 와서 남의 집 부엌데기라도 될래? 그사이 지분낼 놈씨들은 또 어쩌고?"

전 같으면 싸움이 벌어져도 대판 벌어질 소리였지만 영희는 그저 웃음으로만 받았다.

"유, 그렇게 날 못 믿어? 내가 3년을 못 참고 고무신 바꿔 신을 여자 같아? 믿어 줘, 믿어. 제발 좀 믿어 달라고."

그러다가 창현이 턱없이 독기까지 뿜어 가며 계속해 의심하는 말을 늘어놓자 퍼뜩 생각해 낸 게 오빠 명훈이 다방에 남기고 간 쪽지와 돌내골이었다.

"유가 군대 가면 나도 유 없는 서울엔 있지 않을 거야. 고향 집으로 가서 조용히 3년을 기다릴게. 전에 말했지? 우리 오빠 찾아온 거? 어쩌면 유가 제대해 나올 때쯤 난 3백 마지기나 되는 대지주의 여동생이 되어 있을지도 몰라. 유의 부모님도 그때는 무턱대고 우리 결혼 반대하지 못할걸."

얼른 떠오르는 대로 그렇게 말해 놓고 나니 돌내골로 내려가는 것은 이미 오래전부터 결심해 둔 일 같은 기분이 들었다. 창현도 영희가 돌내골로 내려가겠다고 하자 조금 마음을 놓겠다는 눈치였다. 그 뒤 입대날까지 남은 며칠은 의심 대신 변치 말란 다짐으로 채워졌다.

"꼭 기다려. 3년이라지만 생각보다 짧을 수도 있어. 첫 휴가 때쯤 약혼식 올려 두고 마지막 휴가 때쯤 결혼식 올리면 실제 기다릴 시간은 훨씬 짧아질 거야. 논산 훈련소 가기 전 집에 가서 그렇게 결정을 보아 두자고."

집결지로 떠나기 전날 창현은 먼저 그런 제안까지 했다.

그런데 — 정신없이 창현과의 마지막 날들을 떠올리던 영희는 갑자기 섬뜩한 기억 하나로 가볍게 몸을 떨었다. 그 여자는 왜 그렇게 차고 표독스러운 느낌으로만 떠오를까…….

마침내 창현이 집결지로 떠나게 된 날이었다. 영희는 창현을 따라 그의 본적지이자 가족들이 산다는 수원으로 갔다. 넓게 보아 입대를 바래 준다는 것 외에 미래의 시부모 될 사람들을 미리 봐 둔다는 목적도 있었다. 창현의 집은 시가지에 있는 자그마한 한옥 뒤채였다. 방 둘을 쓰고는 있어도 분명 셋방 같았는데, 시아버지 될 사람은 보이지 않고 왠지 칙칙하고 음험한 인상을 주는 창현의 어머니만 기다리고 있었다.

창현이 영희에게 한 말이 전혀 허풍은 아닌 듯 창현의 어머니는 대체로 창현이 하자는 대로 들어주었다. 겨울쯤 첫 휴가를 오면 약혼식을 올리자. 이왕 결혼할 거면 제대하기 전에 식을 올리는 것도 괜찮지……. 그러나 그녀의 말투나 눈길은 아무래도 앞날의 며느리를 대하는 시어머니의 그것 같지 않았다. 왠지 모르지만 부탁받은 대로 성의 없이 말하고 있다는 느낌이 더 짙었다. 그녀가 희미하게나마 미소를 보인 것은 그 열흘 창현과 쓰다 남은 사글세 보증금을 다 털다시피 해 마련해 간 예물을 내놓았을 때 딱 한 번뿐이었다.

'왜 그랬을까, 맏아들이라던데 그 결혼 문제를 꼭 남의 얘기 듣

듯했다. 아니, 뭐든지 다 허락은 하면서도 어딘가 싸늘하게 비웃는 것 같은 눈치였어……'

그전의 감정이 거의 황홀감 비슷한 그리움이어서였던지 한번 어두운 쪽으로 생각이 미치자, 그날 창현의 어머니가 보여 준 태도는 그 당시보다 더 불길한 예감을 강요하며 영희의 기억 속에 되살아났다. 그러나 이번에는 그저 그뿐, 더 이상 구체적인 의심으로는 번지지 않았다.

'천성이 그런 사람이겠지 뭐. 사람이 매몰차고 비뚤어진…… 그래도 우리 결혼은 반대하지 않았잖아.'

영희는 그렇게 스스로를 이해시키며 서둘러 회상을 건너뛰었다. 창현과의 마지막 포옹, 눈물 속에 멀어져 가던 뒷모습, 아직도 귓가를 떠도는 창현의 물기 머금은 듯한 음성, 잘 있어. 곧 편지할게…….

그러자 영희는 문득 조금 전과는 전혀 성질이 다른 걱정에 빠져들었다. 의도적인 배신 쪽으로는 전혀 의심이 일지 않은, 연인으로서는 아직 행복한 걱정이었다.

'그런데 두 달이 다 되도록 편지가 없는 것은 무슨 까닭일까. 혹시 창현 씨에게 무슨 사고라도 난 게 아닐까. 원래 몸이 약한 사람인데…… 제 앞가림도 잘 못 하고. 틀림없어. 무슨 사고가 난 거야. 내게 글을 쓰려 해도 쓸 수 없는…… 하지만 탈영은 하지 말아야 할 텐데. 그 참아 내지 못하는 사람이, 나 보고 싶다고 덜컥 탈영이라도 하면……'

친화(親和)

"이랴, 낄낄, 이랴……"

명훈이 소를 모는 소리는 억지로 익힌 구령 소리처럼 들렸다. 그러고 보니 쟁기를 몰고 오는 모습도 들판에서 흔히 보는 농부들의 쟁기질과 많이 달랐다. 개량 쟁기라 구식 쟁기처럼 매달릴 필요가 없다 쳐도, 몸을 뒤로 젖히고 한 손으로만 손잡이를 쥐고 따라가는 명훈의 모습에는 어딘가 자신의 능숙함을 과장하는 듯한 데가 있었다.

하지만 인철에게는 그런 형의 모습이 어색하거나 우스꽝스럽게 비치기는커녕 한없이 미덥기만 했다. 형의 그런 자세야말로 그가 개간에 대해 가진 자신과 집착을 보여 주는 것이라는 느낌 때문이었다. 과연 그의 발밑에는 보름 전까지만 해도 잡초와 야생의 관목 들로 뒤덮인 산등성이에 지나지 않았던 곳이 제법 밭의 모습을 갖춘 채 벌건 맨살을 드러내고 있었다.

아침부터 명훈이 타 준 밭이랑을 따라가며 콩을 묻던 어머니는 그새 보이지 않았다. 식구들과 밥을 부쳐 먹는 일꾼을 합쳐 열 명이 넘는 사람들의 점심 때문에 명훈네 가족이 임시로 집 삼아 살고 있는 재궁막으로 돌아간 듯했다. 부엌 살림은 영희에게 거의 맡기고 있지만, 보리쌀을 곱삶은 것이나 다름없는 밥도 그렇거니와 신통찮은 재료와 양념으로 그 밥을 먹을 수 있게 할 반찬을 장만한다는 것은 영희에겐 애초부터 무리였다.

"밥이 이게 뭐로? 이게 보리밥 퍼준(퍼지게 한) 거라? 볼쌀(보리쌀)이 펄펄 난다, 펄펄 날아."

"아이고, 이게 반찬이라? 이거사 대국(大國) 년도 못 먹을따. 니 혼차 다 먹어라."

몇 번 영희에게 부엌일을 맡기고 개간지에 붙어 있다가 낭패를 본 어머니는 그렇게 영희를 야단치기에도 지쳤는지 끼니때가 되면 아예 밭일을 포기하고 알아서 부엌으로 돌아갔다.

"야야, 여다 물 좀 다고."

인철이 다시 형 쪽으로 눈길을 주고 있는 사이에 누군가 그렇게 소리쳤다. 습관적으로 물 주전자를 들고 일어나며 소리 나는 쪽을 보니 이제 한창 잎이 피어나는 철쭉 등걸 하나를 파 넘긴 먹보네 아들이 숨을 헐떡이며 서 있었다. 원래는 형제가 나란히 와서 일했지만, 장가든 형은 며칠 전부터 보이지 않고, 아우만 일을 나오고 있었다. 듣기로 형은 철이네 개간지의 간조(일당 지불)가 미덥지 않다면서 사흘마다 꼬박꼬박 현금 간조를 주는 다른 개간지에서 일한다는 소문이었다.

인철이 주전자를 건네주자 먹보네 아들은 한 손으로 주전자 뚜껑을 뒤집어 입가에 대고 다른 한 손으로는 주전자를 기울여 목구멍으로 들이붓듯 물을 마셨다. 그 곁에는 개간을 위해 특별하게 벼린 괭이가 눕혀져 있었다. 보통 괭이보다 볼이 넓은 데다 도끼처럼 날을 세워 웬만한 나무뿌리는 한 괭이질로 잘려 나가게 만든 것이었다. 그들은 그런 괭이로 하루에 50평이 넘는 야산을 벗겨 냈고, 운 좋게 잡목이 없는 등성이를 만나면 백 평을 넘기는 수도 있었다.

인철도 처음에는 일종의 공명심에서 그런 그들 틈에 섞여 본 적이 있었다. 하루 종일 뛰어다녀도 아무런 표시가 나지 않는 잔심부름보다 평수(坪數)로 하루의 작업량이 뚜렷이 드러나는 그쪽 일이 훨씬 마음에 든 까닭이었다. 하지만 그게 터무니없는 욕심이라는 것은 사흘도 안 돼 드러났다. 하느라고 해도 하루 열다섯 평을 채우지 못하면서 손바닥은 물집으로 덮였고 다리에는 가래톳이 섰다. 고아원에서의 공동 작업과는 비교도 안 될 만큼 중노동이기 때문이었다.

"철이 거 있나? 자[尺] 가지고 여 쫌 온나 보자."

인철이 먹보네 아들에게서 주전자를 받아 뚜껑을 헹구고 있는데 다시 저쪽 솔 무더기 쪽에서 일하고 있던 용식이가 불렀다. 구동 영감네 막내로 그 어머니가 옛날에 형의 유모였기 때문에 철이도 그를 형이라 부르고 있었다. 철이 주전자를 다복솔 그늘에 놓고 여섯 자짜리 자와 서른 자짜리 줄자를 챙기고 있는데, 저희끼리 큰 소리로 주고받는 소리가 들렸다.

"용식이 니 어디 갈라꼬?"

"오늘이 장 아이가? 장에 쫌 가 볼라꼬."

"빈(돈 없는) 아(애)가 장에 가 보이 뭐하겠노? 간조라도 나왔으믄 모르까……."

"다, 그럴 일이 있다. 개간도 오늘 할 마이(만큼)는 했고. 나는 새북(새벽)부터 안 나왔나."

"몇 평이나 했는데?"

"재 봐야겠지마는 한 50평은 넘을 꺼로."

"뭐라? 니 인마 아침에 와 가주고 사태(눈사태) 난 데 긁었구나. 안직 점심때도 안 됐는데 어예 50평이나 파 뒀노?"

"저누묵 새끼 말하는 거 함 봐라. 그라이 내가 새북부터 왔다 안 카드나?"

그렇게 떠들던 용식이 형은 인철이 다가가자 먹보네 아들을 두고 돌아섰다.

"조오기 조 돌무더기 있는 데부터 이까지가 오늘 개간한 기다. 내 딴에는 네모 반뜩하게 맨든다고 맨든 게따마는 함 재 보래 얼매나 되는 둥."

그가 가리키는 곳을 보니 전날 개간한 곳과는 뚜렷이 구별이

가게 직사각형으로 일구어진 비탈이 한눈에 들어왔다. 가로가 서른여섯 자 남짓에 세로가 쉰 자 남짓이었다. 양쪽 다 경계선에서 한 뼘 정도밖에 여유가 없을 만큼 정확히 들어맞는 걸로 미루어 용식이 형은 먼저 나름대로 야산을 재어 표시를 해 놓고 개간을 시작한 것 같았다.

"50평 되겠네요. 50평으로 전표에 적어 놓을게요. 전표 받아 가시려면 형님이 올 때까지 기다리고요."

가로가 서른여섯 자인 바람에 계산이 간단해 철이 만년필을 드는 법도 없이 그렇게 말하자 용식이 형이 강경하게 말했다.

"너어 집하고 우리 사이라 카지마는 공은 공이고 사는 사라. 니 계산 단디(단단히) 해 보고 하는 소리가?"

아마도 철이 봐주려고 자신이 말하는 대로 인정해 주는 줄 알고 하는 소리였다. 철은 철대로 영문을 몰라 물었다.

"왜 36자, 50자 아니에요?"

"그거사 맞지마는 계산을 해 봐야제, 계산을."

"36자에 50자면 50평이란 건 금방 나오지 않아요? 한 평이 36 제곱자니까."

"듣고 보이 글네(그렇네). 그노마 머리 한번 참……."

인철이 자기를 봐준 게 아니라는 게 썩 안심된다는 표정으로 용식이 형이 그렇게 말하며 괭이와 도끼를 챙기기 시작했다.

"형님 밭 갈고 나오거든 니가 그래라. 나는 볼일 쪼매 있어 일찍 내려갔다꼬."

어머니가 개간지 밑 집터에 와서 점심이 다 된 것을 알린 것은 그로부터 한 반시간 뒤였다.

"야들이, 점심 먹고 하그라이, 밥 다 됐다이."

그러나 명훈은 밭을 가는 데 정신이 팔려 어머니 쪽을 돌아보지도 않았다. 인철은 물동이와 물지게를 챙겨 지고 쟁기만 따라가는 형에게로 갔다.

"형, 어머니가 부르시는데요."

"으응, 그래? 벌써 시간이 그렇게 되었나? 알았다. 이 골(이랑)마저 갈고 아이들 데리고 내려가마. 먼저 내려가거라."

형이 여전히 쟁기를 따라가며 말했다. 구릿빛으로 붉게 탄 형의 팔뚝에 번들거리는 땀이 다시 인철에게 알지 못할 믿음과 안도감을 주었다.

물지게에 달린 빈 물동이를 덜그럭거리며 산을 내려가던 인철은 도래솔(묘 주위에 둘러선 소나무) 밑에서 오전 참으로 내왔던 국수 그릇을 나무 함지에 챙겼다. 어른의 한 아름이 넘는 소나무 그늘이 시원스럽기 그지없었다. 3백 년 전 거기다 큰산소를 쓸 때 심었다는 적송이었다.

인철은 잠시 그 그늘에서 땀을 식히며 새삼스러운 눈길로 큰산소를 살펴보았다. 3백 평이 넘는 묘역에 여느 무덤의 네댓 배는 됨 직한 큰 무덤 한 위(位)와 그보다 좀 작은 무덤 두 위가 세모꼴로 서 있었다. 파조(派祖)가 되는 12대 할아버지와 선후취 배위(配位) 두 분이었다. 그러나 무덤의 크기에 비해 그 흔한 상석이며 비석 하나 없고 축대조차 흙으로 쌓여 잔디를 입힌 게 다른 산소와 다르다면 다른 점이었다.

"그때야 재물이 있고 세력도 있을 때제. 까짓것 비석, 상석 아이라 망부석인들 왜 못 세웠겠노? 글치만 여기에 산소 터를 잡아 준 지관(地官)이 비석은커녕 돌미(돌멩이) 하나 못 놓게 한 게라. 왜 그랬는 동 아나? 지관이 이 산소 터를 보러 오다가 죽은 학 한 마리를 주웠는데, 그걸 여다 던져 놨디 얼마 후에 땅기운을 받아 살아 났다는 게라. 그래서 땅기운을 누르면 안 된다꼬 산소 얼안(테두리의 안)에 돌미 하나 못 놓게 한 게라……."

어머니는 그렇게 설명했지만 이미 과학과 합리에 깊이 물들어 있는 인철에게는 왠지 그게 묘석을 세우기 싫어 지어 낸 구실같이만 들렸다. 하지만 어쨌든 큰산소 때문에 그 산은 팔리지 못했고 이제는 2만 평의 개간지로 아득한 후손들의 새로운 보금자리가 된 것으로 보아 명당은 명당인 셈이었다.

그 큰산소 곁으로 난 국도를 건너 옛 재궁막인 그들 일가의 거처로 들어서자 마당에서부터 벌써 어머니가 누나를 소리 높여 나무라는 소리가 들려왔다.

"아이고, 저눔의 뚝손. 어예 챗물(챗국) 하나 제대로 못 메우노? 물외(오이)를 썰었다 카는 게 굵기가 똑(꼭) 손가락만 하다, 손가락. 거다가 사까리(사카린)는 또 왜 타노? 검검찔찌므리한 게 대국(大國: 여기서는 淸나라 胡. 되놈의 뜻) 년도 못 먹을따……."

그 소리를 듣자 인철의 마음은 금세 어두워졌다. 다시 모인 가족들의, 하나뿐이지만 깊이 모를 큰 상처를 확인하게 되는 암울함 때문이었다.

인철이 안동역에서 처음 누나를 만났을 때부터 섬뜩하게 의식 밑바닥을 스쳐 가던 우려대로 어머니와 누나의 화해는 끝내 이루어지지 않았다. 한 사나흘쯤 불안한 평화가 유지된 뒤 그 불행한 모녀의 마지막이기에 더욱 가열(苛熱)한 불화는 차츰 모습을 드러내기 시작했다. 물론 그걸 피하려는 양쪽의 노력이 전혀 없는 것은 아니었다. 누나는 누나대로 모든 것이 불편하고 부족한 시골 생활에 자신을 적응시키려고 안간힘을 다하는 눈치였고, 어머니는 어머니대로 '돌아온 탕아'에 대한 관용과 배려를 최대한으로 유지하려고 애를 썼다.

그러나 그들이 헤어져 있는 3년 동안에 한층 깊어진 감정의 골은 그 정도로 메워질 성질이 아니었다. 몇 번의 작은 충돌에 이어 불안한 소강 상태가 한 달을 넘기기 바쁘게 양쪽의 인내심은 다하고 마음속에서만 이글거리던 갈등은 거침없이 그 불꽃을 밖으로 피워 올렸다. 어머니는 누나의 옷차림에서 행동거지, 말투 하나하나에 이르기까지 그 어느 구석도 마음에 들어하지 않았다. 어머니의 그 같은 간섭을 못 참아하기는 누나도 마찬가지였다. 그리하여 대수롭지 않은 것을 빌미로 하루에도 몇 번씩의 작은 충돌이 있었고, 그것들은 또 이틀을 넘기지 않고 제삼자의 개입이 필요할 만큼의 큰 충돌로 변했다. 이제는 어느 한편의 결정적인 우위가 없는, 말 그대로의 팽팽한 대결이었다. 누나는 참다 참다 폭발했다는 투의 마구잡이 고함으로 저항했고, 어머니는 이미 스물한 살이나 되는 딸에게 매질이란 어림없는 시도로 나가기를 서슴지 않았다.

다행히도 그날의 충돌은 그 이상으로 확대되지 않았다. 머지 않아 형과 일꾼들이 몰려들 것이란 게 누나와 어머니 양쪽 모두를 자제하게 만든 듯했다. 상을 차리던 누나는 어머니에게 대드는 대신 마침 들어오는 인철에게 말했다.

"얘, 너 마침 잘 왔다. 샘에 가서 시원한 물 좀 길어 와라. 물독에 있는 물은 미지근해진 데다가 얼마 안 남았어."

인철은 그 부탁이 반갑지 않았다. 샘이 제법 멀 뿐만 아니라 나름대로는 오전 내내 개간지에서 이리 뛰고 저리 뛰어 지친 몸이었다. 그러나 그 거부가 일으킬지도 모르는 누나와의 충돌이 싫어 들고 온 함지만 내려놓고 그대로 돌아섰다. 어머니가 그런 인철의 기분을 알아차렸는지 대뜸 누나를 타박하고 나섰다.

"물 좀 아끼(아껴) 써라. 샘에서 퍼 오는 물이라꼬 그리 마구잡이로 써 대믄 저 어린 기 어예 감당하노? 아침에도 세 지게나 져 주고 가더라마는 그 물 벌씨로 다 썼나? 미지근하기는 두멍(부뚜막에 묻어 놓은 물독)에 있는 물이 왜 미지근해지노? 세수도 빨래도 집안에서 그걸로 해 대이 벌써 물이 다 떨어진 게제."

그런 어머니를 인철이 오히려 말렸다.

"괜찮아요. 제가 잠깐 샘에 가서 한 지게 져 올게요. 형님도 밭을 갈고 내려오시면 시원한 물을 찾으실 거예요."

샘은 재궁막에서 언덕 하나 아래에 있었다. 그 언덕을 끼고 작은 개울물들이 흐르고 그 개울을 따라가다 보면 거의 개울과 같은 높이에 샘이 솟는 곳이 있는데 거기에 가까운 동네 사람들이 축대를 쌓아 공동 우물처럼 쓰고 있었다.

언덕을 내려갈 때만 해도 억지로 떼밀려 온 듯한 불쾌감이 조금 남아 있었으나 개울에 이르자 인철의 기분은 이내 상쾌해졌다. 맑은 개울물이 주는 시원한 느낌에다 방금까지 웅덩이가에 떼 지어 나와 놀다가 발소리에 놀라 바위틈에 숨는 피라미 떼가 산뜻한 흥미를 일으킨 까닭이었다. 농사철이라 잡는 사람이 없어 흔해진 것 같았다. 언제 노는 날 한번 반두질을 하리라 마음먹으며 인철은 피라미 떼가 숨는 바위틈을 눈여겨보아 두었다.

샘가에는 인철이보다 먼저 와 물을 긷고 있는 사람이 보였다. 가까운 마을에 사는 같은 또래의 소녀였다. 인철이 일부러 가만가만 다가간 게 아닌데도 바가지로 물동이에 물을 퍼 담는 소리 때문인지 소녀는 인철이 오고 있는 걸 알아차리지 못했다. 그녀 역시 가족들이 점심에 마실 물을 따로 길어 가는지 정성 들여 한 바가지 한 바가지 퍼 담다가 철이 물지게에서 물동이를 떼 놓는 소리에 놀라 돌아보았다. 제법 눈에 익은, 밉지도 곱지도 않은 시골 소녀의 얼굴이었지만, 갑자기 바알갛게 붉어 오는 볼이 무심코 다가간 인철을 당황하게 했다.

하지만 그보다 더한 것은 소녀 쪽이었다. 무엇이 그렇게 당황스러운지 허둥지둥 물동이를 채우더니 똬리도 반듯하게 놓지 못하고 물동이를 머리에 얹었다. 똬리를 정수리에 얹을 때, 숱 많고 검은 머리를 잘 갈라 탄 가르마가 반짝 빛나는 것 같았다.

인철은 별 뜻도 없이 그 소녀의 멀어져 가는 뒷모습을 한동안 바라보았다. 고동색 치마에 미색 저고리를 입은 소녀의 뒷모습은 마주 볼 때보다 훨씬 성숙해 보였다. 물동이 전을 타고 흘러내리는 물을 물동이 바닥 어름에서 가만가만 손으로 훔쳐 뿌리며 가는 게 적어도 자신보다 열 살은 더 많은 새댁네 같았다. 물동이를 인 까닭에 발밑을 살필 수 없어서 조심스럽기 그지없는 발걸음도 까닭 없이 낯을 붉힐 때와는 달리 어른스럽기 그지없었다.

인철은 소녀가 언덕 굽이를 돌 때까지 뒷모습을 바라보다 그녀가 안 보이게 된 뒤에야 비로소 물을 긷기 시작했다. 샘이라도 개울과 물길이 이어져 있어서인지 눈치레뿐인 물고기 잔챙이들이 한 떼 샘가에서 오글거리다가 인철이 바가지를 담그자 놀라 흩어졌다. 인철은 그 잔챙이들을 피해 샘물을 양동이에 퍼 담았다.

그런데 몇 번 바가지질을 하기도 전에 인철의 가슴을 쿡 찔러 오는 게 있었다. 움찔해 손길을 멈춘 인철은 이내 그것이 무엇인지를 알아냈다. 눈앞 가득히 떠오르는 명혜의 얼굴로 보아, 그녀를 향한 때아닌 그리움 때문임에 틀림없었다. 비가 와서 개간 일을 쉬는 날 재궁막 마루에 무료하게 앉아 쏟아지는 빗줄기를 바라보고 있을 때나 두들마(언덕 마을)에서 빌려 온 소설을 읽고 그 애잔한 사랑 얘기에 늦도록 잠 못 이루게 되는 때, 또는 애틋한 꿈 때문에 일찍 깨어나게 된 새벽 어스름 속에서 인철은 이따금 명혜를 향한 그리움에 시달리곤 했다. 그러나 햇볕 쨍쨍한 대낮에, 그것도 실없이 고단하기만 한 개간 인부들의 뒤치다꺼리 중의 짧은 쉴 참에 명혜를 떠올려 본 적은 거의 없었다. 아마도 조금 전 물을 길어 간 소녀가 어떤 자극이 된 까닭인 듯 싶었다. 인철은 그 속절없는 그리움에 시달리는 게 싫어, 무엇을 떨쳐 버리듯 세차게 머리를 흔들고는 다시 바가지로 물을 퍼담기 시작했다. 이내 두 양동이에 인철이 지고 갈 만한 물이 찼다.

양동이 가운데를 가로지른 막대에 물지게의 쇠고리를 건 인철은 조심조심 몸을 일으켰다. 지고 일어서기에 무겁지 않은 짐이었으나 몇 발짝 떼기도 전에 늘 겪는 어려움에 다시 빠져들었다. 양동이를 절반 남짓밖에 채우지 않았는데도 걷는 반동에 출렁거려 물이 넘치는 게 그랬다. 인철이 집 안에서 쓸 물을 도맡아 길어 오기 시작한 지 벌써 한 달이 다 돼 가건만 물지게는 영 몸에 익어 주지 않았다. 그 바람에 인철이 재궁막에 이르렀을 때 양동이의 물은 절반도 안 남고 두 발은 함빡 젖어 있었다.

"아이고, 저 무지게(물지게) 솜씨 보이 물 잘 길어 먹겠다. 그래도 물 져 날랐다고 이마에 땀 좀 보래이……."

인철이 헉헉거리며 물지게를 벗는데 누군가 큰 소리로 그렇게 놀렸다. 돌아보니 그새 형과 함께 돌아와 밥상을 받고 있던 일꾼들 가운데 하나였다. 딴 곳에서 흘러 들어온 사람들이긴 해도 원래가 농사꾼들이라 그들 눈에는 인철의 서투른 물지게질이 우스갯거리로만 보이는 모양이었다. 부끄럽기도 하고 화나기도 해서 인철이 그들을 쏘아보는데 형이 느긋이 웃으며 말했다.

"네가 애먹는구나. 어서 와라. 밥이나 먹자."

그런 명훈의 말투에는 인철을 대견스럽게 여기는 빛이 뚜렷했다. 하지만 그날은 아무래도 좀 별난 날이었다. 점심을 먹는 일꾼들이 잠깐씩 눈을 붙이는 사이, 인철도 안방 문턱에 다리를 걸치고 방바닥에 등을 붙인 채 느긋이 쉬고 있는데 설거지를 하던 영희가 물 묻은 손으로 쭈뼛쭈뼛 다가와 말했다.

"철이 너 오후에 개간지에 안 가면 안 돼?"

"내가 밭을 마저 갈려면 개가 있어야 하는데…… 왜 그래?"

일꾼들과 함께 마루에 누워 있던 명훈이 벌떡 몸을 일으키며 인철을 대신해 영희에게 물었다. 영희가 마당 구석에서 무언가를 하고 있는 어머니 쪽을 힐끔 곁눈질하면서 목소리를 죽여 대답했다.

"불쏘시개가 없어서 그래. 오빠가 해 준 장작 아직 덜 마른 거거든."

"왜, 내가 장작 해 올 때 마른 소깝(솔잎이 붙은 잔가지)도 한 바리 해다 주지 않았어? 그거 벌써 다 땐 거야?"

"장작이 젖어서…… 통 불이 붙어 줘야지. 그래서 많이 썼는가 봐. 오빠, 어떻게 안 될까?"

영희가 다시 힐끔 어머니 쪽을 훔쳐보며 사정하듯 말했다. 명훈이 잠깐 이맛살을 찌푸리다가 이내 선선히 받았다.

"할 수 없지. 소를 빌려 놨으니 밭은 안 갈 수 없고…… 그래 평

수 재는 일은 모조리 저녁때로 미루지 뭐. 철이 너, 물이나 떠 놓고 어디 가서 불쏘시개 할 마른 소깝 좀 주워 와라."

하지만 인철에게는 어림없는 주문이었다. 가까운 산에 가서 다복솔을 잘라 오는 식의 나무는 형이 제대해 오기 전에 몇 번 해 온 적이 있지만, 마른 솔잎 가지라면 달랐다. 청솔가지를 쳐서 말리는 게 아니라 이미 말라 있는 걸 짐으로 해 오려면 먼 산의 산판을 찾아가는 수밖에 없는데 아직 길조차 익지 않은 인철에게는 거의 불가능했다.

"형 내가 어디 가서 그런 나무를 해 와요? 길도 모르는데 혼자 가서……."

인철이 암담해서 그렇게 받자, 명훈도 금세 그 말을 알아들었다. 다시 한 번 이맛살을 찌푸리다가 별수 없다는 듯 말했다.

"그것도 그렇구나. 안 되겠다. 철이 네가 남아 평수 재 주고 전표 끊어 줘라. 내가 소를 몰고 가서 마른 소깝 한 바리 해 오지. 저번에 보니 진샅골에 산판이 있는 것 같던데……."

그때 어머니가 끼어들었다. 못 들은 척하고 있었지만 실은 그들 삼 남매가 하는 말을 다 듣고 있었던 것 같았다.

"안 된다. 하루에 얼매를 주고 빌린 손데…… 장골이(장정) 두 품을 물어 주고 빌린 소로 이 농철에 소깝 하러 간다꼬? 오늘 밭 골(고랑) 안 타믄 콩은 어예 심꼬?"

어머니는 그렇게 명훈을 가로막고 다시 누나를 나무라기 시작했다.

"글케 봐라. 내 그릴 줄 알았다 카이. 때기 쉽다꼬 마른 소깝만 툭툭 뿌르자(부러뜨려) 때이 한 바리 아이라 백 바리를 해 놓은들 어예 견디겠노? 내 하마 밥을 했는데도 장 끓일 잉걸(불붙은 숯덩이) 하나 안 남는 것 보고 이래 될 줄 알았제. 불살개(불쏘시개)는 니가 알아 해라. 니가 히피(헤프게) 때 이래 됐으이 니 말고 누가 책임지겠노? 옛날매로(처럼) 무종(물 져 나르는 종), 신채꾼(薪採: 땔나무 하는 사람)이 따로 있는 것도 아이고……. 니사 손가락을 빼 때든 동 말든 동 내사 몰따(모르겠다). 소는 안 된다."

그 말에 명훈의 얼굴이 어둡게 굳어졌다. 영희의 눈길이 실쭉해지며 치미는 화를 참느라 목덜미께가 벌게지는 게 눈에 들어오고, 그런 영희를 차갑게 쏘아보며 덤비기만 하면 물어뜯을 듯 이를 악문 어머니가 인철의 가슴을 철렁하게 했다. 그래서 뒷일이야 어찌 됐건 두말없이 지게를 지고 나서지 않은 걸 후회하고 있는데 문득 기대하지 못한 쪽에서 해결의 실마리가 나왔다.

"에헤이, 이 집이 왜 이레 붕성(떠들썩)하노? 보자, 명훈이 개간 잘되나?"

누군가 지게 작대기를 끌며 마당으로 들어서서 큰 소리로 말했다. 인철이 돌아보니 마을에 사는 진규 아버지였다. 옛날 그 아랫들 2백 마지기가 모두 인철이네 것이었을 때 그들의 마름 일을 맡아 보았다는 사람의 아들로, 이미 주종 관계는 해방 전에 끊어졌지만 그래도 윗대로부터 이어받은 정이 있는지 아침저녁 재궁막을 드나들며 이것저것 걱정을 해 주는 중년의 농부였다.

"고래등 같은 기와집은 어디 팔아먹고 찌그렁한 재궁막에 식구 대로 모이(모여서), 문전옥답 천석지기는 다 어예고(어디다 없애고) 조상 밋등(묘등) 까둬밴다(파뒤집는다)꼬……."

그렇게 주절거릴 때는 빈정대는 것같이 들리기도 하지만 도울 일이 있으면 몸 아끼지 않고 나서는 그라 어머니도 명훈도 그가 오는 걸 별로 싫어하지 않았다. 특히 명훈은 그의 수십 년 농사 경력을 존중해 어머니의 핀잔을 들으면서도 깍듯한 존대로 대했다. 그날도 그랬다. 명훈은 아무 일도 없었던 양 환히 웃으면서 그를 맞았다.

"진규 아버님, 웬일이십니까? 버얼건 대낮에 빈 지게를 지시고 여기까지……."

"웬일은? 인제 초벌매기(첫 논매기)가 끝났으이 실실 풀이나 비야제. 농사꾼 재산 거름밖에 더 있나? 세상에 돈 들고 땅 망훗는(망치는) 게 비료라."

"그럼 잘됐습니다. 저와 같이 가시죠. 아 참, 집에 기르마(길마) 있어요?"

"같이 가다이 어딜? 그래고 난데없이 소 질매는 또 왜?"

"어디 가서 마른 소깝을 좀 주워 와야겠어요. 불쏘시개가 없어서. 풀 베러 가시면 어차피 산으로 가실 거 아녜요? 소를 몰고 가서 아예 한 바리 해다 놓으려고요."

그러자 진규 아버지가 순한 소 울음 소리 같은 웃음소리를 내며 받았다.

"어허, 뭐시라? 농사꾼이 오뉴월에 나무하러 산에 간다꼬? 씨갑(씨앗) 묻을라꼬 밭 갈던 소까지 데리고……? 현동이 죽고, 처음 들어보는 소릴세."

현동이는 철이도 그새 들어서 아는 그 고장의 이름난 게으름뱅이였다. 밥 차려 먹는 게 귀찮아 마누라 친정 갔다 오는 이틀을 생쌀만 씹고 누워 지냈다는 전설적인. 화를 누르고 있던 어머니가 것보라는 듯 다시 나섰다.

"봐라. 남이 다 안 웃나? 안 된다. 오늘 이 콩 다 묻어야 된다. 불살개(불쏘시개)사 히피(헤프게) 땐 사람이 어예 구처하지 뭐. 소는 밭을 갈고."

"어머니도 참……."

명훈이 민망한 듯 혀를 찼다. 얼굴이 붉으락푸르락해 서 있던 영희가 거칠게 돌아서서 부엌으로 들어가는 걸 보고서야 내막을 대강 알아차린 진규 아버지가 웃음을 거두며 말했다.

"보자, 그리믄 철이 니가 지게 지고 날 따라온나. 요 앞산에 보이 언 놈이 생솔을 잡아 갔는지 끝다리가 바싹 마른 게 있더라. 그것만 좌(주워) 모아도 한참은 불살개(불쏘시개)로 쓸 수 있을 테이니께는, 명훈이 소 데리고 산에 가 나무 해 오는 거는 다음에 날 잡아 가기로 하고."

인철을 빼놓고는 이쪽저쪽 큰 불만이 없는 해결이었다. 아니, 인철이도 그걸로 집안의 불화를 가라앉힐 수 있다면 당연히 진규 아버지에게 고마워해야 할 해결이었다.

인철은 그 일로 시비가 길어지는 게 싫어서 얼른 마당 구석에 있는 지게를 찾아 졌다. 어른들이 지는 지게라 아직 덜 자란 철이 지기에는 지게끈이 너무 헐렁했다. 진규 아버지가 그걸 눈여겨보아 두었다가 재궁막을 빠져나가기 바쁘게 지게 멜빵끈을 줄여 주었다. 그러자 지게 다리가 좀 긴 듯해도 지게 등판만은 인철의 등허리에 잘 달라붙었다.

6월도 중순이라 빈 지게로도 산을 오르기에는 몹시 더웠다. 산중턱을 오르기도 전에 연신 이마의 땀을 닦아 대는 인철을 보고 진규 아버지가 놀렸다.

"아이고, 빈 지게에 산 입새부터 저 땀 좀 봐라. 그래 가지고 큰 나무하겠다."

산은 한동안 인철이네가 벗기고 있는 개간지나 다름없이 다복솔과 키 작은 잡목 등걸만 뒤덮인 야산이었다. 그러나 능선을 하나 넘자 차츰 산다운 산이 되기 시작했다. 듬성듬성하기는 해도 제법 하늘 높이 쭉쭉 뻗은 소나무가 서 있었고 잡목도 두어 길이 넘는 참나무와 오리나무로 제법 빽빽했다. 군데군데 흐드러지게 핀 철쭉 떨기들이 보이고 어디서 풍기는지 모를 들꽃 향기와 풀 냄새가 콧속을 상큼하게 쏘아 왔다.

"좀 쉬어 가요."

그 산 중턱에서 인철은 갑자기 이제는 아득한 옛날같이만 느껴지는 학교 시절의 소풍 때를 떠올리며 그렇게 말했다. 사실 도회에서 자라난 인철에게 그런 꽃, 그런 냄새란 소풍 때나 이따금씩 보고 맡을 수 있었을 뿐인 것들이기도 했다. 진규 아버지는 그때 딴생각을 하고 있었음이 분명했다.

"그러자."

별로 빈정거리는 기색 없이 그렇게 대답해 놓고 작은 참나무 그늘에 지게를 벗는 인철에게 앞뒤 없이 불쑥 물었다.

"니는 학교를 그래 중도 재패(작파)해 어예노? 이래 고마 농군이 되고 말 작정가?"

그 또한 윗대에서 주고받은 은정(恩情) 때문일까. 진심으로 걱정해 주는 표정이었다. 하지만 그때까지만 해도 가족들이 다시 만나 함께 살게 된 기쁨과 고아원 생활에서 벗어난 해방감, 그리고 일가 재건의 꿈에 부풀어 있던 인철에게는 학업이 중단된 게 아직 상처는 아니었다.

"다시 가게 될 거예요. 개간만 끝나면 형님께서 어떻게 알아봐 주신댔어요."

별로 우울한 기분 없이 그렇게 대꾸해 놓고 이내 가까운 산비탈 쪽으로 눈길을 주었다. 싸리나무 떨기와 아직 연둣빛인 잎이 너풀거리는 떡갈 등걸, 그리고 한창 뻗기 시작하는 속새풀 줄기가 어울려 한 덩어리 작은 숲을 이루고 있는 곳이었다. 그 그늘에서 무언가 잿빛 나는 것이 반짝 나타났다가 꺼지듯 사라진 것 같아 눈길이 끌렸다.

말로만 들은 그 산토끼일까. 인철은 무언가가 거기서 움직였다는 데 야릇한 흥분을 느끼며 시력을 모아 그 부근을 차근차근 살펴보았다. 진규 아버지가 무어라고 얘기하는 것 같았지만 살피는 데 열중해 있는 인철에게는 다만 멀리서 들려오는 의미 없는 웅얼거림 같은 것일 뿐이었다. 정말로 무언가가 거기 있었다. 산토끼가 아니라 회색의 작은 병아리 같기도 하고 통통한 멧새 새끼 같기도 한 게 서너 마리 싸리 줄기 뒤를 빠르게 스쳐 짙은 속새풀 속으로 사라졌다. 무슨 환영처럼 재빨리 나타났다가 사라졌지만 인철은 틀림없이 보았다.

인철은 자신도 모르게 몸을 일으켜 그 작은 수풀 쪽으로 달려갔다. 그리고 두 발로 싸리 떨기와 억새풀 숲을 이리저리 헤치며 방금 본 것들을 찾아보았다. 그런데 참으로 알 수 없는 일이 일어났다. 그 작은 수풀에서 날아간 것이나 기어 나간 것은 아무것도 없었고, 가까운 곳에는 그것들이 달리 몸을 숨길 만한 풀포기 하나 변변한 게 없는데도 인철이 방금 본 그 새 새끼들이 한 마리도 보이지 않았다.

"뭣이고? 뭐꼬?"

놀란 진규 아버지가 따라와 인철의 팔을 잡으며 물었다. 철은 그 물음에 대한 대답이라기보단 혼잣말에 가깝게 중얼거렸다.

"이상하다. 틀림없이 여기서 봤는데…… 한 마리도 아니고 —."

"뭘 봤는데? 뭐가 있드노?"

"작은 병아리 같기도 하고 무슨 새 같기도 하고 회색빛 나는 게……."

그제야 진규 아버지가 알겠다는 듯 허허거리고 웃으며 말했다.

178

"아하, 니가 꽁(꿩)병아리를 봤구나. 지금이 그 철이제. 글치만 그게 안직 여다 있을 택이 있나? 그게 얼마나 재바르다(날쌔다)꼬. 하마 저마이(저만큼)는 갔을 게다."

그러면서 10여 미터는 떨어진 다른 풀숲을 가리켰다. 그러나 인철은 아무래도 그 말을 믿을 수가 없었다. 여전히 수풀을 헤치는 발끝에서 눈길을 떼지 않고 중얼거렸다.

"그래도 — 아무것도 못 봤는데……."

"야가 어리숙하기는. 니 꽁병아리가 얼마나 영물인지 아나? 어예다가 사람 발에 밟해도(밟혀도) 쩍 소리 안 내고 죽는 게 꽁병아리라. 그래야 열 마리고 스무 마리고 곁에 있던 한배내기 꽁병아리들이 안 들키거등. 고마 가자. 백지로 헛일하지 말고. 오뉴월 해가 길다 카지마는 일부러 산에서 삐칠(늑장 부릴) 택(까닭)은 없는 게라."

진규 아버지가 그 말과 함께 지게 곁으로 돌아가 지게 멜빵에 오른쪽 어깨를 끼웠다. 인철은 미련으로 한참이나 더 그 풀숲을 뒤져 본 뒤에야 돌아와 지게를 멨다. 그러나 까닭 모를 흥분과 감동은 그 뒤로도 한참이나 더 지속되었다.

그 귀향이 내게 준 값진 체험 중의 하나는 자연과의 친화(親和)였다. 말할 것도 없이 그전에도 자연은 내게서 그리 멀지 않았다. 기억에 조차 희미하지만 유년의 첫머리를 보낸 안동의 산과 들이 그러하고, 뒤이은 서울에서의 2년 남짓도 오늘날처럼 자연과 그리 동떨어진 것은 아니었다. 이미 오염의 징후는 보이고 있어도 안암천에는 아직 송사리가 살고 있었으며, 조금만 상류로 올라가면 제법 천렵을 즐기고 있는 어른들을 만날 수도 있었다. 그때 막 교양과정부가 들어서고 있던 고대(高大) 부근의 야산도 인공보다는 자연이 더 많은 내 유년의 놀이터 중의 하나였다.

유년의 끄트머리를 보낸 밀양은 더욱 그러했다. 남천강·무봉산·마음산·사포·진늪·선불. 지금 와서 가만히 추억해 보면, 내게 깊은 인상을 남긴 것은 그곳의 인공적인 구조물보다는 자연이었다.

하지만 그때의 자연은 어디까지나 도회적인 삶에 곁들여진 것이었다. 우리 가족의 생계는 다만 거리와 시장에서 구해졌고 하루의 태반을 보내는 학교와 내 의식의 형성에 중요한 역할을 하는 놀이터는 역시 도회에 속했다. 다시 말해, 나는 어디까지나 도회의 아이로서 자랐으며, 자연은 그 자체로서보다는 뒷날처럼 철저하게는 진행되지 못한 도시화의 한 예외로 내 의식과 관계를 맺고 있었을 뿐이었다.

그런데 그 귀향으로 모든 게 달라졌다. 가족의 생계 — 우리의 먹을 것, 입을 것, 살 집, 땔감을 모두 그것에 의지하게 되면서 자연의 의미도 바뀌었다. 아이들에게는 놀이터이고 어른들에게는 휴식이나 감상의 대상일 뿐인 도회에서의 그것과는 전혀 다른 의미로 내게 다가오게 된 것이었다. 실제적인 일터, 또는 우리도 그 일부를 이루는 유기적 공간이라는 느낌이 그랬다.

짐작건대 그러한 변화는 아마도 자연과 나를 매개하는 것이 달라진 까닭일 것이다. 노동이 둘 사이를 연결하면서 자연은 놀이나 휴식의 대상일 때와 의미를 달리하지 않을 수 없었다.

가치 창조에의 기대나 동류의식의 배양, 또는 공동체에의 기여 따위에 착안한 예찬론자들에게 죄스럽게도, 노동 특히 육체적 노동이 우리에게 가지는 일차적인 의미는 고통이다. 나는 손이 흰 서생(書生)들에 의해 목청 높게 불려지는 노동의 찬가를 믿지 않는다. 그것은 물질적인 생산에 참가하지 않으면서도 그 소비는 함께해야 하는 무리가 노동하는 이들에게 바치는 아첨이거나 그들로 하여금 노동의 고통을 잊고 계속적인 생산에 종사하도록 하려는 음험한 부추김으로 의심한다. 그때만 해도 많은 것이 사람의 근육에만 맡겨져 있던 1960년대의 여름쯤, 한껏 욕심을 낸 풀 짐을 지고 산비탈을 내려오는 농군에게 노동의 즐거움이나 값짐을 노래로 들려주려 한다면, 그 농군은 분노로지게 작대기부터 휘두르고 보았을 것이다.

그런데도 현실에서 그런 충돌이 일어나지 않는 것은 그런 노래가 멀리서 불려지거나 고통스러운 노동의 순간이 끝난 뒤에 들리게 되는 까닭인 듯싶다. 거기다가 노동의 불가피함은 은연중에 노동하는 이들에게 그런 노래와의 타협을 유도한다. 어차피 치러야 할 고통이라면 그것이 의미 있고 값진 것이기를 바라 때로는 자진하여 그 노래를 따라 부르게 되는 것이나 아닐는지.

하지만 노동이 자연을 향한 것일 때 그 불가피함은 또 다른 반응으로 나타난다. 그것은 자연과의 친화 내지는 일체감이다. 먼저 투쟁이고 극복의 대상이었던 자연은 차츰 친화의 대상으로 바뀌어 가고, 이윽고는 노동도 노동하는 주체도 자연의 하나로 녹아들게 되는 것으로 어떻게 보면 그것이야말로 참다운 의식의 승화일지도 모르겠다.

불행히도 흙과 자연을 대상으로 한 내 노동의 세월은 길지 않아, 나는 끝내 그것들과의 일체감까지는 느껴 보지 못했다. 그러나 자연과의 친화라면 그 무렵의 두어 해로 나는 충분한 경험을 한 것이라고 자부할 수 있다.

괴롭고 때로는 증오스럽기까지 하던 노동이 조금씩 숙달의 과정으로 접어들고, 얼마 동안일지는 모르지만 어쨌든 그것이 내 삶의 피할 수 없는 과정이란 깨달음이 생기면서, 자연은 도회의 아이로서는 한 번도 느껴 본 적이 없는 친밀감으로 내게 다가왔다. 몸에 붙지 않는 나뭇짐에 짓눌려 오르내리는 산등성이나 숨까지 턱턱 막혀 오는 칠팔월 조(粗)밭도 더는 싸워 이겨야 할 적이 아니었고, 흙에서 이루어지는 온갖 신비 — 그 발아와 성장과 결실도 유년 시절의 도회적인 호기심과는 다른 흥미와 경탄을 자아냈다.

도회의 친구들이나 놀이 기구를 대신해 나무와 수풀이 다가왔으며, 한순간의 심심풀이나 수렵 본능과는 무관하게 내와 물고기가 느껴졌다.

아주 오래 뒤, 드디어 건강을 생각할 나이가 된 나는 도회의 친구들과 정기적인 산행을 시도해 본 적이 있다. 하지만 그 첫날 운동량이니 무엇이니 해서 되도록 무겁게 한 배낭을 지고 산을 오르다가, 오솔길 곁에 때마침 연두색 잎이 싱그럽게 피어나고 있던 떡갈나무 등걸 때문에 결국 중턱에서 그 이상의 등산을 포기하고 말았는데, 그것은 아마도 옛날의 기억 때문이었을 것이다. 필연성 없는, 그리고 생산과는 전혀 무관한 그 호사스러운 노동에 대한 자괴감도 있었지만, 그보다는 새삼스럽게 되살아난 옛날의 감정에 그같이 도회적인 자연과의 친화 방식이 너무도 거슬렸기 때문이었다.

벌고 쓰는 것이 온전히 도회적인 방식과 제도에 의지하게 된 뒤에도 내가 흙과 생산에 대한 부질없는 집착에서 벗어나지 못한 것 또한 그 옛날 경험한 자연과의 친화와 무관하지 않은 듯하다. 그 앞뒤의 오랜 도시 생활에 견주어 보면 터무니없을 만큼 짧은 세월이지만, 그래도 내 존재의 출발이 그 자연에서 비롯됨을 일생 잊지 않게 해 주기에는 충분한 세월이었다.

나는 사물에 대한 수리적 분석이나 구체적인 해석에는 늘 불안을 느낀다. 그 대신 보편적인 원리나 본질론으로 우물우물 넘어가기를 잘하는데, 그 또한 그때 길러진 이른바 전원적인 사고 형태의 한 약점일는지도 모른다.

훗날 인철은 그 시절에 대해 그런 기록을 남겼다. 그날 진규 아버지와 함께 산으로 가서 보낸 한나절도 그 같은 친화의 한 단계일 것이다.

진규 아버지가 말한 끝다리 나무는 산등성이를 둘이나 넘은 뒤의 계곡에 있었다. 베어 내고 남은 밑둥치 단면이 아직 하얀 게 줄기를 잘라 낸 지 얼마 되지 않은 듯했지만, 초여름이어서인지 그 끝다리(중간의 굵은 둥치를 베어 가고 남은 소나무 끄트머리) 솔잎은 벌써 발갛게 말라 있었다.

"니는 여다서 소깝단 묶고 있거라. 내 조쪽 개골(골짜기 바닥)에서 얼른 풀 한 짐 비(베어) 오꾸마. 낫질할 때 손 조심하고."

인철은 진규 아버지가 그 말을 남기고 한창 숲이 우거진 계곡 쪽으로 사라진 뒤에도 한동안이나 더 나무 그늘에서 땀을 식히다가 몸을 일으켰다.

소나무 끝다리에 낫질을 시작하면서 인철은 문득 톱을 가져오지 않은 걸 후회했다. 쳐 내야 할 나뭇가지가 굵은 데다 바짝 말라 있어 서투른 낫질로는 영 잘라지지가 않았다. 네 번 다섯 번 낫질해 한 가지를 잘라 놓고 보면 그사이 마른 솔잎은 다 떨어져 앙상한 삭정이만 남고 말아 불쏘시개 거리로는 마땅치 않았다.

누나가 원한 게 불쏘시개라 인철은 당황이 되었으나 어쩔 수가 없었다. 나중에 어떻게 솔잎을 따로 긁어모을 궁리를 해 보기로 하고 낫질을 계속했다.

그럭저럭 소나무 끝다리를 다 쳐 내리자 다시 새로운 낭패가 인철을 기다렸다. 나뭇가지가 함부로 뻗은 채 말라 그대로는 지게에 몇 개 얹을 수가 없었다. 그래서 단을 지어 얹으려고 보니 이번에는 단 묶을 새끼를 가져오지 않아 난감했다.

지게에 달린 지게꼬리로만 어떻게 한 짐 묶어 보려던 인철은 마침내 단념하고 주위를 살폈다. 그사이 칡넝쿨의 효용을 배워 그걸 한번 써 볼 작정이었다. 칡넝쿨은 멀지 않은 데 있었지만, 새끼 대신 쓸 수 있는 묵은 줄기를 얻기는 쉽지 않았다. 쉬운 대로 햇순 줄기를 잘라 갔다가 그게 나뭇단을 단단하게 묶기에는 너무 약해 몇 번 실패를 거듭한 뒤에야 인철은 새끼 대신 쓸 수 있는 묵은 줄기 서너 발을 찾아낼 수 있었다.

진규 아버지가 참나무붙이의 새순과 속새풀같이 섬유질이 많은 풀로 한 짐 해 지고 다시 인철이 있는 곳으로 돌아온 것은 해가 제법 서편 산기슭으로 뉘엿해진 뒤였다. 까치 둥우리 같은 삭정이를 서너 단 묶어 지게에 얹은 인철이 다시 바닥에 떨어진 솔잎을 두 손으로 긁어모으고 있는데 진규 아버지가 멀지 않은 곳에 지게목발(지겟다리)을 내려놓으며 놀리기부터 먼저 했다.

"아이고, 그것도 나무라꼬 했나? 몽침(목침)이만 한 맨달이(삭정이) 서너 단 해 가주고 갈라꼬 오뉴월 산길을 10리나 왔단 말이제."

그러더니 철에게서 낫을 뺏어 들고 그때껏 애써 묶은 솔가지 단을 툭툭 쳐 흩어 버렸다.

"뭐하시는 겁니까?"

철이 놀라 그렇게 묻자 진규 아버지가 문득 정색을 하고 말했다.

"이왕 지게를 지게 됐으믄 일을 똑바로 배아(배워)야제. 일로 온나. 자, 봐라."

그리고는 솔가지 단을 새로 묶기 시작했다. 제멋대로 뻗은 잔가지에 툭툭 가볍게 낫질해 차곡차곡 잰 뒤 무릎으로 누르니 놀랍게도 솔가지가 납작하게 내려앉아 인철이 묶은 석 단이 한 단으로 줄어들었다. 진규 아버지는 인철이 낫으로 쳐 내다 만 소나무 끝다리에서 잔가지를 깨끗이 쳐 내 그런 솔가지 단을 석 단이나 새로 만들었다.

그리고 남은 끝다리 둥치도 서너 토막 지어 철의 지겟가지에 깔더니 그 위에 솔가지단 넷을 얹고 지게꼬리로 단단히 묶었다.

"자, 인제 함 져 봐라."

짐이 다 지워진 지게에서 지겟작대기를 빼내고 한 손으로 무게를 가늠해 본 진규 아버지가 다시 지겟작대기로 지게를 받치며 인철에게 말했다.

인철은 고마움보다는 갑자기 거만해진 듯한 그의 말투에 희미한 반감까지 느끼며 지게 밑으로 들어갔다. 지겟작대기를 빼내자 등받이가 예사 아닌 무게로 짓눌려 왔다. 그러나 인철은 알 수 없는 오기 같은 걸 느끼며 힘을 다해 일어났다. 지겟작대기 덕분에 간신히 꼬꾸라지는 것은 면했지만 산길을 내려가기에는 아무래도 무리한 짐이었다.

"안 되겠어요. 너무 무거운데요."

무엇이 세차게 어깨를 내리누르는 것 같아 휘청하다가 다시 무릎을 꿇게 된 인철이 지겟작대기로 지게를 받치며 말했다.

굵은 소나무 줄기 세 토막을 들어내면 그럭저럭 견뎌 낼 만한 짐이 될 것 같았다. 하지만 미처 그 말을 할 틈도 주지 않고 진규 아버지가 턱없이 엄격해진 얼굴로 말했다.

"무신 소리, 여기 너어(너희) 또래 아아들 반 짐밖에 안 된다. 이왕 지게를 등에 댔으믄 남우(남의) 반 짐은 져야제. 지게꾼은 한번 일라서믄 가는 게라. 그양(그냥) 지고 따라온나."

그리고 성큼성큼 자기 지게로 가더니 풀 짐을 지고 일어나 뒤도 돌아보지 않고 산등성이로 올라가기 시작했다. 그 같은 그의 돌변에 인철은 다시 오기가 솟았다. 이를 악물고 지게를 진 뒤 그의 뒤를 따라 산등성이로 오르기 시작했다. 방금 짐을 지기 시작한 데다 오기도 한몫을 단단히 해, 진규 아버지가 첫 번째 지게를 내린 능선까지는 어떻게 갈 수 있었다. 그러나 그때도 이미 지게 멜빵이 인철의 어깻살을 파고드는 듯했다.

"산길은 말이따, 좀 두르는(둘러 가는) 것 같아도 대백이(능선)를 타고 내리는 게 젤 가깝고 편하제. 산길은 빨리 가자믄 대백이밖에 딴 수가 없는 게라."

먼저 가서 풀 짐을 내려놓고 기다리던 진규 아버지가 헐떡이며 지게를 내려놓는 인철을 거들떠보지도 않고 그렇게 말했다.

무슨 속셈이 있는 말 같았지만 오기가 나 있는 인철의 귀에는 들어오지 않았다. 그러나 진규 아버지는 그런 인철의 기색에는 아랑곳없이 곰방대를 몇 모금 빨더니 아직도 숨결조차 고르지 못한 인철에게는 상의 한마디 없이 지게를 졌다.

"보자, 이래다가 잘못하믄 날 저물라. 날래(빨리) 내려가야 될따. 이제 여기서 일(일어)나믄 집까지 가는 게따(거다)."

갑자기 사람을 무시해도 너무 무시하는 것 같아 인철은 이제 단순한 오기 이상으로 화까지 났다. 그러나 아직 그의 진정한 의도가 짐작되지 않아 무어라 대꾸할 말을 못 찾고 있는 사이에 풀

짐을 진 진규 아버지는 성큼성큼 멀어져 가기 시작했다. 그러고 보니 해가 벌써 서쪽 산등성이에 뉘엿하게 걸려 있어 인철도 할 수 없이 지게를 졌다.

참으로 알 수 없는 일이었다. 그사이 지게는 누가 커다란 납덩이라도 갖다 얹은 듯 배는 무거워져 있었다. 자꾸 멀어지는 진규 아버지가 이상하게 인철을 다급하게 해, 기를 쓰고 일어났지만 이번에는 어깨가 아파 하마터면 비명을 지를 뻔했다. 지게 멜빵이 어깻살을 파고드는 듯한 느낌을 넘어 견디기 어려운 고통으로 후벼 오는 까닭이었다.

발걸음도 조금 전 악을 쓰며 산등성이를 기어오르느라 너무 많이 힘을 뺀 탓인지 처음 같지가 않았다. 이상하게 후들거리는 다리로 능선을 내려가자니 금세 앞으로 고꾸라질 것만 같았다. 두어 달 새 적잖이 지게질을 해 보았지만 그렇게 모진 지게질은 또 처음이었다.

그 바람에 인철은 첫 번째 산봉우리를 3분의 1도 내려가지 못하고 지게를 벗지 않을 수 없었다. 약간 비탈이 덜한 곳에다 지게를 받쳐 세우고 보니 능선을 따라 내려가던 진규 아버지는 어느새 두 번째 봉우리를 넘고 있었다. 그 봉우리만 넘으면 인철의 시야에서 아주 사라질 판이었다.

"진규 아버지, 같이 가요!"

인철은 차오르는 숨을 간신히 고르며 진규 아버지 쪽을 향해 소리쳤다. 처음 와 보는 산길이라 갑자기 홀로 내려갈 일이 걱정스러워진 까닭이었다. 그러나 풀 짐 뒤의 진규 아버지는 인철의 외침을 들었는지 못 들었는지 느릿느릿 봉우리 너머로 사라져 버렸다.

다급해진 인철은 제대로 쉬지도 못하고 다시 지게를 졌다. 그러나 다급한 것은 마음뿐, 이번에는 전보다 더 짧은 거리에서 지게를 내려놓지 않을 수 없었다. 같은 나뭇짐이 시간 시간 그렇게 무거워질 수 있다는 게 신기하다 못해 으스스할 지경이었다.

인철이 다섯 번이나 쉬어 두 번째 봉우리에 올랐을 때는 해가 완전히 져 버린 뒤였다. 겨우 지게를 내려놓고 땀에 젖는 이마를 닦으며 아래를 내려다보니 저녁연기가 솟고 있는 마을이 아득히 내려다보였다. 아직 꽤 먼 거리였다.

인철은 진규 아버지를 찾아보았다. 구불구불한 능선 길 어디에도 진규 아버지의 풀 짐은 보이지 않았다. 무정하게도 혼자 내려가 버린 듯했다.

어차피 스스로 길을 찾아 내려갈 수밖에 없다는 생각이 들자 갑자기 가야 할 길이 몇 배나 아득해 보였다. 거기다가 시간을 가늠해보기 위해 돌아본 서쪽 산등성이 위에는 벌써 새빨간 노을이 걸리고, 그 골짜기로는 저녁 이내가 슬금슬금 끼어 오는 것이 머지 않아 어둠이 밀려올 듯했다. 전쟁과 도벌로 큰 짐승(호랑이)은 없어졌다고 하지만, 도회에서 자란 인철에게는 산속에서의 어둠이 두렵지 않을 수 없었다. 인철은 짐을 줄여서라도 빨리 내려가 볼까 생각했으나 곧 이상한 오기 같은 게 다시 솟아 그대로 졌다. 진규 아버지의 속셈이 어디 있는지는 알 수 없지만 짐을 줄여서 내려가면 틀림없이 어디선가 나타나 비웃을 것 같았다. 그가 단단히 묶어 준 짐을 풀었다가 다시 묶는 것도 엄두가 나지 않는 일이었다.

그다음부터 능선을 다 내려가 마을로 접어드는 샛길에 이를 때까지, 인철에게는 그야말로 참담한 고투의 시간이었다. 잘돼야 5리 남짓한 산길을 인철은 꼭 열한 번이나 쉬었다. 갈수록 쉬는 시간이 길어져 인철이 마침내 산자락을 벗어났을 때는 날이 완전히 저물어 있었다.

그런데 참으로 알 수 없는 것은 그동안에 철이 겪은 심경의 변화였다. 어둑어둑해 오는 산길을, 좀 과장하면 여남은 발짝마다 한 번씩 지게를 쉬어 가며 내려오는 동안 인철은 야속함과 원망·분노·슬픔·외로움·체념 따위 우리 감정의 모든 어두운 형태를 골고루 맛보았다. 그러다가 그것들은 차츰 절망적인 용기로 바뀌었고, 마침내는 그 자신에게도 뚜렷하지 않은 대상을 향한 전의(戰意) 또는 호승심 같은 것으로 변했다.

하지만 산을 벗어나 마을의 개 짖는 소리가 들리는 오솔길에 지게목발을 내려놓을 때의 심경은 또 달랐다. 호승심이 온전한 승리감으로 바뀌는 순간의 희열도 잠시, 인철은 곧 가슴이 철렁하는 존재론적 인식에 이르렀다.

"어른들이 무책임하게 지어 어린 우리에게 퍼뜨린 미신 — 우리가 행복하기 위해 태어난 존재라는 주장이 가장 철저하게 들부수어진 것은 그때였을 거요. 문득 그것은 승리나 극복이 아니라 다만 자연이 우리 존재에게 지키도록 요구한 원칙을 내가 겨우 이행한 것일 뿐이라는 느낌이 든 것이오. 특별히 혐오해야 할 것도 없고, 싸워 이겨야 할 대상이 될 수도 없는 존재론적 원칙 같은 거 말이오. 좀 허풍이 될는지 모르지만, 노동으로 매개되는 인간과 자연의 관계가 보다 승화되기 위해 겪어야 할 통과의례(通過儀禮)란 바로 그런 게 아닌지 모르겠소……."

뒷날 문학청년 때 어떤 술자리에서 인철은 그 나름의 경험을 그렇게 떠벌린 적이 있다. 꽃이 피고 새가 운다든가, 산이 높고 물이 맑다든가 따위의 이유만으로 돌아가 자연과 하나되기를 꿈꾸는 얼치기 시인을 빈정대는 뜻도 있었지만, 어느 정도는 자신의 진실이 담긴 말이기도 하다.

그러나 그 무엇보다도 오래오래 그날을 기억하게 만든 것은 진규 아버지였다. 인철이 완전히 산그늘을 벗어나 마을로 접어드는 호밀 밭 머리에 지게를 내려놓았을 때였다. 이제는 땀이 나지도 않는 이마를 습관적으로 닦으며 주위를 둘러보는데 한 길이나 자란 호밀 밭 이랑에 누군가가 앉아 있는 게 보였다. 마을의 불 켜진 창이 빨갛게 보일 만큼 저문 뒤라 얼굴을 알아볼 수 없었지만, 뒤이어 인철의 눈에 들어온 집채 같은 풀 짐이 그가 누군지 금세 알 수 있게 해 주었다. 진규 아버지였다.

"철이 인자 오나? 애먹었제?"

그가 왠지 축축하게 느껴지는 음성으로 인철에게 물었다. 결국 그가 혼자 가 버리지는 않았다는 게 슬몃 감동으로 가슴을 건드렸으나 갑자기 되살아나는 원망과 분노에 인철은 얼른 대답을 못했다.

"짐 보이 내 해 놓은 대로 같다마는, 오다가 나무 매삘지는(내다버리지는) 안 했나?"

"나무를 왜 버려요? 솔가지 하나 안 흘렸어요."

그제야 말문이 열린 인철이 감정 섞인 말로 쏘아붙였다. 진규 아버지가 잠시 순한 소 울음 소리 같은 웃음을 흘리더니 여전히 축축이 젖은 목소리로 인철을 달랬다.

"첨에는 여다서 기다리는 것보다 올라가서 대신 져 줄까도 생각해 봤제. 글치만 그거는 니 짐이라. 결국은 니가 져야 할 꺼라꼬. 하마 너어가 여다서 조상 못등 파 먹고 살라꼬 마음먹었다믄 안 지고는 못 배기는 짐이라."

그래 놓고 소리 나게 코를 푼 진규 아버지가 돌에 곰방대를 털며 말했다.

"너어 아부지 동영 씨, 나도 안다. 일정(日政) 때 빼고는 먼빛으로밖에는 못 봤기는 해도……. 한때는 깍듯이 도련님이라꼬 모셔야 됐지만 나이는 내캉 비식(비슷)했제. 참 자알 생겼디(더니). 한번은 무슨 방학 때라. 아매 한 유월쯤 됐는데 조쪽 신작로 끄트머리 조밭을 매다 보이 너그 아부지가 호말[胡馬]을 타고 지나가더라. 우리 매이(같은 것)하고는 영 별종 같은 게 부럽기도 하고 신세 한탄도 나데. 어예 저 사람은 부잣집에 나 가지고 손에 흙 한 번 안 묻히고도 저래 신선같이 사노 싶어……. 아이, 어쩌든 그게 젊은 내한테 쪼매 한이 되기도 했는 모양이라. 해방되고 좌·우 갈리 싸울 때 나도 좀 뿔또그레(불그레)해 가주고 전농(全農)이다, 민청(民靑)이다 기웃거려 본 적이 있제. 매타작도 좀 당하고. 그런데 내가 왜 그 짓을 치앗뿐지(치워 버린지) 아나? 그 길을 쪼매 알아보이 그 꼭대기에 또 너 아부지 동영 씨가 안 있나? 우리같이 없는 사람들 세상 맨들라꼬 하는 운동인 줄 알았는데 거다가도(거기도) 대가리는 모도 배운 사람들이라. 다사(모두야) 아니지만 배운 사람이 곧 있는 집 자슥이고 — 그걸 보이 모든 게 말캉(말짱) 헛거지 싶더라. 백성에서 인민(人民) 된다꼬 뭔 큰 수 날 거 같지도 않고 힘있고 똑똑은(한) 사람한테 동무라 부른다꼬 참말로 그 사람들 동무 될 것 같지도 않더라. 백지로 이쪽저쪽 똑똑은 사람한테 홀래(홀리어 또는 몰리어) 댕기다가 징역 가고 맞아 죽는 거는 우리뿐이지 싶더라. 그래 고마 다 치앗뿌랬제 —."

거기서 얘기를 중단한 진규 아버지는 빈 곰방대를 빨아 재가 다 털렸는지를 확인한 뒤 곰방대를 저고리 주머니에 끼워 넣으며 일어났다. 느닷없이 그가 아버지 얘기를 꺼내는 바람에 본능적으로 긴장했던 인철은 그의 얘기가 길어지면서 차츰 알지 못할 감동에 젖어들었다. 고향에 돌아와서 이따금씩 아버지를 턱없이 추켜세우는 얘기를 들을 때가 있었지만 그때와는 또 다른 감동이었다. 그 바람에 대꾸 없이 듣고만 있는 인철을 어떻게 보았는지 천천히 다가온 진규 아버지가 조용히 물었다.

"암말도 안 하는 걸 보이 아직도 골이 났는가 베. 그치만 내가 이마이(이만큼) 안 기다렸나?"

"아니, 아닙니다."

속이 다 풀린 것은 아니지만 무언가 남겨 둔 듯한 그의 얘기를
마저 듣기 위해 인철이 얼른 그렇게 대꾸했다. 그러나 더 듣고 싶
은 게 아버지 얘긴지 그의 속셈인지는 인철에게도 뚜렷하지 않았
다. 가까이 다가와서야 겨우 얼굴을 알아볼 만한 어둠 속에서 인
철의 나뭇짐을 찬찬히 살펴본 진규 아버지가 문득 걸음을 멈추고
하던 말을 이었다.

"내가 아직 덜 큰 니한테, 왜 이런 얘기를 하는고 하이, 뭐 내 눈
밝다는 말이 아이라 전장(전쟁) 뒤 얘기를 하고 싶어서라. 내가 뽈
또그레했다가 치앗뿐 얘기는 어예다 그래 흘러간 게고. 어예튼, 그
뒤로 한참 서로 찌지고 볶아 쌌디 전장이 나데. 그리고 너어 집이
풍비박산 나고 동영 씨도 결국 그리 되고 마는 걸 봤제. 너어 아부
지 이북 넘어가 얼마나 높게 됐는지 몰래도, 그게 잘된 거는 절
대로 아이라. 부모처자 다 매삘고 거다 가 잘돼 보이 그기 얼매겠
노? 전장 끝나고 너어 할매 너어 어무이 여게 내려와 한 이태 고생
하는 거 보고 나는 또 이런 생각을 했디라. 옳지, 인자 너어가 몇
대나 손에 흙 안 묻히고 산 값을 무는 갑다라꼬. 그런데 얼마 뒤에
들으이 너어가 대처에 나가 자리 잡았다 카데. 명훈이는 대학까지
가고…… 나는 여기서 뼈 빠지게 일해도 아들 하나 고등학교도 못
씨기(시키)는데 말이라. 글치만 인자 너어가 또 여다 내리온 걸 보이
(보니) 암만 캐도 그때 너어 할매 어매가 다 못 문 그 값 물로(물러)

온 갑다. 참말로 화천댁 손자가 소부질(쟁기질)하고 나무하러 댕길 줄 누가 알았겠노? 그것도 산소 등 까뒤밴 생땅에 농사질라꼬. 글치만 물(물어낼) 꺼는 물어야제."

"……."

"진정이라. 나는 왠 동 너거 집이 다시 일날라 카믄 뭘 더 당해야 할 같은 기분이라. 다시 말하믄 고생이 지독하믄 지독할수록 너가 빨리 일날(일어날) 같은 기분이다 이 말이라. 마음 같아서는 내 소 끌고 와 개간지도 갈아 주고 싶제. 명훈이 그 어문(서투른) 소부질 가주고는 종일 걸리도 안 되지만 내 같은 농군한테는 까짓것 반나절 일이라. 글치만 왠 동 그래믄 그만큼 너어가 더 늦게 일날 같아 못 본 척해 온 게라. 아까도 말했지만 니 짐도 글타. 여기서 해 빠지도록 기다리고 앉았지 말고 되올라가 니 짐 받아 졌으믄 그새 열 번은 왔다 갔다 했을 게따. 글치만 그거는 니가 져야 할 짐이라. 그걸 니가 져야만 너어 고생이 빨리 끝날 같다 이 말이라. 내 뜻 알겠나? 그게 아이믄 윗대 정을 생각해서라도 내가 어예 이래 못 본 척할 수 있겠노?"

인철은 이번에는 또 다른 감동으로 말문이 막혔다. 평소 그처럼 어눌하고 무심해 보이던 진규 아버지가 그런 말주변과 속 깊은 헤아림이 있었다는 게 신기할 지경이었다.

"자, 인제 가제이. 너무 저물었다. 너어 집에서 걱정할라."

진규 아버지가 다시 소리 나게 코를 풀더니 대답을 기다리지 않고 자기 풀 짐 쪽으로 갔다. 인철도 말없이 지게 멜빵 속으로 어깨를 밀어 넣었다.

그런데 참으로 신기한 경험은 그 뒤에 한 번 더 있었다. 인철이 일어나 보니 그곳에 지게목발을 내릴 때만 해도 천 근 무게로 내리누르던 것 같던 나뭇짐이 이상하리만치 가뿐했다. 뿐만이 아니었다. 그전과는 달리 집까지의 남은 길도 한 번 쉬지 않고 갈 수 있었다. 진규 아버지가 말한 '저야 할 짐'이나 '물어야 할 값'은 아직 인철의 가슴에 그리 절실하게 닿아 오지 않은 때인 만큼, 그의 얘기가 준 감동 이상의 그 무엇이 힘이 되어 준 것임에 틀림이 없다. 어쩌면 그날의 인철에게는 진규 아버지도 자연의 일부였고, 그래서 사람의 말이 아니라 자연의 친화력(親和力)이 한 감동의 형태로 인철에게 힘을 빌려 준 것은 아니었을는지.

개척의 날들

"기마세(騎馬勢)."

"얍."

"하나."

"얍."

"둘."

"얍."

명훈의 구령에 따라 여남은 명의 청년이 주먹을 내지르며 기합 소리를 냈다. 먼저 시작한 아홉은 지난 장날에 도복을 갖춰 제법 무도인(武道人) 같은 외양을 하고 있었으나 새로 시작한 예닐곱은 아직 작업복 차림 그대로였다. 여섯 명이 빠졌나? 아니 일곱? 명훈은 구령을 넣으면서도 눈으로 그들의 머릿수를 헤아렸다.

당수를 가르치기 시작한 것은 역시 잘한 일 같았다. 개간지 1 정보(町步)를 떼내 판 돈 9천 원은 이미 지난번 간조(일당 지급)로 거덜나고 없었다.

그게 벌써 보름 전, 개간 인부는 나날이 줄어들어 이제는 당수를 배우는 청년들밖에 남아 있지 않았다. 개간이 끝나고도 한참은 더 있어야 나올 보조금이 아니면 품삯을 치를 힘이 전혀 없는 명훈에게는 그들이라도 남아 준 게 여간 생광스러운 도움이 아닐 수 없었다.

돈이 아쉬운 사람들, 특히 그곳에서의 벌이를 여름 양식에 보태어야 할 어른들은 진작부터 명훈의 개간지를 못 미더워했다. 빤한 바닥이라 명훈이 맨주먹이나 다름없이 개간을 시작했다는 걸 모두 잘 아는 까닭이었다. 그들은 어머니나 명훈의 간청에다 옛날 정분을 못 이겨 얼마간은 나와 주었으나 날품삯이 밀리기 시작하자 하나둘 지금 형편이 나은 딴 개간지로 빠져나가 버렸다.

"하단(下端) 방어."

"얍!"

"하나."

"얍!"

"둘."

명훈은 다시 구령을 넣다 말고 산소 도래솔께로 흘끗 눈길을 보냈다.

날마다 그 무렵이면 산소 앞 공터로 몰려드는 조무래기들이나,

지게를 세워 놓고 구경하는 동네 영감들의 그것이 아닌 사람 그림자가 얼씬거리고 있었기 때문이었다.

명훈의 눈길에 찔끔한 듯 그 그림자는 굵은 도래솔 뒤로 몸을 감추었다. 누군지 알아볼 수는 없지만 어딘가 눈에 익은 데가 있는 뒷모습이었다.

명훈은 계속해 구령을 넣으면서도 이따금씩 그쪽을 곁눈질했다. 그 그림자가 너무도 황급히 소나무 뒤로 몸을 감춘 게 묘하게 마음에 걸린 까닭이었다. 그러나 그 그림자는 한 번 얼씬하고는 다시 모습을 드러내지 않았다.

'누굴까?'

명훈은 갑자기 그가 궁금하기 짝이 없었다.

'형사일까?'

명훈은 오래된 저주를 떠올리듯 그렇게 중얼거렸다. 그러나 그쪽으로 발달한 그의 본능적 감각은 이내 강한 의문을 표시했다.

'아니, 그럴 리 없어. 이미 다 걷어치우고 산골에 들어와 땅이나 파겠다는데 새삼스럽게…… 더구나 혁명정부는 연좌제를 풀겠다고 하지 않았던가. 그런데도 모든 게 빤한 이 바닥까지 미행이나 감시를 붙일 리는 없지.'

그렇게 되자 명훈은 궁금함을 더 참을 수가 없었다.

"상두."

명훈이 녀석을 부르자 맨 앞줄에서 누구보다 열심이던 녀석이 기세 좋게 대답하며 달려 나왔다.

녀석은 수련생들 중에서 유일한 청(靑)띠였다. 도회지에서 몇 달 도장을 나간 적이 있는 경력을 명훈이 인정해 주어 조교 삼아 쓰고 있었다.

"너 구령 좀 붙여라. 태극 초단(太極初段) 3회."

명훈은 그렇게 시켜 놓고 산소 앞 공터를 벗어났다.

명훈이 다가오고 있는 걸 아는지 모르는지 도래솔 뒤의 사람은 그대로 움직임이 없었다. 가까이 가면서 보니 소나무를 등지고 앉은 듯했다. 소나무 등걸 곁으로 비죽이 나온 흙 묻은 농구화로 미루어 명훈의 짐작이 옳았다. 적어도 형사는 아니었다.

나무 뒤의 사람은 명훈이 나무를 돌아 그 앞에 갈 때까지도 인기척을 느끼지 못했다. 무언가 제 생각에 골몰해 손으로 얼굴을 가리고 있어서인지도 몰랐다.

그가 임하(林下)마을에 사는 성규라는 젊은이임을 알자 명훈은 이내 모든 걸 짐작했다. 그 또한 당수를 배우며 명훈의 개간지에서 일했는데 며칠 전부터 보이지 않는 게 품삯을 그날그날 셈해 주는 개간지로 옮겨 일 나가는 듯했다. 하지만 당수는 배우고 싶어 빨리 일을 마치고 거기까지는 왔으나 명훈을 볼 낯이 없어 그러고 앉았는 것임이 분명했다.

"야, 성규."

명훈은 되도록 목소리를 자연스럽게 해 그를 불렀다. 얼굴에서 손을 뗀 그가 놀랍고도 부끄러워하는 눈길로 명훈을 올려보았다. 명훈이 이번에는 사범답게 목소리를 약간 엄하게 했다.

"인마, 왔으면 저기 가서 수련을 해야지 여기서 뭐하는 거야?"

명훈이 나타난 게 너무 갑작스럽고 뜻밖이어서인지 녀석은 낯이 벌게진 채 얼른 대꾸를 못 했다. 명훈이 꼭 그를 감동시키겠다는 뜻도 없이 완연한 사범의 목소리로 돌아가 나무랐다.

"어서 일어나. 빨리 가서 함께 수련해야 할 거 아냐."

"낯이 없어서……."

그제야 그렇게 우물거린 녀석이 엉덩이를 털고 일어나며 기어드는 목소리로 이었다.

"아베 어메 때문에…… 올해 보리 농사를 접어(망쳐) 가지고 여름 양식이나 보태야 한다꼬요."

아마도 다른 개간지에 일하러 나가는 걸 변명하는 듯했다. 명훈은 약간 과장 섞인 발길질로 그의 엉덩이를 걷어차 산소 앞 공터로 몰아내며 소리쳤다.

"에라이 못난 자식, 헛소리 말고 빨리 가."

그 작은 소동에 마침 태극 초단 형(型: 품새)을 마치고 자세를 가다듬던 수련생들이 돌아보며 키들거렸다. 성규도 열없는 웃음으로 자연스럽게 그들 뒤에 붙어 섰다. 그러나 다시 수련생들 앞으로 가 구령을 붙이는 명훈을 보는 그의 눈시울이 불그레한 게 꼭 노을 탓만은 아닌 듯했다.

그날도 수련은 평소 때처럼 사람의 얼굴을 알아보기 어려울 만큼 어두워질 때까지 계속되었다. 도회지에서는 혁명정부에 의한 깡패 소탕 때문에 주먹의 인기가 시들해지고 있었지만 시골에는 아직 대단했다. 하루 종일 뙤약볕 아래서 중노동을 한 뒤끝인데도 수련생들은 더없이 열심이었다. 그리고 그런 열기는 다시 가르치는 명훈에게로 환류(還流)되어 그 또한 중노동의 피로와 가슴속의 마뜩잖은 속셈까지도 깨끗이 잊고 열심히 가르쳤다.

"모두 들어라. 보름 뒤면 우리가 수련을 시작한 지 두 달이 된다. 첫 심사를 할 것이니 각기 거기 대비해 연습하도록. 이번 심사는 여기서 하지만 다음 심사는 새로 생긴 태권도협회 안동 지부로 나가 공인을 받을 작정이다. 그렇게 되면 수련은 여기서 해도 한국 태권도협회가 인정하는 급수를 받게 된다. 우리끼리 모여서 하는 장난쯤으로 여기는 사람이 있을까 싶어 특별히 해 두는 소리다."

명훈은 공인(公認) 문제가 다소 자신 없는 대로 그런 약속과 함께 그날의 수련을 끝냈다. 6년 전 명훈이 처음 배우기 시작했을 때만 해도 한국 당수는 여러 갈래 이름을 달리하는 도장에서 계보가 다른 수련 방식으로 전수되고 있었다. 청도관(靑導館), 지도관(智導館), 무덕관, 창무관, 오도관 등이 그러한데 명훈은 한국체육관을 임시수련장으로 쓰던 지도관에서 시작해 4·19 나던 해에야 겨우 검은 띠를 매게 되었다. 5·16이 나고 당수가 한국태권도협회로 통합되면서 이전의 여러 도장(道場)에서 받은 승단 심사도 협회의 공인을 받게 되었다는 소문은 들었지만, 태권도협회 안동 지부가 아직도 지도관 초단에 머물러 있는 명훈에게 태권도 사범 자격을 인정해 줄지는 의문이었다. 그러나 두 달째 같은 형만을 반복하는 걸 수련생들이 지루해할지도 모른다는 조바심 때문에 서둘러 알려 주게 되었다.

심사가 있다는 말에 들떴는지 해산 구령이 있자 수련생들은 여느 때보다 더 떠들썩하게 돌아갈 채비들을 했다. 땀에 젖은 도복을 싸고, 떨그럭거리는 도시락 통을 괭이 자루에 끼워 어깨에 메고 하면서도 전에 없이 활기차게 시시덕거렸다. 그러나 명훈은 이제 정말 하루 일이 끝났다 싶자 갑자기 온몸이 젖은 솜처럼 무거워져 그대로 산소 앞 공터에 퍼질러 앉았다. 보는 눈만 없다면 그냥 늘어져 눕고 싶었다. 그도 그럴 것이 그날은 집을 지을 흙벽돌을 찍느라고 나무 그늘에 한 번 제대로 앉아 보지도 못한 탓이었다.

"형님, 안 내려갈라이껴?"

"사범님, 우리 먼저 가니데이."

"내일 또 보시더."

그런 인사와 함께 수련생들이 하나둘 산을 내려가기 시작했다. 건성으로 그런 그들의 인사를 받으며 조금만 더 조금만 더 하고 퍼질러 앉았던 명훈은 마지막 수련생이 떠나자 마침내 산소 발치에 벌렁 드러누웠다. 동편 도래솔 가지 새에 한쪽이 약간 이지러진 달이 걸려 있는 게 비로소 보였다.

돌이켜 생각해 보면 정말로 힘겨웠던 두 달이었다. 개간 허가와 식량 확보 문제가 해결되자 품삯 문제가 머리를 들었고 한 팔을 잘라 내는 심경으로 개간지 1정보를 팔아 그럭저럭 착수는 할 수 있었으나 아직도 남은 길은 멀었다.

하지만 보람도 있었다. 다복솔과 떨기나무와 억새풀로 황량하던 2만 4천 평은 벌써 태반이 벗겨졌다. 그중에도 어떤 곳은 그새 뿌린 씨앗이 돋아 그 푸른 이랑으로 제법 밭 모양을 갖추어 갔다. 그해는 이미 농사철을 넘겨 메밀이나 몇천 평 더 뿌리는 것으로 끝나겠지만 명훈의 머릿속에는 그 땅에 대한 설계가 끝나 있었다. 곡물을 생산할 땅 3천 평과 산 밑 경사가 심한 곳에 조성할 계단식 과수원 5천 평을 뺀 나머지 땅은 초지를 만들 작정이었다. 결국 머릿속에 그리고 있는 것은 서부영화에 나오는 목장에 가까운 셈인데 그때만 해도 그 실현을 믿고 있던 명훈은 틈나는 대로 목축 관계의 책까지 들쳐 보았다.

집 마련에도 상당한 진척이 있었다. 개간지로 보아서는 거의 한가운데가 되는 곳에 백 평 남짓의 집터가 닦였고, 흙벽돌도 벌써 5백 장 넘게 찍혀 마르고 있는 중이었다. 기껏해야 토담집이나 크게 다를 바 없는 흙벽돌집이 될 것이지만 명훈의 머릿속에서는 벌써 그 어떤 성채보다 당당하고 운치 있게 세워져 있었다.

생각이 '지금, 여기'에서 앞날로 뻗어 가자 갑작스러운 감동 같은 것이 지쳐 늘어진 명훈의 원기를 돋워 주었다. 좀 거창스럽지만, 이름하면 생산과 창조의 감동쯤 될 것이었다.

전쟁 직후 돌내골에서의 철없던 시절 두어 해를 빼면 명훈의 삶은 생산이나 창조란 개념과는 멀었다.

안동 역전이나 서울의 뒷골목 시절은 말할 것도 없거니와 어느 정도 정당한 노동을 팔아 살았다고 볼 수 있는 미군 부대 시절조차도 방금 돌내골에서 맛본 생산이나 창조의 감동은 전혀 느낄 수 없었다. 서비스도 틀림없이 생산이며, 그 임금은 재화의 창출로 불릴 수도 있겠지만, 일차적인 생산이 주는 감동의 생생함에는 비할 바가 아니었다. 거기다가 그때는 학업이란 상위 목표가 있어 노동도 생산도 그 원래의 의미대로 명훈의 가슴에 닿아 오지 못했기에 돌내골에서 일하며 맛본 감동은 한층 생생하고 새로울 수밖에 없었다.

'그래, 이대로 조금만 더 버티자. 이 가을만 되면 나는 무(無)에서 유(有)를 창조한 사람이 될 것이다. 아버지의 이념이 잃어버린 것을 내가 여기서 노동으로 되찾는다.'

명훈은 지친 스스로를 위로하듯 몸을 털고 일어나며 그렇게 중얼거렸다. 갑작스럽고도 맹렬한 시장기가 그런 명훈의 발길을 재촉했다.

명훈이 재궁막으로 돌아오니 마루 기둥에 초롱불이 내걸린 집 안은 괴괴하기 그지없었다. 모두 어디를 나갔다 싶었으나 그게 아니었다. 초롱 그늘 나무 기둥 이쪽저쪽에 맥없이 기대 앉은 인철과 옥경이 보이고, 이어 방 안에서는 어머니의 한숨 소리가, 그리고 부엌 그늘에서는 영희가 무언가를 떨그럭거리며 씻는 소리가 들려오는 게 식구 모두가 집 안에 있는 것임에 분명했다.

"큰오빠야? 엄마, 큰오빠 왔어."

먼저 명훈을 알아본 옥경이 그렇게 기쁜 소리를 내지르고 이어 철이가 갑자기 달라진 사람처럼 환하게 웃으며 달려왔다.

"아이고, 니 오나, 이토록 저물가(저물어서)…… 오늘도 애먹었제?"

어머니도 방문을 열고 마루로 나오며 반갑게 명훈을 맞았다. 조금 전까지 어두운 방 안에서 한숨을 내쉬던 사람 같지 않은 표정이었다.

다만 표정 없는 얼굴로 부엌에서 나와 말없이 앞치마에 물 묻은 손을 닦는 영희만이 조금 전까지 계속된 집 안의 분위기를 짐작하게 할 뿐이었다.

또 어머니와 영희 사이에 한바탕이 있었구나 — 그런 생각이 들자 갑자기 명훈의 몸이 천 근 무게로 내려앉았다. 갈수록 더 크게 입을 벌리는 듯한 집안의 상처가 묵직한 아픔으로 명훈의 가슴을 짓눌렀다.

"자아, 먹자. 모두 온나. 명훈이 니 허기 안 지드나?"

어머니가 애써 불편한 심기를 감추며 상보를 걷어 젖혔다. 아이들도 그런 어머니를 돕는 길이 그뿐이라는 듯, 과장된 쾌활함으로 밥상머리에 달라붙었다. 그러나 감정 전환이 빠르지 못한 영희는 그렇지 못했다. 아이들이 보리밥에 꽂힌 감자를 빼내 떠들썩하게 크기를 재 가며 베어 물 때까지도 부엌 문간에 뻣뻣하게 굳어 서 있었다.

"니는 거다 뻐덕하게(뻣뻣하게) 서서 뭐하노? 어서 안 오고."

어머니가 다시 한 번 속을 누르며 영희를 상머리로 불러들였다. 그러나 그 목소리에는 벌써 찬바람이 스며 있었다. 그게 어머니의 마지막 인내라는 걸 알아차린 명훈이 얼른 어머니의 주의를 다른 데로 돌렸다.

"어머니도 참, 제가 늦으면 애들하고 먼저 저녁을 드시지 않고……. 저는 개간지에서 중참을 먹었잖습니까?"

그러고는 준비하지도 않은 물음을 덧붙였다.

"그래, 메밀 씨는 좀 구하셨어요?"

다행히도 어머니는 쉽게 그런 명훈에게 말려 들어왔다.

"에에, 고놈 원동이 참 갈바리(약삭빠른 구두쇠)라. 메밀을 한 섬이나 재 놓고 겨우 한 말 내주는데 곧 숨이 넘어 안 가나? 누가 띠(떼어)먹는다 카나, 생다지로(억지로) 뺏어 가나. 경술년인가 그 흉년 때 저어가 식구대로 누구 기미(饑米: 기민 먹이는 쌀) 죽 먹고 살았는데……."

그렇게 대뜸 원동 영감에게 화를 돌렸다. 까마득한 옛적 명훈의 집에서 드난살이를 한 적이 있는 까닭에 예순이 다 되어도 택호(宅號)로 불리지 못하는 영감이었다. 명훈은 어머니의 주의를 다른 곳으로 돌린 데 만족하며 건성으로 맞장구를 쳤다.

"그게 세상인심 아니겠어요? 한 말이라도 빌려 준댔으니 메밀밭 천 평 씨앗은 되겠네요. 그만큼이라도 인심 쓴 게 고맙죠, 뭐."

그리고 밥상머리의 분위기를 잡기 위해 과장된 감탄의 소리를 질렀다.

"야, 이거 장떡이구나. 맛있겠다. 어서 먹자."

하지만 그날 저녁의 밥상머리는 끝내 평온하게 마무리되지는 못했다. 영희가 부엌 어둠 속에서 꾸물거리며 나오지 않은 게 발단이었다. 명훈은 진작부터 그게 마음에 걸렸으나 억지로 영희를 불러내려 히다가 어머니를 자극할까 봐 못 본 처 밥그릇을 비우기 시작했다. 어머니도 많이 참는 것 같았다. 한동안은 그런 명훈을 도와 무엇에 심사가 났는지 저녁도 안 먹고 뻗대는 영희를 애써 잊어 주었다.

"에익, 빌어먹을 년. 참고 먹을라 캐도 밥이 어디 목궁게(목구멍에) 넘어가야제."

명훈이 밥그릇을 거지반 비워 갈 무렵 마침내 인내가 다한 어머니가 숟가락을 소리 나게 상 위에 내던지며 소리쳤다.

"내 참 심장이 상해서…… 니 여 쫌 나온나 보자. 니가 도로새(도리어) 뭔 유세겼다고 입을 한 발이나 내밀고 뻗치노(뻗대노)? 이 빌어먹을 년아, 그래 하루 종일 사람 허패(허파)를 뒤배 놓고 그래도 유부족(오히려 부족하다고)이라꼬 밥도 안 처먹나?"

어머니가 금세 일어나 영희의 머리채라도 휘어잡을 듯 목소리를 높이는 걸 보자 명훈도 절로 숟가락이 놓였다. 배고프던 참이라 속이 불편한 대로 달기 그지없던 밥맛이었으나 그 지경이 되어서는 아무 소용이 없었다.

나름대로 참는다고 참기는 영희도 마찬가지인 듯했다. 제 속을 못 이겨 저녁은 안 먹고 버텨도 어머니와 정면으로 맞붙어 고된 하루 일에서 돌아온 명훈을 괴롭히는 것만은 피하려는 눈치였다. 영희가 부엌 어둠 속에 웅크리고 앉아 아무런 대꾸가 없는 데 더욱 못 참겠는지 어머니가 한층 목소리를 높였다.

"야, 이년아. 일로 나온나 보자. 니 잘한 게 뭐 있다꼬 그래 억대 구(억대우) 쓰노? 참말로 간도 크제. 지가 어예 한 통에 3백 원이나 가는 마산중앙 구리무를 큰 통으로 떠억 받아 가주고 ― 쌀이 두 말이따, 쌀이 두 말."

거기까지만 들어도 모녀간의 불화가 어떻게 시작되었는지 짐작이 갔다. 담는 통만 국산이고 알맹이는 일제 밀수품이라고 알려진 비싼 크림을 영희가 외상으로 받아 썼다가 들킨 것 같았다. 영희가 여전히 대꾸를 않자 어머니는 치솟는 화를 이기지 못해 몸까지 가볍게 떨었다.

"갑자기 소 죽은 영신을 덮어썼나? 입이 바소쿠리라도 할 말 있으믄 해 봐라. 도대체 이 돌내골에서 누가 그런 걸 쓰드노? 장터 기생년들 말고 누가 그 비싼 걸 얼굴에 처바르드노? 아이고 내 복장이야. 저런 걸 어예 자식이라꼬 ―."

그렇게 악을 쓰듯 퍼부어 댔다. 영희도 그리 오래는 참아 내지 못했다. 암담한 가운데서도 그렇게 참아 내는 게 용하다 싶을 즈음 드디어 영희의 독기 어린 말대꾸가 시작되었다.

"어머니, 이제 그만하면 되잖았어요? 하루 종일 그 일로 사람을 들볶아 놓고 아직도 모자라세요?"

목소리는 높지 않아도 도발적 빈정거림이 섞여 있어 어머니의 속을 뒤집기에 넉넉했다.

"저년 저거 째진 악바리라꼬 말하는 거 함 봐라. 사람을 들볶는다꼬? 그기 어예 어마이한테 할 소리고? 그래, 니가 가마이 있는데 내가 니를 들볶드나?"

"내가 나중에 벌어서 갚으면 되잖아요? 세수 비누 한 토막 제대로인 게 없으니 얼굴이 조여들어 어디 견딜 수 있어야지. 너무 그러지 말아요. 아무리 자식이라도 벌써 스무 살이 넘은 걸 아무 앞에서나 그저 이년 저년 —."

"뭐시라? 니 말 다 했나?"

드디어 그대로는 견딜 수 없이 된 어머니가 맨발로 우르르 달려가 부엌에 있는 영희를 끌어냈다. 누구의 옷에선지 후드득 하고 실밥 터지는 소리가 들렸다.

"놔요, 이거. 나오라면 나가지 뭐."

영희가 매달리는 아이 뿌리치듯 어머니를 뿌리치며 마당으로 나왔다. 어머니가 끌어내는 자세를 하고는 있어도 물리적으로는 이미 영희가 우세한 게 한눈에 보였다. 그게 더욱 분통 터지는지 어머니는 완연히 악다구니로 나왔다.

서글픔과 암담함으로 몸과 마음이 함께 마비되어 그런 모녀간의 다툼을 멍하니 보고만 있던 명훈이 결국 그런 그녀들 사이로 끼어든 것은 어머니가 영희의 머리채를 휘어잡으려는 어림없는 시도를 시작한 때였다.

"시끄러워요!"

명훈은 모진 기합이라도 넣듯 그런 고함으로 모녀의 기를 죽인 뒤 먼저 영희부터 야단쳤다.

"이 기집애가 보자 보자 하니까 어서 어머니께 빌고 방구석에 들어가지 못해? 얻다 대고……."

명훈만은 겁을 내는 영희가 찔끔해 입을 다물었다. 그러나 명훈이 자신을 편들어 나선 줄로 오해한 어머니는 더욱 기가 살아 영희의 어깻죽지와 등짝을 후려치기 시작했다.

"어머니도 그만하세요. 맨날 상것들, 상것들 하면서 그 상것들 보기에 부끄럽지도 않아요?"

명훈이 그런 고함과 함께 어머니를 영희에게서 떼어 놓았다. 하지만 아무래도 그것만으로는 둘 모두 진정이 될 것 같지 않았다. 거기다가 모녀의 그런 끝 모를 갈등이 못 견디게 지겹기도 해 명훈은 갑자기 머리칼을 쥐어뜯는 시늉을 하며, 누구에게랄 것도 없이 소리쳤다.

"이래서야 사람이 일을 할 수가 있나? 몸이 고단하면 마음이라도 편해야지. 에익, 모든 것 다 집어치워? 식구들끼리 이 모양인데 까짓 야산 까뒤집어 봐야 뭘 해? 식구대로 흩어져 저 편한 대로 사는 게 낫지……."

그렇게 소리치다 보니 정말로 고단하고 서글퍼져 절로 콧등이 시큰하고 목소리가 떨려 왔다.

"난들 좋아서 이러고 있는 줄 알아? 뒷골목에서 사람을 쳐도 이보다는 편하게 살 수 있어. 서울역에서 지게를 져도 맘은 편할 거라고. 이쯤에서 끝장냅시다. 되지도 않을 일, 헛고생은 그만하자고요. 나도 쇠로 만든 사람은 아니란 말입니다."

명훈은 차츰 넋두리 조가 되어 이쪽저쪽에 번갈아 퍼부었다.

그런 명훈에게서 먼저 어떤 위기를 감지한 것은 어머니였다.

"오이야, 나도 고마 다 귀찮다. 저 빌어먹을 거하고 얼굴 맞대고 하루하루 지나기도 언슨시럽다(진절머리 난다). 저거는 자식이 아이고 원수라 원수."

조금 전의 기세는 다 어디 갔는지 금세 푸념 조가 되어 그 한마디를 해 놓고는 사립문을 나섰다. 성이 나서 나가는 것 같아도 내심은 그들 모녀간의 충돌을 그쯤에서 끝내 더는 명훈을 자극하지 않으려는 것임에 틀림없었다.

"엄마, 어디 가?"

옥경이가 울먹이며 따라나서려 하자 매몰차게 떼어 놓으며 하는 말도 옥경에게보다는 명훈에게 하는 말에 가까웠다.

"따라오기는 어딜 따라올라꼬? 매물(메밀) 심을 일꾼 놉 하러 가는데 니가 따라와 뭐할라꼬?"

어머니가 나가자 집 안은 한동안 조용했다. 그 조용함을 깬 게 영희의 훌쩍임이었다. 한숨만 내쉬며 마당에 서 있던 명훈이 돌아보니 영희가 마루 끝에 걸터앉아 눈물을 훔치고 있었다. 명훈은 그런 영희가 가여우면서도 당장은 분이 안 풀려 말없이 노려보고만 있는데 영희가 문득 고개를 들었다.

"오빠."

"……"

"나 서울로 보내 줘. 정말 부탁이야. 더는 못 견디겠어."

"뭐야?"

"한 2천 원만 어디서 구해 줘. 그럼 서울에서 어떻게 시작해 볼 수 있어."

"그게 무슨 소리야?"

"역시 나는 돌아오는 게 아니었어. 봐, 아무 도움도 못 되고 불화만 일으키잖아. 나는 이미 이 집안에 맞지 않아."

"이 기집애야, 누구는 맞아서 이 고생인 줄 알아?"

명훈은 자신도 모르게 거친 어조가 되어 쏘아붙였다. 그쯤 해서 영희의 입을 막아 버리자는 위협에 가까운 것이었으나 영희는 움츠러들지 않았다.

"오빠가 보내 주지 않으면 달아나고 말 거야. 정말이야. 이제 더는 못 견디겠어."

"서울에 가면 누가 널 기다린다든? 기껏해야 또 다방 —."

명훈은 거기까지 말하다가 인철이 듣고 있다는 걸 깨닫고 입을 다물었다. 그러나 갑자기 잊고 있었던 박 원장과의 일이며 영희가 마지막으로 있던 다방이 떠올라 기분은 여지없이 뒤틀리고만 뒤였다. 명훈의 그런 기분을 아는지 모르는지 영희는 제 할 말을 계속했다.

"가서 뭣을 하든 여길 떠날 수만 있었으면 좋겠어. 솔직히 여기서는 눈뜨는 순간부터가 고통이야. 먹는 것, 입는 것, 자는 것. 그 하나하나가 모두 얼마나 내게 고통스러운지 오빠는 모를 거야. 나는 이미 틀렸어."

"도대체 너 왜 그러니? 그런 고생은 잠시라고 했잖아? 이제 곧 모든 게 좋아질 거라고."

"아냐, 오히려 더 괴로운 것은 지금 당장이 아니라 그 뒤에 기다리는 막막한 앞날이야. 나는 벌써 알겠어. 개간이 끝난다고 해도 뻬치카가 타고 풍차가 도는 목장 같은 건 없어. 그럭저럭 먹는 걱정은 안 해도 되겠지만 그것도 오빠가 지금에 못지않은 고생을 계속한다는 전제 아래서야."

"먹는 걸 걱정하지 않아도 되는 것, 떳떳하게 먹을 수 있는 것, 너 그게 얼마나 대단한 건지 알아? 고생이라고? 너는 일을 고생으로밖에 볼 수 없니? 하지만 나는 그렇지 않아. 나는 일하러 여기 왔어. 농부가 되려 왔고, 농부의 일은 고생이 아니야."

"어쩌면 오빠는 그럴 수 있을지도 모르지. 하지만 나는 아냐. 이제 확실히 깨달아지는데, 나는 이미 시골에서는 아무것도 얻을 수 없는 사람이 돼 버렸어. 그래, 오빠는 그렇다 쳐도 나를 기다리는 건 뭐지? 몇 해 여기 엎드려 있다가 좋은 신랑감 만나 시치미 떼고 시집이나 가라고? 엄마나 오빠가 생각하는 좋은 신랑감이 뭐야? 설마 마뜩하고 벌이 좋은 도회지 월급쟁이나 잘 돌아가는 회사 사장을 구해 오겠다는 건 아니겠지? 기껏해야 땅마지기나 있고 맘씨 무던한 농사꾼 아냐?"

"농사꾼이면 어때서?"

"내가 말했잖아. 나는 이미 문전옥답이라도 시골 땅에는 쓸모 없는 사람이 돼 버렸다고. 정말로 나는 자신 없어. 농사일뿐만 아니야. 빨래하고 밥 짓고 애 기르고…… 그 어떤 농사꾼 아낙의 일도. 이 석 달로 나는 완전히 질려 버렸어. 도회지에 나가 뭘 하고 살더라도 여기서는 더 이상 못 견디겠어."

그때 명훈을 격분하게 만든 것은 아마 '뭘 하고 살더라도'라는 말이 순간적으로 이끌어 낸 연상이었을 것이다. 그래, 남의 첩산이가 되든 갈보 짓을 하든 말이지 — 명훈은 하마터면 그렇게 소리칠 뻔했다. 그러나 인철과 옥경이 때문에 그렇게 소리치지 못하는 게 한층 더 큰 격분을 자아내 명훈은 자신도 모르게 영희의 따귀를 세게 후려쳤다.

"뭐야? 이 기집애가."

따귀를 맞은 충격 때문인지 제 설움에 겨워선지 얼굴을 싸안고 마룻바닥에 엎드린 영희가 소리 내어 흐느끼기 시작했다. 옥경이 울먹이며 달려와 주먹을 부르쥔 명훈의 팔에 매달렸다.

"이 기집애가 보자 보자 하니까 못 하는 소리가 없어. 썩어도 더럽게 썩어 가지고…… 끽소리 말고 방구석에 들어가 처박혀 있어. 다리몽둥이를 부러뜨려 놓기 전에."

명훈도 더는 영희에게 손찌검을 할 마음이 없어 그렇게 무섭게 얼러 놓고 재궁막을 나왔다. 길게 얘기하다가 영희가 억센 고집으로 덤비기라도 한다면 그때는 정말로 무슨 일이 생길지 모른다는 걱정도 명훈을 집 밖으로 몰아낸 원인 가운데 하나였다.

집을 나온 명훈은 이렇다 할 생각도 없이 개울가로 내려가는 길로 들어섰다. 그저 아득하고 암담한 기분이 시원한 강바람을 그리워하게 만든지도 모를 일이었다.

어둠 때문에 달빛이 저물 무렵 산소 앞 공터에서보다 한층 밝게 느껴졌다. 그 달빛에 의지해 언덕길을 내려온 명훈은 곧 넓은 개울가로 나가는 논두렁 길로 접어들었다. 벌써 밤이슬이 내렸는지 개울가에 이르기 전에 발등을 타고 내린 물기로 고무신 바닥이 몹씨 미끈거렸다.

'영희처럼 나도 다 때려치우고 서울로 돌아갈까.'

개울물에 발을 적시면서 명훈은 문득 그런 생각을 해 보았다. 귀향한 지 석 달이 가깝도록 한 번도 해 본 적이 없는 생각이었다. 잘 버텨 나가고는 있어도 그 또한 어지간히 지쳐 간다는 증거이기도 했다.

잠시 서울에서 좋았던 날들이 은밀한 유혹처럼 머릿속을 스쳐 갔다. 그러나 명훈은 이내 몸서리치듯 가볍게 몸까지 떨며 그런 생각을 떨쳐 버렸다. 여기다. 여기 이 흙에 정면으로 승부를 걸어야 한다. 명훈은 돌내골로 내려올 때의 그런 결의를 되뇌며 세차게 머리를 젓고 땀에 전 옷을 벗기 시작했다. 먹이라도 감아 쓸데없는 생각을 씻어 내려는 듯이.

낮동안에 살갗이 햇볕에 데어서인지 개울물이 이상하게 차가웠으나 넓고 깊은 소(沼)를 찾아 한참을 헤엄을 치고 나니 그럭저럭 견딜 만해졌다.

명훈은 비누와 수건을 준비해 오지 않은 걸 뒤늦게 후회하면서 먼저 머리칼을 뻣뻣하게 만들고 있는 소금기부터 빨아 냈다. 한동안 혀끝에 닿는 물맛이 찝찔할 만큼 머리칼의 소금기는 잘 가시지가 않았다. 그래도 명훈은 참을성 있게 몇 번이고 되풀이 머리칼을 헹군 뒤에 몸의 기름때와 소금기를 씻어 내기 시작했다. 뒤집어쓴 먼지 때문인지 온몸에서 끈적끈적한 때가 밀렸다.

명훈이 멱을 감는다기보다는 무슨 수행(修行)이라도 하듯 꼼꼼하게 몸의 때를 벗기고 개울가로 나왔을 때는 영희 때문에 어두웠던 마음까지도 개운해져 있었다. 명훈은 애써 그날 저녁의 일을 집집마다 흔히 있는 작은 다툼으로 돌리고, 다음 날 해야 할 일을 생각하며 옷을 걸쳤다.

'아무래도 흙벽돌 찍는 기계를 하나 구해야겠어. 나무로 짠 틀로는 둘이 매달려도 하루 몇백 장 못 찍을 뿐만 아니라 그전에 틀이 뒤틀리고 벌어져 틀렸어.'

명훈은 나갈 때와 많이 달라진 기분이 되어 돌아왔지만 집 안의 분위기는 나갈 때와 조금도 달라져 있지 않았다. 밥상은 치워졌으나 영희는 마루 끝에서 쿨쩍이고 있고, 철이와 옥경이는 좀 떨어진 곳에 불안한 듯 쭈그리고 앉아 영희의 눈치만 살피고 있었다. 어머니는 그때 나간 뒤로 아직 돌아오지 않은 듯했다.

쿨쩍이는 영희를 보자, 명훈의 콧마루가 시큰해 왔다. 그렇게 심하게 할 것까지는 없었는데, 불쌍한 것……. 명훈은 갑작스러운 후회로 쭈뼛거리며 영희에게로 다가갔다.

"아까는 내가 좀 심했다. 네가 하도 억장 무너지는 소리를 하는 바람에……."

명훈이 영희 곁 마루 끝에 걸터앉으며 부드럽게 말했다. 영희는 계속해 쿨쩍이기만 할 뿐 대꾸가 없었다.

"가을까지만 참아 다오. 개간이 끝나고 정부에서 보조금 나올 때까지만."

"……"

"팔아 버린 1정과 내 노동으로 개간한 몫의 보조비는 남을 게다. 몇 뙈기 찾은 딴 데 자투리땅도 가을에는 어떻게 팔아 볼 수 있을 거야."

명훈은 영희의 어깨까지 어루만져 주며 그렇게 달랬다. 그래도 영희는 대꾸가 없었다.

"물론 네가 생각하는 방식대로는 아니다. 무턱대고 돈만 쥐어 주며 보낼 수는 없어. 그렇다고 이제 새삼 학교를 보내 주겠단 약속도 못 하겠고…… 그러기에는 너도 늦지 않았니?"

"그럼 어떻게 하겠다는 거야?"

그제야 겨우 영희가 입을 뗐다. 겉보기와는 달리 명훈의 얘기를 주의 깊게 듣고 있었던 것 같았다. 아직도 명훈의 말만은 믿어주는 그녀로서는 당연한 일이기도 했다. 명훈은 영희가 대꾸했다는 그 자체가 반가워 미처 생각해 보지도 않았던 계획을 즉흥적으로 털어놓았다.

"도회지로 나가 미용 학원이나 편물 학원 같은 데 다녀 보는 건 어때?"

"오빠는 내 나이가 얼만지 알아? 이제 와서 코흘리개 기집애들

하고 고데 기술이나 배우란 거야?"

"스물 둘이 그리 많은 나이는 아냐. 거기다가 나이 찬 너를 언제까지 남의집살이 시킬 작정도 아니고. 얼마간 기술이나 제대로 익히면 미장원이나 편물점을 차려 줄게. 어차피 철이와 옥경이는 학교를 시켜야 하니까 도회지에 우리 근거지도 필요하고."

말을 해 나가다 보니 명훈도 자신이 마치 오래전부터 그런 계획을 가다듬어 온 것처럼 느껴졌다. 갑자기 나이가 들어도 한참 든 여자처럼 영희가 빈정거림을 섞어 말했다.

"오빠는 미장원이다, 편물점이다, 쉽게 말하지만 그거 하나 차리려면 얼마나 드는지 알아?"

"차리면 차렸지, 그게 뭐……."

명훈은 문득 자신이 3년 가까운 군대 생활로 도회지살이에 어두워졌음을 떠올리며 자신 없게 받았다. 영희가 어린아이 타이르듯 말했다.

"미장원이라면 내가 좀 아는데 흑석동 같은 변두리에 차려도 5만 원은 넘게 들 거야. 오빠 저쪽 개간지 끄트머리 산 1정 떼어 팔 때 9천 원 받았지? 지금 남은 건 7정이고 — 결국 현재로는 우리 개간지 반은 팔아야 겨우 서울 변두리에 조그마한 미장원 하나 차릴 수 있다고."

"그거야 다르지. 1정은 그냥 산으로 팔았으니까 평당 3원이지 개간해 밭으로 팔 때는 그렇지 않아. 평당 10원은 쉽게 받을 수 있을걸. 진규 아버지는 내년쯤이면 20원도 받을 수 있을 거라던데.

우리 개간지는 큰길을 끼고 있어서 골짜기 산전(山田) 뒤져 놓은 것과는 다르다던가. 애들 학교 시키는 데 꼭 필요하다면 까짓 것 1정 더 떼어 팔 수도 있지 뭐. 실은 6정, 1만 8천 평도 혼자서 농사짓기에는 너무 넓은 땅이야. 미국식으로 트랙터라도 있으면 몰라도."

명훈은 그것 역시 한 번도 생각해 보지 않았던 것을 마치 오래전부터 생각해 온 사람처럼 얘기했다. 얘기를 하다 보니 단순한 희망 사항이 아니라 정말로 가능하다는 믿음이 서 한층 기분이 밝아졌다. 영희도 거기까지 듣고 나니 기분이 좀 풀리는 듯했다.

"그렇지만 가을까지 어떻게 기다려? 말은 안 했지만 하루하루가 정말로 지옥 같아. 오빠, 어느 날 갑자기 내가 없어지더라도 날 너무 욕하진 마."

그런 불평과 위협을 곁들이긴 해도 목소리에서 울음기는 깨끗이 가셔 있었다. 명훈이 그런 영희를 나무라려는데 카악 가래 뱉는 소리와 함께 누가 사립문을 들어섰다.

"명훈이 있나?"

희미한 달빛 아래 빈 지게를 껑쭝하게 지고 마당으로 들어선 사람은 진규 아버지였다.

"아니, 진규 아버님. 이 밤중에 무슨 일이세요?"

"자네 농사꾼하로 왔다며? 농사꾼이 밤낮이 따로 있나? 일할 수 있으믄 해야제. 달이 대낮같이 밝은데, 가자. 지게 지고 따라온나."

진규 아버지가 그 말과 함께 마당에 있는 명훈의 빈 지게를 지겟 작대기로 두들기며 재촉했다.

"가다니 어딜요?"

"집 지을라 카믄 돈 한 무데기, 흙 한 무데기, 고생 한 무데기 있어야 된다 소리 못 들었나? 집 짓는다꼬 흙벽돌 몇 장 찍어 났는 거 봤다마는 아무리 담집(토담집)이라 캐도 나무 없이는 안 된다. 대들보도 글코 새까래(서까래)도 글코. 그러이 잔소리 말고 지게 찾아 따라온나."

"그거야 도래솔 몇 대 잡아 하죠, 뭘."

명훈은 낮 동안의 일에 지친 데다 먹까지 감고 온 다음이라 지게를 질 기분이 조금도 나지 않았다. 은근히 진규 아버지의 극성이 귀찮아지기까지 해 그렇게 뒤로 빠졌다. 진규 아버지가 그 특유의 소울음 같은 웃음을 흘리며 명훈을 몰아세웠다.

"무신 소리. 그 꼴난 담집(토담집) 하나 우부린다꼬 조상 묏등 도래솔에 손을 대?"

"자손들 몸담을 집 짓는 데 어때요? 조상분들도 애처롭게 여겨 이해하실 겁니다."

"쓸데없는 소리 말고 어서 지게 지고 따라온나. 요짝 산 너머서 내 맞춤한 대들봇감 하나 봐 났다. 문틀 할 나무도 필요하고 새까래(서까래)도 있어야 되이, 집 질 맘 있다믄 밤 지게 면할 생각은 매삘어라(내버려라). 마침 달도 밝고 또 나무 비(베어) 지고 돌아올 때는 남의 눈도 피할 마이(만큼) 밤도 이슥할 테이께는 지금이 똑 좋다. 자, 일나라, 퍼뜩."

진규 아버지는 그렇게 막무가내였다. 하지만 명훈은 도통 움직이고 싶지가 않았다. 어떻게든 그를 구슬려 앉히려다가 진규 아버지의 정색한 나무람을 듣고서야 지게를 지고 따라나섰다.

"허어, 참. 내가 내 집 짓자꼬 이래나? 나도 낼모레믄 나(나이)가 하마 쉰이다. 아무리 몸에 익은 지게질이라 캐도 오밤중에 생나무 짐으로 산에 가는 거는 더 안 할란다. 고래등 같은 기와집 팔아 먹고 객지 떠돌기 10년 만에 화천댁 손자가 돌아와 산소 등에 집 한 칸 우부리겠다(얽겠다) 카이 가마이 못 있어 이래 나온 게따."

그런 소리까지 듣고서는 그대로 배기려야 더 배길 수가 없었다.

집을 나설 때와는 달리, 밤의 산길에는 기대 못 한 감흥이 있었다. 다른 감각들이 제한되기 때문인지, 한창 피어나는 떡갈잎과 싸리꽃 향내가 어울린 풀숲의 냄새는 그 어느 때보다 강하게 코끝을 자극했고 밤과 산속의 고요함에 어딘가 구성진 산새들의 울음소리는 형언 못 할 조화로 명훈의 심금을 건드려 왔다. 거기다가 달빛 아래 자우룩이 피어오르는 골안개…….

뒷날 명훈의 전원시를 보면, 그때의 감흥이 제법 비슷하게 되살아난 게 두엇 있는데 그만큼 그 밤의 산길은 인상적이었다.

진규 아버지가 보아 두었다는 대들봇감은 그냥 '산 너머'가 아니라 제법 큰 봉우리를 세 개나 넘은 뒤의 깊은 산속이었다. 줄잡아 20리는 넘게 걸은 뒤에야 이른 그곳에는 빽빽한 소나무 숲이 아직 남아 있었는데 진규 아버지는 그중에서도 굵기가 아름드리나 되고 키가 대여섯 길은 넘어 보이는 적송 한 그루를 가리키며 말했다.

"이거따. 밑둥거리(둥치) 한 다섯 자는 널(판자)을 켜 문틀에 쓰고, 우에(위의) 한 여남은 자는 대들보를 깎으믄 될 끼라."

아무리 달이 있다 해도 밤중의 솔숲 안인데 진규 아버지는 시렁에 얹힌 물건 찾아내듯 그 소나무를 찾아냈다.

그런 것도 눈썰미라 할 수 있다면 실로 놀라운 눈썰미였다. 그러나 더욱 놀라운 것은 진규 아버지의 힘이었다. 밑둥치는 명훈에게 지우고 자신은 대들봇감을 졌는데 그걸 지고 산길을 내려오는 게 명훈에게는 거의 신기할 지경이었다. 평균 지름이 한 자에 길이 열두 자가 넘는 한창 물오른 생솔 둥치라 아무리 가볍게 쳐도 쌀 두 가마 무게는 되어 보였다. 게다가 솔밭을 빠져나올 때까지는 그 대들봇감의 길이 때문에 줄곧 옆걸음질로 걷다시피 하는데도 진규 아버지는 거친 숨소리 한 번 내지 않았다. 솔숲을 빠져나와 달빛 아래서 눈여겨보니 그는 무거운 짐을 지고 가는 게 아니라 무슨 들리지 않는 리듬 같은 데 맞추어 건들건들 걷고 있는 것 같아 보였다.

베잠방이 밀짚모자
자루 기인 괭이로

장대비 휩쓴 들녘
헝클어진 물길을 바로잡네

어진이 거룩한 모습.

눈부신 햇살보다 그이들로 하여

비 온 뒤 세상은 더 한층 환해진다.

뒷날 언젠가 명훈은 장마 뒤 논두렁에서 물꼬를 트고 있는 농부를 그렇게 과장의 혐의 짙은 목소리로 노래한 적이 있는데 어쩌면 그때 머릿속을 채운 농부의 이미지는 사실 그날 밤 대들봇감을 지고 산길을 내려가던 진규 아버지의 뒷모습이나 아니었는지 모르겠다. 그의 짐에는 절반도 못 미치는 걸 지고 안간힘을 다해 따라 내려가는 명훈의 눈에는 진규 아버지의 뒷모습이 '거룩하다'는 표현이 조금도 지나치게 느껴지지 않을 만큼 신비하게 비쳤기 때문이다.

명훈과 진규 아버지가 지고 온 통나무를 개간지 끝의, 남의 눈에 잘 띄지 않을 잡목 숲에 갈무리하고 개간지를 내려올 때는 밤이 꽤 깊어 있었다. 이제는 정말로 지쳐 어디든 드러눕고 싶은 마음밖에는 없는 명훈이 비틀거리며 걷는데 문득 앞서 가던 진규 아버지가 개간지 한 모퉁이를 가리켰다.

"저기 뭐시고? 이 밤중에 저 사람들이 저다서 뭐하노?"

명훈이 겨우 고개를 돌려 그쪽을 보니 낮에 흙벽돌을 찍던 곳이었다. 조금 이지러진 열이레 달빛 아래 서너 사람이 오락가락하는 게 가물가물 눈에 들어왔다.

처음 자신이 찍어 놓은 흙벽돌을 누가 져 내는 줄 알고 긴장해 그리로 가던 명훈은 곧 이상한 감동에 사로잡혀 금세 쓰러질 것 같던 피로도 잊고 걸음을 빨리했다. 여름밤의 습기 찬 공기를 타고 들려오는 깔깔거림이나 그림자 둘이 좀 작은 것으로 보아 동생들 같았기 때문이었다.

정말로 그랬다. 명훈이 가까이 가서 보니 영희와 인철과 옥경이 벽돌을 찍느라고 한창이었다. 명훈은 자신도 모르게 목이 메어 더듬거리며 물었다.

"너희들 여기서 뭐 해? 이 밤중에……."

"큰오빠, 우리 벌써 벽돌을 스물한 장이나 찍었다. 작은오빠는 아까 진흙 개다가 넘어져 옷 다 버리고."

옥경이 헤헤거리며 다가와 수다를 떨었다. 그러나 명훈은 가슴이 먹먹해 잠시 말문이 열리지 않았다. 한참이나 셋을 번갈아 보다가 옥경을 덥석 안아 올리면서 누구에게랄 것도 없이 중얼거렸다.

"그래, 해 보자! 해서 안 될 게 무엇 있겠니."

그때 마을 쪽 둔덕을 올라오는 어머니의 목소리가 아득하게 들려왔다.

"야들이 다 어디 갔노 했디, 여다 다 있었구나. 오밤중에 여다 모예 뭐하노?"

습관적인 꾸중기가 섞여 있었지만 그 목소리는 한없이 밝고 맑았다.

다시 돋는 날개

"삐이이익, 삐이."

언덕을 내려오는 낡은 자전거의 브레이크 소리에 영희는 몸을 일으켰다. 보리밥을 짖히는 중이어서 약한 불길이었지만 워낙 날씨가 더운 까닭인지 몸을 움직이자 가슴에 솟았던 땀이 젖무덤 사이로 골저 흘렀다. 부엌 봉창으로 내다보니 자전거를 타고 언덕길을 내려오는 사람은 기다리고 있던 우체부가 아니었다. 삼베 바지에 러닝 셔츠를 걸친 농군으로, 장터에서 비료를 구해 오는지 자전거 뒤에 비료 두 포가 포개져 실려 있었다.

"야가 어디 갔노? 밥 타는 냄새가 천지에 진동을 한다……."

영희가 아직 자전거를 타고 내려가는 농군의 뒷모습을 보고 있는데 마당에서 그런 어머니의 목소리가 들려왔다. 억지로 참기는 해도 짜증이 찐득이 밴 목소리였다. 반사적으로 움찔한 영희가 부엌문 쪽으로 나가며 퉁명스레 받았다.

"가긴 어딜 가요? 보리밥 뜸 들이는 데 안 태우고 돼요?"

꼭 그러려고 한 것도 아닌데 자신이 듣기에도 어머니보다 훨씬 거친 목소리였다. 아 참, 되도록 참기로 했지 — 그런 생각이 퍼뜩 떠오른 것은 벌써 일이 글러 버린 뒤였다. 어머니가 기다렸다는 듯 목소리를 높였다.

"저년이 저게 뭐라 카노? 콧구마리(콧구멍)가 막혔나. 밥 타는 냄새가 삼 이웃 사 이웃에 퍼지도록 뭐하고 자빠졌다가……."

'년' 소리를 듣자 영희도 울컥 화가 났다. 돌아서서는 수없이 후회하고 다시는 안 그러리라 다짐하지만 막상 어머니의 이년, 저년 하는 찢어지는 듯한 목소리만 들으면 당장은 눈앞에 불길부터 콱콱 이는 것이었다.

"이년아, 밥 타는 냄새가 삼 이웃에 나른(나면) 옥황상제가 다 성낸다 카더라. 그래 놓고도 무슨 심청(심술)이 나 말대척(말대꾸) 이로? 말대척은……."

이미 시작됐으니 해 보자는 듯 어머니가 부엌 안으로 들어서며 그렇게 퍼부어 대자 영희는 저도 모르게 악을 썼다.

"또 시작이에요? 억센 보리쌀 곱삶는 거, 안 태우고 밥하면 보리쌀이 펄펄 난다고 야단이고, 좀 퍼지게 하려고 오래 불 때다 보면 이번에는 밥 태운다고 난리고, 도대체 어쩌라는 거예요? 차라리 날 죽이세요. 들들 볶아 잡수시라고요!"

더운 날씨에 불이 타고 있는 아궁이 앞에서 한 시간 가까이나 시달린 데다 우체부 때문에 틀어진 심사까지 거들어 잠시 영희를 돌게 헀는지도 모를 일이었다. 영희의 반응이 너무 격렬해서인지 부엌으로 들어서던 어머니가 움찔했다. 그리고 영희의 눈길에서 무엇을 보았는지 황급히 눈길을 딴 곳으로 돌리며 욕설을 탄식으로 바꾸었다.

"아이고, 저 누마리(눈알) 봐라. 불이 철철 뜯는다(듣는다, 떨어진다). 어마이(어머니) 아이라 우(又) 어마이라 캐도 만판(넉넉히) 자(잡아)먹을따. 아이고 저기 어예 내 속으로 난 자식이로?"

목소리뿐만 아니라 표정까지도 기가 한풀 꺾여 있었다. 그러나 이미 불 질러진 영희의 속은 숙어지지 않았다.

"나도 내가 정말 어머니의 딸이라고는 생각해 본 적 없어요!"

"오이야, 오이야. 나는 니 에미가 아이고 원수따 원수. 아이고 이 복장이야, 내가 전생에 뭔 죄를 져 저런 억대구 같은 년을 딸이라꼬 놔 가주고……."

완전히 전의를 상실한 어머니가 버티고 선 영희를 버려두고 아궁이로 다가들어 부지깽이로 불붙은 나무토막들을 끌어냈다. 그런 그녀의 적삼 등허리가 땀으로 함빡 젖어 있었다. 이어 완전히 드러나기 시작한 흰머리칼과 초로(初老)를 감출 길 없는 목덜미의 주름이 영희의 눈에 들어오면서 금세 터질 것 같던 영희의 가슴이 조금 진정되었다. 땀에 젖은 적삼 등허리도 새벽부터 오빠와 함께 개간지에 나가 뙤약볕도 마다 않고 씨앗 하나라도 더 묻으려고 아득바득하는 그녀를 상기시켜 영희의 격렬한 반발을 그치게 했다.

그러나 성격상 갑작스러운 화해로는 갈 수가 없어 우선 더 이상의 충돌이나 피하려고 부엌을 나가려는데 어머니가 다시 목소리를 높였다.

"어디 가노?"

"풋고추하고 오이 좀 따 와야겠어요. 상추도 좀 뜯고……."

"뭐시라? 오래비하고 일꾼들이 내려오는데 아직 챗물도 안 메워 났단 말이라? 잘한다."

영희가 둘러댄 말을 물고 늘어지기는 해도 어머니 또한 영희가 자리를 떠 주는 게 차라리 잘됐다는 표정이었다.

부엌을 나가 햇볕 아래 서자 뜨거운 난롯가에라도 간 듯 훅 하고 더위가 덮쳐 왔다. 햇볕 그 자체보다는 하얗게 마른 마당 바닥이 내뿜는 복사열 때문이었다.

그 더위에다 눈까지 부셔 영희는 일순 가벼운 현기증을 느꼈으나, 조금이라도 빨리 부엌에서 멀어지고 싶어 머뭇거림 없이 텃밭 쪽으로 갔다.

실은 고추나 오이는 필요 없었다. 아침에 따 놓은 것이 있어 상추나 몇 포기 뽑아 가면 되었지만 영희는 군이 고추와 오이까지 따며 시간을 끌다가 오빠가 일꾼 둘과 재궁막으로 들어서는 걸 보고서야 부엌으로 돌아갔다.

그새 어머니는 반찬을 다 장만했는지 오이를 썰어 챗물을 메우고 있었다. 부뚜막에는 찐 고추를 무친 것과 열무 나물을 된장에 버무린 것이 큰 대접에 담겨 있고, 밥 위에 찐 호박잎도 쟁반에서 식고 있었다.

"물외(오이)히고 꼬치는 쌨드라마는…… 밥 퍼라. 상추는 내가 씨끄꾸마(씻으마)."

어머니가 퉁명스럽긴 해도 전의가 가신 목소리로 영희를 맞았다. 영희도 굳이 그런 어머니의 심기를 건드리고 싶지 않아 말없이 밥주걱을 찾아 들었다.

보리쌀을 곱삶은 것이지만 다행히도 밥은 제대로 퍼져 있었다. 영희는 거기 섞인 깎은 감자가 한곳에만 몰리지 않게 주의하며 밥을 펐다. 밥솥의 뜨거운 김과 아궁이에 남은 불기운이 더위를 보탰지만, 뙤약볕 아래의 텃밭 이랑에서보다는 한결 시원한 느낌이었다.

마루에다 두레상을 펴고 반찬을 나를 무렵 가까운 개울에서 손발을 씻은 명훈이 일꾼인 정 군과 임씨를 데리고 들어왔다. 철이는 샘물을 길으러 갔는지 아직 보이지 않았다.

"오빠, 몹시 더웠지?"

명훈이 비척거리듯 들어오는 걸 보고 영희는 생각지도 않은 말을, 그녀로서는 스스로에게도 뜻밖일 만큼 밝고 다정한 목소리로 건넸다. 땀에 전 제대복 차림에 밀짚모자를 들고 들어서는 명훈의 그을고 꺼칠한 얼굴이 너무도 안쓰러웠기 때문이었다. 서울에서의, 함께 거리로 나설 때는 은근한 자랑이기도 했던 그 잘생기고 멋진 오빠는 간데없고, 지치고 초라한 햇내기 농부가 터덜거리며 걸어 들어올 뿐이었다.

"아이고, 정 군하고 임씨 애먹었제?"

어머니는 명훈을 젖혀 두고 정 군과 임씨만을 반색하며 맞았다. 이웃 군에서 온 일곱 일꾼 중에서 마지막 남은 둘이었다. 그것도 딴 사람과 함께 품삯 지불이 나은 개간지로 옮아 갔다가 무엇인가 틀어져 되돌아온 것이지만 개간 일꾼이 모자란 명훈네로 보면 고맙기 짝이 없는 사람들이었다.

"애는 안 먹었지만 고생은 쪼매 했니더."

정 군이 그렇게 받아 놓고 자기가 한 우스갯소리에 스스로 만족한 듯 허허거렸다. 영희에게는 별로 우습게 들리지 않았으나 먼저 어머니가 소리 내어 웃고 이어 명훈도 억지웃음을 지으며 한마디했다.

"짜식, 싱겁긴…… 그렇게 땀을 빼고도 농담할 기력이 남았어?"

핀잔 같지만 실은 비위를 맞추기 위해 한 소린데도 기가 난 정군이 다시 덜떨어진 우스개로 이었다.

"내 날 때 집에 소금이 떨어져 어매가 맹(맨)미역국을 먹어 그렇니더. 소금 있으믄 쫌 주소. 인제라도 쳐서 덜 싱겁구로……."

하지만 어머니도 명훈도 대단한 우스개라도 들은 듯 소리 내어 웃었다. 정 군이 힐끗 보내는 눈길을 받고 영희도 마지못해 눈웃음을 쳐 주었다. 며칠 전 명훈이 한 말이 문득 떠오른 까닭이었다.

"정 군한테 잘해 줘라. 그 순진해 빠진 게 생각은 엉뚱해서……어쩌겠니? 아니꼽지만 개간 끝날 때까지만이라도 웬만하면 맘 상

하게 하지 마라. 이젠 당수도 효력이 떨어졌는지 여기 일꾼이라고
는 대여섯이 고작이다. 빨리 개간을 마쳐야 검사를 신청하고, 검사
가 끝나야 보조비가 나오는데 — 어쩌겠니? 그래도 하루같이 백
평씩 벗겨 내는 녀석은 정 군밖에 없다."

처음 오빠에게 그런 당부를 들었을 때 영희는 솔직히 불쾌했다.
하지만 나날이 일꾼이 줄어들어 개간 날짜가 길어지는 것은 영희
가 보기에도 여간 기막힌 일이 아니었다. 말이 개간이지 잡목 뿌
리나 파내고 풀이나 파 뒤집어 놓는 것에 지나지 않아 비 몇 번만
만나면 개간지는 쉽게 원래의 야산으로 돌아갔다. 날짜를 끌다가
는 씨앗을 묻은 몇천 평을 뺀 나머지 개간지는 다시 한 번 파 뒤
집어야 될 판이었다.

거기다가 적당할 때 웃음을 흘려 주어 정 군의 비위를 맞춰 주
는 일은 영희에게 그리 어려운 일이 아니었다. 서너 달밖에 안 됐
지만 다방 레지 때 은연중에 익힌 남자 다루는 법의 일부만으로라
도 오히려 정 군이 너무 황송해 쩔쩔매게 만들 수 있었다.

좀 어색한 데가 있는 대로 정 군의 끊임없는 우스개 덕분에 점
심 식사는 제법 화기애애한 분위기로 끝이 났다. 어머니는 얼마
전 부엌에서의 충돌을 깨끗이 잊은 사람처럼 설거지까지 이것저
것 거들어 주었다. 하지만 그게 바로 오빠 명훈이 마루에 드러누
워 잠시 눈을 붙이고 있었기 때문이었다는 것은 다시 깨어난 명
훈이 개간지로 올라간 지 오 분도 안 돼 밝혀졌다.

설거지를 마친 영희가 젖은 행주로 밥물이 흘러나와 허옇게 마

른 솥전을 닦고 있는데 개간지로 나갈 채비를 마친 어머니가 부엌을 들여다보며 말했다.

"펀펀히 뒤배져(드러누워) 낮잠이나 자지 말고 이불 호청 좀 뚜드려 놔라. 아침에 풀해 놓은 광목 홑이불 말이라."

새삼 점심 전의 감정이 되살아나는지 처음부터 악의가 뚝뚝 듣는 듯한 말투였다. 그런 어머니의 악의가 화난다기보다는 너무도 갑작스럽게 느껴져 얼떨떨해진 영희가 무심코 대꾸했다.

"다듬이질을 하라고요? 제가 어떻게……?"

"왜, 니는 못 하노? 손이 오그래(오그라) 붙었나? 곰배팔이가?"

어머니가 한층 악의의 강도를 높여 그렇게 쏘아붙였다. 그제야 영희는 점심 전의 충돌이 화해 없이 끝났다는 걸 상기했지만, 아직은 그때처럼 앞뒤 없이 화가 나지는 않았다. 그저 정말로 다듬이질이 자신 없어 사정 비슷이 말했다.

"한 번도 해 보지 않아서…… 통 자신이……."

"저기(저것이) 뭐라 카노? 그것도 말이라고 악바리 놀리나? 나이 스물둘씩이나 처먹은 게 다듬이질도 못 한다이……."

어머니가 자신의 말을 채 다 듣지도 않고 갑자기 목소리를 높였다. 그쯤 되자 영희도 드디어 울컥 속이 받쳐 왔다.

"이불 호청 할 것도 아니고 그냥 홑이불로 덮을 건데 다듬이질은 뭣 땜에 해요? 별나게스리……."

영희가 그렇게 퉁명스레 되쏘자 어머니가 대뜸 욕설로 나왔다.

"저년 저거 악바리 놀리는 거 좀 보래. 별나다꼬? 야 이년아, 니

는 어디서 뻐덕하게 풀만 한 홑이불 덮고 자는 거 봤노? 어느 쌍
놈들이 그래드노? 시집가 가주고 너어 시어마이한테 그 따우 소
리 해봐라."

그 무렵 모녀간의 충돌이 대개 그랬듯이 그날의 충돌도 발단
은 그토록 하찮은 것이었다. 그러나 그녀들이 맞닥뜨렸을 때의 그
알 수 없는 분노와 미움의 상승 작용은 다른 사람들의 상상을 뛰
어넘는 데가 있었다.

"쌍놈 쌍놈 하지만, 뭐 양반도 별거 없데요. 다 큰 딸을 그저 아
무 앞에서나 이년 저년……."

영희가 그렇게 대들자 어머니는 입에 거품을 물었다.

"아이고, 저 망할 년, 사람 허패(허파) 뒤배는(뒤짚는) 거 봐라. 점
심 잘 먹고 일 나갈라 카는 사람을…… 홑이불 쫌 뚜드려 노라
칸다꼬 어마이를 별나다 안 카나, 쌍년이라꼬 욕을 안 하나……."

"제가 언제 쌍년이라고 했어요?"

"그게 그 말이지 뭐로? 양반 별기 아이라믄 바로 쌍년이란 소
리제……."

"너무 별나게 몰아대니까 그렇죠. 사람을 들볶아도 견뎌 내게
들볶아야지."

영희가 내친김에 거기까지 대꾸했을 때였다.

"이년, 그 더러운 악바리(아가리) 못 다물라?"

어머니가 이를 갈며 부엌으로 뛰어 들어오더니 주위를 두리번
거리다 부엌 한편으로 갔다. 마른 솔가지 단을 재어 놓은 곳이었

다. 거기서 무언가를 휘감아 쥔 어머니가 그걸로 영희를 후려치며 소리쳤다.

"참으라 참으라 캐도, 이년, 참을 수가 있어야지. 어디 다시 한 번 더 말해 봐라. 뭐라? 별나다꼬? 쌍년이라꼬? 이년아, 그게 어마이보고 할 소리가?"

방심하고 있다가 목덜미와 뺨에 예리한 아픔을 느끼며 어머니의 손을 보니 거기에는 칡넝쿨이 쥐어져 있었다. 솔가지 단을 묶었던 것인 듯했는데, 손가락만 한 굵기가 채찍으로는 안성맞춤이었다.

"이거 정말 왜 이러세요!"

영희가 성난 외침과 함께 칡넝쿨을 뺏으려고 다가서는데 다시 왼편 어깻죽지와 젖가슴께에 후비는 듯한 통증이 왔다. 어머니가 다시 칡넝쿨을 후린 것이었다. 그러나 칡넝쿨이 여러 갈래인 데다 어머니의 손길 또한 빠르지 못해 그 한 끄트머리는 어느새 영희의 손에 잡혀 있었다.

"이년, 이 억대구 센 년."

어머니는 이미 한 끄트머리가 영희에게 잡힌 칡넝쿨을 휘둘러 댔으나 어림없는 일이었다.

"정말 이럴 거예요?"

영희가 그런 고함과 함께 칡넝쿨을 낚아채자 어머니의 몸이 그대로 빨려 오듯 쏠려 와 영희에게 부딪혔다. 그러자 어머니는 칡넝쿨을 놓고 이번에는 영희의 머리칼을 움키려 들었다. 어림없는 일이었다. 영희의 키는 어머니보다 한 뼘은 컸고 또 영희는 화가 나면 머리채를 휘어잡는 어머니의 습성에 단련이 되어 있었다. 영희가 발돋움을 하고 머리를 젖혀 피하자 어머니는 옷깃을 잡고 늘어졌다.

"이년, 이 더러운 년, 니 죽고 내 죽자아."

어머니가 이를 갈 듯 소릴 질렀다. 마디마디에 차가운 증오가 배어 있는 듯했다. 거기다가 '더러운 년'이라는 말에 감추어진 소름 끼치는 악의는 영희에게 남은 마지막 한 가닥의 인내마저 흩어 놓고 말았다.

'역시 이 여잔 어머니도 뭣도 아니야. 어머니로서 딸의 잘못을 나무라는 게 아니라 그 상처를 쑤셔 내가 아파하는 꼴을 즐기는 악귀야……'

"놔요! 이거 못 놔요?"

영희가 자신도 모르게 버럭 소리를 지르며 어머니의 손목을 비틀었다.

"아이고, 이년이 인제는 에미 친다!"

찢어지는 듯한 목소리로 악을 쓰면서도 어머니는 옷깃을 움킨 손을 놓으려 하지 않았다. 영희도 그 이상은 어쩌지 못해 둘은 한동안 엉겨 붙은 채 때아닌 팔 힘 겨루기를 했다.

"어머니, 누나, 왜 이래?"

갑자기 인철의 놀란 외침이 마당 쪽에서 들렸다. 떨걱, 하고 빈 주전자를 흙바닥에 놓는 소리가 나는 것으로 보아 인부들이 마실 찬물을 뜨러 개울로 내려가던 길인 듯했다. 어머니의 악쓰는 소리가 그를 집 안으로 불러들인 것 같았다.

"놔요, 이거. 이것부터 놓고 얘기해요."

인철이 두 사람 사이에 끼어들어 어떻게 떼어 보려 했지만 어머니는 오히려 더 완강히 영희의 옷깃을 움켰다.

"안 된다. 비켜라. 참는 것도 하루 이틀이다. 오늘은 지가 죽든지 내가 죽든지 결판을 낼란다."

그래도 인철은 한동안 둘 사이에 끼어 땀을 흘리며 이미 미움으로 제정신이 아닌 두 모녀를 떼어 놓으려 했다. 모녀 중에서 인철이 때문에 먼저 제정신이 든 것은 영희 쪽이었다. 영희는 인철이 누구보다도 그들 모녀의 불화로 괴로워하고 있다는 걸 잘 알고 있었다. 그가 그녀들을 화해시키기 위해 고심하는 것을 보면 어떤 때는 가슴이 찌릿해 오기까지 했다. 어머니도 되도록 인철에게는 그네들의 불화를 감추려고 애썼다. 하지만 그날은 어찌 된 셈인지 인철이 그같이 애쓰는데도 영 들은 척을 하지 않았다. 오히려 인철을 무슨 응원군 삼아 더욱 맹렬히 자신의 눈먼 분노를 불태우는 것이었다. 인철이 마침내 비장의 무기를 꺼내들었다.

"좋아요. 그럼 마음대로 해요. 지지든지 볶든지. 나는 이 집을 나갈 테니까. 나가서 다시는 돌아오지 않을 거라고요."

인철이 갑자기 두 사람 사이를 빠져나가더니 번쩍이는 눈으로 그들 모녀를 쏘아보며 소리쳤다. 그제야 퍼뜩 정신이 든 사람처럼 철의 얼굴을 멍하니 바라보는 어머니의 손길에서 힘이 풀렸다. 그리고 영희가 그 틈을 타 옷깃을 빼내는 것도 느끼지 못한 듯 인철에게 물었다.

"아이, 니 그거 무신 소리고?"

"여길 떠나겠단 말이에요. 나도 이제 더는 이 꼴을 못 봐요."

"아이, 글타꼬 머리에 소똥도 안 벗어진 게 오입을 간다꼬?"

어머니의 말투는 나무람이었으나 눈길은 어느새 사정 조로 변해 있었다. 고아원에서 가출하다가 붙들려 온 적이 있는 게 영희가 보기에는 그저 한번 해 보는 소리 같은 인철의 위협을 그토록 위력적으로 만든 것 같았다.

"나도 열여섯이에요. 얼마든지 홀로 살아갈 수 있어요."

"자가, 자아가…… 니 정말로 내 죽는 꼴 볼라 카나?"

영희는 그런 모자의 말소리를 뒤로하고 부엌을 나왔다. 어머니는 조금 전의 일을 까맣게 잊은 사람처럼 그런 영희를 힐끗 바라봤을 뿐, 정신은 온전히 인철에게만 쏠려 있었다.

'저게 사랑이야, 대수롭지 않은 위협에도 겁먹고 가슴 졸이는……. 아마도 나는 당장 칼을 빼 들고 죽겠다 해도 저 여자 눈도 한번 깜짝 않을걸. 아니 어서 죽으라고 오히려 부추길 거야.'

집 뒤를 돌아 무성한 오동나무 그늘 아래 퍼질러 앉은 영희는 문득 그런 생각에 빠져들었다. 그러자 조금 전까지만 해도 터질 듯 가슴을 채우고 있던 격렬한 증오는 흔적도 없이 스러지고 대신 막막한 슬픔이 가슴에 흥건히 고여 왔다.

'그래, 그런 점에서도 나는 여기 머물러서는 안 될 사람이야.

내가 없는 우리 집안을 생각해 봐. 하나같이 서로 아끼고 걱정하고…… 세상에서 가장 단란한 식구들이 되겠지. 가난도 노동의 괴로움도 아무런 문제가 안 되는. 그런데 나는 어쩌다 이렇게 되고 말았을까. 무엇이 나를 이렇게 만든 것일까.'

생각이 거기까지 미치자 느닷없는 눈물까지 솟구쳤다. 어쩌면 그 눈물 속에는 기다려도 기다려도 오지 않는 편지 때문에 갈수록 자라나는 창현에 대한 의심과 원망도 들어 있었을 것이다.

하지만 영희는 그 이상의 사색이나 반성의 사람은 못 되었다. 모처럼 그녀의 생각이 자신의 내면을 향하게 되었지만, 냉철한 자기 분석이나 삼엄한 자기 개조의 결의에는 끝내 이르지 못했다. 기껏해야 심하게 뒤틀려 버린 자아(自我)의 언저리를 맴돌다가 다시 현상과 외관(外觀)으로 돌아왔을 뿐이었다.

'그래 떠나야겠어. 더 늦기 전에, 나는 너무 오래 가망 없는 꿈에 매달려 있었어. 어머니의 딸로 돌아가고, 음전한 신붓감이 되고, 마침내는 행복한 주부가 되어 세상의 많은 여자와 비슷하게 늙어 간다는…… 벌써 옛날에 틀어져 버린 그런 꿈에.'

이윽고 영희는 그렇게 중얼거리며 일어났다.

마당으로 들어서며 보니 짐작대로 집 안에는 아무도 없었다. 유순하면서도 영리한 인철이 어머니를 달래 함께 개간지로 나간 것임에 분명했다. 어머니의 사랑을 인질로 삼아 위협도 하고 애원도 하고 굽히기도 하고 뻗대기도 하다가 마침내는 무조건항복의 형식으로 어머니를 안심시키고 흐뭇하게까지 만들어서…… 그 같은 추측이 다시 잠깐 쓸쓸함을 느끼게 했지만, 영희는 그런 감상에 오래 빠져 있지는 않았다.

이미 바깥에서 마음을 정하고 와서인지, 집 안에 사람이 없는 게 놓쳐 버릴 수 없는 기회처럼 느껴지며 다급하게 영희를 내몬 까닭이었다.

부엌에서 서둘러 세수를 마친 영희는 마치 오래전부터 계획해 온 것처럼 옷가방을 챙겼다. 가구가 별로 없어 그녀의 옷가지를 찾아내는 데는 시간이 오래 걸리지 않았다.

영희는 찾아낸 옷가지 중에서 입고 갈 흰 원피스 한 벌만 남기고 차곡차곡 손가방에 넣었다. 돌내골로 올 때 들고 온 꽤 큰 손가방으로, 다방에 나가면서 부쩍 는 옷은 낡은 것을 추려 내도 그 가방을 반 넘게 채웠다.

불과 몇십 분 전에 내린 결정이었지만 그사이에도 영희의 머리는 눈부시게 회전해 서울까지의 도정을 꽉 짜 놓고 있었다.

'어머니 몰래 크림값 갚으려고 오빠에게 얻어 둔 2백 원이 있지. 그걸로 우선 안동까지 나가자. 낮 버스는 이미 나갔으니 방천까지 걸어 나가야겠지만 어둡기 전에는 안동에 도착하겠지. 그다음은 실반지다. 안동에 전당포가 있는지는 모르지만, 금은방은 있을 거야. 한 돈쭝이니까 서울까지 여비는 되고 남을 게다. 일자리를 얻을 때까지 며칠은 견딜 수 있겠지.'

그리고 집을 나설 때쯤은 서울에 이른 뒤의 계획까지 한끝에 이어졌다.

240

'급하게 일자리를 얻으려면 다방밖에 없을 거야, 월급 그만한 데로는. 은하다방에 재료를 대 주던 박씨 아저씨를 찾아가자. 여러 곳에 재료를 대니까 다방을 많이 알 거고, 다방을 많이 알다 보면 레지 자리가 빈 곳에 소개해 줄 수도 있겠지. 그러면 눈 딱 감고 한 3년만 고생하는 거야. 거기서 먹고 자고 하면서 아껴 모으면 변두리에서 미장원 하나 차릴 정도는 모을 수 있겠지.'

생각이 거기까지 이르자 까마득하게만 느껴지던 서울이 문득 저만치 다가와 환하게 웃으며 손짓이라도 하는 것 같았다. 그때껏 창현의 얼굴을 떠올리지 못한 것은 그가 입대했다는 걸 워낙 굳게 믿은 탓일 뿐이었다.

혹시라도 누구 돌아오는 사람이 없나 살펴본 영희는 아무런 미련 없이 집을 나섰다. 그리고 바로 국도로 들어서면 개간지에서 철이나 명훈이 알아볼지도 모른다는 걱정 때문에 재궁막 아래의 비탈길을 따라 방천 쪽으로 향했다. 한창 햇볕이 뜨거운 7월 오후였지만, 한동안은 긴장 때문인지 옷이 든 손가방에 하이힐을 신고 비탈길을 걸어도 더위조차 느끼지 못했다.

영희가 다시 국도로 올라간 것은 설령 누가 개간지에서 그쪽을 보더라도 자신을 알아보지 못할 만큼 멀어진 뒤였다. 첫째 고비는 넘겼다 싶자 영희는 비로소 개간지 쪽으로 눈길을 돌렸다. 두어 달 전 돌내골로 돌아올 때만 해도 시퍼렇던 산등성이는 그새 반 이상이 벗겨져 벌건 맨살을 드러내고 있었다. 그렇게 개간

된 곳과 아직은 야산으로 남아 있는 경계선 언저리에 예닐곱 명의 사람이 고물거리는 게 보였다. 그들 중에 인철과 명훈도 섞여 있으리라는 생각이 들자 영희는 비로소 한 줄기 두중한 슬픔을 느꼈다. 어쨌든 그들은 이 세상에서는 자기와 가장 가까운 사람들이며 이제 그녀는 작별 인사조차 없이 그들로부터 떠나고 있는 것이었다. 어쩌면 영영.

'하지만 오빠, 너무 성내지 마. 이게 나머지 식구들을 위해서도 나아. 오히려 나는 진작 떠났어야 했어. 그리고 인철아, 너도 잘 있어. 조금만 고생하면 널 데리러 올게. 난 알아. 아무리 땅이 넓다 해도 개간지 농사로는 널 다시 학교에 못 보내. 네가 꼭 학교를 해야 한다면 그 뒤를 봐주는 일은 어차피 내 몫이야.'

묵은 포플러 가로수 그늘에 잠시 멈춰 서서 영희는 명훈과 인철에게 못 하고 떠난 작별의 말을 되뇌었다. 콧등이 시큰하고 눈앞이 흐려 왔으나, 돌아가고 싶은 마음까지는 일지 않았다.

"이게 누구로? 영희 니, 곱게 채리입고 어디 나가노?"

갑자기 누군가 멀지 않은 곳에서 소리쳐 물었다. 영희가 화들짝 놀라 소리 나는 곳을 보니 그때까지 인기척을 느끼지 못했던 국도 곁 천둥지기 논에서 진규 아버지가 몸을 일으키고 있었다. 김이라도 매는지 제법 자란 벼 사이에 엎드려 있어 딴생각에 빠진 영희가 얼른 알아보지 못한 것이었다.

"아, 네, 진안에…… 아니, 안동에 좀…… 나갔다 오려고요."

영희가 당황해서 자신도 모르게 더듬거리며 그렇게 둘러댔다.

자신의 차림이 거기서 20리밖에 안 되는 진안에 가는 차림으로는 걸맞지 않음을 퍼뜩 깨달은 까닭이었다. 진규 아버지가 의심쩍은 눈길로 그런 영희를 보며 고개를 기웃기웃했다.

"어디 가까운 데 가는 사람 같지 않은데 겨우 안동 갔다 오는데 그 큰 가방이 왜 필요할꼬……?"

"뭐 좀 사 올 게 있어서요."

영희가 이번에는 좀 자신 있게 대꾸했지만 진규 아버지는 영 의심이 풀리지 않는다는 눈치였다.

"글티라도 아침 버스나 낮 버스로 나가제. 둘 다 막바로 안동까지 가는 겐데. 해필 이 뜨거운 방낮(한낮)에, 10리 길이나 걸어……?"

"급한 일이 있어서요. 그럼 안녕히 계세요."

영희는 길게 얘기해 이로울 게 없다 싶어 서둘러 인사말을 던졌다. 그때까지도 의심 담긴 눈을 껌벅이고 섰던 진규 아버지도 그렇게 되자 할 수 없다는 듯 영희를 놓아 주었다.

"오이야. 잘 댕기오거래이."

그런 진규 아버지에게 더는 의심을 사지 않기 위해 영희는 한 번 뒤돌아보는 법도 없이 걸음을 재촉하다 굽잇길을 돌 즈음해서야 돌아보았다. 진규 아버지는 그대로 논바닥에 엎드려 김을 매고 있었지만 영희는 왠지 그를 만난 게 꺼림칙했다.

영희가 방천에 이른 것은 오후 네 시가 다 돼 갈 무렵이었다. 공연히 마음이 급해 원피스 등허리에 땀이 축축할 만큼 빨리 걸었으나, 정류소를 겸한 가게에 이르니 안동으로 나가는 버스는 금방 떠나고 없었다. 그게 무슨 불길한 징조 같아 한층 다급해진 영희가 가겟집 아주머니에게 물었다.

"다음 버스는 몇 시에 있어요?"

"안동으로 막바로 가는 차는 막차뿐이라. 여섯 시 반에 있제. 글치만 진안 가서 갈아탈라 카믄 다섯 시 이십 분 차도 있다."

채 마흔이 안 돼 보이는데도 말을 척척 놓으며 가겟집 아주머니가 버스 시간표를 일러 주었다. 그러다가 영희의 낭패한 얼굴을 힐끔 훔쳐보더니 지나가는 말로 한마디 덧붙였다.

"급하믄 진안까지 걸어가는 수도 있제. 거다서는 안동 가는 차가 많으이께는. 아, 아이다. 거다까지 걸어가는 시간이 또 있으니 여다서 다섯 시 이십 분 버스 타는 거하고 맹한가질(매한가지일) 게라."

영희는 가게 마루방에 걸터앉아 잠시 어찌할까를 생각해 보았다. 이미 10리 길을 걸어온 다음이라 그런지 뜨거운 김을 내뿜고 있는 듯한 신작로로 다시 나서고 싶은 마음은 조금도 일지 않았다.

"아주머니, 여기 사이다 한 병 주세요."

몇십 분을 절약하자고 뙤약볕 아래 10리를 더 걷기보다는 그곳에서 막차를 기다리기로 작정한 영희가 이윽고 자리값 삼아 그렇게 청했다. 마루 끝 양철 물통에 담긴 사이다 병이 몹시 시원해 보인 것도 사실이었다.

더위에 맥이 빠져 귀 떨어진 부채만 흔들거리며 마루 한끝에 앉아 있던 가겟집 여자가 느릿느릿 일어나 물통 속에 채워 둔 사이다 병을 꺼냈다. 물에 불은 종이 상표가 떨어져 너덜거리는 게 웬지 내용물까지 불결할 것 같은 느낌을 주었다.

"고뿌(컵)가 어디 갔노? 뭐가 지자리에 있는 기 있어야제⋯⋯."

물이 주르르 흐르는 사이다 병을 영희 앞에 가져다 놓으며 그렇게 중얼거리던 아주머니가 진열대 뒤에서 금 간 유리컵 하나를 찾아 내밀었다.

"처자(처녀)가 거기 헹가 뿌고(헹구고) 따라 마시라. 날도 왜 이래 더운 동⋯⋯."

영희는 그녀가 내미는 대로 컵을 받기는 했지만 아무래도 거기에 무얼 따라 마시고 싶은 기분은 아니었다. 먼지야 헹구면 씻긴다 쳐도, 컵 바닥에 말라붙은 누런 때는 수세미 없이는 벗겨질 것 같지 않았다.

"됐어요. 그냥 마실래요. 따개나 주세요."

영희가 컵을 그대로 마룻바닥에 놓으며 그렇게 말하자 가겟집 여자의 눈길이 실쭉했다. 도회지 여자에 대한 본능적인 혐오감이라도 품고 있는 듯했다.

"보자 — 아까 산판 사람들이 쓰고 어디 처박아 놨는지 모리겠다. 인(이리) 주소. 내가 따 줄 테이께는⋯⋯."

여자가 그 말과 함께 사이다 병을 채 가더니 별로 힘들이는 빛도 없이 이로 병마개를 따 주었다.

서울의 다방 얼음 상자에서 꺼낸 사이다 맛의 기억으로 한 모금을 마신 영희는 저도 모르게 눈살을 찌푸렸다. 미적지근한 데다 역힌 냄새까지 곁들어 그대로 삼키기가 어려울 지경이었다.

"왜, 병에 든 게 상키라도 했나?"

영희의 표정을 살피던 가겟집 여자가 여차하면 시비라도 붙을 듯 퉁명스레 물었다. 영희가 사이다를 뱉으며 짜증 섞어 대꾸했다.

"아니, 사이다 맛이 왜 이래요?"

"왜 이렇다이?"

"뭐 이런 사이다가 있어요?"

그러자 여자가 한번 물어보는 법도 없이 훌쩍 사이다 병을 채가더니 영희가 밀쳐 둔 컵에 찔끔 따랐다. 병을 높게 들고 따라서인지 거품이 허옇게 이는 게 제법 시원해 보였다. 그걸 단숨에 비운 여자가 더욱 시비조로 말했다.

"이 사이다가 어때서? 맛만 좋다. 달고 시원키만 하네."

그리고 영희가 무어라고 대꾸하기도 전에 한층 악의를 높여 말을 보탰다.

"사이다도 촌 사이다 대처 사이다 따로 있는 거는 아일 껜데, 아매 입이 촌 입 대처 입 다른 같구마는."

그제야 영희는 그 여자가 무엇에 원한을 품고 있는지 어렴풋이 짐작이 갔다. 까닭은 알 수 없지만 여자는 도회지나 도회지 사람에게 깊은 원한을 품고 있는 것 같았다. 그걸 확인시켜 주듯 여자가 다시 한마디 보탰다.

"하기사 그러이 모도 대처로, 대처로 나간다 캐 쌌제. 촌에 사는 기 어데 인간가? 짐승이제. 이 사이다 이거 오뉴월 콩밭머리에서 김 매는 사람한테는 꿀맛일 긴데 손끝에 물 한 번 안 묻히고 그늘에 앉은 대처 사람한테는 한 모금 넘기기도 어려운 게 되는 모양이이……. 이눔의 세상, 이거, 참 어예 될라꼬 이래능강 몰라."

아마 평소의 영희 같았으면 노골적인 시비로밖에 들리지 않는 그녀의 대꾸를 그대로 참아 넘기지 않았을 것이다. 그러나 그날은 이미 집에서 어머니와 한바탕하고 나선 길이라 그런지 부글거리는 속에도 불구하고 얼른 전의가 일지 않았다. 더운 날씨와 떳떳하지 못하게 집을 떠나는 길이란 것도 영희가 성깔대로 행동하는 걸 억눌러 주었다.

가겟집 여자의 도회에 대한 그 맹렬한 원한의 구체적인 까닭은 곧 밝혀졌다. 억지로 속을 눌러 참은 영희가 한 모금 마시지도 못한 사이다값을 치르고 있는데 삐걱거리는 자전거 소리가 나며 누군가가 소리쳤다.

"아지매, 여 소주 시(세) 병하고 까자(과자) 좀 주소."

잔돈을 받던 영희가 힐끗 돌아보니 낡은 짐실이 자전거에 나무 술통을 실은 스물대여섯쯤의 청년이었다. 까맣게 그을은 피부가 땀에 젖어 반짝이는 게 영화에서 본 아프리카 흑인을 연상시켰다.

"아이, 소주는 왜? 이 방낮에……."

"그럼 막걸리 갔다 논 거 있니껴?"

"요새사 하루도 못 가 쉬(쉬어) 뿌리이 그걸 어예 여다 갓다 놓겠노? 글치만 도가(都家)에 가믄 될 낀데……."

"하이고, 이 불볕에 10리 길을 가라꼬요? 고마 소주나 가주고
갈라이더."

"그라믄, 일꾼들 줄 거 아이라? 일꾼들한테 독한 소주 믹에(먹
여) 될라? 값도 글코……."

"일꾼들이라 캐도 담뱃잎 따는 일이이께는……. 소주가 원래 막
걸리 진기만 쏙 뺀 거 아이껴? 그거 한 고뿌(잔)씩 하고 찬물 마이
마시믄 맹(마찬가지로) 그게 그거지 뭐."

"알았다, 고마(그만). 도가까지 땀 삘삘 흘리미 갔다 오기 싫으
믄 갔다 오기 싫다 캐라. 글치만, 이눔의 세상 너무 편한 거만 찾다
가 뭔 일 나지 아매……."

그렇게 주고받던 여자가 판자 진열대 위에서 소주병을 내리는
데 그 청년이 빙글거리며 물었다.

"아지매, 또 시비조로 나오는 걸 보이 영 속이 안 좋은가 베. 그
래, 아재 소식은 있니껴?"

그러자 여자의 눈이 번쩍하는 것 같더니 갑자기 목소리가 거
칠어졌다.

"몰라, 그눔의 원수 같은 화상, 어디 가 혀나 빼물고 콱 자빠졌
뿌래라!"

"에이, 그래도 아재하고는 결발부부 아이껴? 할 소리, 안 할 소
리 따로 있제. 그래, 아재가 이번에 가주간 돈은 얼매나 되니껴?"

"농자금 나온 거 보고 읍내 상회에 외상 갚을라꼬 수금 쪼매 해

났디 싹 씰어갔뿌랬다. 참말로 귀신은 다 어디 가서 뭐하는 동, 그런 거 안 자(잡아)먹꼬……."

여자가 그렇게 받다가 느닷없이 넋두리 조가 되어 느닷없이 영희에게 물었다.

"색시 보래, 참말로 대처에 뭐가 있노? 어예 번번이 죽구재비(죽을상)가 돼 가주고 돌아오민서도 돈만 손에 쥐믄 시도 때도 없이 달라 빼는 게 거기고? 거다 가믄 뭐 용빼는 수가 있나?"

"네?"

영희는 너무 갑작스러운 데다 왠지 그녀 자신을 빈정대는 것 같이 들려 얼른 대답하지 못하고 잘 듣지 못한 것처럼 되물었다.

"색시를 보이 대처 물이 폭 밴 사람 같아 묻는 말이라. 거다 가믄 열 도깨비가 있어 사람 혼을 아주 뺐뿌나? 금은보화가 동이째로 하늘에서 쏟아지나? 어예 한번 대처 맛을 들이믄 앞뒤 물불 안 가리고 내줄기이(내빼니)……."

"사람 사는 곳 어딘들 다르겠어요? 모든 게 다 생각하고 보기 나름이죠, 뭘……."

대강의 사정이 짐작된 영희가 어른스레 대꾸했다. 그때 술병과 과자 봉지를 자전거 뒤에 단단히 묶은 청년이 자전거를 되돌려 세우며 한마디 불쑥 던졌다.

"아지매, 이거 달아 놓으소."

"뭐라? 또 외상?"

여자가 갑자기 목소리를 높였으나 청년은 느긋하기만 했다.

"담배 농사 감장(담배 감정: 연초 수납[煙草收納]) 안 하고 뭔 돈이 있니껴? 고래(그렇게) 아소."

그러면서 훌쩍 자전거에 올라탔다. 여자가 그런 등 뒤에다 대고 악을 쓰듯 소리쳤다.

"먼 소리고? 불난 집에 캥이질(키질) 하나? 다음 장에 물건 띠올 돈도 없단 말이따. 장날 전에 쪼매라도 갚아야 된데이……."

그러나 그 청년이 아직 길모퉁이를 돌기도 전에 원망은 다시 그 자리에 없는 남편에게로 돌아갔다.

"엥이, 그 빌어먹을 눔의 화상이 그 짓만 안 해도……."

이어 한동안이나 푸념 반 원망 반으로 누구에겐지 모를 넋두리를 늘어놓았다.

"아저씨는 뭘 하던 분이셨어요?"

영희가 별로 궁금할 게 없으면서도 그렇게 물어보았다. 그녀가 측은했다기보다는 멍하니 버스를 기다리기가 지루해서란 편이 옳았다. 여자가 더 감출 것 없다는 듯 이것저것 묻지도 않은 것까지 털어놓았다.

"본시는 솜씨 참한 대목(大木)이었제. 그런데 재작년 대구 무슨 공사에 갔다 오디 마 파이라. 촌구석에 처박이 있을 게 아이라 사업을 해야 된다꼬 풍(허풍)을 쳐 쌌디, 근근이 모아 놓은 논 닷 마지기 달랑 팔아 나가데. 뭐 건축 사업이라나 대구에다 집을 지 팔믄 꼽쟁이 장사가 된다나…….

한 댓 달 잘나가데. 세상에, 거다서 여까지가(여기까지가) 어디라고 하이야(택시) 가시끼리(대절)해 가주고 안 오나……. 그랬디 얼마 안 돼 빈손 탈탈 털고 죽구재비가 돼 가주고 돌아온 게라. 뭐 사기를 당했다 카등강. 하지만 어예노? 나는 어예튼 동 그때라도 맘잡아 여게서 살아 보자꼬 달랬제. 황 대목이라 카른 이 인근에서는 알아주이 그양 사는 거사 뭐 어려울라 카미.

글치만 이미 혼이 떠도 한참 뜬 사람이라 겨우내 곰 새끼같이 움쭉달싹 않고 방구석에 처박혔디 봄 되자 털고 일어나 나가데. 사기꾼 붙들어 본전이라도 찾아야 된다꼬. 그것도 글타 싫어 있는 돈 없는 돈 긁어 여비하라고 넉넉히 조 보냈제. 그런데 아이라. 두 번 세 번 나가도 번번이 빈손으로 몸만 상해 돌아오는 게 이상해 알아봤디, 그런 사기꾼 같은 거는 초장부터 없었던 게라. 그때 가주고 간 돈도 집 한 채 안 지어 보고 게와이(주머니)에 여 댕기며 다 썼뿌린 게라. 기집이다, 술이다, 열 부자 안 부럽게 척척 말이라……."

영희가 그녀의 얘기에 빠져들지만 않았더라도 한 번쯤은 그렇게 그곳에 앉아 있는 게 미련스러운 짓임을 깨달았을 것이다. 집에서 겨우 10리 길밖에 안 되는 곳에 두 시간 가까이나 퍼질러 앉았다가는 오빠에게 붙들릴 수도 있다는 걸. 그러나 영희가 겨우 그걸 떠올린 것은 돌내골 쪽에서 요란한 엔진 소리를 내며 달려오는 오토바이를 본 뒤였다.

아직 오토바이에 탄 사람은 알아볼 수 없었으나 영희는 왠지 불안해 하던 얘기를 멈추고 가게 부엌 뒤로 숨었다.

짐작대로 오토바이는 가게 앞에 멈췄다. 그리고 잠시 가겟집 여자와 오토바이를 타고 온 사람의 두런거림이 들리더니 귀에 익은 목소리가 영희를 불렀다.

"이리 나와. 영희 너 빨리 못 나오겠니?"

오빠 명훈의 억지로 분노를 누르고 있는 듯한 차고 가라앉은 목소리였다. 영희는 어떻게든 오빠를 설득해 그대로 떠날 작정으로 부엌에서 나갔다. 그러나 명훈의 얼굴을 보는 순간 영희의 입은 갑자기 얼어붙었다. 거멓게 그을은 얼굴은 분노로 희어져 잿빛이었는데 그게 묘하게 섬뜩했다. 거기다가 자신을 쏘아보는 눈초리는 금세 불이라도 내뿜을 듯 이글거리는 게 도무지 무슨 말을 붙여 볼 엄두가 나지 않게 했다.

"오빠……."

겨우 그렇게 불러 놓고 후들후들 떨고만 있는 영희에게 명훈이 무슨 매서운 다짐처럼 말했다.

"아무 소리 말고 여기 타. 아무 소리 말고……."

집까지 돌아가는 동안에도 명훈은 한마디 말이 없었다. 그러다가 집 앞에서 영희를 내려 줄 때쯤 해서 겨우 몇 마디 내뱉었다.

"안동까지 따라 나가더라도 널 잡아 올 생각이었지. 보내 줄 때 가. 나도 끝까지 너를 여기 붙들어 놓을 수 있다고는 생각하지 않아."

흰 남자 고무신

날이 희붐히 밝아 오면서 열이 조금 내리고 온몸의 욱신거림도 차츰 잦아들었다. 그제야 잠에 떨어진 명훈은 끝도 시작도 없고 줄거리도 제대로 이어지지 않는 꿈속에서 남은 새벽을 보냈다.

명훈이 다시 눈을 뜬 것은 이마를 짚어 보는 어머니의 미지근한 손길과 걱정 어린 한숨 소리 때문이었다. 그러나 눈을 뜰 때의 느낌은 어릴 적과는 달리, 짜증스러움이나 귀찮음에 더 가까웠다. 한때 그런 어머니의 손길과 한숨은 얼마나 풋풋한 사랑의 확인이며 진통과 진정의 효과를 지닌 감동이었던가.

"야야, 이래(이대로)는 안 될따. 가서 논산 할배를 델꼬 오든 동, 아이믄 첫차로 진안이라도 나가 송(宋) 의사를 찾아보든 동……"

명훈이 눈을 뜨는 걸 본 듯 어머니가 축축한 목소리로 그렇게 말했다. 어젯밤 늦게까지 머리맡에서 물수건을 갈아댄 데다 안방으로 건너가서도 잠을 설쳤는지 명훈을 내려다보는 얼굴이 푸석푸석했다. 그게 희미한 옛 기억 같은 감동을 일으켜 명훈의 짜증스러움을 흩었다.

"괜찮아요. 날이 밝으면 좀 덜하겠죠. 대단찮은 몸살 가지고 뭘……."

"아이따. 암만 캐도 끌테기(나무 그루터기)에 찔린 그 발이 걱정이라. 말(가래톳)이 벌겋게 섰다미? 파상풍인 동 모르이 미련될 일이 아이라꼬."

명훈의 대수롭잖아하는 말투가 더 걱정스럽다는 어머니가 그런 엄청난 진단까지 했다. 그 바람에 다시 치미는 짜증을 억누르기 위해 명훈은 가만히 눈을 감으며 이맛살을 찌푸렸다. 어머니도 그제야 명훈의 기분을 짐작한 것 같았다.

"이거는 쎄울(고집 부릴) 일이 아이라 카이. 니 몸이 어떤 몸인지 나 아나? 니 하나 잘못되믄 우리 집은 고마 파이라. 저 어린 남매나 이 늙어 가는 에미가 모도 니 하나 의지해 산다꼬……."

그렇게 푸념하면서도 슬그머니 일어나 방을 나갔다. 오래잖아 부엌에서 솥뚜껑 여는 소리가 들리는 게 그날은 손수 아침이라도 지으려는 듯했다. 평소 같으면 어머니의 나무람 섞인 목소리가 요란스레 영희를 깨우는 게 하루의 시작이었다.

그런데 참으로 알 수 없는 것은 어머니가 나가고 다시 방 안에 홀로 남게 되자마자 문득 명훈의 가슴을 적셔 오는 감상이었다.

'아아, 외롭구나. 나는 외롭구나……'

가슴 깊이서 우러나온 그런 느낌에 명훈은 콧머리까지 시큰해 왔다. 실로 그 자신에게마저 신통하게 느껴질 만큼 오랫동안 잊고 지내 온 감정이었다.

명훈은 군대 3년 동안 거의 외로움을 모르고 지냈다. 졸병 시절에는 내무 생활의 고단함 때문에 시간 가는 줄 몰랐고, 고참 시절은 다시 나가서 부대껴야 할 바깥 사회에 대한 상상과 그 대응 방안을 모색하는 데 몰두해 보냈다. 그리고 어머니의 편지로 돌내골 선산 발치의 개간 가능성을 알게 된 제대 무렵은 그것을 위한 결의를 다지고 계획을 짜느라 달리 잡념에 빠져들 틈이 없었다.

돌내골로 돌아와서도 외로움 같은 것은 명훈에게 감정의 사치에 지나지 않았다. 처음 한 달은 개간 허가의 성패에 매달려 정신없이 뛰어다녔고, 그 뒤 두 달 남짓은 맨주먹으로 해 나가야 하는 개간 때문에 또한 그것 외의 딴생각에 빠져들 겨를이 없었다. 거의 5년 만에 온 가족이 한곳에 모여 살게 된 것도 한동안은 명훈의 감정을 외로움과는 무관하게 만들었다. 헤어져 그리워하며 살던 그 귀한 식구들을 자기 곁에 모아 두고 돌보는 일은 아직 짐스럽기보다는 감격에 더 가까웠다.

'그런데 이 외로움은 웬일일까. 무엇이 나를 외롭게 하는가.'

명훈은 자신의 그 같은 감정 변화를 어이없어하며 속으로 쓸쓸히 중얼거렸다. 그러나 간밤의 신열에 휑한 머리로는 좀체 그 외로움의 정체가 잡히지 않았다. 그간의 긴장과 피로로 언제든 눈만

감으면 이내 다시 올 것 같던 잠만 천리만리 달아났을 뿐이었다.

실은 그 일이 아니라도 새삼 잠을 청하기에는 이미 글러 있었다. 감은 눈꺼풀 위로 쏟아지는 아침 햇살 때문이었다. 장지문의 창호지에 걸러진 빛줄기건만 밤새 앓아 예민해진 명훈의 감각에는 몇백 촉광의 백열전구보다 더 자극적이었다.

명훈은 잠시 감아 보았던 눈을 다시 떴다. 인철과 옥경은 물론 영희까지 일어난 기척이 없는 걸로 보아 아직 이른 아침인 듯했다. 하지만 벌써 한여름이라 해는 제법 높이 떠오른 것 같았다. 명훈은 정체도 모르고 당장은 마땅한 해결책도 없는 질척한 감상에 젖어 있는 게 싫어 가만히 몸을 일으켰다. 그러고 보니 그 전날 하루 꼬박 누워 앓느라 가 보지 못한 개간지도 적잖이 궁금했다.

몸은 생각보다 가벼웠다. 역시 그동안의 과로에서 온 몸살이란 스스로의 진단이 맞는 듯했다. 그러나 일어나려는데 허벅지 안쪽이 뜨끔한 게 전날 저녁 벌겋게 성나 있던 가래톳이 아직 가라앉지 않았음을 일깨워 주었다. 맨발로 개간지를 갈아엎다가 덜 캐낸 철쭉 뿌리에 발바닥이 찢긴 게 덧난 탓인데 다행히도 고름을 짜낸 발바닥은 밤새 많이 좋아져 조심해 디디면 걸을 만했다.

명훈은 천천히 바지를 꿰고 헌 남방셔츠를 찾아 걸쳤다. 그저께 해 질 무렵 신열에 들떠 내려온 뒤로 못 가 본 개간지도 궁금했지만 그보다는 그새 두셋으로 줄어든 인부들을 맞아 도닥여 주는 일이 더 급했다.

어머니가 또 성화를 부리며 잡는 걸 피하기 위해 명훈은 가만히 방문을 열고 마루로 나갔다. 마당에 쏟아지는 햇살이 아찔할 만큼 눈부셨다. 그러나 그보다 더 세게 눈을 찔러 오는 것은 댓돌 위에 가지런히 얹혀 있는 하얀 남자 고무신이었다. 전날 자신이 누워 있는 사이 누군가 비누 묻힌 수세미로 마음먹고 닦은 듯한데, 짐작으로는 옥경이 솜씨 같았다.

마루 끝에 서서 그 고무신을 내려다보며 명훈은 다시 한 번 야릇한 감정에 빠졌다. 신발이 깨끗해 기분이 좋다거나 그렇게 해 둔 옥경이 기특하다는 따위, 그럴 때 흔히 느끼는 것과는 전혀 색다른 감정이었다. 무언가 두터운 무의식을 뚫고 그 아래 오래 갇혀 있던 어떤 의식을 건드는 듯 이번에는 원인도 대상도 모를 슬픔과 그리움을 자아냈다.

명훈은 마루에 서서 멍하니 댓돌 위를 내려다보면서 그 갑작스럽고 낯선 감정의 원인을 캐 보았다. 그러나 역시 알 수 없기로는 조금 전 방 안에서 느꼈던 외로움이나 마찬가지였다. 다만 그런 종류의 감정은 모두가 현재의 자신에게는 경계해야 할 정신적인 사치라는 깨달음만이 섬뜩하게 머릿속을 스쳐 갈 뿐이었다.

이윽고 명훈은 그 모든 잡념을 털어 버리려는 듯 가볍게 머리를 흔든 뒤 마루 끝에 앉아 조심스레 고무신에 발을 꿰었다. 그 전날 오후만 해도 벌겋게 부어 있던 왼발은 밤새 가라앉아 신발을 꿰기에 그리 괴롭지는 않았다.

천천히 걸음을 떼어 개간지로 올라가던 명훈은 갑자기 가슴이 철렁했다. 그때쯤이면 나와 있어야 할 인부들이 하나도 보이지 않은 까닭이었다. 결국은 모두 떠나가고 말았는가…….

첫 번째 간조 뒤 보름이 넘도록 개간 품삯을 주지 못하자 줄어들기 시작한 인부는 한 달도 안 돼 의리로 나와 주는 당수 수련생밖에 남지 않게 되고 말았다. 하지만 그들도 언제까지고 품삯도 제때 받지 못하는 개간 일에 매달려 주지는 않았다. 농가의 청년들은 제 농사와 품앗이 때문에 당수 수련조차 제대로 받을 틈이 없었고, 장터의 건달들은 일이 몸에 배지 않아 며칠에 한 번이 고작이었다. 그 바람에 한동안은 그래도 열 명은 채워 주던 수련생들마저 하나둘 줄어들어 그 무렵엔 인부가 서넛밖에 나와 주지 않았는데 이제 드디어 하나도 남지 않게 된 것 같았다.

명훈은 암담하기 그지없는 심경으로 개간지를 올려다보았다. 아직 산 밑으로 더 벗겨 내야 할 땅이 3천 평은 넘었다. 혼자 붙어 개간을 끝내려면 양쟁기로 갈아엎고 잡목 뿌리만 털어내는 데도 한 달로는 모자랄 넓이였다. 날짜를 받아 둔 건 아니지만 명훈에게는 개간이 빨리 끝나면 빨리 끝날수록 유리했다. 그래야 그만큼 빨리 국가보조금이 나오고, 그것은 또 그만큼 빨리 명훈네가 곤궁에서 벗어난다는 뜻도 되었다. 있는 힘 없는 힘을 모조리 짜내 개간에만 쏟아부어 온 명훈네의 가계(家計)는 이제 끼니를 이어 가는 것조차 힘겨울 만큼 막바지로 접어들고 있었다.

하지만 개간까지 그렇게 막장으로 굴러떨어진 것은 아니었다. 아무도 나오지 않았다고 단정한 것은 명훈의 성급이었을 뿐, 아직은 나와 준 인부가 있었다. 명훈이 무거운 발길을 끌며 개간지 등

성이로 올라가자 아래쪽에서는 안 보이는 서쪽 비탈에 두 사람이
붙어 열심히 괭이질을 하고 있는 게 보였다. 명훈은 달려가 안아
주기라도 하려는 듯 그들을 향해 걸음을 빨리했다. 다가가면서 보
니 아래쪽 잡목 등걸에 붙은 것은 정 군이고 멀리 다복솔 그늘 쪽
은 세형이란 녀석 같았다.

명훈이 오는 기척을 들었던지 정 군이 되바라진 떡갈나무 등걸
과 씨름하던 손을 놓고 힐끔 돌아보았다. 여드름이 돋아 게 바가
지 같은 그의 얼굴이 그렇게 미덥고 정답게 느껴질 수가 없었다.

"일찍 나왔구나. 애쓴다."

명훈이 마음속의 고마움을 그런 인사말로 나타냈다. 더 간곡하
고 절실한 표현이 없는 게 아니었으나 워낙 배운 게 없고 속이 덜
찬 녀석이라 그 정도로 해 둔 것이었다. 그런데도 녀석은 대뜸 씨
알도 먹히지 않은 농담으로 받았다.

"여름 아침 일곱 시가 일찍이믄 다섯 시부터 설치는 놈은 한밤
중에 일난(일어난) 택 아이라? 그래, 형님은 아래윗대가리 다 성하
시이껴?"

앞엣말은 자신이 다섯 시부터 나와 일하고 있다는 것을 넌지
시 알리는 것이고, 뒤엣말은 명훈이 병세가 좀 나아졌느냐는 물음
인 셈인데, 어느 편도 썩 잘된 우스갯소리는 아니었다. 그러나 녀
석은 가장 절묘한 재치와 익살을 부렸다는 듯 혼자 만족해 낄낄거
리는 것이었다. 명훈은 서너 살이나 어린 놈이 '아래윗대가리……'
하는 식의 버르장머리 없는 병문안을 하는 게 썩 마음에 들지 않

았지만 내색하지는 않았다. 그런 걸 따지기에는 너무도 고마운 데가 많은 녀석이었다.

"간조도 제때 못 받는 일 이렇게 알뜰살뜰 봐주는 사람이 있는데 무슨 염치로 앓아누울 수 있겠어? 어쨌든 고맙다. 너라도 남아주어 얼마나 든든한지 모르겠다."

명훈이 여전히 부드럽게 말을 받자 녀석은 더욱 기가 살아 떠들었다.

"어디 이기 남의 일이껴? 거다가 간조사 언제 받아도 받을 꺼이께는 이기 바로 도랑 치고 까제 잡기제."

이번에는 제법 제 어리숙한 속까지 드러내 보이는 우스갯소리였다. 남의 일이 아니라는 것은 영희를 두고 하는 말이었기 때문이다. 함께 일 나온 고향 사람들이 모두 명훈네 개간지를 떠나 버린 뒤에도 혼자 남아 오히려 더 열성인 걸로 보아서는 영희에 대한 녀석의 짝사랑이 어느 정도인지 알 만했다. 그렇지만 어차피 비극적으로 끝나게 되어 있는 짝사랑이었다. 영희는 녀석이 조금만 이상한 눈치를 보여도 길길이 뛰며 화를 냈고 명훈도 그와 같은 매제를 보고 싶은 생각은 전혀 없었다. 따라서 녀석이 드러내 놓고 그 일을 입 끝에 올리자 불쾌한 느낌이 들지 않는 것은 아니었으나 명훈은 이번에도 내색 않고 역시 같은 농담으로 얼버무렸다.

"싱거운 녀석. 넌 인마 여기보다 염전에 가서 일해야 할 녀석이야. 소금을 쳐도 많이 더 쳐야겠다."

그러고 돌아서는데 녀석이 또 무어라고 먹혀 들지도 않는 우스갯소리를 씨부렁거려 놓고 혼자 허허거렸다.

일에 열심이기는 세형이 쪽이 훨씬 더했다. 언제부터 괭이질을 시작했는지는 모르지만 벌써 러닝셔츠가 함빡 젖어 있었다. 그새 파 뒤집어 놓은 땅도 열 평은 넘어 보였다. 감골이란 골짜기에 사는 타성인데 당수를 배울 때도 누구보다 열심인 녀석이었다. 정 군 때보다 더 감동된 명훈은 자신이 온 줄도 모르고 일에 빠져 있는 세형에게로 다가가 어깨를 쳤다.

"야, 너 무리하는 거 아냐?"

"아, 예. 날 뜨겁기 전에 쪼매 해 놓고 들일 나갈라꼬요."

명훈이 어깨를 치는 바람에 펄쩍 놀라며 돌아본 세형이 공연히 멋쩍어하는 웃음을 흘리며 말끝을 흐렸다.

"들일?"

"예, 아부지가 조밭 묵는다꼬 얼매나 사람을 뽑아치는지. 낮에는 거다 조밭에라도 엎어져 눈가림이라도 해야 될씨더."

그 말을 듣고 보니 녀석이 그처럼 열심인 까닭을 알 것 같았다. 돈도 안 나오는 개간 일 그만두라는 아버지의 성화에 시달리다 못해 그런 궁리를 짜낸 듯했다. 명훈은 세형이 고맙기보다는 그렇게라도 도움을 받아야 하는 자신의 처지가 비참하게 느껴졌다.

"너무 그럴 것 없어. 너희 집 일이 바쁘면 그것부터 하고 와. 개간은 이제 얼마 안 남아서 나 혼자도 마칠 수 있어. 안 되면 양(洋)쟁기로 확 갈아엎어 버리지 뭐. 우선 검사나 넘겨 놓고 차차 밭을 만들어 나가면 될 거야."

녀석을 끈끈한 의리로부터 놓아 주기 위해 명훈은 거의 진심으로 그렇게 말했다. 녀석이 더욱 멋쩍어하며 변명 비슷이 받았다.

"그래도 내 모가치(몫)는 해 놓씨더(놓겠습니다). 해거름 해서 또 둬 시간만 파 뒤배믄 한 50평이사 안 채울리껴?"

개간지를 내려오는 길에 다시 개간용으로 벼린 볼 넓은 괭이를 메고 올라오는 동네 청년 하나를 더 만났으나 집으로 가는 명훈의 마음은 그리 밝아지지 않았다. 갑자기 신열이 훅 오르는 듯하며 몸까지 욱신거려 왔다. 마당으로 들어서니 어머니는 그새 마루에 밥상을 차려 놓고 아이들을 깨우는 중이었다.

"야들아, 일나그라. 아무리 밤 짧은 여름이라 카지마는 어예 해가 살살이 퍼지도록 안 일나노?"

그때 부엌에서 거칠게 솥뚜껑 여는 소리가 들리는 게 영희는 벌써 일어나 어머니와 한바탕 한 듯했다. 명훈이 댓돌 위로 올라서자 비로소 명훈이 온 걸 안 어머니가 놀란 표정을 지었다가 낯성을 내며 나무랐다.

"아이, 야가 어딜 갔다 오노? 그 성찮은 몸으로. 참말로 크일 낼 데이. 에미 애간장을 말룰라(말리려) 카나?"

"개간지를 잠깐 둘러보고 왔어요."

명훈은 짧게 대답하고 상머리에 가 앉았다. 밥상에는 입맛을 잃은 명훈을 위해 어머니가 애쓴 흔적이 뚜렷했다. 어디서 구해 왔는지 귀한 달걀을 입힌 파전이 놓였고 밥그릇도 명훈의 것은 하이얀

쌀밥이었다. 그 밖에도 평소에는 먹어 보기 힘든 반찬이 여럿 보였다. 그러나 그 어느 것도 명훈의 입맛을 되살려 내지는 못했다.

"아무래도 안 되겠어요. 들어가 눕겠습니다."

명훈이 몇 술 뜨다 말고 몸을 일으키자 어머니가 다시 낯빛까지 변해 가며 성화를 부렸다.

"야가 참말로 왜 이래노? 아침부터 삼 이웃 사 이웃 돌미 들인 공도 몰라 주고. 안 된다. 약 먹듯이라도 먹어야 된다. 병원을 가고 주사를 맞는 것도 그 뒤라……."

그러면서 명훈의 방까지 따라 들어왔다. 몸이 다시 욱신거려서인지 명훈에게는 성가시기만 한 정성이었다. 어머니는 명훈이 자리에 누운 뒤에도 상머리로 돌아가지 않고 그대로 명훈의 머리맡에 눌러앉아 푸념 반 걱정 반으로 잔소리를 늘어놓았다. 그러다가 끝내 견디지 못한 명훈의 짜증 섞인 핀잔을 듣고서야 겨우 단념하고 방을 나갔다.

"에이고, 저 염량 봐라. 아픈 오래비 믹일라꼬 있는 거 없는 거 찌지고 꿉고 해 났디, 지가 처억 차고 앉아…… 당장 젓가락 못 치울라? 어예 찬장에라도 곱게 치아 났다가 오래비 입맛 돌아오믄 한술이라도 믹이 볼 생각은 안 하고."

방을 나간 어머니가 영희를 상대로 그렇게 화풀이를 하는 소리를 들으며 명훈은 무겁게 눈을 감았다.

오빠, 서울에서 손님이 왔어. 영희가 밖에서 알려 왔다. 서울?

명훈은 어느새 자신과는 무관하게만 느껴지는 그 도시의 이름을 되뇌며 자리에서 일어났다. 그때 문이 스르르 열리며 얼른 얼굴을 알아볼 수 없게 머리칼을 앞으로 늘어뜨린 여자가 살며시 들어왔다. 머리맡에 다소곳이 앉아 고개를 드는 걸 보니 뜻밖에도 경진이었다. 어, 경진이가 여기 웬일이야. 답장을 주시지 않기에 찾아왔어요. 답장? 아, 그건……. 너무하시잖아요. 아냐, 그건 말이야. 말씀해 보세요. 답장을 않는 게 서로에게 좋을 것 같아서. 왜요? 제가 싫으세요? 싫고 좋고가 아니라…… 우린 서로가 너무 맞지 않아서. 도대체가 아무것도 이루어지지 않을 것 같아서. 어째서요? 너는 내가 누군지 아니? 시인을 지망하는 문과 대학생? 논밭이 질펀한 시골 부자의 아들? 제대만 하고 나가면 바로 모든 게 풀려 나가게 되어 있는……. 아니야. 그건 한 상병이 잘못 알고 있는 나일 뿐이야. 군대식 허풍으로 둘러댄 나일 뿐이라고. 집에 '금송아지 안 매어 둔 놈 아무도 없다'는 식의 허풍 말이야. 그럼 명훈 씨는 어떤 분이세요? 아직은 돌보아야 할 어린 동생이 셋이나 되는 홀어머니의 맏아들일 뿐이야. 그것도 엉덩이 들이밀 집 한 칸 없는 빈털터리에 취직도 아무 데나 할 수 없는 월북자 가족이고. 그게 어때서요? 그렇다고 왜 저와 맞지 않죠? 맞지 않지. 우선 너의 집안. 삼대를 크게 망해 보지도 않고 흥해 본 적도 없다는 집안의 딸이 대마다 흥망을 되풀이하며 살아온 우리를 어떻게 이해하겠어? 문중이 바로 서울 변두리 동네에 있는 서울 토박이이고, 한 동네에서 국민학교부터 여고까지 마친 네가 철들고는 한 도시에서 3년을 넘겨 보지 못하고 떠돈 우리의 삶을 어떻게 짐작이나 하겠어? 지금 내가 안간힘을 다해 싸우고 있는 이 끔찍한 가난이 아니라도 우리는 애초부터 맞지 않는 사람들이야. 그렇다고 사랑도 할 수 없나요? 그야 할 수도 있지. 하지만 어차피 깨어지게 되어 있는 사랑이야. 모든 사랑은 결혼하지 못하면 깨어진다는 건 이 나이가 되면 알지. 그런데도 뻔히 알면서 그런 불장난은 하고 싶지 않아. 결국은 절 사랑하지 않는다는 말이군요. 아니야. 꼭 그렇지는 않아. 그보다는 너를 상처 입히고 싶지 않았어. 오히려 너를 사랑하기 때문에 머지 않아 닥쳐 오게 될 불행에서 너를 구해 주고 싶었던 거야. 너에게 아무 말 않고 서울을 떠난 것, 그리고 네 편지가 왔을 때는 한없이 기뻐하면서도 끝내 답장은 내지 않은 것, 그 어느 쪽도 쉽지는 않았다고. 그럼 그날 밤에는 왜 그랬어요? 아, 그건 그건……. 하지만 아무 일도 없었잖아. 아무 일도 없었다고요? 그럼 이건 어쩌시겠어요? 갑자기 경진이 품 안에서 갓난아기를 꺼내 명훈에게 내밀었다. 명훈 씨 아이예요. 받으세요. 명훈은 갑자기 가슴이 서늘해졌다. 그러나 아이를 받을 수는 없다는 생각이 들었다. 아니야, 그럴 리가 없어. 이건 내 아이가 아니야. 역시 그렇군요. 이러실 줄 알았어요. 경진이 갑자기 눈물을 주르르 흘리더니 아기를 안고 조용히 일어섰다. 가겠어요. 버리든 기르든 제 아이니까 제가 알아서 할게요. 그러자 명훈은 또 다른 이유로 가슴이 서늘해 왔다. 아냐, 그럴 수는 없어. 앉아. 다시 생각해 보기로 해. 하지만 경진은 들은 척도 않고 방문을 열고 나갔다. 기다려. 그렇게 가선 안 돼. 명훈이 그렇게 소리치며 그녀를 잡으려 했다. 하지만 어찌 된 셈인지 몸이 전혀 말을 듣지 않아 팔 한 번 제대로 뻗을 수가 없었다. 그사이 경진은 마루를 가로질러 댓돌 아래로 내려섰다. 그리고 마당의 눈부신 햇살 속으로 녹아내리듯 사라져 갔다.

아앗, 안 돼. 서. 잠깐만 기다려 줘 — 명훈은 어떻게든 몸을 움직여 보려고 버둥대다가 겨우 그 안타까운 꿈속에서 벗어났다. 그새 다시 잠이 든 모양인데 들창으로 드는 햇볕이 없는 걸로 보아 꽤나 잔 듯했다.

참으로 야릇한 꿈이었다. 터무니없는 내용이면서도 낮 꿈치고는 너무나 생생해 모든 게 방금 실제로 일어난 일 같았다. 그 바람에 명훈은 몽유병에라도 걸린 사람처럼 방문을 열고 마루로 나가 경진이 꿈속에서 사라져 간 마당 쪽을 멀거니 내려다보았다. 거기 무엇이 있을 리 없었다. 다만 따가워지기 시작한 햇살이 피워 내는 아지랑이가 그 너머로 보이는 것들의 형상을 가볍게 뒤틀어 잠에서 막 깨어난 명훈의 눈을 어지럽게 할 뿐이었다.

그래도 명훈은 까닭 모를 미련으로 한동안이나 더 그런 마당을 구석구석 살펴보았다. 돌담 저쪽이나 마당 한구석의 장작더미 뒤 같은 데서 머리를 풀어 헤친 경진이 아기를 안은 채 울고 서 있을 듯한 느낌이었다. 그러다가 문득 명훈의 눈길 닿는 곳이 댓돌 위였다. 아침에 잠시 신고 나갔다 와서 군데군데 개간지의 붉은 흙이 묻어 있어도 아직은 눈부시게 흰 남자 고무신이 거기 가지런히 놓여 있었다.

명훈은 그걸 보자 무슨 섬뜩한 깨달음처럼 그 아침 자신을 사로잡았던 몇 가지 돌연하고 낯선 감상의 원인을 알아냈다. 안경진. 한때의 대수롭지 않은 인연으로 여기고 잊어버리려 했던 그녀가 그토록 가슴 깊이 살아 있었다…….

명훈은 풀썩 주저앉듯 마루에 걸터앉아 그녀를 처음으로 만난 날을 떠올려 보았다. 한여름의 뜨거운 바람이 훅훅 불어 가는 마루 위에서 회상해 보기에는 정말로 어울리지 않는 지난해 연말의 어느 날이었다.

그날은 아침부터 금세라도 눈이 퍼부을 듯 하늘이 찌뿌둥했다. 오후 일과가 다해 갈 무렵 명훈은 행정반 난롯가에 앉아 맑게 닦인 유리창 너머로 바깥을 내다보고 있었다.

"어이, 이 병장. 뭐 해?"

갑자기 행정반 문이 열리며 누군가 명훈을 보고 소리쳤다. 명훈이 돌아보니 이른바 더플백 동기인 인사과의 차 병장이었다. 명훈과 같은 대학 재학 중 입대해서 동기들 중에서는 가장 가까이 지냈다.

"응, 그냥……."

명훈이 그렇게 심드렁히 대답하자 차 병장이 갑자기 무언가 종이 쪽지 두어 장을 흔들어 보이며 기세 좋게 말했다.

"외출 준비해. 특박이야."

"특박? 나 그런 거 신청한 적 없는데……."

조금은 뜻밖이라 명훈이 어리둥절해 받았다. 차 병장이 연신 뜻 모를 웃음을 지으며 빈정거리듯 말했다.

"야, 제대 말년에 이거 무슨 궁상이냐? 나가자고. 사제(私製) 망년회야. 병기과 한 상병 알지? 걔가 깔치고 술이고 다 수배해 논 모양이야."

그제야 명훈은 대강 일이 어떻게 돌아간 건지 짐작이 갔다. 한 상병은 집이 서울인 이른바 빵빵 군번(학보병: 군번 앞에 00이 붙는다 해서 그렇게 불림)이었다. 입대는 명훈이나 차 병장보다 1년 이상 늦었지만 제대 날짜는 비슷해서 그 무렵에는 아니꼬워하면서도 이따금씩 한 자리에 끼워 주곤 했는데, 그 한 상병이 무슨 건수를 만들고 인사과 고참 차 병장은 거기 맞춰 세 사람의 외박증을 빼낸 듯했다.

졸병 때는 명훈도 외출·외박을 누구 못지않게 밝혔다. 이모님네 집과 황의 자취방을 빼면 마땅히 들를 만한 곳도 없어 어떤 날은 하루 종일 서울 거리를 일없이 떠돌다가 싸구려 여인숙에서 밤을 새우고 귀대한 적도 있지만, 그래도 고참들에게 시달리는 내무 생활보다는 그 편이 나았다.

그러나 입대한 뒤 2년쯤을 전후해서 명훈은 차츰 그런 외출·외박에 흥미를 잃어 갔다. 그사이 어지간히 고참이 되어 내무반도 특별히 견디기 힘든 곳이 아니게 되었을 뿐만 아니라 당장은 막막하기만 한 제대 후의 날들이 시시껄렁한 고참 시절의 즐거움들에 심드렁해지게 만든 까닭이었다.

그런데 그날은 달랐다. 망년회란 말이 갑자기 그 원래의 뜻보다 훨씬 무겁게 다가오며 알지 못할 유혹이 되었다. 벌써 한 해가 간다. 나도 이제 스물여섯이 되는가…….

인사과 서무계인 차 병장이 마음먹고 만들어 낸 특박증이라 세 사람은 그럴 때 흔히 따르게 마련인 귀찮은 절차를 거침이 없이 부대 정문을 빠져나올 수 있었다. 화전(花田)에서 버스에 올라 시내로 나오면서 들으니 한 상병과 차 병장의 계획은 뜻밖으로 진진했다. 한 상병의 애인이 마포에 사는데 그날 밤 부모가 집을 비우기로 되어 있어 거기서 멋진 망년회를 갖기로 약속되었다는 내용이었다. 그것도 한 상병 쪽에서 멋진 신사 둘을 데리고 나오면 그녀도 근사한 친구 둘을 불러 놓겠다는 덤까지 있었다. 차 병장은 정해진 날짜에 어김없이 외박을 나올 수 있기 위해 반드시 끼워야 될 사람이었지만, 명훈이 그 '멋진 신사' 중에 끼게 된 것은 실로 행운이었다.

짐작과 달리 그날 밤의 망년회는 모든 게 명훈의 기대를 크게 웃돌았다. 어쨌든 사내들을 집으로 끌어들이는 것으로 미뤄 별 볼 일 없는 논다니겠거니 여겼던 한 상병의 애인은 뜻밖이다 싶을 만큼 반듯한 아가씨였고, 과년한 딸을 혼자 두고 집을 비운 걸로 보아 막 사는 사람들일 거라 추측한 그녀의 부모도 반듯한 서울 토박이들이었다. 그녀는 한 상병의 싸구려 애인이 아니라 제대만 하면 결혼식을 올리게 되어 있는 약혼녀였으며, 그녀의 부모도 미래의 사위가 와 주리라는 것 때문에 안심하고 집을 비워 준 것 같았다.

그런데 정성 들인 저녁을 대접 받고 얼마 안 돼 작은 문제가 생겼다. 그날 밤 오기로 되어 있던 아가씨 가운데 하나가 시간이 넘도록 오지 않은 일이었다. 한 상병의 애인은 무슨 큰 죄나 지은 사람처럼 안절부절못했다. 어딘가로 전화도 내 보고(그 집에는 전화까지 있었다!) 와 준 친구와 무언가 소곤소곤 의논도 하다가 갑자기 좋은 수가 있다는 듯 둘이서 함께 밖으로 나갔다.

한참 뒤에 그녀들은 아가씨 하나를 데리고 돌아왔다. 그새 벌어진 술판으로 약간 술기운이 올라 있던 명훈은 현관에서의 가벼운 실랑이 끝에 끌려오다시피 들어오는 그 아가씨를 기대에 차서 바라보았다. 차 병장이 먼저 온 아가씨에게 열을 올리는 눈치여서 자신의 짝은 절로 새로 온 그녀로 결정이 나 있는 까닭이었다.

그러나 명훈의 눈에 비친 그녀는 처음부터 실망스럽기 그지없었다. 그녀가 걸친, 그야말로 병아리에게 우장을 씌운 것 같은, 터무니없이 큰 털 스웨터부터 무릎이 툭 불거져 나온 헌 바지며 아직 여고생 같은 앳된 얼굴이 모두 그랬다. 어딘가 우아한 기품을 지닌 한 상병의 애인이나 오래 직장을 다녀 세련된 차 병장의 짝에 견주면 급한 김에 이웃집 부엌데기를 빌려 온 게 아닌가 하는 의심이 들 정도였다.

하기는 그녀의 차림이 더 산뜻하고 생김이 더 매력적이었다 해도 그날 명훈에게는 큰 차이가 없었을는지 모른다. 그 무렵 명훈은 묘하게도 여자에 관해서는 달관 또는 도통했다는 기분 같은 것이 있었다. 경애와 모니카란 상반된 개성의 여자들을 차례로 겪고 또 종류는 다르지만 고통이라는 점에서는 비슷했던 그 후유증에서 막 풀려난 다음이라 그랬을 것이다.

명훈은 사랑의 감정적인 측면이라면 경애를 통해 속속들이 맛보았고 또 탕진했다고 단정했다. 함께였을 때보다 헤어지고 난 뒤에 더 뜨겁게 타오르던 그 집착과 열정, 그녀가 버터워스 중령과 결혼해 미국으로 가 버렸다는 것을 알고 난 뒤에도 열병과도 같은 그리움으로 지새워야 했던 그 숱한 밤들. 그리하여 겨우 거기서 풀려나자 사랑은 혼자서 다 해 보았다는 듯한 감정의 과장이 일어난 듯했다.

육체와 연관된 사랑의 또 다른 측면은 모니카를 통해 모든 것을 다 알았다는 기분이었다. 일쑤 악연으로만 기억되는, 정신의 공백을 육체로 메운 듯한 그녀와의 기이한 사랑을 통해 명훈은 쾌락뿐만 아니라 환멸까지도 그 바닥까지 핥아 보았다는 느낌이었다. 그 때문에 그 방향의 욕망에 대해서도 나이에 어울리지 않게 심드렁해져 있었다.

"안경진이라고 동네 후배예요. 잘 부탁해요."

쭈뼛거리는 그녀를 억지로 끌다시피 해서 상 곁에다 앉힌 한 상병의 애인이 그렇게 소개했다. 셋 모두에게라기보다는 명훈을 향해 양해를 구하는 듯한 말투였다. 그 바람에 별 생각 없던 명훈은 오히려 심기가 상했다. 비로소 그 자리의 성격이 구체적으로 인식되면서 갑작스러운 호승심 같은 게 인 탓이었다. 나중에는 선택의 기회도 없이 셋 중에서 가장 못한 여자를 떠맡긴 한 상병과 차 병장에게 은근히 화가 날 정도였다.

망년회도 경진이 와서 오히려 어색하게 변해 갔다. 남자들 쪽은 말할 것도 없고 여자들도 한 상병의 애인과 먼저 온 미스 강이라는 아가씨는 자연스럽게 어울렸다. 그러나 무엇이든 차례가 경진에게만 돌아가면 금세 분위기는 묘하게 뒤틀렸다. 유행가로 한참 흥겹게 달아오르는 판을 여고 음악 시간에 실기 시험 치듯 부르는 「솔베이지 송」이 식혀 버리고, 한두 잔은 받아도 될 맥주를 기어이 입에도 안 대 권하는 사람을 머쓱하게 만드는 식이었다.

명훈도 그런 경진이 못마땅하기만 했다. 첫인상이 그리 마음에 들지 않아 더욱 그랬는지도 모를 일이었다. 무슨 달갑잖은 의무를 수행하는 기분으로 그녀와 한 짝이 되어 제법 들큰하게 무르익어 가는 다른 두 쌍의 분위기를 깨지 않으려고 애쓸 뿐이었다.

그러던 명훈이 조금씩 경진에게 관심을 기울이게 된 것은 꽤나 술들이 오른 뒤였다. 한 상병이 애인과 열렬한 키스 신을 연출하고 차 병장이 미스 강과 멋들어진 맘보 춤을 추고 나자 차례는 명훈과 경진에게 돌아왔다. 명훈은 도대체 이 여자와 짝이 되어 할 수 있는 게 무엇일까, 하는 기분으로 그때껏 거의 무시해 온 경진을 힐끔 돌아보았다. 그런데 경진의 뜻 아니한 행동이 그런 명훈에게 작지만 무시 못 할 충격으로 다가왔다. 언제부터 그랬는지 경진이 말끄러미 명훈의 옆얼굴을 바라보고 있다가 명훈과 눈길이 마주치자 얼굴이 새빨개져 고개를 푹 수그리는 것이었다.

아미가 참 곱구나. 가늘어도 짙은 그녀의 눈썹과 물들인 듯 빨개져 오는 반듯한 이마를 보며 속으로 그렇게 중얼거리던 명훈은 이어 자신의 눈동자에 묻어 있는 듯한 그녀의 눈길을 떠올리고 다시 덧붙였다. 오랜만에 보는 맑은 눈이다…….

"야, 이 병장 뭐 해? 니네 쌍은 맞선이라도 보고 있는 거야?"

취한 중에도 명훈과 경진 사이의 묘한 기류가 감지되었는지 차 병장이 그렇게 소리쳤다. 퍼뜩 정신이 든 명훈은 미리 준비하고 있었던 것처럼이나 과장된 목소리로 경진에게 물었다.

"자, 안경진 학생. 이제 우리는 뭘 할까? 어쨌든 공짜로 구경만 할 수는 없잖아?"

필요 이상으로 경진을 어린애 취급함으로써 마음속의 동요를 감추려 함이었는데 말까지 쉽게 놓아지는 것은 명훈 스스로 생각하기에도 이상했다. 그런데 경진의 대답이 또 뜻밖이었다.

"집으로 보내 주세요."

다소곳이 내리깔고 있던 눈길을 들어 명훈을 올려 보며 나지막한 목소리로 그렇게 말하는 것이었다.

"아니, 쟤가."

"얘, 너 잘 놀다가 갑자기 왜 그래?"

나지막해도 또렷한 목소리여서인지 경진의 말을 알아들은 한 상병의 애인과 미스 강이 한꺼번에 경진을 몰아세웠다. 그러나 경진은 그녀들에게는 눈길 한 번 주지 않고 명훈만을 빤히 올려 보며 같은 말만 되풀이했다.

"집으로 보내 주세요."

꼭 떼쓰는 아이 같은 표정이었는데 그게 경진의 인상을 새롭게 했다. 명훈은 자신도 모르게 몸을 일으키며 말했다.

"좋아, 내가 바래다주지."

명훈이 방 안에 있는 다른 사람들의 아연해하는 눈길을 느낀 것은 경진이 이제 살았다는 표정으로 발딱 몸을 일으킨 다음이었다. 그제야 문득 어색한 느낌이 든 명훈은 술기운이 가신 말투로 더듬거렸다.

"차 병장, 한 상병. 아무래도 난 가 봐야 할 거 같아. 이모님 댁에 들러 봐야 될 일도 있고…… 너희들끼리 놀다가 와."

"어, 어. 저 새끼 봐. 너 정말 그럴 거야?"

"이 병장님, 이제 와서 왜 이러십니까? 부대서 나올 땐 이모님 같은 얘긴 전혀 안 하셨잖아요?"

차 병장과 한 상병이 한꺼번에 항의하듯 그렇게 혀 꼬부라진 소리들을 질러 댔다. 그러나 여자들은 달랐다. 경진이 간다면 명훈도 없어지는 게 홀가분하다는 듯 경진의 의사만 거듭 확인할 뿐이었다. 그러나 두 번 세 번 물어도 경진이 기어이 가겠다고 나서자 각기 제 짝을 달랬다.

"정말로 볼일이 있다면 이명훈 씨도 보내 드리세요."

"누가 알아요? 두 사람이 따로 말을 맞췄는지. 가겠다면 가게 두죠 뭘."

그러자 두 녀석에게도 그런 여자들의 기분이 전해졌는지 굳이 명훈을 잡지는 않았다.

"아하, 그래? 역시 시인은 다르군. 하지만 너 인마, 부대에 가선 다 보고해야 돼. 저 순진한 아가씨에게 무슨 수작을 부렸는지."

"이 병장님, 잘해 보슈. 일 잘되면 이 중신아비 잊지 마시고……."

그러면서 어물쩍 놓아 주었다. 두 녀석이 그렇게 몰아 가는 바람에 명훈은 다시 한 번 어색한 느낌이 들었지만 이미 내친김이었다. 경진을 앞세우듯 하고 현관으로 가 군화를 찾아 신었다.

그런데 군화 끈을 꿰던 명훈의 눈에 들어온 경진의 신발이 다시 한 번 묘한 충격을 주었다. 경진이 신고 있는 것은 걸치고 있는 스웨터만큼이나 어울리지 않게 크고 흰 남자 고무신이었다.

"언니들이 하도 재촉하는 바람에…… 아빠 신발이에요."

명훈의 눈길이 자신의 신발에 머물러 있음을 안 경진이 변명처럼 그렇게 말하며 다시 얼굴을 붉혔다. 뜯어 보니 꽤나 귀여운 얼굴이구나. 그때 명훈은 새삼스럽게 오르는 취기 속에서 문득 그런 생각을 했다.

그 집을 나와 둘이서만 어두운 골목길을 걷게 되자 경진은 사람이 달라진 것처럼이나 명랑하고 구김살 없이 굴었다.

"정말로 시인이세요? 정말?"

명훈에게 매달리듯 다가오며 그렇게 묻다가 지은 시가 있으면 들려 달라고 떼를 쓰기도 했고, 듣기에 따라서는 심각한 고백이 될 수도 있는 말을 철부지처럼 털어놓기도 했다.

"동네 언니들이라 따라오기는 했어도 전 그런 자리 정말 싫어요. 그 언니들도 평이 그리 좋은 사람들은 아니고요. 그렇지만 이 병장님을 만나게 된 건 아주 기뻐요. 우리 다시 만나게 되나요? 그 언니들하고 같이 말고, 이렇게 밤늦게 말고요."

당돌함도 아니고 그렇다고 옛날 모니카에게서 느꼈던 백치 같음도 아니었다. 그런 경진에게서는 그저 한없이 맑고 얇은 유리그릇을 만지는 듯한 아슬아슬함만이 느껴질 뿐이었다. 그 밤 경진의 집에 이를 때까지 명훈이 그토록 정중하고 조심스러웠던 것은 아마도 그 때문이었을 것이다.

하지만 명훈의 그 같은 자제도 끝까지 지켜지지는 못했다. 어느새 길이 다해 저만치 경진의 집이 보이는 골목 어귀에 이르렀을 때였다. 경진이 갑자기 긴장한 표정이 되어 속살거리듯 말했다.

"자, 여기서 돌아가세요. 아버지가 2층에서 내려다보고 계실지 몰라요."

그녀 특유의 또렷한 말소리 때문에 충분히 그 말을 알아들을 수 있었으나 명훈은 짐짓 못 알아들은 척 경진 쪽으로 귀를 댔다. 그러자 그녀는 명훈의 귀에 바짝 입을 대고 같은 말을 한 번 더 되풀이했다. 따뜻한 입김과 함께 그녀의 긴장하고 숨죽인 말소리가 명훈의 귓속으로 흘러들었다. 아니, 그대로 머릿속으로 흘러들었다는 편이 옳았다.

"자아…… 여기서어…… 돌아가세요오. 아버지가아……."

경진의 말이 거기까지 되풀이되었을까, 명훈이 갑자기 얼굴을 돌려 속살거림에 열중해 있는 그녀의 입술에 가볍게 자기 입술을 갖다 댔다. 잘못 알아들은 척할 때부터 그런 계획이 있었던 것인지 갑작스러운 충동에 못 이긴 것인지는 명훈 자신에게조차 뚜렷하지 않았다.

그 기습적인 입맞춤에 그녀는 강한 전류에라도 닿은 사람처럼 움찔하더니, 한동안을 굳은 듯 서 있었다. 입은 입맞춤을 당하기 전의 상태로 오므린 채, 눈만 크게 뜨고 멍하니 명훈을 보며. 그런 그녀를 보자 명훈은 갑작스레 걱정이 일었다. 그녀의 다음 반응이 아이들처럼 울며 물어내라고 떼를 쓸 것 같아서였다.

짧은 시간 명훈의 머리는 그 수습을 위해 눈부시게 회전했다. 이 입맞춤에 심각한 의미를 주어서는 안 되겠다. 술기운과 장난기로 얼버무리지 않으면 안 되겠다 —. 이윽고 그렇게 생각을 정리한 명훈은 가볍게 그녀의 어깨를 치며 말했다.

"뭘 해? 이 꼬마 아가씨야. 이제 가 봐야지, 아빠가 겁 안 나?"

술기운과 장난기를 한껏 과장한 목소리였다. 그제야 경진은 꿈에서 깨난 사람처럼 주위를 한번 휘둘러보더니 갑자기 몸을 돌려 집 쪽으로 달려갔다. 가다가 흰 남자 고무신이 벗겨지자 달리기를 하는 선머슴 애처럼 두 손에 한 짝씩 고무신을 움켜쥐고 뒤 한 번 돌아보는 법 없이 멀지 않은 2층 양옥집으로 달려가더니 다급하게 대문을 두드려 대는 것이었다.

그렇지만 그게 결국 어쨌다는 거야? 거기까지 회상한 명훈은 다시 냉담함을 회복해 스스로에게 말했다. 그날 밤의 일은 확실히 인상적이었고, 그 뒤 얼마간 그녀에게 관심을 기울인 것도 사실이었다. 그렇지만 그녀에 대한 정보가 늘어나면 늘어날수록 명훈은 점점 자신이 없어졌다. 몇 대째 그 동네에서 별 기복 없이 살아온 서울 토박이 집안, 명문 여대에 지망했다 떨어진 일 이외에는 삶의 쓴맛을 전혀 보지 못한 철부지, 게다가 나이도 명훈보다 다섯 살이나 아래였다. 어디로 봐도 결혼에는 이를 수 없는 상대였고, 따라서 그런 그녀와의 사랑은 새로운 상처를 예비하는 것이나 다름없어 보였다. 명훈에게도 새로운 상처란 두렵기 그지없었지만, 순진한 그녀에게 상처를 입히게 되는 것 또한 상상만으로도 괴로웠다.

그 바람에 명훈은 그 얼마 뒤 큰맘 먹고 면회까지 온 그녀를 어린애 다루듯 해 돌려보냈고 두 번의 편지도 끝내 답장을 내지 않았다. 제대가 가까워 오면서 되살아난 현실감도 명훈이 그 같은 자제력을 유지하는 데 크게 도움이 되었다. 제대하던 날 아침도 그랬다. 한 상병이 넌지시 그녀를 상기시켰고 시간도 그녀를 만나 보기에는 충분한 여유가 있었다. 하지만 명훈은 그 여유를 그리 긴할 것도 없는 이모부를 찾아보는 것으로 때웠다.

어떻게 주소를 알았는지 두어 달 전 경진이 돌내골로 편지를 보내왔을 때도 명훈의 그 같은 냉정은 유지될 수 있었다. 때마침 개간 허가가 떨어져 무언가를 새로이 시작하는 자의 열정이 명훈의 관심을 온통 개간에만 쏠리게 한 까닭이었다.

그런데 오늘은 어찌 된 일인가. 이 철부지가 무슨 일로 꿈속까지 찾아와 사람을 심란하게 하는가. 왜 이처럼 쓸데없는 감정의 낭비를 강요하는가. 명훈은 어쩌면 그 같은 변화가 자신이 허물어져 가는 조짐일지도 모른다는 생각에 암담해하며 다시 한 번 스스로에게 물어보았다. 그러다가 문득 경진의 지난번 편지에 무슨 단서가 있을 것 같아 대수롭잖게 훑어보고 책상 서랍 속에 던져 둔 그 편지를 찾아냈다.

이제는 제대를 하셨으니 이 병장님이라고 부를 수도 없게 됐네요. 그냥 아저씨라 부를게요.

아저씨. 아저씨는 정말 무정한 분이세요. 어쩜 그렇게 영영 서울을 떠나시면서 절 한 번 찾아 주지도 않으셨어요? 물론 이제는 제가 아저씨께 아무것도 아닌 어린 계집애일 뿐이라는 걸 깨닫게 되었어요. 그렇지만 그건 얼마나 괴로운 깨달음이었는지요.

어디서 무엇부터 잘못되었는지 모르지만 생각하면 생각할수록 지난 연말의 그 밤은 악몽 같기만 해요. 그 밤 이후 한동안 저는 막연히 그려 보던 것이 너무 갑자기 그렇게 한꺼번에 와 버린 것에 거의 정신을 잃을 만큼 취해 보냈지요. 그런데 깨어 보니 저는 여전히 장난으로 입맞춤이나 당한 어린애일 뿐이었어요.

기억나세요? 제가 딴에는 큰맘 먹고 아저씨를 면회 갔던 날. 그날 저는 조금이라도 더 어른스러워 보이려고 난생처음으로 파마에 화장까지 하고 갔어요. 그런데 아저씨는 아, 경진 학생 웬일이야, 하면서 줄 곧 절 어린애 취급만 하셨지요. 하지만 전 그곳이 여러 사람이 있는 면 회실이라 그러시는 줄만 알았어요. 둘만이 대화할 수 있게 되면 달라 질 줄 알고 편지를 내보았죠. 이번에는 아예 대답조차 않으시더군요. 그러고는 제겐 말 한마디 없이 훌쩍 서울을 떠나 버리셨죠. 어쩌면 처 음부터 뻔한 일을 제가 너무 미련을 부리는지도 모르겠어요. 그렇지 만 이대로는 끝낼 수가 없어요. 돌을 던지는 아이는 장난이지만 맞는 개구리는 죽을 지경이라고요. 제발 무어라고든지 말씀 좀 해 주세요. 저는 아직도 아저씨의 마음속에 든 말은 한마디도 들어 보지 못한 기 분이에요. 진실이 아무리 잔인한 것일지라도 진실을 얘기해 주세요.

1963년 6월 3일 경진 드림

읽고 나니 새삼 가슴이 찡해 오는 편지였다. 애틋한 호소와 상 처입어 파들거리는 어린 처녀의 자존심이 함께 담겨 있었다. 그런 데도 그때는 어찌 그리 무감동하게 읽고 내던질 수 있었을까 ─. 명훈은 후회와도 흡사한 감정으로 그 편지를 받던 날을 떠올리며 자신의 감정 분석에 들어갔다. 그래, 먼저는 그날 받은 개간 허가 통지서로 자신이 들떠 있었던 게 그 원인이었다. 다음은? 그건 아 마도 그 편지를 전해 주던 영희의 태도였을 것이다. 경진과의 일 을 속되게만 추측하고 모니카와 뒤섞어 놀리려 드는 게 까닭 모 르게 심사를 건드렸다. 게다가 경진은 그런 영희보다도 두 살이나 어리고.

대책 없이 바쁘고 고달팠던 지난 두 달도 그런 자신의 비정과 둔감을 연장시켰음에 틀림이 없다. 하루의 노동에서 돌아와 물먹은 솜처럼 무겁고 지쳐 빠진 몸을 방바닥에 뉘고 있으면 이따금씩 경진의 얼굴이 머릿속을 스쳐 갈 때가 있었다. 그러나 그때도 명훈은 그게 무슨 새롭고 뜻있는 환영이라고는 생각하지 못했다. 역시 이따금씩 떠오르곤 하는 경애나 모니카의 얼굴처럼 아득한 과거의 환영으로만 여겼다.

그래, 늦었지만 이제라도 답장을 내자. 하기는 나이 스물이면 경진도 어린애는 아니다. 그녀는 진실을 알 권리가 있고 나는 진실을 알려 줄 의무가 있다. 비록 그게 끔찍한 진실일지라도 말이다. 이윽고 명훈은 그렇게 마음을 정하고 방 안으로 들어갔다. 분명 신열은 아닌 어떤 뜨거운 기운이 명훈의 가슴을 후끈하게 했다.

한여름 밤의 꿈

"누나, 여기."

인철이 방 안으로 들어오며 럭스 비누가 든 비눗갑을 영희에게 내밀었다. 영희가 그것을 받아 어머니 눈에 띄지 않는 곳에 갈무리했다.

"누나, 나 많이 새까매? 여기 애들하고 똑같아?"

거울을 보며 얼굴을 닦던 인철이 영희에게 물었다.

"그래, 많이 그을었어. 하지만 아직이야. 쉬커먼 촌놈들하고 댈수야 있겠어? 한데 건 왜 물어?"

"그냥…… 나도 촌놈 다 된 것 같아서."

그러는 인철의 목소리가 이상했던지 영희가 다가와 가만히 인철을 살폈다. 인철에게는 아직도 다정한 누이였다.

"너 오늘 참 이상하다. 안 하던 비누 세수에 거울까지 붙들고 앉아…… 무슨 일 있어?"

철의 얼굴에서 무얼 읽었던지 영희가 정색을 하며 물었다.

"일은 무슨 일. 말했잖아? 4H 경진 대회가 있다고. 내가 우리 동네 대표로 나가고."

인철이 감정을 드러내지 않으려고 애쓰며 대답했다. 그러나 영희는 여전히 의심쩍어하는 표정을 지우지 않았다.

"그건 나도 알아. 그래서 일찍 내려온 거 아냐? 하지만 그것만은 아닌 것 같은데. 너 연애라도 시작했니? 오늘 그 대회에 애인이라도 나와?"

그 말에 인철은 갑자기 얼굴이 화끈해졌다. 하지만 그 때문에 목소리는 더 강경해졌다.

"누나는 뭐든 그렇게밖에 생각할 수 없어? 맨날 개간지에만 붙들려 있는 놈 보고, 어째 갖다 붙인다는 게 맨……."

상대가 어머니였으면 그 정도의 타박만 들어도 참고 있을 영희가 아니었다. 하지만 인철에게만은 영희도 한 팔 접어 주었다. 같이 오래 고생한 동생일 뿐만 아니라 평소에는 웬만큼 신경질을 부려도 참아 주는 그 부드러운 성품을 인정하기 때문이었다.

"아, 미안, 미안. 내가 또 부처님 가운데 토막 같은 우리 도련님 성질을 건드린 모양이네."

영희는 웃으면서 그렇게 얼버무려 놓고 다시 한동안 인철을 살피다가 문득 애처로워하는 얼굴이 되었다.

"너 그 대학생들 때문이구나. 다니던 중학교를 그만두고 농사일만 하고 있는 게 갑자기 걱정이 된 거지? 이대로 농투성이가 될 것 같아 불안한 거 아냐?"

이번에는 그게 비슷하게 맞아떨어진 추측이라 인철을 화나게 했다. 평소와 다르게 거친 목소리로 영희에게 쏘아붙였다.

"것도 아냐. 내가 누나 같은 줄 알아? 농투성이든 뭐든 그게 운명이면 나는 조용히 받아들일 거야. 꼴사납게 버둥거리는 모습 보이지 않겠어."

"뭐야? 내가 어째서? 게다가 꼭 애늙은이 같은 소리 하곤……."

영희도 더는 오냐 오냐 해 줄 기분이 아닌지 목소리가 날카로워졌다. 그런데 다행히도 그때 마당에서 누가 찾는 소리가 들렸다.

"인철이 있나? 뭐하노? 안 갈 꺼가?"

인철이 마당을 내다보니 함께 동네 대표로 출전하게 되어 있는 진규였다. 등에는 출품작인 개량 쟁기 재료들을 한 짐 지고 있었다.

"응, 다 됐어. 조금만 기다려. 내 곧 준비해 나갈게."

진규는 인철보다 네 살이나 위였다. 그러나 시골의 지게목발(지게다리) 친구는 도회지의 학교 선후배와 달라 둘은 서로 말을 트고 지냈다.

"그래, 글타 카믄 준비되는 대로 얼릉 뒤따라온나. 내 먼저 4H 회관에 가 기다리꾸마. 마지막으로 선생님들한테 물어볼 것도 쫌 있고. 시간 많잖으이 빨리 온내이(오거라이)."

지게를 내리기가 귀찮았는지 진규가 그렇게 말하며 선 채로 돌아섰다. 그와 함께 자칫 다툼으로 번질 뻔했던 남매간의 대화도 자연스럽게 끝이 났다. 인철은 서둘러 옷을 갈아입고 대회에 필요한 준비물을 챙겨 진규를 뒤따랐다.

4H 회관은 말이 회관이지 실은 동방(洞房) 한 칸을 임시로 빌려 쓰고 있었다. 인철이 그곳에 이르니 이미 대회장에 갈 사람들이 모두 동방 마당에 모여 그를 기다리고 있었다. 농촌 봉사대로 온 여섯 명의 대학생과 동장, 그리고 회장을 비롯한 4H 회원 둘과 진규였다.

"이인철 씨도 준비물을 저 리어카에 얹으쇼. 대표로 나갈 사람들이 이고 지고 하면 볼썽사나워요."

대학생 농촌 봉사대의 지도자 격인 안 선생이 마당에 준비된 리어카를 가리키며 말했다. 군대를 다녀와 나이가 많은 데다 벌써 열흘 가까운 봉사 활동으로 그을었을 법도 하건만 얼굴은 곁에 있는 진규보다 더 앳되고 희었다. 철이 늘 보는 마을 사람들과는 태어나기를 아예 다르게 태어난 사람 같았다.

리어카에는 진규의 준비물들이 이미 옮겨져 있었다. 인철은 그 위에다 자신의 준비물을 보자기째 얹었다. 윤 대목에게 부탁해 자르고 깎은 휴대용 의자 재료였다. 그때 누가 가볍게 철의 등을 두드리며 말했다.

"인철 씨, 잘 부탁해요. 이건 명목상으로는 면 주최 동네 대항 경진 대회지만 실은 우리 봉사대 소조(小組)들끼리의 실적 경쟁이

기도 해요. 기대하겠어요."

가볍게 스쳐 간 손길인데도 인철은 어깨 어름이 불에 덴 듯 움찔했다. 돌아보지 않아도 누군지 알 만했다. 김 선생이었다.

유일한 여성 대원인 그녀는 대학교 2학년이지만 나이는 스물하나로 그 봉사대에서 가장 어렸다. 마을 사람들이 봉사대원들을 부르는 호칭대로 인철 역시 그녀를 선생님이라 부르기는 해도 내심은 영 그렇지가 못했다. 거기다가 해사한 얼굴이 어딘가 명혜를 연상시켜 인철은 일주일이 넘는 야학 기간 내내 한 번도 그녀의 눈길을 정면으로 받아 보지 못했다.

"기, 기대하지…… 마십쇼. 자신 어, 없습니다."

그날도 인철은 감히 뒤돌아볼 엄두도 못 내고 그렇게 더듬거렸다. 그러나 손은 저도 모르게 주머니에 든 발표 요지 초안을 움켜쥐었다. 지난 며칠 그렇게도 열심히 그걸 고치고 다듬은 것은 어쩌면 그녀를 위한 것인지도 모를 일이었다.

　　　네 잎 달이 클로버는 우리의 표상

　　　지(知) 덕(德) 노(勞) 체(體) 네 향기를 가득 품고서

　　　살기 좋은 우리 농촌 우리 힘으로

　　　빛나는 흙의 문화 우리 손으로……

면장, 농협 조합장에 지서 주임까지 축사와 격려를 곁들인 지루한 식순은 4H 회가(會歌)를 제창하는 것으로 끝이 났다. 경진 대

회는 그다음이었다. 대회는 오전과 오후로 나뉘어 치르게 되어 있었다. 오전 두 시간은 주로 농기구 개량이나 노동 효율을 높이기 위한 발명과 고안을 발표하는 데 할당되고 오후는 영농 발전을 위한 연구 개발 성과 발표에 할당됐다.

면 내의 동네 수는 서른이 훨씬 넘었지만 그날 대회에 참가한 동네는 그 절반도 되지 않았다. 그것도 대부분은 곁들인 농산물 품평회에 작물만을 출품해 실제 경진 대회에 출전한 것은 대학생 농촌 봉사대가 나뉘어 들어간 여섯 동네뿐이라는 게 옳았다.

4H 클럽은 머리(Head=知), 가슴(Heart=德), 손(Hand=勞), 건강(Health=體)의 알파벳 머리글자를 따 이름을 붙인 농촌 학습 조직이었다. 동지적인 조직일 것, 정치적으로는 중립일 것, 프로젝트별로 학습할 것 등의 원리로 미국에서 시작된 그 조직은 우리나라에도 일찍부터 보급되어 있었다. 그러나 정부의 뒷받침으로 활성화된 것은 5·16 뒤라 그곳 산골 동네들은 아직 회원을 경진 대회에 내보낼 만한 성과와 실적을 축적하지 못한 실정이었다.

인철의 동네도 진규와 인철이 대표로 나왔지만 출품한 작품들은 그들의 독창(獨創)과는 멀었다.

진규의 개량 쟁기는 재래식 쟁기와 양쟁기라고 부르는 서양식 쟁기의 단점을 상호 보완한 절충형이었다. 재래식 쟁기는 사람이 계속 보습 날을 들어 주지 않으면 나중에는 소가 더 끌고 갈 수 없을 정도로 땅속 깊이 박혀 들었고, 양쟁기는 반대로 계속 힘주어 눌러 주지 않으면 땅껍질만 긁어 놓았다. 그래서 재래식 쟁기에 보조 날을 달고 손잡이의 위치를 바꿔 양쪽의 단점을 보완했는데, 실은 그 기본적인 고안뿐만 아니라 발표 시나리오까지 대학생 봉사대가 마련해 준 대로였다.

인철이 출품한 휴대용 의자도 진규와 크게 다르지 않았다. 농민들의 간단한 휴식을 위해 아무 데나 앉을 수 있게 만든 외다리 의자인데 그 기본적인 고안과 발표 시나리오는 역시 대학생 봉사대의 솜씨였다. 다른 게 있다면 인철이 거기에 약간의 고안을 보태고 시나리오도 나름으로 조금 바꾸었다는 것뿐이었다.

인철의 발표는 오전 순서의 두 번째였다. 인철에게는 남 앞에 나서기 좋아하는 기질도 없었고, 자란 환경도 그런 숫기를 기르는 데 그리 유리하지 못했다. 그런데 이미 말한 묘한 열정이 대학생들에게서 받은 고안과 발표 시나리오를 나름으로 보완하게 해 약간의 자신을 주었고, 앞선 발표자의 서투름과 실수가 그 자신감을 더욱 키웠다. 특히 자신이 공들여 보완한 발표 시나리오에는 거의 자부심에 가까운 자신을 가지고 있었다.

"지금 우리 농촌의 노동 여건은 비효율과 불합리성에 지배되고 있다고 해도 과언이 아닙니다. 휴식이 노동의 생산성을 높인다는 것은 전혀 의식되지 못하고 있고, 특히 노동과 노동 가운데에 있는 휴식은 게으름이나 고의적인 노동 기피로 여겨지는 현실입니다. 제가 발표하려는 것은 그런 점에 착안하여 작업장에서의 중간 휴식을 용이하게 하고 아울러 작업에 필요한 장비나 도구의 휴대에 편의를 주기 위한 고안입니다……."

철이 거의 초안을 보지 않고 그렇게 허두를 뗄 때부터 일반 참석자들뿐만 아니라 심사 위원들까지 긴장하는 눈치를 보였다. 《새농민》에 실린 다른 연구 사례 발표에 쓰인 용어들뿐만 아니라, 그 무렵 흔했던 여러 가지 농촌 계몽 책자를 최대한으로 활용해 인철이 재구성한 발표 시나리오의 어법 때문이었을 것이다.

"이 휴대용 의자는 제작이 간편하고, 단단한 재료를 써도 무게가 1킬로그램을 넘지 않습니다. 따라서 여기 설치된 고무 벨트로 등에 부착시켜 두면 아무런 부담이 되지 않을 뿐더러 작업에도 거의 불편을 주지 않습니다. 그런데 우리 농촌의 작업 환경은 어떻습니까? 논농사, 밭농사 모두 일하는 도중에 잠시라도 편히 쉴 수 있는 공간이 없습니다. 논은 바닥이 질어 그대로 앉을 수가 없고 밭은 이랑이 좁아 농작물을 해치지 않고서는 현장에서 편히 앉아 담배 한 대 피울 데가 없는 게 우리의 현실입니다. 그렇다고 번번이 논둑이나 밭둑까지 나가려고 하면 그 체력 소모는 얼마이며 시간의 허비는 또 얼마나 됩니까."

인철은 그렇게 말해 놓고 윤 대목에게 부탁해 세 부분으로 나눠 준비해 온 휴식용 휴대의자 재료들을 그 자리에서 간단히 조립했다. 거창한 서두에 비해 단순하기 그지없는 고안이었다. 한마디로 밭이랑까지 휴대하는 낚시꾼 의자 같은 것인데 좀 다른 게 있다면 다리가 외다리여서 사람의 두 다리를 보태야만 의자 구실을 할 수 있다는 점이었다.

인철은 거기에 약간의 고안을 더해 사용하지 않을 때는 다리를 접고 작은 물통이나 담배쌈지 같은 간단한 휴대품을 걸 수 있게 했다. 하지만 뒷날 돌이켜 보니 아무래도 고안을 위한 고안이라는 혐의가 짙은 출품이었다. 누가 농사일 도중의 짧은 휴식을 위해 가볍고 작다고는 하지만 없는 것보다는 거추장스러울 것임에 분명한 의자를 하루 종일 등에 붙이고 다니겠는가.

그런데도 인철은 자신이 구사할 수 있는 온갖 전문적인 용어와 화려한 수사법을 곁들인 시나리오로 그 효용과 필요성을 역설하고 제작법을 소개했다. 적어도 그 순간만은 자신이 무언가 특별한 고안을 했고 그것은 또 이제부터 자신이 몸담고 살려고 하는 농촌에 틀림없이 유익하리라는 믿음이 있었다.

최종적인 것은 아니지만 반응도 고무적이었다. 발표가 끝나자 대부분이 별로 학력이 높지 않은 지역 유지들로 구성된 심사 위원들뿐만 아니라 철을 지도한 농촌 봉사대 대학생들까지도 웬지 아연해하는 눈빛이었다. 발표 후에 당연히 있게 마련인 다른 참가자들의 반론이나 질문도 전혀 없었다. 짐작이지만, 인철이 이 책 저 책에서 마음먹고 찾아내 자신에게만 유리하게 재구성한 용어와 논리에다 그때부터 이미 뚜렷한 징후를 보이기 시작한 화려한 수사법의 구사가 그들을 압도한 것임에 틀림없었다.

인철도 그런 분위기를 감지하고 야릇한 흥분과 기대에 들떠 자리로 돌아왔다. 하지만 그 흥분과 기대는 그리 오래가지 않았다. 나올 때부터 끌려 나오듯 쭈뼛거리더니 결국은 자신의 고안을 다 설명하지도 못하고 연단에서 내려가 버린 다음 발표자를 보면서 철은 조금씩 불편해지기 시작했다. 경쟁자가 줄어든 게 반갑기는커녕 자신이 뭔가 불공정한 짓을 한 것 같은 느낌이 든 까닭이었다.

그 다음번 발표자도 마찬가지였다. 겨우 제 몫을 다하고 내려가기는 했으나 그들의 자신 없고 곤혹스러워하는 태도며 말이 막히면 무슨 구원이라도 청하듯 자신을 그 자리로 밀어낸 대학생들을 쳐다보는 눈길이 그 실제의 고안자와 발표 초안이 누구의 것인지를 훤히 짐작할 수 있게 했다. 그런 그들을 보며 인철은 이제 막연한 불편함을 넘어 삶의 어떤 비참과 희극성을 동시에 구경하는 느낌까지 들었다. 저게 무지한 삶, 무력한 삶의 진정한 모습이다…….

같이 출전한 진규의 발표는 다섯 번째였다. 어찌 된 셈인지 진규는 연단에 오를 때부터 시뻘건 얼굴이더니 손수 만들다시피 한 출품작 부품 조립조차 제대로 해내지 못했다. 보고 있기가 아슬아슬할 만큼 허둥대다가 어렵게 어렵게 발표를 끝내고 비척이며 연단을 내려왔다. 이 무슨 우스꽝스러운 꼭두각시놀음이냐. ― 온몸으로 땀을 흘리며 제자리에 돌아와 앉는 진규를 보면서 인철은 속으로 그렇게 중얼거렸다.

대회 본부에서 나눠 준 식권으로 점심을 마친 인철은 오후에도 대회장인 공회당으로 갔다. 참가자의 의무로 지정된 좌석을 지키려 간 것이지만 기분은 이미 구겨질 대로 구겨져 버린 뒤였다. 거기다가 한번 마음이 틀어지자 오후에 벌어지는 농작물 재배 실적이나 성공 사례 발표란 것도 그 실체가 한눈에 들어오는 느낌이었다.

발표자들은 한결같이 한 아름이나 되는 수박이나 주먹보다 더 큰 감자들만 가득히 담긴 광주리, 벌써 이삭이 패기 시작한 벼 따위를 들고 나왔으나 그 진상은 뻔했다. 마을에서 가장 잘된 농작물, 혹은 어쩌다 남보다 훨씬 빠른 결실의 조짐을 보이는 벼를 베어 나온 것임에 틀림없었다. 거기다가 대학생들이 급조해 준 엉터리 재배 일지나 관찰 보고서를 바탕으로 역시 급조된 작목반(作目班)이 종자 개량이나 영농 발전의 성과를 자랑할 것이었다.

실제에서도 그랬다. 첫 번째 발표가 끝나기도 전에 철은 자신의 짐작이 크게 틀리지 않았음을 알아볼 수 있었다. 국민학교를 겨우 나온 발표자가 유전학적인 관찰 내용을 떠듬거리고 있는 게 그 증거였다.

그렇게 되자 인철에게는 그 대회뿐만 아니라 공회당 안의 후텁지근함도 점점 못 견딜 것이 되어 갔다. 두 번째 사례 발표가 시작될 무렵 그는 슬그머니 자리에서 일어났다. 그리고 아무 거리낌 없이 공회당을 나와 근처의 느티나무 아래로 갔다. 얕은 둔덕인 데다 앞이 틔어 있어 유달리 시원한 나무 그늘이었다.

인철은 거기서 무엇이 자신을 견딜 수 없는 기분이 되게 한 것일까를 생각해 보았다. 하지만 오랜 시간은 주어지지 않았다. 왜 이런 꼭두각시놀음이 필요할까. 그렇게 생각의 실마리를 풀어내는데 누군가가 끼어들었다.

"어머, 인철 씨, 왜 여기 나와 계세요? 대회 참가자가……."

인철이 자신만의 생각에서 얼른 깨어나며 돌아보니 어느새 뒤따라왔는지 김 선생이 상글거리며 다가왔다. 인철은 습관적으로 움찔했지만 그녀가 전처럼 쳐다보지도 못할 만큼 눈부시지는 않았다. 아마도 그녀가 속한 농촌 봉사대에 대한 의혹과 불신이 인철을 자신 있게 만든 듯했다. 인철은 자리에서 일어나지도 않은 채 대답했다.

"대회장 안이 너무 덥고 또……."

"또 뭐예요?"

김 선생이 아직도 웃음기를 잃지 않은 채 물었다. 거기서 인철은 잠시 망설였으나 곧 까닭 모를 오기를 느끼며 속을 털어놓고 말았다.

"이 행사가 갑자기 무의미하고…… 공허하게 느껴져서요."

"그래요? 뜻밖이네요. 왜 그렇죠?"

그녀가 웃음기를 거두며 인철을 쳐다보았다. 정색이랄 것까지는 없었으나 인철을 멈칫하게 만들기에는 충분한 눈길이었다. 하지만 이왕 내친김이었다. 인철은 움츠러들지 않고 대답했다.

"우리가 무슨 꼭두각시놀음을 하고 있는 것 같아서요. 생각해 보십시오. 진규나 저나 자신이 고안하지도 않은 걸 제 것인 양 들고 미리 짜 준 시나리오대로 발표하고 있는 거 아닙니까? 다른 동네도 그런 것 같고……. 오후 행사도 그래요. 저들이 가지고 온 저 큰 수박이나 굵은 감자가 정말로 저들이 시험 재배해 길러 낸 건 줄 아십니까? 저들이 발표하는 재배 일지, 그게 정말로 그때그때의 기록인 걸로? 하지만 아닙니다. 틀림없이 우리와 비슷할 거예요."

"저도 그건 알아요. 하지만 그렇다고 이 행사가 온전히 무의미하고 공허한 것이라고 단정할 수 있을까요?"

그녀가 마침내 정색을 하고 반문했다. 평소의, 보다 높은 곳에서 무언가를 베풀고 있다는 듯한 태도가 아니라 대등한 대화자로서의 반문이었다. 그걸 느끼자 인철은 무엇에 고무받은 사람처럼 더 대담해졌다.

"최소한 여러 선생님의 봉사 활동 실적을 눈에 드러나게 증명하는 길은 되겠죠."

"인철 씨 보기보다 많이 비뚤어졌네. 어떻게 그렇게만 볼 수 있어요? 이런 행사를 통해 4H 활동의 전개 방향과 발전 양식을 배울 수도 있는 거 아녜요? 지금은 시작 단계라 우리들의 도움을 받아 치르고 있지만 나중에는 실제로 여러분의 고안이나 연구 성과를 가지고 이런 대회의 내용이 채워질 수도 있지 않겠어요?"

그녀가 제법 나무라듯 그렇게 물었다. 그러나 인철의 치기에 가까운 오기는 이미 발동된 뒤였다.

"카페에서 '우 나로드'를 소리 높여 외치는 청년이여.

네 손은 너무 희고 네 팔은 너무 가늘구나……."

인철은 짐짓 느긋한 목소리로 그렇게 읊조렸다. 얼마 전에 두들에서 빌려 온 『한국 현대시 전집』이란 두툼한 책에서 본 시구인데, 정확하게 암기된 것인지는 자신이 없었다.

"그게 무슨 말이에요?"

김 선생이 무언가 알 듯 알 듯하면서도 잘 모르겠다는 표정으로 물었다.

"1930년대 어떤 시인의 시 구절입니다. 내용이 기분 상하실지도 모르지만."

"우 나로드, 우 나로드…… 그게 뭐더라……?"

"요즘 세계사 책에는 '브 나로드'라고 나올 겁니다. 뭐, 러시아 말로 '인민(人民) 속으로', 라는 뜻이라던가요."

철은 또래들보다 세계사에 특히 밝은 편이었다. 학교에 다닐 때도 시험 점수가 잘 나온 과목 중에 하나였지만, 목적 없는 책 읽기에서도 소설 다음으로 많이 읽은 게 역사책이었다. 그러나 그녀는 전공이 이공계(理工系)라 그런지 세계사에 그리 밝지 못했다.

"듣고 보니 배운 것도 같은데, 그게 뭐였죠?"

그렇게 되자 대화의 주도권은 절로 인철에게 넘어왔다.

"소련 볼셰비키 혁명 전에 있었던 농촌 계몽 운동 같은 것으로 알고 있습니다. 러시아에 있는 전통적인 농민 공동체를 활용해 자본주의를 거치지 않고 사회주의로 이행하고자 했다나요. 그 운동에 투신했던 지식인들을 나르도니키라고 하죠. 그런데 내게 흥미 있는 것은 그 운동이 소련 혁명에 끼친 영향이 아니라 나르도니키의 참담한 결말입니다. 수천 명이나 무리 지어 농촌으로 뛰어들었지만 모두 관헌에 의해 체포되고 말았다는군요. 바로 그들이 계몽하고자 했던 농민들의 고발과 신고로 말입니다."

아버지의 사상과 연관된 것이라 철이 각별한 주의로 기억한 부분이었다. 그 기억이 동원할 수 있는 한의 어려운 용어로 꿰맞춰 그렇게 말해 놓고 나니 스스로도 대견한 느낌이었다. 순진한 놀람과 호기심을 감추지 않고 그녀가 말했다.

"농민들이 왜 그랬대요?"

그렇게 묻는 그녀는 철의 나이나 학력을 까맣게 잊어버린 사람 같았다.

"현실에 맞지 않는 이상에 절망했거나 화가 난 탓이겠죠."

철이 더욱 어른스러운 말투로 그렇게 대답하자 그녀는 잠시 말이 없었다.

"하지만 우리는 혁명을 하자는 것도 아니고, 4H 운동이란 게 원래가 정치적으로 중립을 지킬 것을 큰 원칙으로 하고 있잖아요? 게다가 지금 우리가 하는 게 뭐가 현실에 맞지 않는 이상이죠?"

"이를테면 식생활 개선 같은 것만 해도 그래요. 밥을 빵으로 바꾸기만 하면 서양식의 발전된 식생활이 되는 걸로 말씀하고 계시지만 제가 보기에는 아니던데요. 맹물하고 먹는 빵은 우리 밥과 아무 다를 바 없을 거예요. 빵보다 더 많은 우유와 고기가 곁들여져야 되는데 젖소도 없고 목축업도 발달하지 못한 나라에서 그 우유와 고기를 어디서 가져오죠? 영농 기계화도 그래요. 손바닥만 한 다락논(다랑논)과 비탈밭 어디에다 트랙터나 콤바인을 들이대죠? 또 그런 기계들은 어디 있습니까?"

철은 자신이 느끼기에도 눈부신 순발력으로 그렇게 몰아댔다.

심심해서 읽은 《새농민》이나 어렵게 이해한 철 지난 《사상계》가 좋은 밑천이 돼 주었다. 그러나 이번에는 그녀도 가만히 있지 않았다.

"그래서 축산을 장려하고 있잖아요? 경지 정리도 시작하고……. 우리 실정에 맞는 농기계 공장도 세운다고 하잖아요?"

"그럼 그쪽이 먼저여야지요. 우유하고 고기가 넘치면 지금처럼 《리버티 뉴스》에다 그렇게 요란 떨지 않고, 빵 굽는 기계 억지 춘향이로 떠넘기지 않아도 사람들은 빵을 찾게 될 겁니다. 또 경지 정리 잘되고 농기계가 흔해지면 농민들도 절로 농사에 기계를 쓸 거라고요."

철은 여전히 여유를 잃지 않고 받아 냈다.

"하지만 그렇다고 우리가 벌이는 운동이 꼭 실현 가능성 없는 이상은 아니잖아요."

그녀가 그렇게 받고 무언가를 이어 가려는데 공회당 쪽에서 큰 소리로 부르는 소리가 들렸다.

"김 선생, 어이, 김 선생."

얘기에 열중해 있던 둘이 동시에 돌아보니 안 선생이 손짓하며 부르다 못해 그리로 다가오고 있었다.

"김 선생, 여기 나와서 뭐 해?"

저만치 다가온 안 선생이 먼저 나무라듯 그녀에게 물어 놓고 다시 철을 보고 깐깐한 목소리로 말했다.

"이인철 씨도 돌아가요. 이제 곧 심사 결과 발표가 있어요."

그러자 김 선생이 급히 몸을 일으키며 나지막하게 소곤거렸다.

"우리 다음에 얘기하고 어서 들어가요."

그녀의 말투에는 인철에게 이상한 기대를 걸게 하는 여운이 있었다. 그러나 진작부터 알려져 있는 그들의 일정을 떠올리자 아쉽지만 그 기대를 거두지 않을 수 없었다. 그날의 경진 대회는 열흘을 기한으로 한 그 봉사 활동의 마지막을 장식하는 행사였고, 대학생 농촌 봉사대는 내일로 마을에서 떠나게 되어 있었다.

"인철 씨, 정말로 수고했소. 잘했어. 실은 우리도 별로 기대하지 않았는데. 역시 조금이라도 더 배운 사람은 달라."

시상식이 끝나고 마을로 돌아가면서 안 선생이 흡족한 표정으로 인철을 추켜세웠다. 그럴 만도 했다. 인철이 우수상을 받았을 뿐만 아니라 진규도 장려상을 받아 사실상 그 대회에서는 철이네 동네가 우승한 것이나 다름없었다. 그것은 또한 그 동네를 지도한 봉사대 소조(小組)의 우승이기도 했다.

"난 아까 인철 씨 발표할 때 무슨 논문 읽는 줄 알았다니까. 인철 씨, 정말 그 시나리오 누가 썼소? 형님 되시는 분?"

박 선생이라고 불리는 하급생 대원 하나가 사뭇 감탄하는 어조로 인철에게 물었다. 다시 수줍어진 인철이 꼭 겸양을 부린다는 느낌 없이 받았다.

"선생님들이 주신 원안을 제가 좀 고쳤을 뿐이에요. 단어 몇 개 바꾼 것뿐인데."

"아니던데. 중학교 중퇴한 사람 솜씨가 절대로 아니던데……."

박 선생이 그래도 믿지 못하겠다는 듯한 표정으로 고개를 갸웃거리자 그때껏 말없이 따라오던 김 선생이 조심스레 끼어들었다.

"인철 씨는 학력 그것만 가지고 말할 사람이 아니라고요. 아까는 내가 되레 강의를 들었다니까요."

그 말에 인철은 몸 둘 곳 몰라 하면서도 다시 한 번 느티나무 아래서의 묘한 감정을 되살렸다. 그러나 무어라 대꾸하기도 전에 안 선생이 화제를 바꾸었다.

"그건 그렇고…… 숙소로 돌아가면 모두 씻고 철수 준비해. 오늘 저녁엔 마을 송별회가 있어 개인적인 시간이 안 날지도 몰라. 내일 아침 일곱 시 첫 버스로 떠날 거야."

"송별회?"

평소에도 술을 즐기는 대원 하나가 눈을 반짝하며 물었다.

"그래, 마을 어른들이 수고했다고 차려 주시는 거야. 아 참, 진규 씨도 와. 청년회에서도 몇 분 나오신다니까. 그리고……."

안 선생이 뭣 때문인지 잠시 망설이는 눈치더니 인심 쓰듯 덧붙였다.

"인철 씨도 오고. 아직 술이야 못 하겠지만 음식이라도 같이 들어요. 그래도 마을의 명예를 빛내 준 사람인데……."

그러면서 힐끗 김 선생을 살폈다. 그 눈길에서 인철은 문득 묘한 느낌을 받았다. 왠지 안 선생이 김 선생 때문에 자신을 경계하고 있는 것 같은 느낌이었다. 하지만 한순간의 막연한 느낌이었을 뿐 그게 맞는지는 확인하기 어려웠다. 그때부터 마을로 돌아가 헤어질 때까지 안 선생은 두 번 다시 그런 눈치를 보이지 않았다. 단정하고 예의 바른 봉사대 리더로서 성공적으로 끝난 봉사 활동의 마무리를 짓고 있을 뿐이었다.

인철이 재궁막으로 돌아가니 어머니 홀로 마루 끝에 시름없이 앉았다가 긴 한숨과 함께 맞았다. 또 누나와 무슨 일이 있었던 것 같았다.

"모두 어디 갔어요?"

인철이 상장과 상품을 마루에 놓으며 묻자 어머니가 잘 물어주었다는 듯 울화를 터뜨렸다.

"너어 형이사 한 평이라도 더 벳길라꼬(벗기려고) 일꾼들하고 개간지에 붙어 있제. 그래고 그 미친년은 — 에익, 말할라 카이 또 속에 천불 나네. 사람 속 오만 가지로 다 뒤배 놓고 물에라도 빠져 죽는다 카미 불(우르르) 뛰나갔뿌따. 옥경이는 그것도 핏줄이라꼬 울며 볼며 말린다꼬 따라나서고……."

어머니는 아직도 속이 풀리지 않았는지 인철이 타 온 상장과 상품조차 안중에 없었다. 인철이 절로 맥이 빠져 힘없이 물어보았다.

"또 왜 그러셨어요? 무슨 일이에요."

"아이, 그년이 간이 배 밖에 나왔제. 식구대로 이불 하나 가주고 겨울 날 수는 없다 싶어 큰맘 먹고 떠 논 뽀뿌링(포플린) 열 마를 반이나 터억 끊어 내 쪼가리 보재기(조각보)도 못 맹글게 빼밀어(함부로 가위질해) 났잖나? 그 뻬덕손 가주고 뭐라? 부라우스 만든다꼬? 참말로 어림서림(두려움과 망설임)이 없어도 유분수제. 그래고, 이래 사는 년이 어예 철철이 새 옷을 해 입어야 되노? 염량이 뒤뚤패도(뒤뚫려도) 뒤뚤패도……. 하도 복장이 터져 눈에 띄는 대로 홀뚜드려(후려치고 때려) 팼디 저 화낙(성질, 혹은 화풀이)을 안 부리나? 내 지한테 당부한데이, 인간 안 되는 거는 참말로 어디 물에라도 빠져 죽었뿌라."

그냥 두면 그보다 더 심한 악담이 나올 것 같아 인철이 말렸다.

"어머니, 진정하세요. 맞지 않는 시골 생활, 누나도 힘들 거예요. 웬만하면 눈감아 주세요. 그러다가 또 집이라도 나가면……."

그러자 어머니가 앞뒤 없이 인철에게 화를 냈다.

"저 물러 터진 거 말하는 거 쫌 보래. 뭐시라? 언간하믄(어지간하면) 눈감아 주라꼬? 눈감아 줄 일이래야 눈을 감아 주든지 말든지 하제. 그래고 니도 정신 똑바로 차려래이. 그것도 째진 입이라꼬 나오는 대로 쳐주끼는 거 다 들어주다가는 이눔의 집구석 기둥뿌리도 안 남는데이. 어마이도 잡아먹을라꼬 카는 게 장히 동생 오래비 생각할따. 그래고…… 니는 도대체 사나가 그래 물러 터져 어예노? 영웅도 간흉계독(奸凶計毒)을 다 품어야 영웅이 된다 카더라."

하지만 어머니의 주의를 자신에게로 돌린 것만도 일단은 성공이었다.

"알았어요. 그런데 이것."

인철은 무조건 어머니의 말을 수긍해 놓고 슬그머니 상품 꾸러미를 어머니에게 펼쳐 보이며 말끝을 흐렸다. 어머니가 그제야 그쪽으로 눈길을 주었다. 밥공기만 한 앉은뱅이 시계의 반짝반짝하는 몸체가 얇은 포장지 밖으로 드러나 보였다.

"이거 시계 아이라? 웬 거로?"

"상 탔어요."

"엉이? 상? 그래믄 니 오늘 1등 했나? 거 뭐시라 사에치……."

"4H 경진 대회요. 내 위에 특상이 하나 더 있기는 하지만 1등이나 마찬가지예요. 우수상 받았어요."

"아이, 그 퍼석한 나무 쪼가리 몇 개 가지고?"

그러면서 앉은뱅이 시계를 집어 드는 어머니의 표정과 말투는 조금 전에 펄펄 뛰며 악담하던 그 표정과 말투가 아니었다. 죄 없는 물욕(物慾)과 언제 봐도 기특한 아들에 대한 사랑이 그 불 같은 분노를 깨끗이 씻어 낸 것이었다.

"참 잘됐따. 집에 시계 하나가 없어 낮인 동 밤 동 모리겠다. 그래고 옥경이 그 기집아 억시기 좋아할따. 인제는 시간 몰라 지각하지는 않을 테이."

하지만 그것도 잠시, 이내 그녀를 사로잡는 또 다른 어두운 감회가 인철을 난감하게 했다. 갑자기 어머니가 푸념 조가 되어 말했다.

"니는 뭘 해도 1등이따. 학교서도 1등, 밖에서도 1등. 그런데 이

걸 어예노? 에미란 게 눈 시퍼렇게 뜨고 살아 있어 그런 니를 뿔뚝
농군으로 맹글고 있으이. 생 아아(아이)를 잡아들라(들여서) 무식
꾼을 맹글어 가이. 이 죄를 어예 갚을로? 이 죄를 어예노?"

"어머니, 무슨 말씀이세요? 저 학교 그만둔 지 이제 겨우 넉 달
밖에 안 돼요. 까짓 거 내년에 고등학교 가면 되죠. 거기 가서도 1
등 할 테니 걱정하지 마세요."

인철은 어머니의 푸념이 비탄으로 번지는 걸 막기 위해 얼른 그
렇게 말해 놓고 다시 순간적인 기지로 그녀의 주의를 다른 곳으
로 돌렸다.

"그런데 말입니다, 어머니. 지금 곧 전 좀 부쳐 주실 수 없어요?
파전 같은 거 맛있게."

"적(전)을 꾸워 달라꼬? 난데없이 파적은 왜?"

"그래야 제 체면이 서요."

인철은 일부러 답을 끌었다.

"체면? 머리에 소똥도 안 벗어진 아아가 어디 체면 세울 일이 있
노? 그것도 파적 꾸워 주고 채릴 체면이……."

"실은 말이에요. 나를 지도해 준 봉사대 대학생들이 내일 떠나
는데 동네에서 송별회를 해 주는 모양입니다. 공짜로 좋은 시계 하
나 생기게 해 주었으니 갚음이 있어야 하지 않겠어요? 게다가 저
도 초대해 주었는데 빈손으로 그냥 갈 수 없어서."

"그래믄 파적이 아이라 소고기 집산적이라도 꾸어야 될따마는.
글치마는 ─ 당장 적(전)거리를 어디서 구하노? 집에 밀가리도 없

고 기름이라꼬는 참기름 한 방울뿐인데……."

어머니가 무엇보다 중히 여기는 게 체면치레였다. 그것도 편애하는 아들의 체면이 걸린 일이 되자 어머니의 주의는 금세 그리로 쏠렸다. 인철의 간계 아닌 간계가 잘 맞아떨어진 셈이었다.

어머니는 그때부터 바빠졌다. 평소에는 상것들이라 해서 발걸음도 않던 이웃을 돌아 밀가루와 들기름을 빌려 오고 텃밭에 나가 애호박과 풋고추를 따 들였다. 그 바람에 전례로 보아서는 한바탕 충돌이 남아도 큰 충돌이 남아 있었던 영희와의 시비도 흐지부지 일단락이 지어졌다. 해 질 무렵 영희가 근처 개울에서 머리라도 감은 듯 멀쑥해져 돌아왔을 때 어머니는 벌써 가마솥 뚜껑을 뒤집어 장작불로 달귀 놓고 전을 부치기에 여념이 없었다.

"얼릉 저녁이나 해라. 이 완악시러븐(완악스러운) 년."

힐끗 영희를 돌아보고 혀를 끌끌 차던 어머니는 그 한마디를 던지고 다시 전을 부치는 데만 열중했다.

인철이 여러 종류의 전이 가득 찬 소쿠리를 들고 동방에 이르렀을 때는 해가 진 뒤였다. 아직 밖이 훤한데도 저녁식사들을 마쳤는지 벌써 송별연이 벌어지고 있었다. 두 칸 장방인 원래의 동방과 4H 회관으로 빌려 쓰는 작은 방을 터서 열 평 가까이 되는 넓은 방 안에는 동기(洞器)를 내온 듯 같은 색깔과 크기의 호마이카(포마이카) 상 넷이 잇대어 펼쳐지고 동장을 비롯한 동네 어른 몇과 청년회 간부들, 그리고 대학생 농촌 봉사대원들 모두가 모여 술잔을 돌리는 중이었다.

"아이, 그양(그냥) 오제, 멀 이런 걸 다……. 그것도 이쿠로(이만큼이나) 마이(많이)."

말은 그래도 인철이 건네는 소쿠리를 받는 청년회 회장의 표정이 그리 싫지 않아 보였다. 그러고 보니 펼쳐진 안주가 그리 진진한 편은 못 됐다.

"암만 캐도 두들 양반마(마을) 솜씨가 다르다 카이. 이거 한 쪼가리 먹어 보래. 재료사 정구지 풋꼬치 그게 그거따마는 입에 살살 녹는다."

접시에 갈라 놓기 전에 먼저 한 조각을 떼어 먹어 본 총대(總代: 입담배조합 마을 대표)가 그렇게 음식 솜씨를 칭찬했다. 인철은 어머니를 대신해 겸양을 보일까 하다가 그만두고 머뭇거리며 방 안으로 들어갔다. 그때 먼저 와 대학생들 곁에 앉아 있던 진규가 인철을 자기 쪽으로 끌었다.

"인철 씨, 왔구먼. 그런데 이거 술잔을 권해야 하나 말아야 하나."

안 선생이 그러면서 정말 어찌해야 할지 모르겠다는 듯 건너편에 앉은 동장을 쳐다보았다. 벌써 막걸리가 한 잔 돌았는지 동장이 불그레한 얼굴로 호탕하게 말했다.

"먼 소리껴? 음식 끝에 맘 상한다꼬, 어예 사람이 앉았는데 술잔이 없을 수가 있노? 촌에서는 저만(저만한) 나이믄(나이가 되면) 다 한 잔씩 한다꼬. 거다가 저 집 술 내력이 어떤 내력인데. 자(저

애)들 아부지 동영 씨 술도 글치마는 또 명훈이 그 사람은 어떻다 꼬. 자도 나중에는 아매 말술은 될 꺼로."

그 바람에 이래저래 거북하던 자리는 조금 편해지고 수줍음도 덜해져 인철은 비로소 찬찬히 방 안을 돌아보았다. 그런데 실망스럽게도 봉사대원들 가운데 김 선생이 보이지 않았다. 다시 만나 얘기하자는 낮의 약속을 곧이 곧대로 믿지는 않았지만 그래도 그녀를 다시 본다는 데 은근히 가슴 설레며 나온 인철로서는 실망스럽기 짝이 없었다.

"김 선생과 박 선생은 저물기 전에 전통 동족(同族) 마을을 구경해 둔다고 나가 안 돌아왔소. 먼빛으로 궁금히 여기면서도 아직 구경할 틈이 없었지. 왜 면 소재지 뒤에 있는 기와집들 말이오. 아 참, 인철 씨도 거기 출신이던가?"

안 선생이 무슨 눈치를 보았는지 인철이 묻지도 않았는데 그렇게 김 선생의 행방을 일러 주었다. 그러고 보니 박 선생도 그 자리에 보이지 않았다. 김 선생이 그 자리에 참석하지 않은 것이 아니라 잠시 늦어지고 있을 뿐이라는 것, 그리고 그녀가 간 곳이 바로 자신들의 고가(古家)가 있는 두들마을이라는 게 인철에게 적이 위안이 되었다.

김 선생은 방 안에 불이 켜진 뒤에야 두들에서 돌아왔다. 그동안 사양하면서도 막걸리를 석 잔이나 얻어 마셔 머릿속이 얼얼해 오던 인철은 그녀가 들어오는 걸 보자 일시에 술기운이 가시는 기분이었다. 거기다가 그녀가 끼어 앉은 게 바로 자신의 옆자리라 묘한 긴장까지 느꼈다.

"어머, 인철 씨도 술 마시네."

자리에 앉은 그녀가 신기하다는 눈길로 인철을 보며 그렇게 말했다.

"하마 헌헌장부가 까짓 막걸리 몇 잔이사 못 이길라? 그런데 우리 여선생님은 어옐라이껴? 요새 대처에서는 여학생들도 곧잘 술을 먹는다 카더라마는."

동장이 인철을 대신해 그렇게 받고는 두 되들이 막걸리 주전자를 들었다.

"맥주면 좋을 씨더마는 촌에서 막걸리밖에 없니더. 한 잔 받아 볼라이껴?"

"고맙지만 전 못 해요. 한 모금만 마셔도 머리부터 아파서."

김 선생이 놀라 손을 내저으며 말했다. 들어올 때부터 그녀를 살피던 눈치이던 안 선생이 억양 없는 목소리로 말했다.

"어른이 주시는 거니 한 잔 받아 두지. 자리가 자리 아뇨?"

그 말에 김 선생이 마지못해 잔을 받았으나 잠시 입에 대는 시늉만 할 뿐 정말 한 모금도 마시지는 않았다.

시작은 점잖고 예절 바른, 그래서 조용하고 약간은 굳어 있던 술자리였다. 마을 어른들과 대학생들은 나이 차 때문에 풀어 놓고 마실 형편이 아니었고, 청년회 간부들과 대학생들은 환경과 학력의 차이로 공통의 화제가 많지 않았다. 그래서 처음에는 긴하지도 않은 얘기를 안주 삼아 술들만 주고받았는데, 술이 좀 돌고 나니 분위기가 차츰 달라졌다.

술기운을 빌려 농부다운 어눌함을 벗은 마을 어른들이 나름 대로 뭔가를 떠들어 댔고, 청년회 간부들도 대학생들을 잡고 시골에 묻혀 사는 그들의 한이나 동경(憧憬)을 하소연의 형태로 쏟아 내기 시작했다. 대학생 봉사대원들도 할 일을 다 끝냈다는 데서 어떤 해방감을 느꼈는지 평소의 조심성과 공손함을 잃고 스스럼없이 마을사람들과 어울렸다. 그렇게 되니 방 안은 가까이 마주 앉은 끼리끼리의 얘기로 점점 떠들썩해졌고 오래잖아 노래판이라도 벌어질 기세였다.

하지만 인철에게는 갈수록 자리가 거북해졌다. 아직 그들과 함께 취할 수 있는 나이도 아니었거니와 그런 자리에 어울리는 얘깃거리도 없었다. 김 선생이라면 낮의 일도 있고 해서 전혀 얘기가 안 될 것도 없었지만 그녀는 또 진작부터 여러 사람의 표적이 되어 인철이 말을 붙일 틈이 없었다.

인철이 그야말로 꿔다 놓은 보릿자루처럼 앉아 있다가 몸을 일으킨 것은 자리에 앉은 지 한 시간이 조금 넘었을 때였다. 대학생 봉사대의 눈에 보이는 실적 역할은 이미 끝나 아무도 자신에게 주의를 기울이지 않음을 보고 자리에서 슬그머니 일어나자 무언가 김 선생을 잡고 얘기에 열중해 있던 진규가 알은체를 했다.

"왜 벌씨로 갈라꼬?"

"인철 씨, 일어나시게요?"

김 선생도 잇달아 물었다. 그녀의 물음에 갑작스레 당황한 철이 애매하게 우물거렸다.

"그냥 머리가 좀 아파서…… 잠깐 밖에서 바람이나 좀 쐬려고
요."

그런데 그때 예기치 않은 일이 생겼다. 김 선생이 바로 그거라
는 듯한 표정으로 인철을 따라 일어났다.

"맞아요. 나도 시끄럽고 머리가 아파 바람이나 좀 쐬고 오려고
했는데…… 잘됐어요. 같이 가요."

그녀가 금세 팔이라도 낄 듯 따라나서자 인철은 절로 허둥대
지 않을 수 없었다.

"저는 그냥…… 아니, 좀……."

그때 뭔가 번쩍하며 인철의 눈가를 스쳐 가는 빛줄기 같은 게
있었다. 동장과 얘기를 나누고 있다가 흘긋 쏘아보는 안 선생의 눈
길이었다. 그런데 참으로 알 수 없게도 그 눈길이 인철을 허둥댐에
서 끌어냈다. 누가 자신을 유심히 살피고 있다는 게 그 특유의 묘
한 오기를 불러일으킨 탓이었다. 그래, 내가 이 여자와 둘이서 나
간다고 안 될 게 뭔가.

"저기 당나무 아래가 조용하고 시원합니다. 거기 잠시 앉았다
돌아오죠."

마음을 다잡아 먹은 인철은 큰 소리로 그렇게 말해 방 안 사람
들에게 자신이 가려는 곳까지 알리고 김 선생을 동방에서 멀지
않은 당나무 언덕으로 안내해 갔다. 뿐만 아니라 둘만 있게 되자
먼저 말까지 걸었다.

"참, 아까 저희 문중 마을에 들르셨다고요?"

그곳에 관한 거라면 다른 화제보다 자신 있게 얘기할 수 있다는 계산이 깔린 유도였다. 김 선생은 안내 받은 장소에 대한 감탄부터 쏟아 놓았다.

"정말 여기 좋은 곳이네요. 시원하고 조용하고."

그러면서 축대에 제법 자리까지 골라잡고 앉은 뒤에야 인철의 물음을 받았다.

"아, 그 언덕 마을요? 진작부터 궁금했는데 통 짬이 나야죠. 벼르고 벼르다가 오늘 저녁에야 겨우 한 바퀴 둘러보았어요."

"어땠습니까?"

"말로만 듣던 전설 속의 마을 같았어요. 그렇게 오래된 기와집들이 여러 채 한 군데에 몰려 있는 것은 처음 보았거든요."

그렇게 철의 이야기 속으로 끌려 들어오기는 해도 깊이 들어갈 마음은 없는 듯했다. 인철이 은근한 조바심을 내며 그녀의 의식을 한 번 더 자기 쪽으로 끌어당겼다.

"거기 무슨 서당이라고 쓰인 현판이 달린 정자 같은 집 구경하셨습니까?"

"네, 석천서당이던가요? 경치는 좋은 데 자리 잡고 있었지만 왠지 버려진 집 같던데요."

"그 서당 바로 곁, 제사(齊舍)라고 하는 작은 기와집 건너에 있는 큰 집은요? 마당에 오래된 향나무가 서 있는……"

"아, 그 집. 기억나요. 물 마른 연못이 있고 사랑채가 따로 떨어져 있던 집. 이상한 당호(堂號)가 걸려 있고……."

"따로 떨어져 있는 건 사랑채가 아니고 서실(書室)이라 부르는 건물입니다. 그런데 당호가 왜 이상했죠?"

"해상고택(海上古宅)이라고 되어 있는 걸로 기억하는데…… 여기 무슨 바다가 있어요?"

"아, 그건 말이죠."

비로소 기회를 얻은 인철은 그래 놓고 한참 뜸을 들인 뒤에야 자신도 최근에 들어서 알게 되었지만 확실하지도 않은 당호(堂號) 풀이를 당연한 상식인 양 말했다.

"요새 사람들이 한자의 뜻을 너무 좁혀 봐서 그렇습니다. 해(海) 자가 바다만을 뜻하는 건 아닙니다. 그냥 물이라는 뜻으로 새기면 됩니다. 옛날 그 집 언덕 앞에 큰 쏘(沼)가 있었거든요. 지금은 갈라져 버린 두 갈래 강물이 그때는 그 한곳에서 합쳐져 뱃놀이를 할 수 있을 만큼 크고 깊은 쏘가 되었던 거죠. 그래서 '물 위의 집'이란 뜻으로다……. 제가 어렸을 때만 해도 그런대로 볼 만한 쏘였는데."

"그래요? 지금은 좀 큰 웅덩이 정도밖에 안 되던데……."

"변한 게 그뿐이겠습니까? 좀 전에 말씀하신 그 집의 마른 연못. 거기도 물이 그득하고 물가에는 해당화가 만발했습니다. 그것도 겨우 10여 년 전에."

"옛날에 사신 마을이라지만 정말 자세히 기억하고 있네요."

"그게 바로 저희 집이었거든요. 저도 아주 어렸을 적에는 그 해당화 그늘에서 뛰어놀았고요."

거기서 느닷없는 감회로 인철의 목소리가 떨려 왔다.

"위로 12대 3백 년을 살아온 집입니다."

"그랬군요. 낡았지만 대단했어요. 요즘도 이처럼 산골인데 그 옛날에 여기다 그런 기와집들을……. 그러고 보면 인철 씨네 꽤 명문대가 후손인가 봐요."

김 선생이 감탄과 함께 철의 가문에 흥미를 나타냈다. 역시 인철이 은근히 유도해 온 바였다.

"뭐, 그렇지도 않습니다. 그저 상놈이나 면한 토반(土班)이죠. 다소 인상적인 입향담(入鄕談)은 있지만."

"그게 어떤 건데요?"

"3백여 년 전에 한 선비가 일곱 아들을 데리고 이곳으로 은거해 왔습니다. 그런데 이 선비는 정신적으로 중국과 직거래를 하고 있던 좀 별난 분이셨죠. 자신을 명(明)나라의 신하로 보고 명나라가 망하자 나라가 망한 걸로 여겨 이곳을 수양산(首陽山)으로 삼은 거니까요. 거 왜 백이(伯夷) 숙제(叔齊)의 수양산 아시죠? 오늘날의 눈으로 보면 사대주의도 그보다 더한 사대주의가 없을 테지만 그때는 꼭 그렇지도 않았던 모양입니다. 병자호란의 치욕이 모두의 가슴에 살아남아서인지 적잖이 선비들이 그런 식으로 은거했는데 보통 그들을 숭정거사(崇禎居士)라고 부릅니다. 숭정은 명나라가 망할 때 쓰고 있었던 연호(年號)고요……."

얘기가 그쯤에 이르자 다시 대화의 주도권은 인철에게 온전히 넘어왔다. 김 선생은 조용히 듣고만 있었는데 아마도 그녀로서는 처음 듣는 얘기여서인 것 같았다.

"결국 그분은 다시 세상으로 나가지 않고 여기서 돌아가셨지만 그다음 대에 이르러 일문은 크게 일어나게 됩니다. 그분의 셋째 아들이 대사헌을 거쳐 이조판서에 이른 것을 비롯해 아래위로 세 아들이 높은 벼슬에 오르고 초야에 남아 계셨던 분들도 모두 도산서원의 원장 격인 도유사(都有司)를 맡아보실 정도의 학자로 자라나신 겁니다……"

그렇게 시작된 가문의 얘기는 곧 철의 직계로 이어지고 다시 대를 지나 이윽고는 다분히 의도적으로 미화되고 과장된 아버지의 전설에까지 이르렀다. 그런데 알 수 없는 것은 듣고 있는 그녀였다. 짧게 잡아도 십 분은 이어졌을 그 얘기를, 그녀는 별로 지루해하는 기색 없이 듣고 있었다.

나중의 짐작이지만 그녀는 아마도 그런 얘기들이 낯선 환경에서 자란 여자임에 틀림없었다. 거기다가 인철의 턱없는 조숙과 마구잡이 책 읽기로 기른 입담에 넘어가 자신도 모르게 깊이 빠져든 듯했다. 그녀는 다시 십 분은 좋게 인철이네 가족사를 진지하기 그지없이 들어주다가 철의 개인사로 넘어갈 무렵에야 까닭 모를 한숨과 함께 혼잣말처럼 중얼거렸다.

"그런 집안이 지금 이렇게……"

"지금 이렇게, 라니? 우리가 어때서요?"

그녀도 마을 사람들을 통해 인철이네의 어려움에 관해 들은 게 있는 듯했다. 하지만 정작 인철이 그렇게 묻자 대답하기가 난처했는지 급히 말을 돌렸다.

"아뇨, 그냥……. 그런데 그 개간 잘돼 가요? 우리도 일손이 돌면 하루쯤 그곳에 가서 노력 봉사를 해 드리려고 그랬는데."

인철은 갑자기 어두운 현실로 되끌려 온 게 싫었으나 과장된 어조로 받았다.

"네, 아마 이달 말이면 개간은 완료될 겁니다. 남은 것은 새 땅을 비옥하게 가꿔 농장다운 농장으로 만드는 일뿐이죠."

인철은 그녀가 더 물어 주면 형의 청사진을 빌려 또 한바탕 화려한 꿈을 펼쳐 보일 작정이었다. 목장, 목초지, 알팔파, 레드 클로버, 사일로, 엔시레지, 그리고 그림 같은 집과 발전용 풍차……. 그런데 실망스럽게도 그녀가 몸을 일으켰다.

"제게 그 개간지 좀 구경시켜 주지 않으시겠어요? 먼빛으로는 봤지만 갑자기 궁금해지네. 앉은 자리도 배기고요."

그녀가 바지 엉덩이께를 가볍게 털며 인철에게 말했다. 인철로서는 좀 뜻밖이었지만 문제 없는 요청이었다. 그때 이미 무엇엔가 한껏 고양되어 있던 인철은 그녀와 둘이라면 개간지가 아니라 10리 밖 산기슭에 있는 9대조 산소라도 가 줄 용의가 있었다. 더구나 으스름 달이기는 하지만 밤길을 걷기에는 어렵지 않을 만큼 밝았다.

당나무 숲을 나와 동방 앞을 지나다 보니 아직도 술판이 한창이었다. 노래가 시작되었는지 청년회장의 득의해 부르는 최신 유행가가 길가까지 흘러나왔다. 인철은 그들에게 붙들려 노래판으로 끌려 들어가는 걸 은근히 걱정했으나 다행히 그런 일은 없었다.

개간지 입구는 동방 앞에서 국도를 따라 2백 미터를 채 넘기지 않은 곳에 있었다. 입구에서 뭣 때문인가 잠시 망설이던 김 선생이 인철을 따라 개간지로 들어섰다. 개간지 한가운데 난 길로, 거기 다시 한 3백 미터만 올라가면 개간지가 한눈에 들어오는 산등성이에 이르게 되어 있었다.

오르막이라고는 해도 어디든 자동차가 올라갈 수 있을 만큼 경사가 완만해 그 산등성이에 오르기는 그리 힘들지 않았다. 으스름한 달빛 아래 내려다보니 밭두렁 하나 없이 펼쳐진 2만 평의 땅이 작은 바다처럼 보였다. 산 위쪽으로 2정보 정도는 아직 잡목만 베어 낸 상태였으나 낮처럼 개간으로 파 뒤집은 땅과 그렇지 않은 땅의 경계가 뚜렷이 드러나지 않았다. 그 한가운데 웅장한 저택만 지어 놓으면 서부영화에서 본 그 어떤 멋진 농장에도 뒤지지 않을 것 같았다.

혹시라도 개간지의 초라한 현실이 그대로 드러날까 걱정했던 인철에게는 그 같은 개간지의 변화가 으스름 달빛이 펼친 마술처럼 느껴졌다. 거기다가 한여름 밤의 환상적이고 신비한 정취가 키운 그의 열정은 이제 엉뚱함이나 조숙함을 넘어 되바라지게까지 느껴지는 희망을 품게 하였다.

그때까지만 해도 인철은 김 선생을 손 닿을 수 없는 곳에 있는 아득한 존재로 여겨 왔다. 그러나 으스름 달빛에 취하고 들꽃 향기에 취하고 산새 울음과 풀벌레 소리에 취해 가는 동안, 어느새 자신도 그녀 못지않은 곳까지 솟은 느낌이 들었다. 나는 내가 이상으로 그리던 여자와 단둘이서 이렇게 서 있다…….

감정이 한번 그렇게 이상한 방향으로 자리 잡자 거기 어울리는 억측과 과장이 뒤따랐다. 이 여자는 어쩌면 나를 좋아하고 있는지도 모른다. 낮에는 확실히 내 지식에 감탄하는 눈치였고, 이 밤에도 처음부터 자진해서 나를 따라 나오지 않았는가. 뿐만 아니라 이 외진 곳도 스스로 데려와 주기를 청했다. 이 여자는 틀림없이 나를 좋아하고 있다…….

"차암 좋네요. 앞날이 기대돼요. 역시 유서 깊은 가문의 사람들은 다른가 봐요. 아무리 나빠져도……."

인철이 자신만의 열정에 차 갑자기 할 말을 못 찾고 있는 동안 조용히 개간지를 둘러보던 김 선생이 그렇게 말했다. 하지만 인철에게는 그 말까지도 자신에게 유리하게만 들렸다. 봐라. 이렇게 나에 대한 호감을 스스럼없이 드러내고 있지 않은가.

그런데 그다음 말이 예상 밖이었다. 그녀가 갑자기 발길을 돌리면서 명령조로 말했다.

"잘 구경했어요. 그럼, 우리 이제 내려가요."

인철은 그때 그녀에게 무슨 얘기를 할까를 막 생각해 낸 참이었다. 얼마 전에 지루하게 읽기는 했지만 얘기는 대강 기억하고 있는 문고판 셰익스피어의 희곡 『한여름 밤의 꿈』이었다. 철은 그중에서 요정들과 사랑의 미약(媚藥) 얘기를 꺼내 그녀의 진심을 확인하고 자신의 터질 듯한 가슴을 은근히 드러낼 기회를 만들어 보려 했다.

"네? 벌써요?"

그 소중한 기회를 잃게 될지도 모른다는 불안으로 움찔하며 인철이 반문했다.

"그래요. 돌아가야죠. 밤도 늦었는데."

그런 그녀의 목소리가 갑자기 쌀쌀해진 듯 느껴졌다. 그래도 인철은 얼른 미련에서 깨나지 못한 채 사정하듯 말했다.

"얘기라도 좀 더……."

그러자 그녀의 목소리가 정말로 알아들을 만큼 차가워졌다.

"인철 씨 집안 얘긴 재밌게 들었어요. 이만했음 됐어요. 개간지도 잘 구경했고요. 이젠 돌아갈 때예요."

그때 갑자기 들려온 외침이 아니었더라면 인철은 벌써 거기서 참담한 꼴을 당했을 것이다. 그래도 진상을 알아보지 못한 인철이 무어라고 그녀를 달래 보려 하는데 어느새 다가왔는지 개간지 중턱까지 올라온 그림자가 소리쳤다.

"거기 김 선생이야?"

약간 술기운이 배어 있기는 해도 틀림없이 안 선생의 목소리였다. 인철은 비로소 퍼뜩 정신이 들었다. 이어 왠지 당황해하는 김 선생의 대답을 받는 안 선생의 말투는 그대로 인철의 정수리에 끼얹어진 한 바가지의 얼음물 같았다.

"김 선생, 너 정신이 있는 애야? 없는 애야? 이 오밤중에 여기가 어디라고, 암말도 않고. 저게 정말……."

인철이 없었다면 상소리도 마다 않을 듯했다. 그 말을 받는 김 선생의 말투와 목소리도 지금까지 인철이 들은 것과는 전혀 달랐다.

"종철 오빠, 성났구나. 오빠, 성났어?"

매달리는 듯한 콧소리로 그렇게 말해 놓고 힐끔 인철을 돌아본 뒤 천연덕스럽게 덧붙였다.

"인철 씨가 개간지 보여 준다기에…… 술자리에 돌아가기도 싫고. 오빠, 나 술자리 싫어하는 거 잘 알잖아?"

그새 다가온 안 선생은 그래도 속이 풀리지 않는지 그녀를 잠시 노려보더니 이번에는 인철을 노골적으로 비난했다.

"인철 씨도 그래. 마을을 위해 봉사하러 온 사람을…… 이렇게 호젓한 산등성이로 끌고 와, 그래, 어쩌겠다는 거야?"

하지만 인철이 정말로 참담한 기분에 빠진 것은 그로부터 한 오 분쯤 지나서였다. 안 선생의 기세에다 마뜩잖은 내심이 들킨 것 같은 황당함이 겹쳐 제대로 해명조차 하지 못하고 그들과 헤어진 인철은 자기만 아는 지름길로 개간지를 내려와 동방으로 갔다. 그런데 미처 동방에 이르기도 전에 안 선생과 김 선생이 국도를 따라 내려오며 다투는 듯한 소리가 들렸다. 그들과 부딪치기 싫어 길갓집 돌담 뒤로 몸을 숨긴 인철은 본의 아니게 그들의 말을 엿듣게 되었다.

"너무 화내지 마, 오빠. 아직 어린애잖아."

"열여섯이 어린애면 너는 할머니야? 그리고 너 무식한 촌놈들이 얼마나 의뭉스러운지 알아?"

"그래도 생판 무식꾼은 아니던데. 이야기를 시켜 보니 제법 들을 만하더라고요. 말만 들어서는 우리 박 선생, 차 선생보다 훨씬 더 지성적이야."

"야, 은영아. 이 기집애야. 제발 따라지 대학 티 좀 내지 마라. 지성적이라는 게 도대체 뭔데? 뭘 지성적이라고 하는 거야? 잘 들어. 나는 이번이 세 번짼데, 봉사 활동 나가보면 꼭 동네마다 그런 꼴 같잖은 촌놈이 하나씩 있다는 거 너 모르지? 한글이나 겨우 깨치고는 되잖은 소설 나부랭이만 잔뜩 읽어 젖혀 입만 깐 얼치기들 말이야. 그래 놓고는 세상에서 유식한 건 저뿐인 줄 안다니까. 너, 그런 녀석들 오냐 오냐 받아 주다간 그 녀석들이 네 처마 들치는 꼴 보게 된다."

우기(雨期)

오전 나절 반짝 볕이 드는가 싶더니 오후가 되자 다시 지루한 늦장마가 계속되었다. 어머니가 집을 비운 틈에 한숨 자 두려고 잠을 청하던 영희는 결국 낮잠을 단념하고 짜증스레 일어났다. 아침저녁으로 불을 지펴도 몸이 끈적끈적해 오는 듯 눅눅한 방 안 공기와 연일 약을 뿌려 한 쓰레받기씩 쓸어 내도 천장에 새까맣게 달라붙어 있는 파리 떼의 극성 때문이었다.

식구대로 매달려 땀과 정성을 쏟은 개간은 닷새 전에 끝이 났다. 어쨌든 오빠 명훈은 석 달 남짓에 야산에서 2만 평이 넘는 밭을 일구어 냈다. 그러나 그뿐이었다. 야산 등성이를 벌겋게 벗겨 놓았다 해서 그들 일가에게 당장에 무슨 큰 변화가 온 것은 아니었다. 일찍 개간된 땅에는 콩이나 조 같은 것이, 그리고 그 뒤로는 메밀이 뿌려졌지만 결과는 농사를 잘 모르는 영희의 눈에도 싹수가 노래 보였다. 잔디 같은 싹이 돋던 조는 장마에 아예 녹아 버렸고, 콩은 씨 뿌린 지 두 달이 가까운데도 키가 한 뼘을 넘지 못했다. 메밀은 한창 싹이 돋아나고 있었지만 결과는 다른 작목과 마찬가지로 뻔해 보였다.

거기다가 장마까지 겹쳐 진 뻘 밭이 된 개간지로 들어갈 수조차 없게 되자 이제 그들 일가가 할 일은 아무것도 없었다. 기껏해야 하루빨리 군에서 검사 측량을 나와 또한 하루라도 빨리 개간 보조금을 타게 해 주기를 기다리는 것뿐이었다.

7만 원 남짓인 그 보조금은 8정보 가까운 2만 평을 제대로 개간을 하려면 전액을 고스란히 부어 넣어도 남을 게 별로 없었다. 그러나 개간 예정지에서 1정보를 야산인 채로 떼어 팔아 다른 사람에게 개간하게 함으로써 그 부분에 대한 보조금을 남길 수 있었고. 또 애초부터 벌겋게 사태가 져 있던 곳을 명훈이 양쟁기로 갈아엎은 평수도 적지 않아 그 부분의 보조금도 그들 몫으로 돌아오게 되어 있었다. 그 밖에 남은 야산을 판 돈과 그동안 되찾은 돼기 논을 판 것도 일꾼들 품삯으로 집어넣었으니, 이래저래 그들 일가가 그 개간 보조금에서 떼어 쓸 수 있는 돈은 3만 원이 넘었다.

어머니는 벌써 그 돈의 용처를 다 결정해 놓고 있었다. 절반은 집을 '우부리는(대강 얽는)' 일과 인철을 진학시키는 데 쓰고, 절반은 내년 농비(農費)로 남긴다는 것이었다. 하지만 영희에게는 또 달랐다. 말은 않고 있어도 영희는 지난번 방천에서 잡혀 올 때 오빠 명훈이 한 약속을 굳게 믿었다.

"개간 보조금이 나오는 대로 널 우선해 보내 주마. 그게 얼마가 될지는 모르지만 어쨌든 네가 서울에서 새로 시작하는 데 도움이 될 만큼은 떼어 내지. 그때까지만 참아 다오. 너를 또다시 맨손으로 서울 거리에 내팽개칠 수는 없다."

그때 명훈은 그렇게 말했었다. 물론 영희도 인철에게 나날이 놈팡이 티가 배어 가는 게 가슴 아팠고, 비록 흙벽돌집이라도 철들어서는 처음 가져 보게 되는 '우리 집'의 의미도 감회 깊은 것이었다. 개간지가 생산을 시작할 때까지의 농비도 가족들에게는 생명선이나 다름없음을 잘 알고 있었다.

하지만 그 무렵의 영희는 그런 걸 따져 자신을 억제하고 양보할 수 있는 상태가 못 되었다. 잠시 불안한 소강 상태에 빠져 있기는 해도 어머니는 이미 한 지붕 아래 살 수 있는 사람이 아니었다. 거기다가 점점 배신의 혐의가 짙어 가는 창현은 미칠 듯한 그리움과 불 같은 미움으로 번갈아 그녀에게 손짓해 댔다.

뒷날 어느 정도 이 땅의 산업화가 진행된 뒤, 그리고 그녀 자신이 그런 사회의 가장 유력한 가치척도인 화폐를 만족할 만큼 움켜쥐게 된 뒤, 영희는 이따금 농촌의 가망 없음을 일찍부터 알아차린 자신의 눈썰미를 은근히 자랑하곤 했다. 그러나 그 여름, 그렇게도 영희를 못 견디게 몰아댄 것은 그 눈썰미가 아니었다. 오히려 그것은 주체할 수 없는 애증에, 거의 맹목이 된 그녀의 이성이 어거지로 찾아낸 구실 중의 하나에 지나지 않았다.

'망할 자식들, 왜 빨리 측량을 나오지 않는 거야. 이왕 내줄 돈 뭐든 재깍재깍 해치우고 좀 빨리 내주면 안 돼?'

그날도 영희는 생각이 돌내골을 떠나는 일에 미치자 대뜸 그런 원망부터 중얼거렸다. 어찌 보면 빈손으로라도 당장 떠나지 않고 그렇게 기다려 주는 게 스스로도 용하다 싶을 정도였다.

밖은 다시 한 줄기 폭우가 내리퍼붓고 있었다. 한층 어둑해진 방안과 구성진 낙숫물 소리에 공연히 심란해진 영희는 라디오를 찾아 스위치를 돌렸다. 좋지 않은 기상 때문인지 평소보다 더 잡음이 심했지만 여기저기 다이얼을 돌리다 보니 한 군데 제법 들을 만하게 노래가 나오는 곳이 있었다.

그대 나를 버리고 어느 님의 품에 갔나.
가슴의 상처 잊을 길 없네.
사라진 아름다운 사랑의 그림자
정열의 장밋빛 사랑도, 검은 상처의 아픔도
내 맘속 깊이 슬픔 남겨 준
그대여, 이 밤도 나는 목메어 우네.

마침 흘러나오는 노래는 그 무렵 들어 자주 듣게 되는 유행가였는데, 그날따라 유별나게 영희의 가슴을 후벼 왔다. 누군가 바로 영희를 위해 지은 노래 같았다. 갑자기 눈시울이 화끈해지며 걷잡을 수 없이 눈물이 흘러나왔다.

'창현 씨, 어디 있나요. 왜 소식이 없어요. 무슨 일이 있는 거예요. 아니면 정말로 저를 잊으셨어요.'

영희는 그녀답지 않게 애상에 젖어 그렇게 홀로 중얼거렸다. 그러나 그것도 잠시였다. 그 무렵 들어 부쩍 자라난 의심이 헤어지던 때의 창현을 하나부터 열까지 수상쩍게 했다.

'입영 통지서라고 했지만 까짓것 등사기만 있으면 비슷하게 만들 수도 있지. 한번 슬쩍 보여 주고 황급히 주머니에 집어넣어 진짠지 아닌지 확인해 보지도 못했잖아. 입대도 그래. 말로는 그날 저녁 집결이랬지만 그가 훈련소에 들어간 걸 내 눈으로 본 것도 아니고.'

그러자 영희의 눈앞에 창현과 헤어지던 순간이 선연히 떠올라왔다. 그때 영희는 창현을 논산까지 바래다줄 작정이었다. 그런데 창현이 갖은 구실로 그걸 마다해 서울역에서 헤어지지 않을 수 없었다. 거기까지 가서 뭐 해. 공연히 고생스럽기만 하고 이별의 고통만 늘리는 거야. 여기서 돌아가……

그때는 그저 쏟아지는 눈물을 주체하지 못해 허둥대며 아무런 의심 없이 그를 보냈으나 냉정하게 다시 떠올려 보니 여러 가지로 석연치 않은 데가 있었다. 남자들이 입대할 무렵에는 송별회다 뭐다 해서 친구들과의 요란스러운 모임들이 있게 마련인데 창현에게는 그런 일이 한 번도 없었다. 또 논산으로 떠나는 날 서울역에도 친구들이 한둘쯤은 배웅 나오게 마련인데, 역시 아무도 나온 사람이 없었다. 창현이 단둘만의 이별을 위해 친구들을 거절했다고 볼 수도 있지만, 따져 보니 수상쩍기 그지없었다.

거기다가 작별하는 순간까지도 무언가를 끊임없이 살피는 듯 느껴지던 창현의 눈길. 그렇게 생각해서인지, 영희가 끊어서 내미는 논산행 차표를 받을 때는 묘한 당혹감 같은 게 창현의 얼굴에 떠올랐던 듯한 기억도 났다. 바보같이, 어째서 그때는 한 번도 그쪽으로는 의심해 보지 않았을까.

'그 여자도 이상했어. 그 차가운 표정 어디에도 아들을 군대 보내는 어미 같은 데가 전혀 느껴지지 않았어. 그 집 식구들도 마찬가지야. 아무리 그래도 아들이고 형, 오빠인 창현이 입대하는 날인데 집에 그 여자 혼자뿐이라니 말이 돼? 어쩌면 입대는 나를 떼어 버리려고 꾸민 연극인지도 몰라. 맞아, 내가 결혼을 졸라서 그랬을 거야. 입대 영장 보여 주던 날 며칠 전까지도 결혼 말만 꺼내면 펄펄 뛰던 사람이었잖아. 그런데 하룻밤 새 그렇게 사람이 달라질 수 있어?'

그렇게 하나하나 짚어 가는 동안에 영희의 가슴은 어느새 세찬 미움과 원망의 불길로 타올랐다. 어쩌면 그런 감정이야말로 그때의 영희에게 더 걸맞은 것이었는지도 몰랐다.

'좋아. 네가 정말로 날 배신한 거라면 넌 죽어. 세상 끝까지 따라가서라도 널 죽이고 말 거야.'

마침내 제 김에 달아오른 영희는 마치 창현이 눈앞에 서 있기라도 한 것처럼 어둑한 방 한구석을 노려보며 그렇게 이를 갈았다. 그리고 들끓는 속을 이기지 못해 혼자 씨근대고 있는데 누군가 철벅거리며 마당을 들어서고 있었다. 아이들인가 싶었으나 아니었다.

"안에 누구 계시이껴(십니까)?"

그 같은 목소리에 혼자만의 생각에서 퍼뜩 깨어난 영희가 방문을 열고 보니 찾아온 것은 뜻밖에도 정 군이었다. 닷새 전 개간이 끝나자 너르실[廣谷] 쪽의 개간지로 일터를 옮겼다고 들었는데 무슨 일인지 빗속에 불쑥 찾아들었다.

"아무도 안 계시는데요. 모두 장터로 올라가셨어요."

영희가 별로 달갑잖은 말투로 대답했다. 그가 나타나기 직전의 기분도 좋은 것은 못 되었지만, 그보다는 정 군이란 사람 자체가 못마땅해서였다.

정 군이 이웃 군의 저희 마을 어른들 몇과 동아리를 지어 영희네를 찾아온 것은 개간이 시작되고 한 일주일쯤 지난 뒤였다. 한창 일꾼 욕심을 부리던 오빠와 어머니는 그들을 반갑게 맞아 마을의 빈방을 얻어 주고 명훈네 식구가 먹는 대로 밥까지 붙여 주었다. 그렇지만 그들의 먹을거리 장만에 일이 배나 늘게 된 영희에게는 반드시 반가울 수만도 없었다.

거기다가 정 군은 생김새부터 영희의 마음에 들지 않았다. 게 바가지같이 여드름이 충충 돋은 얼굴이며 희극적으로 보이는 주먹코도 그렇지만 거무튀튀한 살결이나 땅딸막한 몸집, 그 어느 것도 영희의 기호와는 멀기만 했다. 학교는 시골 중학교를 마친 모양인데, 알기는 뭐든 혼자 다 아는 것처럼 나서는 것도 까닭 없이 밉살스러웠다.

그러나 영희가 정작 정 군을 싫어하게 된 것은 그와 함께 왔던 사람들이 모두 제때제때 품삯을 쳐 주는 개간지로 떠나 버린 뒤였다. 언제 품삯을 받게 될지 모르는 터에 일은 남보다 더욱 열심인 그를 어머니와 오빠가 의리 남아니 신실한 청년이니 하며 추켜 주자 곧 영희를 향해 엉뚱한 마음을 품기 시작했다.

'흥, 같잖은 게 꿈은 커 가지고…….'

영희는 속으로는 그렇게 비웃으면서도 차마 겉으로는 내색할 수가 없었다. 되도록 그런 정 군을 마음 상하게 하지 말라는 오빠의 당부가 있는 데다 영희가 보기에도 집안을 위해서는 고맙기 짝이 없는 사람이기 때문이었다. 그러나 되지도 않은 우스갯소리를 아무 데나 끼워 넣고 혼자 허허거리는 바보스러운 얼굴이나, 저녁밥을 먹은 뒤에도 이웃집에 있는 제 방으로 돌아가지 않고 영희네 마루에 걸터앉아 하염없이 뽑아 대는 유행가 가락은 싫다 못해 진저리가 쳐질 지경이었다.

거기다가 영희가 더욱 정 군을 싫어하게 된 것은 그런 그의 행동거지 하나하나가 거꾸로 창현을 떠올리게 하는 점이었다. 정 군의 검붉고 여드름 난 얼굴은 창현의 희고 매끈한 살결을 생각나게 했고, 실없는 우스갯소리는 창현의 적은 말수를, 곡조와 가사가 다 같이 엉망인 유행가는 멋지게만 들리던 창현의 색소폰 연주를 생각나게 했다. 배신의 의심에서 비롯된 미움으로서이건 미련에 기댄 그리움으로서이건 그 무렵의 영희에게는 창현을 떠올리는 것 자체가 바로 견딜 수 없는 고통 중의 하나였다.

영희는 개간이 끝나고 정 군이 일터를 옮기게 되자 한시름 놓은 기분이었다. 이제 보조금이 나와 품삯을 내줄 때나 다시 보게 될 테지만 그때는 또 자신이 이미 떠났거나 아니면 곧 떠나게 될 것이었다.

'그런데 웬일이야. 뭣 때문에 왔을까.'

영희는 정 군이 갑작스레 찾아온 까닭을 추측하며 짐짓 쌀쌀맞은 눈길을 지어 그를 바라보았다. 무언가를 잠시 망설이는 것 같던 정 군이 이내 그럴 때 가장 좋은 방책을 찾았다는 듯 또 그 되잖은 우스갯조로 나왔다.

"아무도 없다믄, 그래믄 대답하는 사람은 누구이꺼?"

"보면 몰라요? 하지만 절 찾아오신 건 아닐 텐데."

영희가 별로 농담할 기분이 아니라는 걸 보이려고 애쓰며 되쏘듯 말했다. 그러나 눈치 없는 그는 제 뜻대로만 밀고 나왔다.

"사람한테 사람 찾아오는 게 뭔 죄 될리꺼(되겠습니까)? 실은 영희 씨를 보러 왔니더."

"절요?"

"글타 카이요. 그래고 우선 이거나 받으소."

정 군이 무언가 자랑스러운 일을 하고 칭찬을 기다리는 아이 같은 표정으로 손에 들고 있던 작은 꾸러미를 내밀었다. 영희는 그게 무엇이든 별로 탐탁지 않아 받으려고도 않고 물었다.

"뭐예요?"

"마산중앙 구리무씨더. 영희 씨 줄라꼬 한 통 구했니더."

"별일도 다 있네. 정 군이 왜 내게 크림을 사 와요?"

영희가 불쾌함을 감추지 않고 눈살을 찌푸리며 따지듯 물었다. 미련한 것인지 능글맞은 것인지 그래도 정 군은 찔끔해하는 기색조차 없었다.

"별일은 무슨 별일. 이게 다 사람 사는 정 아이껴? 그래고 정 군, 정 군, 카지 마소. 형님이나 어무이라믄 모릴까, 나이 비싯한 영희 씨까지 어예 정 군이껴? 하다못해 미스터 정이라꼬 부를 수도 안 있니껴?"

"그래, 좋아요. 미스터 정. 미스터 정은 아무에게나 이렇게 막 크림 통 사서 뿌려요?"

이제껏처럼 그냥 대해서는 안 되겠다. 이렇게 뻔뻔스레 나온다면 나도 야멸차게 꿈 깨도록 해 주지 ―. 영희는 그런 생각으로 목소리에 한층 더 날을 세웠다.

"아무한테나 막 뿌리다이요? 말이라도 그카믄 섭하이더(섭섭합니다)."

"그럼 이건 왜 사 왔어요?"

"우리가 어디 남이껴? 간조 쪼매(조금) 주길래 큰맘 먹고 한 통 사 온 걸 가지고."

"우리가 남이 아니라고요? 그럼 우리 사이가 뭐죠? 뭐길래 이렇게 화장품까지 챙겨 주는 거예요?"

이제는 완연히 화가 난 영희가 그렇게 소리 높여 따지고 들었다. 그제야 정 군도 찔끔했다. 하지만 놀라거나 겁을 먹었다기보다는 어리둥절해하는 표정이었다.

"아이, 그럼 아직 아무 소리도 듣지 못했니껴? 형님도 어무이도 아무 소리 않디껴?"

"소리는 무슨 소리. 그리고 말끝마다 형님, 어머니는 또 무슨 얼어 죽을 형님, 어머니예요?"

"헤이 참, 일타(이렇다) 카이. 그걸 여즉(여지껏) 말 안 했구나. 내한테는 글케 떠먹듯이 주께(말해) 놓고는……."

거기서 더 참을 수 없게 된 영희는 소리를 치며 대들기 전의 마지막 단계까지 이르고 말았다. 터질 듯한 속을 억누르고 그전과는 전혀 다르게 차분한 목소리를 지어 물었다.

"이봐요, 미스터 정. 아닌 밤중에 홍두깨라도 유분수지. 도대체 오빠, 어머니와 무슨 얘기를 한 거예요?"

"우리 혼인 얘기를 안 했디껴."

영희가 성난 중에도 어느 정도는 짐작했던 내용을 정 군이 천연스레 말했다. 짐작은 해도 막상 정 군의 입에서 그런 말이 튀어나오자 풀썩 웃음부터 나왔다. 무슨 생각이 있어 지어낸 웃음이 아니라 하도 어이가 없어 절로 나온 웃음이었다. 그러나 웃어 놓고 보니 차라리 잘됐다 싶기도 했다. 어떤 경우에는 성난 고함보다 차가운 비웃음이 더 효과적인 거절을 나타낼 수도 있음을 영희는 알고 있었다.

"우리 혼인 얘기라고요? 어떤 얘긴데요?"

영희가 계속해 빙글거리며 정 군에게 물었다. 안됐게도 정 군은 그런 영희의 반문을 감정이 호전된 신호로 받아들인 듯했다. 제법 진지한 표정이 되어 대단한 비밀이나 털어놓듯 말했다.

"그동안 속에 꾹 여 놓고 있었지만 사실 나는 영희 씨가 맘에 있었니더. 거다가 집에서도 요 근래에는 더러 내 혼인 자리를 알아보는 눈치래요. 군대는 작년에 안 가기로 판정이 났고, 하마 내(나이)도 스물서(셋)이고 하이 그럴 만도 할 께라. 글치만 이런 촌에서 맘에 드는 사람이 어디 쉽디껴? 그래다가 영희 씨를 보게 된 게래요(겁니다). 일이 요새 식으로사 영희 씨한테 먼저 내 속을 비고(보이고) 영희 씨 속도 떠보는 것이 옳겠지마는 그게 또 어디 글니껴(그렇습니까)? 하늘에서 막바로 떨어지지 않은 이상 부모가 있는 게고, 그래서 7월에 집에 갔을 때 먼저 울 아부지, 어무이한테 실찍이 영희 씨 얘기를 해 봤디더. 첨에는 객지에서 아무따나 만난 사람인 줄 알고 어디야꼬(어림없다는 듯) 펄쩍 뛰디 돌내골 이씨들 집안이라 카이 쪼매이 믿어 주는 눈치래요. 그래, 말 낸 김에 아주 아부지, 어무이 반승낙을 받아 내고 안 왔니껴? 글치만 여다 와 보이 또 그게 아이라요. 형님이나 어무이가 날 싫어하지 않는 눈치사 알지만 이기 인륜지대사이(이니) 어예 옹총망총(아무렇게나 함부로) 마구잡이로 주낄(말할) 수 있겠니껴? 그 바람에 눈치만 보다가 여 개간 끝나던 날에사 겨우 입을 띠 봤니더. 거 왜 영희 씨 비 맞으며 빨래해 오던 날 말이씨더. 영희 씨 안죽 나(나이) 어리다 핑계는 대디더마는 형님, 아무이 모도 영 안 된다는 눈치는 아인 같디더. 그래, 바짝 매달래 봤디 정 그래믄 영희 씨한테 함 물어보라 카데요. 그만하믄 그게 바로 된다 소리 한가지 아이껴? 세상에 쇠(소) 새끼가 아인 담에사 누가 오래비, 어마이 다 좋다 카는데 안 된다고 버틸(버틸) 딸자식이 있을리껴? 그래서 믿고 여기를 떠났니더마는 가서 가마이 생각해 보이 또 그게 아이디더(아닙디다). 암만 캐도 혼인은 당자끼리 하는 겐데 내가 너무 형님, 어무이만 믿고 영희 씨를 무시했다 싶어……."

아주 오랜 세월이 지난 뒤, 이런저런 세상 풍파를 다 겪고 나서야 영희는 겨우 그때의 정 군을 순정으로 이해하고 연민으로 회상할 수 있었다. 때로는 희미한 죄책감까지 느껴 가며. 하지만 그때는 아니었다. 그때의 영희에게는 그런 정 군의 순정이 그저 무식하고 뻔뻔스러운 치정으로만 보일 뿐이었다. 그 바람에 영희는 무슨 중대한 모욕이라도 받은 사람처럼 복수심에 타올랐다. 그 복수심을 차가운 비웃음으로 풀풀 날리며 영희가 정 군의 말을 받았다.

"그래서 크림 한 통을 사 들고 날 달래러 왔다 이건가요?"

"그거는 아이고. 그거는……."

그제야 겨우 일이 꼬여 들고 있음을 알아차린 정 군이 갑자기 말을 더듬기 시작했다.

"이봐요, 미스터 정. 미스터 정이 날 잘 봐준 건 고맙지만……."

"예?"

"도대체 어디서 그런 엉뚱한 생각을 하게 됐지요?"

"엉뚱하다이요?"

"그럼 자신이 정말로 저와 알맞은 짝이 되리라고 믿으세요?"

"그거사 그거사, 뭐……"

"아무리 중학교밖에 못 나왔다 하지만 소크라테스가 한 말도 못 들었어요? '너 자신을 알라'고. 자기 주제를 좀 아세요. 주제를."

그때 소크라테스를 기억해 낸 걸 스스로도 신통해하며 영희가 거기까지 말하자 정 군도 영희의 말뜻을 알아차렸다. 하지만 그 부분에 대해서는 꽤나 고민도 하고 마련해 둔 대비도 있어 보였다.

"주제라이, 내 주제가 어떻다고. 아 그거요? 학교 말이꺼? 하기 사 중학교하고 고등학교는 천지 차이제요. 글치만 어예 생각하믄 글크로(그렇게) 대단할 거도 없는 게 학교씨더. 내사 중학교밖에 못 나왔니더마는 그래도 천자, 소학은 다 뗐니더. 꼴난 고등학교 나왔다 캐 봤자 진서(眞書)로 지 이름자도 지대로 못 쓰는 놈아들 이 편한 (널려 있는) 세상 아이꺼? 거다가 신문도 듣고 라디오도 읽 어 세상일도 알 만큼은 알고요……"

정 군은 제 말에 열중한 나머지 '듣고'와 '읽고'가 바뀐 줄도 모 르고 목소리를 높여 갔다. 영희의 차가운 코웃음도 전혀 느끼지 못하는 것 같았다.

"살림도 그러이더. 내사 있다 캐야 논 서 마지기와 밭 2천 평뿐 이씨더마는 이까짓 개간지하고사 댈라꼬요. 울 아부지, 어무이 아 직 나(나이) 젊고 다 큰 동생들 있어 객지에 품 팔로 나오기는 했 니더마는 내 땅만 쭈물락거리도 영희 씨 배곯리지는 않을 자신

있니더. 그뿐이껴? 내가 만일 이 집에 사위로 들믄 개간지 이거 3
년도 안 돼 문전옥답이 될 께씨더. 아이고, 형님 그 뼈덕손에 매껴
놔 보소, 어예 되는강. 내년이믄 이 개간지는 야산 비알(비탈)로 돌
아간다 이 말이래요."

그렇게 말끝을 맺을 때는 제법 자신까지 되찾은 기세였다. 영
희는 그때 이미 코웃음이나 빈정거림만으로 맞서기 어려울 만큼
속이 뒤틀려 있었다. 다만 감정에 맞는 대응이 갑작스레 이루어
지지 않아 숨만 가쁘게 몰아쉬고 있는데 정 군의 마지막 실착이
나왔다.

"서울, 서울 캐싸도 어무이 얘기 들어 보이께는 영희 씨 크게 재
미 보지는 못했는 것 같디더마는……. 나도 몇 번 대처 물 먹어 봤
지마는 별거도 없더라꼬요. 거다 사나들, 그게 어디 사나디껴(사나
입디까)? 속은 텅텅 비었는 게 껍데기만 빤지르르해 가지고. 뿐마
이 아이라. 기생오라비 같은 싼다구(얼굴)에 입은 또 야불야불(나
불나불) 어예 그래 비단결 같은 동, 거다 기집아라 카믄 얌치도 없
이 홀찌락이라. 참말로 똥 싼 주제에 매화 타령이라 카디, 글마들
이 똑 글터라꼬요. 어떤 놈아는 보이, 기집 벌이에 얹히살민서도
잘나기는 혼자 잘나고 멋은 또 혼자 다 부리더라꼬요."

어떻게 되어 얘기가 그렇게 돌아가게 되었는지는 모르지만 듣
고 있던 영희는 어머니가 정 군에게 아는 것 모르는 것 다 들려준
것으로 단정했다. 어머니에 대한 감정이 피해망상에 가깝게 되어
있는 그녀로서는 그 단정만으로도 벌써 참을 수 없을 지경에 이르

렀다. 그런 데다 뒤이어 정 군이 느닷없이 헐뜯기 시작한 것은 바로 창현의 얘기가 아닌가. 어머니는커녕 오빠에게조차도 창현과의 동거는 숨겨 온 영희였으나, 이번에도 정 군에게 창현을 알려 준 것은 틀림없이 어머니라 단정했다. 그래, 네가 그것까지 안다면, 싶자 그때껏의 인내심은 거침없는 분노로 폭발했다.

"야, 이 병신아. 그만 아가리 닥치지 못해? 그래, 오냐, 너 잘났다. 네가 장땡이다."

그러나 영희의 목소리는 아직 차갑고 낮았다.

"예? 엉?"

목소리와 그 뜻하는 바 사이의 엄청난 거리가 일시적인 혼란을 일으킨 탓인지 정 군이 그런 대꾸에 이어 멍한 눈길로 영희를 쳐다보았다. 영희의 목소리가 한층 높고 거칠어졌다.

"너, 아가리 닥치고 꺼져! 대갈통 성할 때 고이 사라지라고, 어서!"

"아이, 영희 씨……."

정 군이 주춤주춤 다가들며 영희의 손을 잡았다. 얼결에 싸움을 말릴 때의 동작을 하게 된 것이지만 결과적으로는 영희의 분노에 갑작스러운 위기감까지 더해 준 꼴이 되고 말았다. 세차게 손을 빼낸 영희가 있는 힘을 다해 정 군의 뺨을 후려치며 집이 떠나가라 소리쳤다.

"야, 이 촌놈의 새끼야. 이게 어디서 순 개 같은 수작을 부리고 있어? 네 배때기엔 철판 깔아 놨니? 보자 보자 하니까 이 쌍놈의 쌔끼가…… 야, 너 이 이영희가 누군 줄 아니? 왕년에 너 같은 건 입가심거리도 안 됐어. 고재봉(당시의 유명한 도끼 살인범)이 열 번 찜 쪄 먹어도 눈도 깜짝 않을 이 몸이란 말이야. 순 촌놈의 새끼가 어디서……. 누깔을 확 뽑아 놓을라!"

비록 삶의 밑바닥까지 굴러떨어진 적은 없다 하더라도 혹독한 도회의 밑바닥을 스쳐 지나면서 그렇고 그런 여인들을 많이 본 영희였다. 영희는 그중에서도 가장 막바지에 떨어진 여인들을 흉내 내며 악을 썼다.

그런 영희의 엄청난 기세에 질려 버린 것인지 그 순진한 시골 청년은 정말로 겁먹은 눈초리였다. 얻어맞은 뺨을 싸쥔 채 영희를 흘금거리다가 슬금슬금 마당으로 물러났다. 거기에 힘을 얻은 영희가 더욱 목소리를 높였다.

"너 이 새끼야, 두 번 다시 내 앞에 나타나지 마. 다시 한 번 내 눈에 띄면 그날이 바로 네 제삿날인 줄 알아!"

그뿐이 아니었다. 고함 소리 외에 무언가 위협이 될 만한 수단을 찾고 있던 영희는 정 군이 제 말에 취해 떠들다가 마루 끝에 놓아 둔 크림 통 꾸러미를 보고 집어 들었다.

"가께요(갈게요). 간다 카이요!"

그때는 벌써 마당 가운데까지 물러나 있던 정 군이 그런 영희를 보고 비명 비슷한 소리를 지르며 등을 돌렸다. 영희는 미끄러질 듯 사립문을 향해 내닫는 정 군의 등짝을 겨눠 크림 통 꾸러미를 냅다 던졌다. 그러나 크림 통 꾸러미는 빗나가도 한참을 빗나가 흙담에 박힌 돌을 맞히고 산산조각이 나 흩어졌다.

영희가 미친 듯한 분노에서 깨어나 제정신으로 돌아온 것은 정군이 자취 없이 사라지고도 한참이나 지난 뒤였다. 분노도 본질적으로는 긴장의 하나다. 그리고 지나친 긴장 뒤에는 반드시 감정의 이완이 따르게 마련인데, 영희에게는 그 이완이 그저 아득하기만 한 슬픔과 걷잡을 수 없는 눈물의 형태로 나타났다.

쫓기듯 방 안으로 돌아간 영희는 그대로 방바닥에 퍼질러 앉아 섧디섧게 울었다.

'창현 씨 어디 있어요. 정말로 나를 버린 거예요……?'

밖에서는 잠시 그쳤던 비가 다시 줄기줄기 마당을 적셔 오는 소리가 들렸다.

손님

"자아, 흙부터 얼른 게라(이거라). 날 달기(달아오르기) 전에 알매부터 얹어야 된데이."

윤 대목이 연장 배낭을 내리며 모여 있는 사람들을 재촉했다. 집을 짓는 일에는 유일한 전문가여서 절로 작업 지휘까지 하고 있었다. 들일이 바쁠 텐데도 전날 대들보를 얹을 때부터 명훈네의 잡일에 들러붙어 온 진규 아버지가 혀를 차며 명훈에게 물었다.

"에이고, 사람 다섯 가주고 무슨 알매를 치노? 놉이 이거밖에 안 되드나?"

"몇 더 올 겁니다. 상두가 장터 애들 있는 대로 긁어모아 오기로 했어요."

명훈이 저도 모르게 변명조가 되어 그렇게 받았다. 입은 언제나 빈정거려도 명훈네가 집 짓는 일에는 누구보다 살갑게 나서 주는 진규 아버지에게 느끼는 감사의 변형이었다.

"그 뻐덕손들 와 봐야 일 잘하겠다. 몰리댕기며 개골(산골짜기)에서 내려온 아아들 패고 술이나 뺏어 먹는 일이라믄 모리까……"

진규 아버지는 그렇게 한 번 더 빈정대 놓고 곰방대를 털며 일어났다. 그리고 흙일이라면 자기 몫이라는 듯 그때까지 엉거주춤 앉아 있는 사람들에게 작업 분배를 했다.

"후불이 아배하고 점식이는 흙에 열(넣을) 짚 쫌 썰어라. 아매 한 쉰 단은 썰어야 될 게라. 웅출이는 물 져 나리고(져 나르고), 감천이는 내캉 흙 모으자."

사람들은 별말 없이 진규 아버지가 시키는 대로 일을 시작했다. 뚜렷하게 맡은 일이 없는 명훈은 쓰고 남은 나무로 문짝이며 식탁 같은 것을 짜려고 연장을 꺼내는 윤 대목 쪽으로 갔다.

"어제 말한 식탁 기억하시겠어요?"

명훈은 윤 대목의 기분을 상하지 않게 하려고 애써 지나가며 하는 소린 듯 물었다. 명훈은 부엌을 넓게 하면서 그 한구석에 식탁을 넣을 작정이었다. 흙벽돌집이라 툇마루를 빼기가 나쁘고, 또 흙투성이 들일을 하다가 방 안으로 들어가 밥상을 받을 때의 번거로움을 피한다는 이유를 대고는 있었지만, 명훈이 군이 식탁을 짜게 한 데는 남모르는 허영심도 한몫을 했다. 비록 흙벽돌집에 살며 농사를 지어도 자신이 여느 농군들과는 다르다는 것을 보여 주고 싶다는 게 우선 그 식탁으로 나타난 셈이었다.

"안다, 알아. 그러매이는(그런 것은) 방천 공구리(콘크리트) 다리 놓을 때 함바 지으며 여러 개 만들어 봤다. 꼴같잖은 식탁 하나 가 주고 억시기 여러 말시럽네(말이 많네)."

윤 대목이 퉁명스레 받았다. 나무 일을 자신에게 맡기지 않고 명훈이 그림까지 그려 가며 식탁의 형태와 크기를 결정한 게 아무래도 전문가로서의 자존심을 건드린 듯했다. 그 바람에 머쓱해진 명훈이 멋쩍게 머리만 긁고 있는데 진규 아버지가 멀찌감치서 한마디했다.

"윤 대목 잔심부름이사 인철이 오믄 하게 하고, 명훈이 자네는 어데 가 비니루 좀 넉넉히 구해 놓는 게 좋을 거로……."

"비닐은 왜요?"

"지붕에 뭐로, 루핑인가 뭔가 하는 종이 덮을 게라면서? 알매 친 게 안 말랐는데 그걸 쳐 바를 수는 없을 거 아이라? 그런데 알매 마르기 전에 비라도 오믄 어예노? 장마철이사 지났다 캐도 아직 맘 못 놓는다. 비니루나 많이 구해 놔라……."

그런 진규 아버지의 말에 명훈은 반사적으로 하늘을 쳐다보았다. 구름 몇 점 안 보이는 맑은 날씨였지만 비 걱정을 안 해도 될 계절은 아니었다. 9월 초순이라 언제 소나기나 태풍이 닥칠지 모르는 일이었다.

실은 루핑 페이퍼도 식탁과 마찬가지로 명훈의 감추어진 허영의 하나였다. 9월이라 아직 새 볏짚은 나오지 않고 묵은 볏짚은 구하기 어렵다는 핑계는 있었지만, 그보다는 지붕이라도 여느 농가와는 다르게 하고 싶다는 게 명훈이 루핑 페이퍼를 선택한 더 정확한 이유였다.

하지만 그 같은 허영이 요구하는 대가는 뜻밖에 컸다. 루핑 페이퍼를 쓰려면 그전에 먼저 지붕을 판자로 덮어야 하고, 서까래도 모두 각목이어야 했다. 그런데 그 판자와 각목을 사려면 들어갈 돈이 엄청났고 또 도벌로 목재를 해결하기에는 위험이 너무 컸다. 거기다가 더욱 나쁜 것은 알매를 치지 않고 판자로 덮을 경우 각오해야 될 겨울의 추위와 여름의 더위였다. 윤 대목뿐만 아니라 진규 아버지까지도 지붕에 알매를 치지 않겠다는 데는 펄쩍 뛰며 반대했다.

"그래 놔 봐라. 여름에는 찌고, 겨울에는 얼웃고(얼리고), 좋을 게 다. 세상에 알매 안 친 지붕이 어디 있노?"

그 바람에 이루어진 절충이 지금처럼 알매를 친 지붕에 루핑 페이퍼를 덮는 방식이었다. 서까래는 가까운 국유림에서 막 잡아와 껍질만 벗긴 생소나무로 쓰고, 그 위에 역시 생솔을 잡아 쪼갠 장작을 얽은 뒤 알매를 치되, 거기에 대강 흙손질을 해 루핑 페이퍼를 덮기로 했다.

진규 아버지의 말 때문에 갑작스레 다급해진 명훈이 장터까지 올라가 비닐을 구해 다시 집 짓는 곳으로 돌아왔을 때는 이미 알매치기가 한창이었다.

언제 왔는지 상두가 데려온 장터 녀석들 몇도 동네 일꾼들과 어울려 킬킬거리고 있었다. 진규 아버지가 빈정거린 대로 일이 몸에 익지 않은 녀석들이었지만 알매를 치는 데는 적지 않은 도움이 되고 있는 듯했다. 이겨 놓은 흙덩이를 베개 크기로 뭉쳐 지붕 위에 있는 사람들에게 던져 올리는데,

"내 떡 하나 먹으소!"

"아나, 여기 한 보따리다!"

그렇게 장난같이 소릴 질러 대기는 해도 어쨌든 지붕 위로 올라가야 할 흙은 그들 손에 의해 올라가고 있었다.

"아이고, 형님 인제 오시이꺼?"

녀석들의 작은오야붕 격인 상두가 흙을 뭉치고 있다가 명훈을 보고 반가운 소리를 질렀다. 그리고 이어 은근히 으스대는 듯한 목소리로 뻔한 보고를 했다.

"일마들이 다 어데 가 뿌렸는 동 몇 놈 몬(못) 뿌뜨러 왔니더. 여기 이 시 눔(세 놈)뿐이씨더."

"애썼다. 너희 넷이라도 큰 도움이 되겠다. 역시 의리는 상두 너뿐이구나."

명훈이 그렇게 추켜 주자 상두는 더욱 신나했다. 상두가 얼마나 엄청나게 옛날 얘기를 떠벌렸는지 명훈이라면 보는 눈길조차 달라지는 나머지 세 녀석도 한층 더 열심으로 흙덩이를 던져 올렸다.

"어이 명훈이, 거다는 가만 놔또도(놓아 두어도) 돌아가이(니) 일로 쫌 온나. 이거 좀 부뜰어 조야 될따."

윤 대목이 그새 따가워진 햇볕 아래서 X 자 형으로 된 식탁 다

리 둘을 세워 보며 소리쳤다. 그러고 보니 곁에서 거들어야 할 인철이가 보이지 않았다.

"철이는 어디 갔습니까?"

명훈이 다가가 다리 하나를 잡아 주며 물었다. 윤 대목이 두꺼운 각목으로 두 다리 사이에 빗대를 대며 우물거렸다.

"몰라. 쪼매 전에 처자가 불러 가대……."

그러고 보니 벌써 오전 참 때가 지나 있었다. 집 짓는 일에만 모든 힘을 쏟게 된 때부터 전에 없이 활기차진 어머니는 중참 마련에 유별나게 신경을 썼다.

특히 전날 대들보를 올릴 때는 언제 빚었는지 모를 밀주(密酒) 막걸리에 돼지고기 수육과 파전까지 내왔는데, 그날도 무슨 특별한 중참을 준비한 듯했다. 인철은 그걸 날라 오기 위해 불려 간 것임에 틀림없었다.

명훈의 짐작대로 인철이 제법 큰 술통을 지고, 어머니가 흰 보자기 덮인 함지박을 머리에 인 채 뒤따라 올라온 것은 식탁의 모양을 다 갖춘 뒤였다.

"어떻노? 이만하믄 맘에 드나?"

장방형(長方形)으로 긴 모서리 양쪽에 셋, 짧은 쪽에 하나씩 해서 여덟 명은 앉을 수 있게 짜인 식탁은 명훈의 마음에 썩 들었다. 대패질밖에 안 된 송판과 각목으로 된 것이지만 명훈에게는 서부영화에서 본 그 어떤 개척민의 식탁보다 멋있게 비쳤다. 그래서 흐뭇하기 그지없는 기분으로 앉아 보고 있는데 어머니의 목소리가 들렸다.

"야야, 명훈에이. 온나 보자."

명훈이 비로소 식탁에서 눈길을 떼어 어머니 쪽을 보니 오고 있는 것은 철이와 어머니 외에 한 사람이 더 있었다. 꾀죄죄하기 그지없는 한복 차림에 낡은 중절모를 머리에 얹은 늙은이였다.

"여 와 인사드리라 카이. 무실[水谷] 새할배 오싯다."

어머니가 한 번 더 명훈을 재촉했다. 그 늙은이의 모습이나 '무실 새할배'란 말이 눈과 귀에 익은 것이기는 해도 누군지가 얼른 생각나지 않은 명훈이 엉거주춤 일어나며 물었다.

"누구신데요……?"

"야가 벌써 잊어뿌랬나? 무실 존고모(尊姑母) 말이라. 왜 전에 혜화동 살 때……."

그제야 명훈은 문득 '경동이 아재'와 함께 무실 고모할매가 떠올랐다. 어렸을 적에는 산악같이만 느껴지던 경동이 아재는 서울 변두리 국민학교의 교원이고, 무실 고모할매는 그의 어머니였다. 할아버지의 배다른 여동생인가 그랬는데, 고모할매란 명칭이 존고모(尊姑母)에 갈음할 수 있는지는 알 수 없으나 명훈은 어릴 적부터 그렇게 불러 왔다.

원래도 아버지의 고모라면 그리 먼 친척이 아니지만 두 집이 특히 가깝게 지낸 것은 사상 때문이었다. 어찌 된 셈인지 그 집은 경동이 아재부터 고모할매까지 일찍부터 좌파 일색이었다. 그래서 고모할배만 빼고 집안 모두가 열렬한 저쪽(좌파) 당 일꾼이었고,

또 식구대로 모두 월북했다고 들었는데 그 고모할배가 그렇게 불쑥 나타난 게 왠지 섬뜩했다.

'어쩌면 북쪽에서 왔을지도 모른다……'

퍼뜩 그런 생각이 들자 명훈은 반가움보다는 공포에 가까운 긴장을 느꼈다. 군대 시절 3년과 돌내골로 돌아와서의 몇 달 동안은 거의 잊고 지냈지만 의식 속에는 거의 본능처럼 남아 있던 긴장이었다.

"안녕……하셨습니까? 그간 어디에……?"

꾸벅 머리를 숙인 명훈은 더듬거리면서도 가장 궁금한 것부터 물었다.

"내사 뭐, 이리저리 떠댕기며 살았제. 장돌뱅이 된 지가 하마 여러 해라. 진안장에 왔다가 너어 얘기를 듣고 하 반갑어서."

고모할배가 별 표정 없는 얼굴로 그렇게 대답했다. 북쪽에서 내려왔을지도 모른다는 의심을 씻어 주기에는 충분치 못한 대답이었다. 그때 식탁 위에다 함지를 내려놓은 어머니가 그런 명훈의 의심을 읽기라도 한 듯 길게 설명했다.

"시상에, 아이, 고모님하고 데련님, 애기씨는 모도 월북하고, 새아재하고 말동이만 여기 남았다 안 카나? 그래도 새아재는 하마나 하마나 하고 1·4 후퇴 때까지 기다렸는데 기어이 안 내리오시더라는 게라. 아무따나(무턱대고) 찾아 나설 수 없고 해, 전에 살던 집에서 기다리는데 다시 미군하고 국군이 올라오이 우예 됐겠노? 따라 붙을 데도 없는 말동이 데련님하고 새아재 두 분만 이남에 달랑 남고 만 게제. 요새는 장터를 옮겨 댕기면서 장사를 하시는 갑더라. 그래서, 어제 진안장에 왔다가 우리가 여다 이래 와 있다는 소리를 듣고 찾아오신 게라. 이게 참말로 얼마 만이껴?"

"한 10여 년 되제……. 보자, 전쟁 나던 해 설(설날)에 아아들하고 자네 시어무이 보러 갔을 때가 우리가 마지막 본 때제, 아매……?"

고모할배가 여전히 덤덤한 표정으로 어머니의 말을 받았다. 그렇다면 13년. 명훈에게는 까마득한 세월이었으나 그에게는 어제 그제 같은 모양이었다. 10여 년이란 말에 아무런 감동도 담겨져 있지 않았다.

"마침 잘됐다. 식탁이 짜엣(짜졌)으이 고마 여다가 상을 채리자. 새아주버임은 그리 앉으시소."

어머니가 이고 온 함지를 식탁 위에 내려놓으며 말했다. 그러나 고모할배는 그대로 선 채 이제 한 반쯤 알매가 쳐진 명훈의 흙담집을 살펴보고 있었다.

"신작로 닦아 놓으이 양갈보부터 먼저 지나간다 카디, 개시가 이래 될라? 밥상 하자꼬 식탁 짰는데 술상으로 개시하이 말이따."

철이가 술통까지 식탁에 올려놓는 걸 보고 윤 대목이 한마디했다. 지붕에서 내려올 채비를 하고 있던 응출이와 감천 양반이 한꺼번에 그런 윤 대목의 말을 받았다.

"윤 대목 심술 하나는……. 이게 중참이지 어디 술판이가?"

"술상 안 되는 밥상이 어딨노? 내사 우리 밥상이 술상으로 자주 쓰이면 쓰일수록 좋을따."

윤 대목이 꼭 악의가 있어 한 말이 아님을 잘 아는 명훈이 너털웃음을 섞어 그들의 작은 시비를 가라앉혔다.

"맞습니다. 술통이야 식탁에 자주 오를수록 좋지요. 자, 모두 이리로 오십시오. 어이, 상두 너희들도 손 씻고 일로 와."

그러자 일꾼들이 떠들썩한 웃음으로 맞장구를 치며 식탁 주위로 몰려들었다.

짐작대로 그날도 중참은 유별났다. 술은 철이가 도가에서 가져온 것이지만 콩 국물에 만 면발이 가는 손국수나 삶은 물오징어회, 파전, 고추전이 하나같이 그런 막일판에는 참으로 과분하다 싶을 만큼 솜씨 있고 정갈한 음식이었다. 천천히 집을 한 바퀴 둘러본 고모할배가 식탁으로 돌아온 것은 상이 다 차려진 뒤였다. 어른들은 식탁에 붙은 의자에 앉고 상두네 패거리는 둘러선 채 콩국수를 받고 있는데 미리 비워 둔 자리에 돌아와 앉은 고모할배가 불그스레해진 눈길로 명훈을 보며 중얼거렸다.

"이렇게도 살아가는데 말동이 그눔은……."

"참, 말동이 데런님은 우예 지내니껴?"

어머니가 고모할배 앞으로 음식 접시를 몰아 놓다가 물었다.

"말 마라, 벌써 이태째 편지 한 장 없다."

"지금 어디 있는데요?"

명훈이 국수를 감아 넣다 말고 끼어들었다. 말동이 아재라면 자신과 나이 차가 한 살밖에 나지 않아 특히 더 기억에 있었다.

그 집으로서는 막내라서 그런지 고집이 세고 심술궂어 몇 번 만나지 않았는데도 그때마다 한 번은 명훈과 싸움을 치른 까닭이었다. 그가 아저씨뻘 된다는 것 때문에 언제나 명훈에게 불리하게 판정 나는 싸움이었다.

"그걸 내가 어예 아노? 5·16 나던 해 국토건설단인가 개척단인가 하는 데 끌래가디 여즉 소식 없다."

"거긴 왜요? 뭐 그럴 일 있어요?"

명훈이 한층 더 호기심이 일어 물었다. 군대에 복무 중일 때 외출 나갔다 우연히 만난 뒷골목 시절의 패거리 하나로부터 적지 않은 주먹들이 개척단에 끌려갔다는 소리와 함께 그곳 내무 생활의 끔찍함을 들은 적이 있었기 때문이었다.

"하라는 공부는 안 하고 찌딱거리며(건들거리며, 으스대며) 댕길 때 알아봤제. 세상에 내 자식이 깡패로 풀랠 줄 누가 알았겠노? 하기사 진작에 고향 드가(들어가) 위토라도 붙이미 지(저) 하나나 토닥거리고 살았으믄 그리 안 됐을지도 모르제. 글치만 하루아침에 기집자슥 다 잃았뿌고 캄캄한 산골짝에 들어갈 마음 참말로 안 나드라. 사는 것보다도 속에 천불이라도 끌라꼬(꺼 보려고) 장터로 나선 게 말동이 글마를 뻗나게(빗나가게) 했을 께라. 아무도 머라 카는(나무라는) 사람 없으이 못된 놈아들하고 어울래……."

그러던 고모할배가 손도 안 댄 국수 그릇을 한쪽으로 밀며 한숨 섞어 말했다.

"나는 고마 술이나 한잔 다고. 새참 먹을 만큼 일한 적도 없고……."

"그래도 국시는 잡숫고…… 전에는 술 드시는 같잖디더마는……."

어머니가 끼어들어 그렇게 권해 보았지만 그는 여전히 국수 그릇은 거들떠보지도 않고 명훈에게 술잔을 내밀었다.

"그랬제. 밀밭 근처만 가도 술이 오른다 카던 내렸제(나였지). 글치만 세월이 퍼멕이이 어예겠노? 여 한잔 따라라 보자."

하지만 대단한 술은 아니었다. 일꾼들이 많게는 세 사발씩이나 막걸리를 마시고 다시 일하러 나설 때까지도 아직 첫 사발을 찔끔 거리던 그가 마침내 그걸 비웠을 때는 벌써 두 눈이 알아보게 퀭해져 있었다. 그리고 다시 그만한 시간이 걸려 한 사발을 더 비우자 이번에는 사람까지 완연히 달라진 것 같았다.

"우리 말동이 말이라, 실은 어데 있는지 아나?"

마음은 급해도 오랜만에 찾아온 친척 어른을 혼자 두고 일판으로 돌아갈 수 없어 마주앉은 명훈에게 그가 꼬여 들기 시작하는 혀로 물었다.

"말동이 아재는…… 개척단에 끌려갔다고 그러지 않았습니까?"

명훈이 어리둥절해 그렇게 받았다. 그러자 그가 느닷없이 악의의 눈빛을 번쩍이며 다시 물었다.

"그라믄 그 개척단에는 왜 끌려갔는지 아나?"

"깡패, 아니, 주먹질 좀 하고 돌아다녔다고……."

"아이따, 그건 다 경찰 놈들이 덮어씌운 게라."

그가 갑자기 강경해진 목소리로 그렇게 소리치더니 주위를 힐끔 돌아보고는 목소리를 죽였다. 무슨 대단한 비밀을 털어놓는 듯한 말이었다.

"깡패질이라이, 택도 없는 소리따. 우리 말동이 가아가 어떤 아안데 깡패실을 해? 그 흉악한 놈들이…… 가아가 혁녕을 할라 카이 데리간 게라. 깡패이 뭐이, 애매한 누명을 씌워……."

"말동이 아재가 혁명을요?"

"그럼 가아 아이고 누가 하겠노? 저 어마이·형·누나 모두 눈에 불이 철철 넘치는 혁명꾼인데 지가 혁명 안 하고 누가 하노? 여맹(女盟)위원장 아들에 그 시퍼런 인민군 군관 동생이 어예 가마이 있을 수 있노, 이 말이라."

듣기에 따라서는 엄청난 말일 수도 있었지만 명훈은 왠지 두렵거나 긴장이 일지 않았다. 그가 너무 쉽게, 그리고 함부로 그런 말들을 쏟아 놓은 까닭이었다. 가슴에 품고 있던 무서운 비밀을 털어놓고 있다기보다는 중증의 알코올중독 쪽에 더 혐의가 간 명훈이 이번에는 또 다른 호기심으로 물었다.

"혁명을 하다니요? 어떻게요?"

"혁명 그거 어디 온 사람이 알도록 외고 댕기며 하는 기가? 발달린 짐승이 이 구석 저 구석 댕기며 숨어서 하는 짓을 내가 다 어예 아노? 글치만 가아가 하고 댕긴 거는 틀림없이 혁명이라, 저 어마이 저 형맨치로……."

그러나 명훈은 아무래도 그의 말을 믿을 수가 없었다. 열에 아홉은 그가 술 취하기 전에 한 말이 더 사실에 가깝겠지만 그래도, 하는 마음에서 물음을 바꿔 보았다.

"그럼 혹시 말동이 아재도 그때 데모를……?"

"데모? 그 학생 데모 말이가? 그기 어예 혁명고? 우리 말동이는 그러매이 장난은 안 한다."

고모할배는 그렇게 타박을 주어 놓고 더욱 은밀한 목소리가 되어 중얼거렸다.

"암매 지그 어마이나 형하고 끈이 닿았을지도 모르제. 그래서 이북으로 넘어갔는지도……"

하지만 명훈은 차츰 그가 사실을 말하고 있다기보다는 희망을 말하고 있음을 알아차렸다. 몇 년이나 소식 없는, 이제는 외아들이나 다름없이 된 막내에 대한 그리움과 불안이 그런 희망을 믿음으로 바꿔 놓은 듯했다. 그것도 술에 취했을 때만.

명훈이 그런 그를 떨쳐 버릴 수 없어 이제는 웅얼거림으로 변한 그의 말에 억지로 귀 기울이는 척하고 있는데 그새 상을 치우고 빈 그릇을 챙긴 어머니가 그를 달래듯 말했다.

"새아주버임, 인제 그만 내리가입시더. 집에 가 쉬시다가 가아(그 애) 일 마치고 내리오거든 얘기 더 하시이소."

그러자 말없이 일어나 흔들흔들 개간지를 내려가던 그가 갑자기 뒤를 돌아보며 명훈을 불렀다.

"글치, 니 여다 좀 온나 보자. 할 얘기가 있다."

"네에?"

흙 이기는 곳으로 돌아가려던 명훈이 떨떠름해 묻자 그가 약간 술기운을 억누른 목소리로 말했다.

"본시 니한테 할 얘기가 있었디라. 너어 애비 얘기라."

아버지란 말에 다시 긴장한 명훈은 군말 없이 그에게로 다가갔다. 산소 앞 도래솔 곁에 그가 퍼질러 앉으며 다시 비밀을 주고받는 투로 말했다.

"너 애비를 만났디라."

그 말에 명훈은 정수리에 찬물을 끼얹은 듯 정신이 번쩍 들었다. 앞서 걷기는 해도 긴장하기는 명훈과 다를 바 없었던 어머니는 가벼운 비명과 함께 함지를 인 채 풀썩 주저앉았다. 그러나 고모할배의 다음 말은 뜻밖이다 못해 희극적이었다.

"그게 1·4 후퇴 한 댓새 후가 되제 암매. 너 애비는 꼭 돌아왔지 싶어 혜화동 옛집에 갔다가 참말로 가아(그 아이) 동영이를 만났제……."

그렇다면 12년 전 얘기를……. 명훈은 팽팽한 긴장이 풀어짐과 함께 쓴웃음까지 지을 뻔했다. 하지만 어머니의 반응은 좀 달랐다.

"하이고, 새아지뱀도 사람을 어예 그렇게 놀래키니껴? 하마 옛날얘기를 가지고……."

그렇게 고모할배를 원망하면서도 한편으로는 궁금하기 그지없는 표정이었다. 그래도 가장 늦게 남편을 만난 사람이란 게 그녀에게는 어떤 기대를 걸게 한 듯했다. 그러나 고모할배는 그런 어머니를 아랑곳않고 명훈만을 풀린 눈길로 올려 보며 얘기를 이었다.

"혹시나 혹시나 해서 매일같이 혜화동 그 집을 빙빙 도는데 하루는 차 소리가 나디 너 애비가 올라오데. 번쩍이는 가죽 장화에 권총까지 차고. 글치만 군인 같지는 않더라. 뭐, 공작대장이라 카든강. 동영이도 너어를 몹시 찾아댕기는 눈치던데, 혈색은 좋데. 살도 좀 붙은 거 같고……. 지숙이 에미, 형동이, 경동이 얘기 더러 아는 게 있어 전해 주고 어딘동 지 있는 데도 알려 주더라만 그걸로 끝이라. 말동이 데리고 평양까지 갔다가 그것들 하나도 못 찾고 서울로 돌아오이 다시 국군, 미군 닥치고……. 글치만 너어 애비사 일없이 북쪽으로 돌아갔을 게따. 그런데 너어는 또 어예자꼬 (어쩌자고) 남으로 떠억 내려가 가주고……."

몇 갈래로 다르게 전해지는 아버지의 후문(後聞)과는 잘 연결이 되지는 않지만 어쨌든간에 한 번 들은 적이 있는 소리였다. 그러나 어머니에게는 아직도 가슴을 건드려 오는 그 무엇이 있는 듯했다.

"평양까지 갔다 왔니껴? 그건 아까 말씀 안 하시디. 그래고 고모부임(님)이 그 사람을 만났더라는 말도 이게 첨이씨더. 어예 인제서야……."

"나도 사니라꼬 정신없었지만, 자네넨들 어데 찾아가고 자시고 할 만큼 한군데 붙박히(붙박여) 살았나? 서로 뿌리 없이 떠댕기이 어예 만나 그 얘기를 할 수 있겠노?"

"달리 딴말은 없디껴?"

"어예튼 동 살아만 있으라 카데. 그때사 금방 중공군이 부산까지 밀 것 같은 기세였지마는 한 번 디(데어) 봐서 그런지 되밀릴 수도 있다는 길 아는 눈치라. 글치마는 인제등강(언젠가는) 다시 내리온다는 거는 안죽 믿는지 내한테 하는 게 그 소리뿐이드라. 살아있기만 하믄 그기 곧 이기는 기고 성공이라는 뜻이겠제. 다시 내려오는 거는 인제사 온전히 빈말이 되고 말았다마는……."

두 사람은 꼭 어제 그제 만난 사람의 얘기를 주고받듯 했다. 아버지 얘기에 그들과 같지는 않았지만 명훈에게도 새삼 희미한 감동 같은 게 일었다.

오래 가슴에 품어 온 얘기여서 그런지 아버지 얘기를 할 때만 해도 제법 멀쩡해 보이던 고모할배는 다른 얘기로 넘어가면서 중증인 알코올중독의 증세를 다시 드러내기 시작했다. 소문쯤은 들었을 법도 한데 이미 10년 전에 죽은 처고모(명훈의 할머니) 얘기에 뒤늦게 눈물을 쿨쩍거리는가 하면 느닷없는 열성 당원이 되어 눈에 불을 켜기도 했다.

"후텁텁한데 빈집에 가이 뭐하노? 고마 시원한 이 솔모래기(솔무더기)에 누워 한숨 잘란다."

오래잖아 그러면서 도래솔 밑 풀밭에 쓰러지듯 누울 때는 차라리 잘됐다 싶기까지 할 정도였다.

고모할배가 낮잠에서 깨어나 명훈을 다시 찾은 것은 오후 참때가 되어서였다. 점심때 한 번 깨워 보았지만 힘겹게 내젓는 두 손이 아니라면 낮잠이 아니라 혼절로 알았을 만큼 기척 없는 잠이어서 은근히 걱정하던 명훈은 그의 부름을 듣기 바쁘게 달려 갔다.

"그래, 알매는 다 쳤나?"

어느새 처음 나타날 때의 지치고 맥 빠진 늙은이로 돌아간 고 모할배(존고모부)가 물었다. 꼭 궁금해서라기보다는 다른 얘기를 끌어내기 위한 절차로서의 물음 같았다.

"예, 이제는 장작(산자) 새(사이)로 흘러내린 알매 흙을 안에서 고르고 있습니다."

명훈이 손에 묻은 진흙을 떼 내며 대답했다. 별로 궁금해 보이지 않는 고모할배의 물음은 한 번 더 반복되었다.

"미세(미장)는 오늘 다 되나?"

"그게 그만……. 알매가 이렇게 빨리 끝날 줄 몰라 모래를 준비하지 못했습니다. 애들 시켜 모래 한 리어카 담아 오게 했으니 오늘은 미세가 안 돼도 내일은 될 겁니다."

명훈은 애써 그의 의도를 알려 않고 실제 사정대로 말했다. 그러자 이제 요식은 대강 갖췄다는 듯 고모할배가 비로소 표정 있는 얼굴로 진작부터 궁금했던 듯한 것을 물었다.

"그런데 말이라, 내 아까 술 취해 뭐 옹총망총(아무렇게나 함부로) 주끼는(주워섬기는) 거 없드나?"

명훈은 그 물음을 듣고서야 그의 표정이 낮술에 취했던 겸연쩍음보다는 기억나지 않는 술주정에 대한 걱정에서 지어진 것임을 알아볼 수 있었다.

"별말씀 없으셨습니다. 더구나 우리끼리야……."

"그라믄 뭔 얘기를 하기는 했구나?"

"대단한 거는 아니었습니다만 말동이 아재가 고모할매, 경동이 아재하고 끈이 닿아 뭘 한다는 말은 좀……."

"뭐라꼬? 내가 그캤나?"

거기서 갑자기 낯색이 변한 고모할배는 몸까지 부르르 떨며 사방을 둘러보았다.

"뭔, 아(아이) 잡을 소리를…… 그래, 사람들 모도 들었나?"

"그건 걱정 마십쇼. 어머님과 저밖에 없었습니다."

"술이 탈이라. 속에 천불이 나 쪼매씩 마시기 시작했는데, 그기 참 마물(魔物)이라. 니도 술 마시믄 그렇나? 이거는 뭐 한 잔 드가기만 하믄 헛소리가 돼 나오니……."

"그야 뭐 다 그런 거 아닙니까?"

"그기 아이라. 헛소리라도 큰일 날 헛소리이 그렇제. 얼마 전에는 임안장에서 또 그래 지서까지 붙들려 갔다 안 나왔나? 세상 험할 때 같으믄 맞아 죽을 소리이 조심하라 카미 놔주더라……."

"……."

"참 거 이상채? 니가 아는지 모를따마는 예전에는 그 사상, 그쪽 사람들이라 카믄 윈고개를 틀던 내 아이라? 아아들하고 아아들 어마이 그 운동 한다고 길길이 날뛸 때도 내만은 아인(아닌) 보살하고 피해댕겼제. 아이, 빨갱이라 카믄 가던 길도 돌아섰잖나? 그런데 거 참, 이상하제? 어예 요새는 취하기만 하믄 돼도 않

은 소리라 카이. 참말로 이래다가 김일성이 만세, 카고 나설까 걱
정이따."

그러다가 더 얘기해 봐야 무슨 소용이냐는 듯 몸을 추스르고
일어났다.

"이젠 가 봐야 될따."

"아니, 집에서 주무시고 가시지 않고요."

조금은 뜻밖이라 명훈이 붙잡는 뜻을 곁들여 물었다. 고모할배
가 갑자기 한숨을 섞어 대답했다.

"여름 손(손님)은 범이라 안 카나? 거다가 지금 떠나야 내일 청
송(靑松)장을 본다."

"무슨 장사를 하시는데요?"

"장사라 칼 것도 없지마는 저울대 하나 들고 장 입새서 꼬치(고
추) 근 거뒀다가 오대(큰 수집상)한테 넘굿고(넘기고) 밥값이나 띠(떼
어) 쓰제."

그를 촌수와 호칭조차 따져 보기 복잡한 인척이나, 그러면서도
막대접해서는 안 되는 좀 귀찮은 손님 정도로만 대해 오던 명훈은
그 말을 듣자 갑자기 눈시울이 화끈할 만큼의 깊은 연민과 동류의
식을 느꼈다. 저울대 하나만을 메고 이 장 저 장을 떠돌면서 이어
가는 그의 삶에서 자신들이 지난 10여 년 살아온 방식의 한 변형
을 본 듯해서였다. 한곳에 붙박여 살아 경찰의 파악 아래 있어서
는 안 된다. 일이 터져 붙들리더라도 그곳은 반드시 사람의 눈이
많은 도회여야 한다……

"연세도 많으신데 여태껏 그렇게까지야……. 이제는 어디 알맞은 곳에 뿌리를 내리시지요."

남들이 들어서는 애매할 수도 있는 명훈의 말이었지만 고모할배는 금세 알아들었다. 그 또한 갑자기 축축해진 듯한 목소리로 명훈의 연민에 답했다.

"뭔 말인지 알겠다만, 휘유 — 인제는 쪼매 달라지기는 했다. 하기사 나도 이 장사를 시작한 거는 그눔의 경찰 등쌀 때문이제. 까딱하믄 경동이가 (간첩으로) 내리왔다, 지숙이가 내리왔다 카며 엄한(애매한) 사람 불러다가 잡도리를 치이 어예 견디겠노? 글치만 인제는 아이라. 요새 내가 이래 떠댕기는 거는 말동이 글마 때문이라꼬. 지가 개척단에 끌리갈 때도 나는 이 장사로 떠댕기고 있었으이 그눔아가 날 찾을라 칼 때는 장터부터 뒤벨 꺼라(뒤질 거라). 어차피 한 군데 지그시 붙박이 산 적 없는 우리 부자(父子)이 지가 찾아가 봐야 어디로 찾아가겠노? 또 지가 날 안 찾는다 캐도 이 장 저 장 떠댕기다 보믄 내가 지를 찾기가 쉬울 동싶고……. 인제 경찰은 안중에도 없다."

그래 놓고 다시 간곡하게 덧붙였다.

"보래이, 니도 남의 일같이 여기지 말고 잘 살피거라. 조상 대대로 살고 지가 난 땅이 여기라는 거는 그눔아도 알고 있으이 한번은 이 근처에 어리댈(얼씬거릴) 게라. 혹시라도 만내거나 소식 듣거등 꼭 내 말 전해 도고. 지만(저만) 찾으믄 나도 어데 맞춤한 곳에 뿌리 내리고 살란다. 장돌뱅이 인제 고만하고 원래 살던 양대

358

로 살란다. 족보에는 선치포(善治圃: 농사를 잘 지음)에 은일(隱逸)이
니 뭐니 적혀 있지만 벼슬 없이 삼대 사대 농사지어 살았으믄 그
게 바로 농군이제. 지숙이 에미 등쌀에 고향 떠난 지 하마 20년이
넘었다 캐도 대를 이은 농군 피가 어데 가나? 땅마지기 마이 없어
도 일만 꿍꿍 잘하믄 어디서도 입에 풀칠은 하는 게 농군이라. 우
리 부자 그래(그렇게) 기척 없이 살란다⋯⋯."

그런 그의 주름진 눈가에는 금세 괴어 떨어질 듯 물기가 고였
다. 명훈이 잠시 집 일을 잊고 재궁막까지 그를 따라 내려가게 된
것은 무엇보다도 그 눈물이 준 감동 때문이었다.

고모할배가 마루에서 꾀죄죄한 보따리가 꿰인 저울대를 찾아
메고 재궁막을 나설 무렵 사립문으로 들어서던 어머니가 놀란 눈
길로 길을 막았다. 들고 있는 말린 잔고기 두름이나 짚으로 엮은
계란 꾸러미 따위로 미루어 장을 보아 오는 길인 듯했다.

"아이, 벌써로, 어딜 가실라꼬요?"

"날도 이만하고⋯⋯ 이제 가 봐야 될따."

"그기 무신 말씀이껴? 안 되니더. 하룻밤 유해(묵어) 가시이소.
이래(이렇게) 장꺼지 봐 왔는데⋯⋯."

어머니가 진정 어린 말로 붙들었다. 다급하면 옷깃이라도 잡고
늘어질 듯한 만류였지만 고모할배는 기어이 뿌리쳤다.

"다음에 또 오마. 그래, 말동이 찾아오믄 그땔랑 박대 마라."

목소리는 힘이 없어도 어머니를 피해 사립문 쪽으로 걸어 나
가는 그의 태도에는 억지로 잡을 수 없는 그 어떤 결연함까지 엿

보였다. 몇 번 어머니를 거들어 그를 잡아 두려던 명훈도 마침내는 단념하고 그를 따라나섰다. 개간지로 돌아가면서 배웅도 겸하기 위해서였다.

"더 따라오지 말고 가서 하던 일 마자 해라."

고모할배는 큰길가로 나서기 바쁘게 작별을 서둘렀다. 하지만 말과는 달리 얼굴에는 무언가를 망설이는 것 같은 표정이 어리더니 이윽고 더듬더듬 입을 열었다.

"이런 소리 해서 될라만 니가 하도 너어 애비를 쏙 빼닮아 놔서…… 그리고 맘 붙여 일하는데……."

"무슨 말씀이신지……?"

"너무 자족(自足)하지는 마라. 우리 매이(같은 것)는 몰라도 니는 아이라. 니는 근동이 뜨르르하던 이동영이 아들이라꼬. 이 돌내골 주인이라 캐도 과한 말이 안 되는 화천댁 손자라꼬. 저 산전(山田), 저 집이 잠시 쉬어 갈 바람막이 둔들배기(언덕)는 될지 몰라도 푹 파묻혀 살 곳은 아닌 동싶다. 너어 애비는 너어보고 살아남기만 해라 캤지만, 너어 몫은 그게 아이라. 언제나 너어 애비를 생각하미 살아야 된다 이 말이라. 왕대밭에 왕대 난다꼬, 어떤 팔자는 남다르게 솟지 못하면 그기 바로 죄가 되는 팔자가 있다꼬. 바로 너어맨치로(너희처럼). 이게 뭔 소린 동 알아들을라?"

두 번째의 반전이었다. 전번에는 술이 취해 그러는 것이려니 했는데, 이번에는 맨정신으로 명훈의 은근한 자부심을 경계하게 만드는 한편 함께 비난해야 마땅할 아버지를 추켜올리고 있었다. 하지만 이번의 반전은 이상하게도 명훈에게 반발을 일으키기보다는 알지 못할 충격으로 다가왔다.

그리고 그 충격은 오래잖아 그 몇 달 동안 소중하게 품어 온 꿈에 최초의 가는 균열로 나타났다.

그날 해 질 무렵 명훈은 알매 사이에 박아 놓은 루핑 페이퍼 고정용 졸대의 상태를 살펴보기 위해 지붕에 올라갔다. 진흙 사이에 박아 넣은 것이지만 졸대들은 특별히 뒤틀리거나 휘어져 있지 않고, 흙도 뜨거운 햇볕에 허옇게 말라 가고 있었다. 그런데 명훈이 그것들을 살피며 서쪽 용마루께에 이르렀을 때였다. 언제나와 같이 개간지 전체가 한눈에 들어오는 그 위치에 선 그의 눈에 뜻밖에도 그 땅이 좁고 메말라 보였다. 뿐만이 아니었다. 그가 딛고 선 집도 — 그의 또 하나의 자랑이었던 — 겨우 열두어 평 남짓의 한 일자 흙벽돌 오두막일 뿐이었다.

모두가 그의 온 세계가 되기에는 너무 작고 초라해 보였다.

(6권에 계속)

邊境

변경 5

신판 1쇄 인쇄 2021년 9월 17일
신판 1쇄 발행 2021년 9월 25일

지은이 이문열

발행인 양원석
편집장 최두은 **디자인** 김유진 **영업마케팅** 양정길, 강효경, 정다은, 김보미, 구채원

펴낸 곳 ㈜알에이치코리아
주소 서울시 금천구 가산디지털2로 53, 20층 (가산동, 한라시그마밸리)
편집문의 02-6443-8844 **도서문의** 02-6443-8800
홈페이지 http://rhk.co.kr
등록 2004년 1월 15일 제2-3726호

ISBN 978-89-255-7970-2 04810 .
       978-89-255-7978-8 (세트)